KALTES
MORGENLICHT

KALTES **MORGENLICHT**
(COLD LIGHT OF DAY)

TONI ANDERSON

Übersetzt von
MARTIN WICK

DEUTSCHE BÜCHER VON TONI ANDERSON

Romantische Krimis

Kalte Gerechtigkeit Serie
Ein kalter, dunkler Ort (A Cold Dark Place)
Kalte Jagd (Cold Pursuit)
Kaltes Morgenlicht (Cold Light of Day)
Kalte Angst (Cold Fear)
Kalte Schatten (Cold in the Shadows)
Kaltes Herz (Cold Hearted)
Kalte Geheimnis (Cold Secrets)
Kalte Bosheit (Cold Malice)
Eiskaltes Versprechen (A Cold Dark Promise)
Kaltblütig (Cold Blooded)

Kalte Gerechtigkeit – die Verhandler Serie
Kalt und tödlich (Cold & Deadly)
Kälter als die Sünde (Colder Than Sin)
Kalte böse Lügen (Cold Wicked Lies)
Kalter grausamer Kuss (Cold Cruel Kiss)
Eiskalt (Cold as Ice)

DEMNÄCHST ERHÄLTLICH …
Kalte Stille (Cold Silence)
Tödliches Spiel (The Killing Game)

Andere deutsche Titel
Im Sog Der Gefahr
Wogen Des Zorns

Auf meiner Website findest du alle deutschen Übersetzungen
meiner Bücher:
toniandersonauthor.com/german

Melde dich für meinen deutschsprachigen Newsletter an und
erhalte zwei kostenlose, exklusive „Kalte Gerechtigkeit"-
Kurzgeschichten sowie Informationen darüber, wann meine
nächste deutsche Übersetzung verfügbar ist.

Für CJMA,
das Licht all meiner Tage.

KAPITEL EINS

„M IR IST SCHLECHT", warnte Scarlett Stone ihre beste
Freundin Angelina LeMay mit scharfem Unterton.

„Sie wissen nicht, wer du bist", erwiderte Angel und
tätschelte ihren Arm. „Entspann dich und amüsier' dich zur
Abwechslung. Ich kann nicht glauben, dass du tatsächlich mit
mir gekommen bist, aber ich liebe dich dafür."

Ihre Freundin wäre nicht ganz so verständnisvoll, wenn
sie wüsste, was Scarlett in ihrem Höschen versteckt hatte. Sie
nahm einen Schluck Champagner. Es war eine dumme Idee.
Für wen hielt sie sich – James Bond?

Der Gedanke ließ Angst durch ihre Adern schießen. Zu
nah an ihrem Leben. Zu real.

Aber hier ging es nicht darum, Staatsgeheimnisse aus-
zuspionieren. Sie untersuchte ein altes Verbrechen, suchte
nach der Wahrheit, bevor es zu spät war. Niemand würde ihr
helfen. Bei Gott, sie hatte jeden Einzelnen von ihnen in den
vergangenen Jahren angebettelt, und sie hatten sich alle
geweigert. Nun lag es an ihr.

Der Empfangssaal, in dem der russische Botschafter in den
Vereinigten Staaten seine jährliche Weihnachtsfeier abhielt,
sah aus wie das Innere eines Palastes, mit unglaublich hohen
Decken, frostig weißen Wänden mit Goldintarsien und zwei
riesigen Kronleuchtern, die wie eine Sternengalaxie strahlten.

Jemand spielte leise auf dem prächtigen Klavier, das an einer Seite des Raumes stand. Der subtile Duft von Kiefern vermischte sich mit Parfüm und den Gewürzen des Glühweins – die Gesamtwirkung war übertrieben süßlich, aber auch seltsam nostalgisch. Der riesige Raum war voll. Der Eindruck von Opulenz und Geschichte war überwältigend.

Bis 1994 hatte der Botschafter in der russischen Botschaft residiert, welche eine umfangreiche geheime Geschichte verborgener Machtkämpfe ausgestrahlt hatte. Passend wenn man die Umstände bedachte. Ihr Vater hatte ihr erzählt, dass der KGB aus zwei Wohnwagen im Hinterhof heraus operiert hatte, im Schatten des hohen Gebäudes der Washington Post. Sie wusste nicht, wo das moderne Äquivalent des KGB, der SVR, sich verbarg – und hoffte, es nie herauszufinden.

Angels Eltern – ihr Vater war der Kongressabgeordnete Adam LeMay – hatten eine Einladung zur heutigen Weihnachtsfeier erhalten, aber nicht teilnehmen wollen. Angel hatte Scarlett angefleht, den Platz ihrer Schwester einzunehmen, die in der Mojave-Wüste wandern war. Da der neue Botschafter Andrej Anatoli Dorokow war, hatte Scarlett nicht ablehnen können, ganz gleich wie gefährlich und verzweifelt ihr Plan auch sein mochte. Sie hatte keine andere Wahl.

Sie nahm sich ein weiteres Glas, denn sie musste sich ein wenig Mut antrinken. Auch gegen ein Beruhigungsmittel hätte sie in diesem Moment nichts gehabt.

„Scar, sieh jetzt nicht hin", Angels Stimme wurde leise und atemlos, „aber ich glaube, mein zukünftiger Ehemann kam gerade zur Tür herein."

Angel LeMay verguckte sich regelmäßig.

„Ich hoffe, dass ihr zusammen sehr glücklich werdet", antwortete Scarlett, ohne sich umzudrehen.

„Eine Ausgehuniforum der Navy mit goldenem Kummerbund." Ihre Freundin fächelte sich mit der freien Hand Luft zu. „Ich bin verliebt."

„Ich dachte, du würdest jemanden nur wegen seines Geldes heiraten?", neckte Scarlett sie.

Angel zeigte ihre Grübchen. „Für einen Kriegshelden mache ich eine Ausnahme, und außerdem kann es doch sein, dass er stinkreich ist."

Angel mochte ihre beste Freundin sein, aber das hieß nicht, dass Scarlett blind für ihre Fehler war. Ihre Eltern lasen ihr jeden Wunsch von den Augen ab. Sie *„arbeitete"* auf dem Capitol Hill im Büro ihres Vaters und tat dort weiß Gott was – die Post beantworten, wenn man von heute Abend ausgehen konnte. Scarlett nahm an, dass sich Angels schlechter Geschmack bei Männern wohl am ehesten durch eine Art Hirnverkümmerung erklären ließ. Nicht, dass ihrer so viel besser gewesen wäre. Labormitarbeiter und akademische Angestellte waren die einzigen Typen, mit denen sie ausging, und „ausgehen" war dabei noch eine optimistische Bezeichnung. „Zwischen den Experimenten einen raschen Kaffee trinken", hätte den Sachverhalt wahrscheinlich passender ausgedrückt.

Über Angels Schulter hinweg betrachtete Scarlett einen anderen Kerl in einem schwarzen Smoking, der auf sie zukam. Seine intensiven, kohlrabenschwarzen Augen klebten geradezu am Hintern ihrer Freundin. Angel trug ein kleines Schwarzes, mit der Betonung auf „klein". Wenige Männer konnten ihr widerstehen, noch weniger versuchten es. Er sah auf und bemerkte, dass Scarlett ihn beobachtete. Ein Grübchen erschien auf seiner Wange, und seine Ebenholzaugen funkelten. In ihnen lag keine Reue darüber, dass sie ihn dabei erwischt hatte, wie er den Arsch ihrer Freundin begafft hatte. Nur die Anspruchshaltung, dass niemand ihn davon abhalten konnte, anzustarren, wonach ihm war. Selbstbewusst und mächtig. Der Mann war zwischen Ende zwanzig und Anfang dreißig, und es stand ihm in sein gutaussehendes Gesicht geschrieben, dass er ein Player war.

Er kam herüber und stellte sich vor. „Willkommen im Haus des russischen Botschafters in den Vereinigten Staaten. Ich darf sagen, dass es ein Vergnügen ist, solch schöne Damen willkommen zu heißen. Mein Name ist Sergio Raminski, ich bin der persönliche Assistent des Botschafters." Seine Ws klangen leicht nach Vs, aber abgesehen davon war seine Aussprache tadellos.

Er sah eher wie ein Leibwächter aus, nicht wie irgendeiner der persönlichen Assistenten, die sie bisher gesehen hatte. Aber vielleicht war sie paranoid. Tatsächlich war es keine Frage von *vielleicht*. Ein unbehaglicher Schauder lief über Scarletts Haut. Wenn es je einen Kandidaten für einen ausländischen Geheimagenten gab, dann Raminski.

Laut ihrem Dad waren einige der Botschaftsangestellten tatsächlich Agenten für den Kreml, auf die gleiche Weise, wie einige der Amerikaner in Moskau mehr taten, als Reisepässe abzustempeln. Angel stellte zuerst sich selbst und dann Scarlett als ihre Schwester Sarah vor. Scarletts nerdige Erscheinung war durch einen Profi aufgepeppt worden, etwas, das Angel seit dem Kindergarten bei jeder Möglichkeit tat. Sie und Sarah sahen sich nun ein wenig ähnlich, da Angel sie mit zugekleistert und ihre Haare nach hinten frisiert hatte. Scarlett hatte sich ein trägerloses silbernes Abendkleid ausgeliehen, das im Kerzenlicht schimmerte. Der Rock hatte einen Netzpetticoat und doppelte Lagen aus geraffter Seide, die um ihre Knie schwangen. Zehn-Zentimeter-Absätze brachten sie fast auf Kinnhöhe mit den meisten Männern im Raum.

Sergio beugte sich zuerst über Angels Hand, dann über Scarletts. Als sie versuchte, loszulassen, überraschte er sie, indem er sie noch einen Moment festhielt und dadurch ihr Herz einen Schlag aussetzen ließ, wenngleich nicht auf angenehme Art. Heiße Röte stieg in ihre Wangen, und sie entzog sich ihm entschlossen.

„Ihr Vater konnte nicht teilnehmen?", fragte Sergio.

Scarletts Mund klappte auf.

Angel sprang ein. „Nach dem heutigen Begräbnis des Vizepräsidenten fühlte er sich nicht sehr gut. Er lässt sich entschuldigen."

Scarlett schluckte den Kloß hinunter, der sich in ihrer Kehle gebildet hatte. Ihr Vater war der wirkliche Grund, aus dem sie hier war.

„Nicht Ernstes, wie ich hoffe?" Seine schwarzen Augen leuchteten interessiert.

Insiderwissen ist für russische Funktionäre immer interessant, ganz gleich wie belanglos – die Warnungen ihres Vaters schossen durch ihr Gehirn.

„Nur etwas, das er zu Mittag gegessen hat." Angel lächelte. Sie war Profi darin, zu lügen und zu manipulieren, um zu bekommen, was sie wollte. Angesichts von Raminskis harten Augen hätte Scarlett Geld darauf verwettet, dass er noch besser darin war.

„Sie haben Glück, dass Sie nicht alle krank geworden sind." Raminski legte noch mehr Wärme in sein Lächeln. „Und ich auch, sonst hätte ich den besten Teil des Abends versäumt – zwei solch bezaubernde junge Damen kennenzulernen."

Würg.

Es waren nicht nur Raminskis kitschige Sätze, die ihr Übelkeit verursachten. Sie war kurz davor, etwas zu tun, für das sie verhaftet werden könnte. Bei dem Gedanken krampfte ihr Magen sich zusammen. *Eine einmalige Gelegenheit,* erinnerte sie sich selbst. Und einmalig könnte eine Übertreibung sein. Schicksal. Glücksfall. Den Augenblick nutzen. *Was kann schon passieren?*

Sie könnten sie einsperren und den Schlüssel wegwerfen.

Scheiße.

Sie trank noch mehr Champagner.

Angel – zum Flirten geboren – lächelte vielsagend und strich mit ihren Händen über ihren glatten Bauch, als ob es nötig wäre, noch mehr Aufmerksamkeit auf ihre göttliche Figur zu lenken. „Ich wollte heute Abend in mein Kleid passen, also war ich beim Mittagessen ein braves Mädchen." Der Ausdruck in ihren Augen deutete an, dass sie normalerweise kein braves Mädchen war.

„Ich schätze Ihre Bemühungen sehr, Ms. LeMay." Raminski verbeugte sich höflich, zuerst vor Angel, dann vor Scarlett.

Er war sowas von überhaupt nicht ihr Typ. Sie mochte Männer, die das Gehirn einer Frau mindestens so sehr schätzten wie ihren Körper. Keine gutaussehenden, muskelbepackten Idioten, die es nur auf heißen, schweißtreibenden, gedankenlosen Sex abgesehen hatten.

Wird Zeit, darüber hinwegzukommen, beschwerte sich eine innere Stimme.

Und dann klickte es. *Das hier* war ihre Chance. Angel und Sergio Raminski waren völlig abgelenkt durch ihren Flirt. Sie brauchte nur zehn Minuten allein. „Um ehrlich zu sein", sie berührte ihren eigenen Magen, „fühle ich mich nicht so gut.

Wenn Sie mich einen Moment entschuldigen würden, ich muss mich kurz zurückziehen." Sie trat einen Schritt zurück und stieß gegen den Ellbogen eines hinter ihr stehenden Mannes.

„*Schei*…benkleister", sagte eine tiefe männliche Stimme.

Sie fuhr herum und fand sich Angels zukünftigem Ehemann gegenüber. Sie wusste, dass er es war, denn durch ihre Ungeschicklichkeit hatte er seinen Champagner über die Vorderseite seiner Ausgehuniform verschüttet.

„Es tut mir so leid." Sie griff sich eine weiße Stoffserviette von einem Kellner in der Nähe und tupfte das weiße Hemd des Mannes und den goldenen Kummerbund ab. „Ich bin so ein Tollpatsch."

„Das war nicht mein erster Gedanke." Sein Blick erwischte sie unvorbereitet und zeigte einen sehr männlichen Ausdruck der Bewunderung. Sie blinzelte. Er nahm ihr die Serviette aus der Hand, und sie verspürte einen Schauder, der definitiv nicht durch Abneigung ausgelöst wurde.

Der Typ sah … nun … naja, er sah fabelhaft aus. Und heiß. Groß genug, dass sie ihren Kopf in den Nacken legen musste, obwohl sie diese lächerlichen hochhackigen Schuhe trug. Er hatte militärisch kurze, dunkelblonde Haare, die im Licht der Kronleuchter glänzten. Ein schlankes Gesicht, feste Kieferpartie, Augen in einem hellen Haselnussbraun, die mit offensichtlich guter Laune funkelten, und ein Mund, der dies zu unterdrücken versuchte. Sie widerstand dem Drang, sich selbst Luft zuzufächeln, wie Angel es vorhin getan hatte. Ihr Blick wanderte tiefer, nahm seine breiten Schultern und seine Brust voller Orden in sich auf, die sie aus ihren Gedanken rissen. Er war ein amerikanischer Held und nicht für Leute wie sie bestimmt.

Sergio Raminski versuchte, sich einzumischen. „Erlauben Sie mir, behilflich zu sein."

„Ja, nein danke." Der Typ hielt seine Hand entschieden hoch, um den Russen abzuwehren. *Captain Amerika trifft auf den Prinzen der Dunkelheit.* „Ich bin ohnehin kein großer Fan von Champagner."

„Das wird sicher bald ganz schön klebrig sein." Scarlett zog eine entschuldigende Grimasse.

„Sarah *LeMay*!" Angels Lachen wurde schmutzig und laut, und Scarlett errötete beschämt.

Sie öffnete ihren Mund, um darauf zu bestehen, dass sie es nicht doppeldeutig gemeint hatte, klappte ihn dann aber wieder zu. Das Funkeln im Gesicht des Seemanns wurde intensiver, und Raminskis Schmunzeln wurde zu einem ausgeprägten Grinsen. Sie verdrehte die Augen. *Klasse. Einfach klasse.*

„Wenn Sie das richtig gesäubert haben möchten, kann ich Sie in eine der Gästesuiten bringen, oder…" Raminski neigte den Kopf zur Seite und verfiel nahtlos in einen seidenweichen Gastgebermodus. „Miss LeMay wollte sich gerade frischmachen gehen. Vielleicht können Sie einander begleiten?"

Der Amerikaner hielt dem Blick des anderen Mannes so lange stand, dass Scarlett begann, sich unbehaglich zu fühlen. Dann wandte er sich ihr zu und hielt ihr mit einer höflichen Bewegung seinen Ellbogen hin. „Sicher. Erlauben Sie mir, Sie zu begleiten. Wir können gemeinsam die Orientierung verlieren."

„Ich wüsste schon, wen ich gerne verlieren würde", murmelte sie leise und schoss einen Blick auf Raminski ab, während sie weggingen.

Der Seemann grinste sie an. Das Letzte, was sie wollte, war

ein Begleiter, insbesondere die Art, die Leuten auffiel – gutaussehend und mit funkelnden Orden –, aber sie musste hier weg, und es würde noch mehr Aufmerksamkeit erregen, wenn sie ein Theater machte. Scarlett Stone mochte weglaufen und sich verstecken, aber die Töchter des Kongressabgeordneten waren in einer Welt des Reichtums und der Privilegien aufgewachsen. Sie erwarteten, wie Prinzessinnen der Gesellschaft behandelt zu werden. Draußen im Korridor wies ihnen ein Kellner den Weg, einen langen schwach beleuchteten Flur entlang. Nach den von ihr studierten Bauplänen war dies genau der Weg, den sie nehmen musste.

Ihre Absätze klackerten auf dem Parkettboden, ihre Schritte hallten in der relativen Stille des leeren Flures laut wider. Er bewegte sich leise, aber sie war sich des Mannes an ihrer Seite sehr bewusst – seiner Größe, seines Aussehens und seines warmen Körpers neben ihrem. Sie hielten an, als sie die Herrentoilette erreicht hatten, und sie löste rasch ihren Arm. „Das mit dem Champagner tut mir wirklich leid."

„Unfälle passieren eben." Er zuckte leichthin mit den Schultern und streckte seine Hand aus. „Matt Lazlo."

Sie schüttelte seine Hand, seine Haut war warm und trocken; der Griff fest, aber nicht übertrieben. Ihr Mund wollte für einen Sekundenbruchteil ihren richtigen Namen sagen, bevor sie sich daran erinnerte, wer sie sein sollte. „Sarah LeMay. Ich bin mit meiner … Schwester, Angel, hier." Sie konnte seinem Blick nicht standhalten, aber sie konnte kaum die Wahrheit gestehen, nur weil er hübsche Augen hatte und in Uniform gut aussah. Sie würde eine tolle Geheimagentin abgeben. Scarlett widerstand dem Drang, über sich selbst die Augen zu verdrehen.

Seine Lippen wurden schmaler und seine Miene ernst. „Es

tut mir leid, dass die Ihnen eben ein unbehagliches Gefühl verursacht haben."

Ihr Blick schoss überrascht zu seinen Augen. Sie hatte ihr Leben damit zugebracht, sich unbehaglich zu fühlen, und nur wenige Leute bemerkten es. Sie rieb ihre nackten Arme, wo Gänsehaut auf ihrer Haut erschienen war. „Das ist schon in Ordnung. Das mit dem Champagner war meine Schuld. Ich neige zu Ungeschicklichkeit, außer bei der Arbeit." Dort waren ihre Hände sicher wie Laserstrahlen, und das mussten sie auch sein.

„Was arbeiten Sie denn?"

Mist. „Oh, nichts sehr Wichtiges", antwortete sie vage. Sarah arbeitete für eine Werbeagentur, aber Scarlett wollte den bereits erzählten Lügen nicht noch mehr hinzufügen. Und angesichts der Situation konnte sie ihm wohl kaum erzählen, dass sie Expertin für Festkörperphysik war.

„Hübsche Ohrringe." Er berührte eines der funkelnden, baumelnden Schmuckstücke, die Angel ihr geliehen hatte. Scarlett berührte es verlegen, war nicht daran gewöhnt, auffällige Dinge zu tragen.

Sie deutete auf seine Orden. „Sie haben da selbst ziemlich beeindruckendes Edelmetall. Danke für Ihre Dienste." Die Worte machten sie unsicher – nicht, weil sie nicht ehrlich war, sondern weil er ihren Dank nicht wollen würde, wenn er wüsste, wer sie wirklich war. Sie krümmte bei dem Gedanken die Schultern, machte sich ein wenig kleiner. Amerika hielt ihre Familie für den Inbegriff hinterhältiger Verräter und Betrüger. Und sofern sie nicht das Gegenteil beweisen konnte, würde das auch so bleiben.

Sie bemerkte zwei winzige Löcher im Stoff, wo eine Nadel auf seiner Uniformjacke gewesen sein musste. Sie streckte die

Hand aus und strich mit ihren Fingern über den rauen Rand des Stoffes. „Was hatten Sie dort?" Sie hob den Blick zu seinen Augen und stellte fest, dass seine Pupillen sich überrascht weiteten.

„Nichts."

Sie zog ihre Hand weg. „Warum haben Sie es dann entfernt?"

Eine Seite seines Mundes verzog sich nach oben. Mann, er war wirklich attraktiv. „Was entfernt?" Scharfe Intelligenz erstrahlte in diesen haselnussbraunen Tiefen, machten sie eine Million Mal attraktiver, ließ einen Ruck durch ihr gesamtes System schießen. Das Timing war die Totenglocke für jede potenzielle Beziehung – und war das nicht die Geschichte ihres Lebens? Sie trat einen Schritt zurück.

Der Gedanke an das, was sie gleich tun würde, verdrängte das Vergnügen, einem Typen zu begegnen, der herrliche Augen und einen scharfen Sinn für Humor hatte. „Ich glaube, ich sollte mich besser beeilen und zu Angel zurückgehen."

Er zog eine Grimasse, war auf die Rückkehr zur Party offensichtlich ebenso erpicht wie sie.

„Warum sind Sie heute hergekommen?", fragte Scarlett plötzlich neugierig.

„Ein direkter Befehl meines Vorgesetzten. Weshalb sind Sie hier?" Er stand mit leicht gespreizten Beinen da und betrachtete sie, als ob er alle Zeit der Welt hatte.

Sie hatte aber nicht alle Zeit der Welt – sie hatte diesen kurzen Moment, um zu versuchen, ein schreckliches Unrecht aus der Welt zu schaffen. Vielleicht würde ihre Zeit dafür auch so schon nicht mehr ausreichen. „Meine Eltern haben mich dazu gezwungen", sagte sie ihm.

Das war keine Lüge.

Sie standen da, sahen einander unverwandt in die Augen, und Scarlett vergaß zu atmen. Es war einer dieser seltenen Momente, wenn man jemandem begegnete und die ganze Nacht damit verbringen wollte, denjenigen besser kennenzulernen. Sie unterbrach schließlich den Sichtkontakt. Es würde nie passieren. Sie drehte sich und ging zur Tür der Damentoilette, und als sie zurücksah, war Matt Lazlo verschwunden.

Matt Lazlo war kein Mann für sie, egal wie sehr sie wollte, dass er es war. Seine Uniform hätte Warnung genug sein sollen.

Das Lieblingszitat von Scarletts Vater war: „Der Preis der Freiheit ist ständige Wachsamkeit." Aber er war trotzdem in einem Hochsicherheitsgefängnis gelandet, wo er mehrere lebenslange Haftstrafen wegen Landesverrats verbüßte. Nun würde Scarlett das Konzept der Wachsamkeit auf ein ganz neues Niveau heben – und möge Gott ihr beistehen, wenn sie dabei erwischt wurde.

In der Toilette hielt sie die Tür für eine Dame auf, die gerade ging. Von ihrer halb versteckten Position hinter der schweren Eichentür sah sie den russischen Botschafter aus einem Raum am anderen Ende des Flures kommen, ein Raum, der laut ihren Recherchen wahrscheinlich sein Büro war. Sie erkannte sein Gesicht von den offiziellen Fotografien – wirres blondes Haar und zerklüftete Stirn. Klein, untersetzt, aber auf raue, mächtige Weise gutaussehend. Vor vierzehn Jahren war er der Gesandtschaftsbeamte hier in Washington gewesen. Er war kurz vor der Verhaftung ihres Vaters nach Moskau zurückgekehrt.

Zufall? Das glaubte Scarlett nicht.

Ihr Vater hatte Andrej Dorokow nie getraut, aber er hatte

keine eindeutigen Beweise für Spionage gefunden. Er musste der Wahrheit zu nah gekommen sein, und irgendwie hatten die Russen einen Weg gefunden, ihm etwas anzuhängen – Scarlett hoffte herauszufinden, wie sie das genau getan hatten, um damit ihren Vater zu entlasten.

Der Botschafter glättete sein elegantes weißes Jackett und ging mit entschlossenen Schritten über den Flur. Ein weiterer Mann verließ den Raum nach ihm, ging in die andere Richtung. Scarlett betrachtete die sich langsam schließende Bürotür. Ihr Plan war gewesen, ihre Vorrichtung in einem Wandschrank für Putzsachen um die Ecke anzubringen, der Wand an Wand mit Dorokows Büro lag. Die Technologie sollte gut genug sein, um Unterhaltungen zu übertragen, aber es war nicht ideal. Sie nutzte die Chance, flitzte über den Flur, griff die Tür gerade noch, bevor diese sich schloss, und schlüpfte ins Büro. Sanft und leise schloss sie die Tür hinter sich.

Es war dunkel, und sie machte das Deckenlicht an, um sicherzustellen, dass sonst niemand im Zimmer war. Es war einfacher, sich zu Beginn mit einem Versehen herauszureden, als mit dem Herumschnüffeln anzufangen und dann jemanden zu entdecken, der im Dunkeln saß und sie dabei beobachtete, wie sie das Gesetz brach. Das Zimmer war in seiner altmodischen Opulenz wunderschön. Ein Marmorkamin mit einem darüber hängenden großen goldgerahmten Spiegel bildete den Schwerpunkt des Raums, und schwere rote Samtvorhänge sperrten die restliche Welt aus. Ein massiver Schreibtisch aus dunklem Holz mit satinartigem Glanz stand zu ihrer Rechten.

Sie wusste nicht, was sie mit ihr tun würden, wenn sie sie hier erwischten, aber es würde nichts Gutes sein.

Eine überladene Messinglampe auf dem Schreibtisch war für ihre Zwecke ideal. Sie hob ihren Rock, griff in ihr Höschen und holte eine kleine Plastiktüte hervor. Vorsichtig legte sie die Lampe auf den Schreibtisch und holte ihren kleinen ausziehbaren Schraubendreher aus der Tasche. Es war knifflig, aber nach nur wenigen Sekunden hatte sie die Unterseite der Lampe entfernt und blickte hinein.

Eine Welle eisigen Entsetzens schwappte über ihre nackten Schultern und ihre Wirbelsäule hinab. In der Lampe befand sich bereits eine elektronische Abhörvorrichtung. Eine hochentwickelte. Kein Überbleibsel des Kalten Krieges. *Verdammte Scheiße.* Sie wollte schreien, presste die Lippen aber zusammen. Schweiß brach ihr aus, und ihre Handflächen wurden feucht. Jemand spionierte Andrej Dorokow oder vielleicht sogar schon dessen Vorgänger aus. Und derjenige observierte sie vielleicht gerade jetzt.

Das passiert nicht wirklich.

Sie kniff ihre Augen fest zu. Dann riss sie sich zusammen. Es passierte, und sie musste hier raus. Schnell.

Rasch baute sie die Lampe wieder zusammen und wischte ihre Fingerabdrücke ab. Es war gut möglich, dass derjenige, der die Russen ausspionierte, gerade ihren Versuch, das Gleiche zu tun, beobachtet hatte. Oder vielleicht hatten sie nur eine Audioüberwachung ... *Bitte, Audio reicht doch.*

Sie stopfte die kleine Plastiktüte mit der Ausrüstung in ihr Oberteil, machte das Licht aus, bevor sie die Tür einige Millimeter weit öffnete. Niemand war im Flur, also schlüpfte sie rasch durch den Flur in die Toilette. Sie spülte das Übertragungsgerät die Toilette hinunter und ließ den Schraubendreher in den Mülleimer fallen.

Ihre Chance war vertan. Vielleicht hatte sie nie wirklich

bestanden – nur eine weitere zerbrechliche Hoffnung, um die Illusion aufrechtzuhalten. Sie lehnte die Stirn an die hölzerne Kabinentür, während ihr Herz gegen ihre Rippen pochte. Das Adrenalin machte sie schwindlig. Ihre Haut war feucht. Ihr Körper schwankte zwischen heiß und kalt, während ihre Stimmung von Panik auf Verzweiflung sank. Sie musste hier raus. Sie konnte nicht glauben, dass sie so dumm und naiv gewesen war, zu glauben, dass sie das hier tatsächlich schaffen konnte. Aber vielleicht war es nur so überhaupt möglich gewesen, ihrem Vater etwas anzuhängen. Dumm und naiv musste in der Familie liegen, zusammen mit leichtgläubig und glücklos.

FBI SPECIAL AGENT Matt Lazlo sah zu, wie Sarah LeMay über den plüschigen Teppich zu ihrer Schwester zurückeilte. Sie faszinierte ihn. Sie war weniger selbstbewusst als ihre Schwester. Nicht so offensichtlich schön, aber definitiv attraktiver – jedenfalls für ihn. Tiefgehende Gedanken lauerten unter ihrer Oberfläche – Gedanken, die er gerne erforscht hätte. Und eigentlich hätte er auch nichts dagegen, die Oberfläche zu erforschen. Sie roch sogar gut – würzige Zitrone, sowohl süß als auch frisch.

Sie war nicht sein üblicher Typ, bestand fast nur aus riesigen dunklen Augen und einer zerbrechlichen Figur. Er mochte üppige Kurven, lange Haare und ein gutgelauntes Lächeln.

Die Schwester hatte Kurven, aber aus irgendeinem Grund war es Sarah, von der er seine Aufmerksamkeit nicht abwenden konnte. Sie hatten vorhin eine Verbindung gehabt.

Er hätte tot sein müssen, um es nicht zu bemerken, und obwohl es oft knapp gewesen war, war er noch nicht tot. Er war in Versuchung, nach ihrer Nummer zu fragen, obwohl es kaum seinem knappen Budget entsprach, die Tochter eines Politikers auszuführen.

Jeder musste ein wenig leben, oder?

„Eine Freundin von Ihnen?", fragte die Frau des russischen Botschafters.

Verdammt. Er hätte sich nicht ablenken lassen dürfen. Sie hatte ihn in Beschlag genommen, als er zurück in den Saal gekommen war, und Matts Überlebensinstinkt war angesprungen. FBI-Agenten sollten sich nicht mit schönen Frauen der russischen Botschaft umgeben. Wenn jemand anders als Assistant Special Agent in Charge Lincoln Frazer ihn gebeten hätte, das zu tun, hätte er an dem Typen gezweifelt. Aber Frazer war der Rockstar des FBI – er hätte wahrscheinlich seine eigene Abteilung gründen können, wenn ihm danach gewesen wäre. Der Typ hatte eine unerwartete Einladung zum Abendessen mit dem Präsidenten der Vereinigten Staaten erhalten und Matt gebeten, in letzter Minute einzuspringen. Matt wäre lieber wieder Bier trinkend auf seinem Boot, aber es war schwer, Frazer etwas abzuschlagen, besonders an dem Tag, an dem sie den Vizepräsidenten beerdigt hatten. Letzterer war in seinem Zuhause in Kentucky an einem Herzinfarkt gestorben. Es war die Folge einer Serie von Ereignissen gewesen, im Laufe derer einer von Matts besten Freunden angeschossen wurde, und der Präsident fast getötet worden wäre. Eine Weihnachtsfeier an Frazers Stelle zu besuchen, schien angesichts der Umstände ein eher kleiner Gefallen.

Matt war dem FBI beigetreten, um Frieden, Ruhe und

regelmäßigere Arbeitsstunden zu haben. Die letzten sechs Wochen waren das Gegenteil von all dem gewesen. Er freute sich auf ein wenig Ruhe und Erholung über die Weihnachtstage.

Die Frau des Botschafters sah ihn erwartungsvoll an.

„Nein, Ma'am. Ich habe sie eben erst kennengelernt, als sie Champagner über mein Hemd verschüttet hat."

Natalie Dorokow hatte tintenschwarzes Haar und rubinrote Lippen – eher böse Hexe als Schneewittchen. Die Frau nippte an ihrem Champagner und betrachtete ihn nachdenklich. „Sie sieht aus wie fünfzehn." Ihre Augen waren blassblau und sahen verdammt viel älter aus als fünfzehn.

Matt lächelte höflich. Sarah LeMay war kein kleines Mädchen. Sie zeigte lediglich eine jugendliche Unverfälschtheit, die sie um Jahre jünger wirken ließ. Das dieser Frau zu erklären würde völlig ins Leere laufen, also änderte er das Thema. „Gefällt Ihnen Washington, Ma'am?"

Natalie lächelte selbstgefällig. „Ich genieße es, neue Leute kennenzulernen. Mein Ehemann war vor Jahren hier eingesetzt, bevor wir uns kennenlernten, also kennt er die Stadt und hat Freunde hier." Ihre nackten Schultern hoben und senkten sich. „Obwohl es mir nicht zusagt, wie ein Agent für den Kreml behandelt zu werden, jedes Mal, wenn ich zum ‚Tee' eingeladen bin."

„Ich nehme an, das gehört einfach dazu." Auf gar keinen Fall würde er mit ihr über den russischen Sicherheitsdienst reden, niemals.

Sarah flüsterte dringlich etwas ins Ohr ihrer Schwester, bevor sie begann, sie zur Tür zu zerren. Sergio Raminski sah angefressen aus. Matt traute dem Typen nicht und war froh, dass die LeMay-Frauen sich von ihm entfernten. Matt hatte noch einmal mit Sarah sprechen wollen, aber sie sah nicht einmal in seine Richtung. Soviel zu der Verbindung, die er gespürt zu haben glaubte.

Zu schade. Er richtete seine Aufmerksamkeit wieder auf Natalie. „Ihr Englisch ist ausgezeichnet, Ma'am."

„Danke." Ihr Lächeln wurde breiter, als ob sie ein Geheimnis verbarg. „Ich hatte einige sehr gute Lehrer." Ihre Miene veränderte sich. „Ah, mein Ehemann versucht, meine Aufmerksamkeit zu erregen." Sie legte ihre Hand auf seinen Bizeps und drückte zu. Es schickte einen *zur-Hölle-holt-mich-hier-raus*-Impuls durch seinen ganzen Körper. „Es war schön, Sie kennenzulernen, Matthew." Da er sich als Matt vorstellte, zogen die Leute Schlussfolgerungen, die er selten korrigierte. „Ich hoffe, wir sehen uns bald wieder."

Er hoffte das nicht.

„Natalie." Er neigte seinen Kopf. Er sprach die Frau des russischen Botschafters mit Vornamen an? Seine alten Kumpel bei den Teams würden sich totlachen, von seinen Kollegen beim FBI ganz zu schweigen. Na toll.

Matt sah auf die Uhr, kam zu dem Schluss, dass er seine Pflicht erfüllt hatte, und gab dem nächststehenden Kellner sein Glas. Nach einer Folge von Fünfzehn-Stunden-Arbeitstagen, während derer er versucht hatte, dabei zu helfen, Monster von den Straßen zu bekommen, war er hundemüde.

Sarah LeMay und ihre Schwester waren nirgendwo zu sehen. Er zuckte in Gedanken mit den Schultern. Ohnehin nicht die Art Frau, mit der er sich einlassen sollte. Sarah schien nicht der Typ für eine unverbindliche Affäre, und er war zu beschäftigt mit der Arbeit und damit, die Pflege seiner Mutter zu organisieren, um noch Zeit für eine Beziehung zu finden. Er schickte eine Nachricht an Frazers Chauffeur und ging hinunter. Die Limousine fuhr gerade vor, als er auf den Bürgersteig der 16th Street trat.

Dort standen auch Angel und Sarah LeMay. Angel war offensichtlich nicht mit ihrer Schwester zufrieden. Er konnte nicht genau hören, was gesagt wurde, aber sie fuchtelte mit ihrem Finger vor Sarahs Gesicht herum und fluchte wie ein Senior Chief. Der Drang, einzuschreiten und die schmächtigere Frau zu beschützen, war fast überwältigend.

Frazer hatte seinen Abend gekapert und ihm gesagt, er solle sich amüsieren. „Kann ich die Damen irgendwohin fahren?"

Angels zornige Miene hellte sich umgehend auf, obwohl Sarah nach ihrem Arm griff und versuchte, sie zurückzuhalten.

„Das können Sie ganz sicher, Sie hübscher Kerl." Angel schüttelte den Griff ihrer Schwester ab und rauschte zu ihm. Er verschluckte fast seine Zunge, als ihr Mantel aufklaffte und er bemerkte, wo genau auf ihren Oberschenkeln ihr Saum endete. *Heiliger Strohsack.* Es war erstaunlich, dass er es nicht vorher bemerkt hatte, denn diese Frau hatte vielleicht *Beine.* Es machte ihn sauer. Er war schließlich dafür ausgebildet worden, bestimmte Dinge zu bemerken, aber er war abgelenkt gewesen. Was hatte er sonst noch übersehen?

Angel glitt in die Limousine und begann, nach der Bar zu suchen. Sarah stand auf dem Bürgersteig und sah ihn mit gequälten Augen an. Ihr Kinn hob sich ein wenig und ihr Hals bewegte sich. Angel war kokett, aber ihre Schwester war ein völlig anderes Wesen.

„Kommen Sie?", fragte er.

Gefühle rasten durch ihre Augen, und sie sah aus, als ob sie flüchten wolle.

„Sind Sie in Ordnung?" Er trat einen Schritt näher.

Sie presste ihre Lippen zusammen und nickte rasch. „Ja, danke." Aber ihre Stimme klang verhalten, die Fröhlichkeit war verschwunden. Nicht die gleiche Frau, die ihn vorhin geneckt hatte. Sie hatte etwas Zerbrechliches an sich. Angesichts der zynischen Natur seines Berufes überraschte es ihn, dass er sich so sehr davon angezogen fühlte. Zerbrechlich war nicht Teil seines Beuteschemas. Er stand auf tough und resolut. Frauen, die mit ihm spielten und wussten, wie es lief. Frauen, die sich nicht aufregten, wenn er am nächsten Tag nicht anrief, oder wenn er gar nicht anrief. Sarah LeMay wirkte wie das genaue Gegenteil seines üblichen Typs, und er verstand nicht, warum sie ihn so stark anzog.

„Möchten Sie ins Auto steigen?"

Ihre Augen schlossen sich einen Moment, öffneten sich dann weit, als ob sie Angst hatte, in ihrer Wachsamkeit nachzulassen. Sie kam zu ihm, raffte ihren Rock, um neben ihrer Schwester einzusteigen.

„Wohin?", fragte er und stieg neben ihnen ein.

„In irgendeinen Club." Angel sah angesichts des Mangels an Alkohol im Fahrzeug frustriert aus. Willkommen beim FBI.

„Nach Hause." Sarahs Stimme zitterte. „Ich fühle mich nicht gut."

Das würde ihre abrupte Verhaltensänderung erklären.

Angel blitzte ihre Schwester an. „Scar, ich schwöre bei Gott ..."

„Scar?", fragte Matt.

„Spitzname", sagte Sarah schnell. „Können Sie uns bitte bei Nummer 145 in der 19th Street absetzen?"

Matt nannte dem Chauffeur die Adresse, während er die Interaktion zwischen den beiden Schwestern beobachtete.

Etwas war seltsam. Angels Lippen waren fest aufeinandergepresst, der Zeigefinger tippte ungeduldig auf ihrem entblößten Knie. Sarah sah starr aus dem Fenster. Die kurzen Haare in seinem Nacken stellten sich auf.

Es ging ihn nichts an.

Angel wandte sich wieder an ihn und brach das angespannte Schweigen. „Wohin fahren Sie als Nächstes, Seemann?"

Sarah schoss ihr einen wütenden Blick zu.

„Nach Hause", antwortete er.

„Und wo ist zu Hause?" Sie warf ihre blonden Locken über ihre linke Schulter.

„Virginia."

Als er es nicht weiter ausführte, kehrte Angel zu ihrem ungeduldigen Tippen zurück.

Hätte er anders geantwortet, wenn Sarah gefragt hätte? Vielleicht. Hätte er angeboten, sie nach Hause mitzunehmen? Absolut vielleicht. Je mehr er sie betrachtete, desto mehr erkannte er, wie hübsch sie war. Dunklere Brauen, dunkle Wimpern, perfekte Lippen. Goldene Strähnen inmitten des mittelbraunen Haars, das unordentlich in ihrem Nacken festgesteckt war. Angel war bildschön – wie die Ehefrau des Botschafters –, aber keine von ihnen hatte diese … was zur Hölle war es? Süße? Verletzlichkeit? Intelligenz?

Aber Sarah vibrierte fast in ihrem Sitz. Er widerstand dem Drang, nach ihrer Hand zu greifen und sie beruhigend zu drücken.

Sie erreichten das Zuhause der Frauen in unbehaglichem Schweigen. Er stieg aus und hielt die Tür auf. Angel stöckelte die Treppen zu ihrem Elternhaus in ihren hohen Absätzen hoch, die als tödliche Waffe benutzt werden könnten.

Mörderabsätze, Mörderkleid, Mördergesicht. Was ihn alles kalt ließ.

Sarah stieg langsamer aus der Limousine. „D-danke fürs Mitnehmen", stotterte sie.

„Gern geschehen. Ich hoffe, es geht Ihnen bald besser." Matt starrte sie intensiv an, wünschte, sie würde seinem Blick begegnen, wollte sie nach einer Verabredung fragen. Sie wandte sich ab und folgte ihrer Schwester die Stufen hinauf.

Frustriert, da Matt bei sich normalerweise keine Feigheit tolerierte, stieg er wieder in die Limousine und der Chauffeur fuhr los. Er drehte sich um, um durch die Heckscheibe zu schauen. Sarah LeMay stand auf der obersten Stufe und starrte ihm nach, als ob auch sie etwas bereute.

Verdammt.

KAPITEL ZWEI

SCARLETT FOLGTE ANGEL in das Stadthaus der LeMays. Innen bestand es ganz aus weißen Wänden und hellem Holz, stilvoll und angemessen eingerichtet, um hohe Tiere zu empfangen und trotzdem ein warmes und einladendes Familienzuhause zu sein. Scarlett hatte sich hier immer willkommen gefühlt. Nun fühlte sie sich wie eine Betrügerin.

„Ihr seid früh zurück." Angels Mutter, Valerie, kam aus dem Wohnzimmer in die Eingangshalle, um sie zu begrüßen und küsste sie beide auf die Wange. „Ich dachte, ihr würdet in einen Club gehen?"

„Scar fühlte sich nicht gut, also sind wir früh zurück." Angels Stimme enthielt einen gereizten Unterton, der ihrer Mutter zum Glück entging. Ihre beste Freundin war ernsthaft sauer, und Scarlett konnte es ihr nicht vorwerfen.

Valerie legte eine kühle Hand auf Scarletts Stirn. Die Frau war noch kleiner als sie selbst. Ihre braunen Augen musterten sie mit liebevoller Besorgnis. „Du fühlst dich nicht heiß an, aber du bist blass. Möchtest du heute hier übernachten?"

„Danke, Mrs. LeMay." Scarlett nannte sie immer ‚Mrs. LeMay', obwohl die Frau ihr seit Jahren sagte, dass sie sie Valerie nennen sollte. „Ich sollte wahrscheinlich nach Hause gehen. Ich muss morgen arbeiten."

„An Heiligabend?" Die braunen Augen weiteten sich.

Scarlett nickte. „Es ist ein guter Tag, um im Labor zu sein. Ruhig. Mom ist die Woche über weg, um Dad zu besuchen …" Das Schweigen fiel wie ein gefällter Baum. *Mist.*

„Du kommst doch zum Weihnachtsessen, ja?", fragte Valerie.

Scarlett schüttelte den Kopf. „Ich habe einen Versuch…"

„Unsinn. Du kommst her. Kein Wort mehr darüber." Valerie nickte entschieden, und damit war es beschlossene Sache.

„Okay, danke", schloss Scarlett lahm. Wenn man davon ausging, dass sie nicht verhaftet und ins Gefängnis gesteckt worden war…

„Oh, je." Valerie hob die Hand, um ihr rechtes Ohr zu berühren. „Du hast einen Ohrring verloren."

Scarlett erstarrte, während ihre Hand nach oben schoss, um es zu überprüfen. Hoffentlich war er nicht in Dorokows Büro heruntergefallen. Die Gefahr war gering. Er hätte im Empfangssaal oder der Toilette oder der Limousine herunter-gefallen sein können. Sie war höchstens ein paar Minuten im Büro gewesen.

Es war einfach, sich zu sagen, dass man sich nicht sorgen sollte, aber schwerer, dies tatsächlich zu befolgen.

„Dann lasse ich euch beide mal allein. Dein Vater und ich sehen uns *Ist das Leben nicht schön?* an", sagte Valerie. „Wir sind bei meiner Lieblingsszene, als sie in den Pool fallen."

Angel schüttelte den Kopf. „Ich weiß nicht, wie du diese Aufregung erträgst, Mom."

„Deshalb müsst ihr euch amüsieren, solange ihr jung seid, denn wenn ihr älter werdet, möchtet ihr nur zu Hause bleiben und alte Filme mit eurem mürrischen alten Ehemann ansehen." Sie küsste die Stirn ihrer Tochter, ging ins

Wohnzimmer und schloss die Tür hinter sich.

„Du bist ungefähr so aufregend wie meine Mutter, weißt du das?", murmelte Angel. „Nur, dass sie in unserem Alter wusste, wie man Spaß hat. Wenn du erst mal fünfzig bist, können wir dich genauso gut begraben."

Scarlett zuckte zurück und verschränkte die Arme vor der Brust. Angel hatte einen Doktortitel im Rumzicken, den sie intensiv nutzte, wenn sie wütend war. Es war einfacher, den Sturm abzuwarten, anstatt ihn zu bekämpfen. Scarlett folgte ihrer Freundin die Treppe hinauf, damit sie sich umziehen und gehen konnte. Sie musste allein sein.

„Ich weiß nicht, was zur Hölle mit dir nicht in Ordnung ist", fuhr Angel fort. „Zwei der heißesten Typen, die ich je gesehen habe, und du zerrst mich weg, als ob wir in Lebensgefahr wären. Stehst du überhaupt auf Männer?"

Scarlett seufzte. „Ich stehe durchaus auf Männer."

„Ich meine die gutaussehenden, nicht die Streber, mit denen du ausgehst." Angel stampfte ins obere Stockwerk und stieß die Tür zu ihrem Schlafzimmer auf.

Reife war nicht ihre Stärke. Loyalität schon eher.

Angesichts der Umstände hatte Scarlett keine große Wahl gehabt, als die Party zu verlassen – nur konnte sie Angel ihre Gründe nicht mitteilen. Sie konnte nicht riskieren, sie in einen möglichen Skandal hineinzuziehen, der ausgesprochen unangenehm werden konnte, wenn man bedachte, wer ihr Vater war. Angel würde ausrasten, wenn sie die Wahrheit herausfand, und Scarlett wollte sich jetzt nicht damit auseinandersetzen. Ihr Kiefer schmerzte vom Zusammenbeißen ihrer Zähne. Sie hatte das hier alles nicht wirklich gut geplant, war angesichts der Möglichkeit, tatsächlich eine Abhörvorrichtung zu platzieren, zu aufgeregt gewesen, um über die Konsequenzen eines Fehlschlags nachzudenken.

Sie ließ den verbleibenden Ohrring auf Angels Frisiertisch fallen. „Tut mir leid, dass ich deinen Ohrring verloren habe."

Angel brummte etwas und streifte ihre Schuhe ab.

Scarlett würde den Schmuck ersetzen, sobald sie es zum Schmuckgeschäft schaffte.

Aber Angel war noch nicht fertig. „Wie viele Jahre stehe ich dir schon zur Seite? Habe ich je eine Gegenleistung verlangt?"

Ständig.

„Ich bin fünfundzwanzig Jahre alt und fühle mich, als ob ich bereits in meinem langweiligen Leben gefangen bin. Es sollte darum gehen, dass wir richtig *feiern*, erinnerst du dich? Und dieser Seemann – *oh mein Gott, Scarlett*, hast du überhaupt bemerkt, wie der dich angesehen hat?"

„Ich habe Champagner auf sein Hemd verschüttet. Er hat mich angesehen, als ob ich eine Idiotin wäre."

„Das hat er nicht." Angel schüttelte ihren Kopf. „Er war wahnsinnig heiß, und er stand auf dich. Du hast nicht mal nach seiner Nummer gefragt. Du bist echt unfassbar."

Scarlett schlüpfte aus ihrem Mantel und ging durch die Zwischentür in Sarahs Zimmer, um ihn an der Rückseite ihrer Tür aufzuhängen. Ja, sie hatte bemerkt, wie Matt Lazlo sie angesehen hatte. Es war nur ein weiterer mieser Teil eines weiteren miesen Tages, denn sie hatte sich sehnlich gewünscht, dass ein Mann sie so ansah, und nun, da es geschehen war… *Hasta la vista, Baby.*

Langfristig hatte sie sich erheblichen Kummer erspart. Das war kein Fatalismus, es waren vierzehn lange Jahre, in denen sie zur Genüge erfahren hatte, was passierte, wenn Leute herausfanden, wer ihr Vater war.

Sie fand den Reißverschluss hinten an ihrem Kleid und zog ihn hinunter, streifte die Schuhe zusammen mit dem Kleid ab. Sarah war in vielerlei Hinsicht das Gegenteil ihrer Schwester, aber sie mochte hübsche Kleidung. Sie war Freiluftsportfanatikerin. Wandern, Klettern, Skifahren. Das einzige Interesse, das Angel am Freien hatte, war, ob sie ihre Frisur und ihr Make-up ruinieren würde, wenn sie in den Regen geriet.

Scarlett entfernte im Badezimmer das reichliche Make-up, zog dann rasch wieder ihre Jeans, den schwarzen Pullover und die Turnschuhe an. Sie ließ ihre Haare zurückgesteckt und bedeckte sie mit einer Tweed Mütze. Dann griff sie nach ihrer auf dem Bett liegenden grünen Wolljacke, zusammen mit dem langen Schal, den sie sich zweimal um den Hals wickelte, um gegen die Winterkälte gewappnet zu sein.

Angel lag in ihrer Unterwäsche auf dem Bett. Diese Frau hatte keinen einzigen gehemmten Knochen in ihrem Körper. Sie sah auf ihr Telefon und lächelte.

„Ich muss gehen." Scarlett stand befangen im Türrahmen.

Angels blaue Augen richteten sich auf sie. „Du musst darüber hinwegkommen, Scar. Es ist höchste Zeit. Dein Dad ist im Gefängnis. Die meisten Leute wissen nicht einmal mehr, was er getan hat…"

„Er hat es *nicht* getan", fuhr Scarlett sie an.

Angel sprang auf die Füße und legte die Hand auf Scarletts Arm. Ihre Finger schlossen sich zu einem festen Griff. „Er hat es getan. Er hat dafür gesorgt, dass sechs amerikanische Geheimdienstagenten getötet wurden, und er hat die Vereinigten Staaten an die Russen verraten. Du musst es akzeptieren und dein Leben weiterleben. Du bist nicht dein Vater."

Scarlett starrte in das Gesicht ihrer besten Freundin und sagte die Worte, die sie tief in sich verschlossen hatte, seit ihre Mutter es ihr in der vergangenen Woche erzählt hatte. „Er stirbt. Dad hat Krebs, und er stirbt."

Angels Augen weiteten sich und schlossen sich dann, bevor sie Scarlett in eine energische Umarmung zog. Scarlett sackte zusammen, und sie fielen beide auf das Bett. Sie schloss ihre Arme um ihre beste Freundin und versuchte, die Schluchzer zurückzuhalten, die hervorbrechen wollten.

„Warum hast du es mir nicht gesagt?" Angel streichelte ihren Rücken, auf und ab, eine warme, beruhigende Berührung. „Warum sagst du mir nie etwas, bis ich es dir aus der Nase ziehe, indem ich mich wie eine komplette und totale Zicke verhalte?"

Scarlett wischte sich über die nassen Wangen. „Du scheinst es zu genießen, also…"

„Ha." Angel ließ sie los, und Scarlett setzte sich auf.

Sie betrachtete den dicken Wollteppich zu ihren Füßen. „Ich konnte nicht darüber reden, es war einfach zu frisch." Sie sah auf. „Es tut mir leid, dass ich dir nicht die Möglichkeit gegeben habe, Raminskis Telefonnummer zu bekommen."

Angel zog eine Augenbraue hoch. „Wie kommst du darauf, dass ich seine Nummer nicht bekomme habe?" Das Grinsen ihrer Freundin war gerissen und verschmitzt.

Scarletts Mund klappte auf. „Du hast dich benommen, als ob du Aschenputtel wärst, die vom Ball weggezerrt wurde, nur dass du vergessen hast, den Schuh fallenzulassen."

„Niemals hätte ich einen Schuh zurückgelassen." Angels Schuhe kosteten mehr als Scarletts Auto. „Aber noch wichtiger ist: ich habe auch die Nummer des Seemanns." Ihre blauen Augen musterten sie prüfend. „Möchtest du sie haben?"

Spielte Angel ihr etwas vor? Es konnte nicht anders sein.

Scarlett erinnerte sich, wie er sie angesehen hatte, bevor sie in die Limousine gestiegen war. Als ob ihm an ihr lag, was verrückt war, da er sie nicht kannte. Und wenn er es täte, würde er so schnell wie möglich flüchten. Niemand wollte sie kennenlernen, sobald er herausfand, wer sie war, und das würde doppelt für einen amerikanischen Kriegshelden gelten.

Sie schluckte, um ihren plötzlich ausgedörrten Hals zu befeuchten. „Nein, ich möchte sie nicht." Aber diese Lüge wollte ihr kaum über die Lippen kommen.

MATT STRECKTE SICH hinten in der Limousine aus, hielt die Augen geschlossen. Er hatte einen kurzen Umweg zum Weißen Haus gemacht, um die letzten Neuigkeiten mit seinem Kumpel Jed Brennan auszutauschen, den er nicht mehr gesehen hatte, seit der Kerl angeschossen worden war. Jetzt war Jed auf dem Weg in irgendein schickes Hotel in D.C., in dem er mit einer sehr hübschen Rothaarigen übernachten würde. Der Kerl war so offensichtlich in die Frau und ihr süßes Kind verliebt, dass es Matt fast den Hals abschnürte. Jed würde einen großartigen Vater abgeben – einen der Sorte, die jedes Kind haben sollte. Einen, den Matt nicht gehabt hatte. Trotzdem hatte es ihn auf lange Sicht zu einem besseren Mann gemacht. Das Arschloch, das ihn gezeugt hatte, war kaum ein gutes Vorbild gewesen.

Jetzt war Matt auf dem Weg nach Hause. Noch ein Tag bis Weihnachten, und obwohl die Irren nie mit ihrem abgefahrenen Scheiß aufhörten, wurde es sogar den Verhaltensanalysten beim FBI vergönnt, sich einige Stunden in einem Truthahnkoma zu entspannen. Matt freute sich auf richtigen Schlaf und ausreichend Zeit, die er mit seiner Mutter verbringen konnte – nicht, dass sie es wertschätzen würde, aber es würde ihn nicht davon abhalten, für sie da zu sein.

Sein Handy klingelte, und er holte es aus seiner Tasche. Er runzelte die Stirn, als er auf das Display sah.

Warum zur Hölle rief Jon Regan, Abteilungsleiter der TacOps I, der Abteilung für taktische Operationen, so spät noch an?

„Lazlo", meldete Matt sich.

„Sind Sie allein?"

Matt warf einen Blick zum Chauffeur, aber die Trennscheibe war hochgefahren. „In einer Limousine der Regierung."

„Sie waren in der Residenz des russischen Botschafters?"

Matt schwang seine Beine vom Sitz und setzte sich auf, plötzlich hellwach. „Sie lassen mich beschatten?"

„Nein." Regan lachte, aber es klang angespannt. „Können Sie mir sagen, warum Sie dort waren?"

Matt strich sich mit den Fingern durch sein kurzes Haar. TacOps I war auf geheimes Eindringen zum Zwecke der Platzierung ausgefeilter Abhör- und Überwachungsvorrichtungen in anvisierten Orten spezialisiert. Im Grunde waren sie von der Regierung beauftragte Einbrecher mit einer Auswahl von Spionagewerkzeugen, die James Bond vor Neid erblassen lassen würde.

„ASAC Frazer hat mich gebeten, ihn bei irgendeiner Weihnachtsfeier zu vertreten. War ziemlich langweilig." Er dachte an Sarah LeMay und presste die Lippen zusammen. Er bereute aus Prinzip nichts – etwas, das er von seinem Vater geerbt hatte –, aber in diesem Moment bereute er schon einige

Dinge hinsichtlich dieser Frau, ihrer großen braunen Augen und ihrer ihm nicht vorliegenden Telefonnummer. „Warum?"

„Ich werde Ihnen eine Fotografie schicken. Ich möchte wissen, ob Sie dieses Mädchen kennen."

Matt wartete, bis das Bild erschien. Es zeigte eine hübsche Kehrseite, die in ein atemberaubendes Kleid gehüllt war, mit all diesen verrückten Petticoats, während sie sich über einen Schreibtisch beugte. So ablenkend der Anblick auch war, er konzentrierte sich auf das, was sie tat – es sah aus, als ob sie … eine Lampe auseinander baute. *Scheiße.*

„Nun?", fragte Regan.

„Ihr Name ist Sarah LeMay."

„Die Tochter des Kongressabgeordneten LeMay?"

„Ja. Sie war mit ihrer Schwester dort, Angel. Hat Champagner über mein Hemd verschüttet und ich bin mit ihr zu den Toiletten gegangen, damit ich mich saubermachen konnte."

„Glauben Sie, dass es ein Unfall war?"

Matt dachte an die ganze Sache zurück. „Das dachte ich, ja. Worum geht's?"

„Das Foto ist ein Standbild, das sie dabei zeigt, wie sie die Unterplatte einer Lampe in Botschafter Dorokows Büro abmontiert."

Matts Mund wurde trocken wie eine Lötlampe. Sie war eine Agentin? In dem Fall war sie ein ausgesprochener Profi. Sie hatte ihn mit ihrer unschuldigen Verletzlichkeit eingewickelt. War *er* ein Zielobjekt? *Verdammte Scheiße.*

Regan räusperte sich. „Sie hat versucht, eine Wanze im Büro des Botschafters zu platzieren, nur um zu entdecken, dass jemand ihr zuvorgekommen war."

„Jemand?", fragte Matt trocken.

„Genau." Regans Stimme klang amüsiert.

„Warum zur Hölle würde sie das Büro des russischen Botschafters verwanzen wollen?"

„Genau das frage ich mich auch, deshalb habe ich Sie angerufen. Sie sind zur gleichen Zeit aufgebrochen wie sie."

Matt nickte, nicht überrascht, dass die Straße überwacht wurde. Das Kommen und Gehen in fremden Botschaften zu überwachen, musste für die Spionageabwehr Routine sein. „Ich habe den beiden angeboten, sie nach Hause zu bringen."

„Haben Sie ihnen sonst noch irgendwas angeboten?" Die Stimme war nun wachsamer.

Was geht hier vor sich?

„Wenn ich sage: ‚Hätte ich nur zu gerne', muss ich dann ins Sensibilitätstraining?"

„Kein heterosexueller, alleinstehender Mann auf der Welt würde Sensibilitätstraining brauchen, nur weil er die reine Wahrheit gesagt hat. Diese Frauen waren heiß. Sie hätten sehen sollen, wo sie den Schraubendreher versteckt hatte."

Angesichts des Schnittes ihres Kleides konnte Matt es sich ziemlich gut vorstellen. *Scheiße.* Er rieb sich die Stirn. Es war keine erfreuliche Erkenntnis, dass er hinters Licht geführt worden war. „Ich habe sie beim Haus des Kongressabgeordneten abgesetzt, und der Chauffeur brachte mich anschließend zum Weißen Haus…"

„Sie waren beim Weißen Haus?" Regan klang, als ob er an seiner Zunge ersticken würde.

„Nicht drinnen. Nur am Hintereingang, um ein paar Minuten mit einem Kumpel zu plaudern. Es war ein spontanes Treffen und ich habe ihr nicht gesagt, dass ich dorthin fahren würde."

Es folgte ein langes, angespanntes Schweigen. „Können Sie

mich beim Center treffen?"

„Jetzt?" Matt war auf seinem Weg nach Hause bereits daran vorbeigefahren. „Habe ich eine Wahl?"

„Nein."

„Ich habe mir schon gedacht, dass Sie das sagen würden."

„Es ist die Zeit, Freude zu verbreiten."

„Glauben Sie mir, wenn jemand mir jemals eine Freude bereiten soll, dann möchte ich nicht, dass Sie es sind." Seine Gedanken wanderten zurück zu Sarah LeMays elfenhaftem Gesicht. Eine Agentin, die ihn mit einem Paar großer brauner Augen drangekriegt hatte. Er hatte anscheinend sein Gespür verloren. „Bin in zehn Minuten da. Stellen Sie reichlich Kaffee bereit."

ANDREJ DOROKOW ÖFFNETE die Tür zu seinem Büro und ging mit großen Schritten hinein. Seine Frau und Sergio folgten Arm in Arm. Natalie war betrunken, aber es machte ihm nichts aus. Sie flirtete mit jedem, den sie traf, Mann oder Frau, aber sie würde ihn nie betrügen. Sie würde es nicht wagen.

Sergio hingegen vielleicht schon.

Sein „Assistent" war skrupellos und ambitioniert, aber er war nicht dumm. Sergio Raminski würde sich nicht mit ihm anlegen, solange er dabei nichts zu gewinnen hatte. Andrej verstand Sergio besser als irgendjemand anderer. Er war einmal genauso gewesen.

Andrej ging zum Kamin und öffnete eine Schachtel kubanischer Zigarren, bot Sergio eine an und schnitt dann die Spitze einer anderen ab, bevor er sie anzündete. Das beruhigende Aroma süßen Tabaks verbreitete sich in seinen

Lungen. Natalia schenkte jedem von ihnen ein weiteres Glas Wodka ein.

„Auf einen erfolgreichen Abend." Sie reichte ihm das Getränk und lächelte ihn auf ihre besondere Art an, als ob er der einzige Mann im Raum wäre.

Andrej konnte sich glücklich schätzen, sie zu haben. Er hob sein Glas. "*Vashe Zdoroviye, lyubov moya.*"

Er nahm einen Schluck. Andrej war nicht müde. Er hatte die meisten Nächte seines Arbeitslebens damit verbracht, durch die Straßen aller möglichen Städte der Welt zu gehen, sich in dunklen Gassen zu verstecken, über tote Briefkästen Geld und Anweisungen zu übermitteln. Agenten befehligt. Informationen besorgt. Sie weitergeleitet. Es war eine Welt, in der er sich wohl und sicher fühlte. Hier in dieser Botschaft dagegen sorgte er sich, dass er nicht dem entsprach, was seine Vorgesetzten wollten. Er hatte sich um diesen Job bemüht. Er hatte eine Möglichkeit gesucht, in die Vereinigten Staaten zurückzukehren, aber weiterhin unberührbar zu sein.

Nostalgie breitete sich in ihm aus – es musste an der Weihnachtstimmung liegen oder an zu vielen Trinksprüchen. Er hatte fast zwei Jahrzehnte lang Spionageringe rund um den Globus geleitet. Er vermisste die Aufregung der alten Zeiten, aber er war in D.C., um sicherzustellen, dass die Vergangenheit begraben blieb und bestimmte Lügen mit der Wahrheit zusammen starben. Das Netzwerk russischer Agenten war immer bemerkenswerter als das amerikanische Gegenstück gewesen. Andrej hatte hart gearbeitet und viel geopfert, um sicherzustellen, dass das so blieb. Nur ein Mann hatte ihn je wirklich verdächtigt, aber Andrej hatte sich um ihn gekümmert, wie er sich um alles kümmerte – mit gnadenloser Effizienz.

Sergio ging hinüber zu den Vorhängen. Der jüngere Mann war gutaussehend und charmant, wollte offensichtlich dringend los, um irgendeine Frau zu vögeln, anstatt sich um die Bedürfnisse seines Vorgesetzten zu kümmern. Sergio hatte das Aussehen und die Fähigkeiten, um im diplomatischen Corps weit zu kommen. Noch wichtiger: Er hatte mächtige Verbindungen zu Leuten, die dadurch immer reicher wurden, dass Russland sein Energieimperium ständig weiter ausdehnte.

Das erste Zeichen eines Katers strich über die Rückseite seiner Augen. Ein sicheres Zeichen des Alters und eine Schwäche, die er niemandem offenbaren würde. „Was haben wir für morgen geplant?", fragte er.

„Lunch mit dem kanadischen Botschafter, dann ein Nachmittagsempfang in der Botschaft für alle Diplomaten und Botschaftsangestellten. Danach haben Sie bis zum siebenundzwanzigsten frei. Dann findet eine Cocktailparty im Smithsonian statt."

Russen feierten Weihnachten erst am 7. Januar, und es war nur ein Schatten der Feiern, denen die Amerikaner sich hingaben. Die einzige Religion, die im letzten Jahrhundert in Russland gediehen war, war der Kommunismus. Andrej genoss die Weihnachtszeit, auch wenn er nur wenig Zusammenhang zwischen Jesu Geburt und dem Einkaufen sah. Trotzdem, seine Frau würde ihm die Hölle heißmachen, wenn er ihr nicht ein großzügiges Geschenk kaufte. Er plante ein paar Tage Skiurlaub in den Bergen, irgendwo, wo es einen Whirlpool gab, in den er seine schmerzenden Knochen nach einem Tag auf den Pisten eintauchen konnte.

Sergio ging weiter auf und ab, hielt dann inne, trat zurück, bückte sich und hob etwas Kleines vom Boden auf, das im Licht funkelte.

Andrej runzelte die Stirn, trat dann vor und nahm es aus der Handfläche seines Assistenten. Ein Ohrring. Er zog eine Augenbraue in Richtung seiner Frau hoch. „Erkennst du den?"

Ihre Augen weiteten sich angesichts seines Tonfalls, und sie schüttelte den Kopf. „Nein."

Sergio sah genauer auf Andrejs Handfläche und presste seine Lippen zusammen. „Es könnte der Ohrring einer der heutigen Gäste sein."

„Haben Sie sie hier hereingebracht?", fragte Andrej leise.

Sergios Augen verengten sich. „Nein, Exzellenz."

„Durchsuchen Sie den Raum."

„Er wurde vorhin durchsucht, Exzellenz." Die schwarzen Augen des Mannes zeigten Ungeduld.

Andrej griff Sergios Hals und drückte zu. „Durchsuchen. Sie. Ihn. Erneut. Diesmal anständig. Nehmen Sie jede Lampe auseinander. Jedes Telefon. Prüfen Sie jedes Kabel. Niemand schläft, bis ich weiß, dass das gesamte Gebäude sicher ist!" Zorn durchfuhr ihn. Er stieß den jüngeren Mann von sich und schmetterte seinen Kristallschwenker gegen den Kamin, wo er in tausend Stücke zersprang. Durchsichtige Flüssigkeit tropfte den weißen Marmor hinab.

Er ging zur Tür.

„Andrej", rief Natalie ihm nach. „Es ist nur ein Ohrring."

„Es ist der Beweis, dass jemand unbefugt hier war." Er schnippte mit den Fingern, und obwohl ihre Augen sich verengten, schloss sie ihren Mund und folgte ihm aus dem Zimmer, ohne ein weiteres Wort zu sagen. Gut. Er war nicht in der Stimmung, seine Frau unter Kontrolle zu bringen. Er war nicht in der Stimmung, nett oder höflich oder diplomatisch zu sein. Diese Leute verstanden nicht, was auf dem Spiel stand. Sie dachten vielleicht, dass sie es taten, aber das war nicht der Fall. Er würde nicht zulassen, dass die Amerikaner ihn besiegten. Sie gingen die Treppen hinunter, Sergio folgte ihnen, vorbei an den Räumen, die für diverse gesellschaftliche Ereignisse und Verwaltungszwecke benutzt wurden, durch die Küchen, bevor sie einen Aufzug in den Keller nahmen.

Mischka, der Leiter des Sicherheitspersonals, kam aus der Tür. „Benötigen Sie etwas, Exzellenz?"

Andrej hielt den Ohrring hoch, der im schwachen Licht funkelte. „Das lag auf dem Boden meines Büros. Wie kam es dorthin?" Er schob sich an dem Mann vorbei in den Sicherheitsraum, direkt zu den Bildschirmen, die mit allen Kameras innerhalb der Residenz verbunden waren. Es gab keine in seinen Privaträumen – gerade er war sich des Wertes der Privatsphäre bewusst. Aber alle öffentlichen Bereiche, alle Flure waren überwacht.

Der für die Bildschirme zuständige, uniformierte Wächter sah seinen Vorgesetzten nervös an.

„Zeigen Sie mir das Bildmaterial vom Flur vor meinem Büro von heute Abend. Fangen Sie bei neunzehn Uhr zwanzig an." Er war bis kurz danach in seinem Büro gewesen.

Der Sicherheitsmann ging zur angegebenen Zeit zurück und begann dann, das Material mit doppelter Geschwindigkeit abzuspielen.

„Halt. Sie." Sergio zeigte auf eine Frau, die ein rauchfarbenes Kleid trug und mit einem Mann in Navy-Uniform sprach. Der Sicherheitsmann ging auf normale Geschwindigkeit.

Andrej betrachtete sie genau, stellte fest, dass sie Ohrringe trug, die dem in seiner Hand sehr ähnlich sahen.

Sie und der Mann vom Militär standen nah beieinander,

als ob sie voneinander bezaubert wären. *Wie niedlich.* Dann trat sie zurück und ging davon. Der Mann ging in die Herrentoilette, sie betrat die Damentoilette. Eine andere Frau kam heraus, und dann sah er sich selbst sein Büro verlassen, seine Ärmel glattziehen, begierig, zur Feier zu kommen.

Er verließ die Bildfläche, und einige Augenblicke danach flitzte die Frau in dem hübschen Silberkleid aus der Toilette und über den Flur, in sein Büro, bevor die Tür sich ganz schloss.

„Vorspulen", befahl Andrej.

Schweiß glänzte auf der Stirn des Sicherheitsmannes. Es dauerte nicht lange, bevor die Frau sein Büro verließ und zurück zur Toilette rannte. Sie sah verängstigt und aufgebracht aus. Einer ihrer Ohrringe fehlte.

„Ich weiß nicht, wie ich das übersehen konnte", sagte der Sicherheitsmann mit zitternder Stimme. „Ich schwöre, dass ich meinen Posten nie verlassen habe."

Der Leiter des Sicherheitsteams schlug den Mann auf den Hinterkopf. „*Mudak.*"

„Wer ist sie?", verlangte Andrej zu wissen.

„Sarah LeMay", antwortete Sergio rasch. „Sie war mit ihrer Schwester Angel hier."

Andrejs gesamter Körper erstarrte. „LeMay?"

Sergio nickte.

„Die Tochter des Kongressabgeordneten?"

„Sie wurden eingeladen, wie Sie angeordnet haben." Sergios Brauen zogen sich zusammen.

Andrej hatte die Einladung im Scherz geschickt – als Warnung. Er hätte nie gedacht, dass einer von ihnen sie annehmen würde. „Der Mann in Uniform, wer ist das?", wollte er wissen. Das hier war schlimm. Das war sehr, sehr schlimm.

Natalie antwortete: „Ein junger Mann namens Matthew Lazlo."

„Er kam anstelle von FBI-Agent Lincoln Frazer", warf Sergio ein. „Ein Tausch in letzter Minute."

Andrej hatte den anderen Bundesbeamten kennenlernen wollen. „Also ist Matthew Lazlo auch vom FBI?"

Natalie zuckte mit den Schultern. Sergio nickte.

Zorn strömte durch Andrejs Adern; kalt, präzise, wie rasiermesserscharfes Eis. Er griff in Sergios Jackett, sah wie die Pupillen des jungen Mannes sich weiteten, als er seine Waffe herausnahm. Andrej fuhr herum und schlug den Sicherheitsmann mit dem Pistolengriff an die Seite des Kopfes. Der Mann brach bewusstlos über der Konsole zusammen.

„Er hat Glück, dass ich ihn nicht getötet habe." Er spuckte den Mann an. „Schicken Sie ihn nach Hause. Wir tolerieren hier keine Amateure." Er reichte die Waffe zurück an Sergio, der sie vorsichtig entgegennahm.

„Möchten Sie offizielle Beschwerde bei den Amerikanern einreichen?", fragte Sergio mit beherrschter Stimme.

„*Njet.*" Überwachte das FBI ihn innerhalb der Botschaft? Unmöglich. Das Risiko war zu hoch, seine Rache potenziell zu verheerend. Er musste wissen, was vor sich ging. „Bringen Sie mir das Mädchen. *Unauffällig*", befahl Andrej. „Ich möchte mit ihr reden." Die Unterhaltung würde nicht angenehm werden. „Und finden Sie über den Mann heraus, was Sie können." Er wandte sich an seinen Sicherheitschef. „Keine weiteren Fehler, Mischka. Beim nächsten Mal werde ich nicht so verständnisvoll sein."

KAPITEL DREI

D AS HOCHGEHEIME TACTICAL Operations Center – oder „The Center", wie eingeweihte Agenten es normalerweise nannten – sah in jeder Hinsicht wie eine Produktionsstätte der Leichtindustrie aus. Es lag aus Sicherheits- und Geheimhaltungsgründen abseits des Areals der Marine Corps-Basis in Quantico.

Jon Regan hielt eine Art Stab hoch. Aber es war sicher kein Zauberstab.

Matt hob seine Arme und hielt den Mund, bis der Mann damit fertig war, das Ding über seinen Körper zu führen. *Klasse.* Ein weiterer Typ untersuchte die Limousine. Was zur Hölle ging da vor sich?

„Okay, kommen Sie mit mir." Jon ging mit großen Schritten davon.

Matt folgte ihm durch eine Tür, dann durch eine weitere, in einen fensterlosen Raum innerhalb eines Zimmers. Einer der großen Bildschirme zeigte Sarah LeMay in herrlichem Technicolor, während sie einen Lichtschalter betätigte. Auf einem anderen Bildschirm lief eine Liveübertragung desselben Raumes.

„Spielen Sie das Video ab", befahl Regan, stand mit den Händen auf die Hüften gestemmt da und betrachtete die Bildschirme. „Das Team, das die Überwachungsübertragungen kontrolliert, hat uns Bescheid gegeben, sobald sie sie dort drin gesehen haben. Wir haben uns dann in die Übertragung eingeschaltet."

Der Techniker drückte einen Knopf, und Sarah wurde lebendig. Sie betrat das schicke Büro, sah sich einen Moment um und ging dann zum Schreibtisch. Sie hob ihre Röcke an, enthüllte ein Paar wohlgeformte Beine in diesen hohen Absätzen. Er konnte gerade noch den Rand von schwarzer Spitze ausmachen. Die Atmosphäre in dem beengten Raum wurde heiß und angespannt, als sie ihre Finger in ihr Höschen tauchte. Er konnte nur Unterwäsche sehen, aber das hinderte seine Vorstellungskraft nicht daran, weiterzugehen. Ihm brach der Schweiß aus.

Er hatte nie den leisesten Verdacht gehabt.

Während er überlegt hatte, ob er sie nach einer Verabredung fragen sollte, hatte sie die Lampe mit geschickter Fertigkeit auseinandergenommen. Er war hinters Licht geführt worden. Der Ausdruck auf ihrem Gesicht beim Anblick der anderen Wanze war unbezahlbar, genau wie die Erkenntnis beim nervösen Umherblicken im Zimmer, dass eventuell irgendwo eine Kamera versteckt war. Er fühlte sich dadurch ein wenig besser.

„Scheiße. Jetzt geht's los." Der Techniker deutete auf den Bildschirm mit der Liveübertragung. Vier Männer betraten das Zimmer und begannen, Gegenstände hochzuheben und alles genau zu überprüfen.

„Es war nur eine Frage der Zeit", meinte Regan mit verschränkten Armen. Er klang sauer.

Im Video baute Sarah alles wieder zusammen, aber Matt sah etwas Kleines, das das Licht einfing, als es auf den Boden fiel. „Sie hat ihren Ohrring verloren?"

„Deshalb tragen wir bei einem Einsatz keinen Schmuck." Regan nickte. „Sie haben ihn schon gefunden."

Das erklärte, warum die Handlanger den Raum gerade auseinandernahmen.

Matt sah zu, wie die Frau die kleine Plastiktüte in ihr Oberteil schob, diesmal mit weitaus mehr Diskretion. Er hatte den fehlenden Ohrring nicht bemerkt, als er sie anschließend gesehen hatte – war zu sehr damit beschäftigt, ihr tief in die Augen zu sehen. *Arschloch.*

Es klopfte an der Tür. Jon Regan ging hinüber und öffnete. Assistant Special Agent in Charge Lincoln Frazer kam in einem maßgeschneiderten Smoking hinein. Er musste das Weiße Haus kurz nach Matt verlassen haben.

„Ich fange an, mich nicht angemessen gekleidet zu fühlen", sagte Regan trocken. Zum Techniker sagte er: „Spielen Sie es nochmal ab."

Als Matt das Video diesmal ansah, behielt er ihre Miene, ihre Körpersprache im Blick. „Sie benimmt sich nicht wie ein Profi."

Frazer wippte auf seine Fersen zurück, betrachtete sie. „Eher, als ob sie gezwungen wurde, etwas gegen ihren Willen zu tun. Warum haben Sie Dorokow verwanzt?", fragte er den TacOps-Typen.

„Das darf ich nur bei Vorlage ausreichender Gründe sagen", antwortete Regan entschuldigend.

„Ich habe Gründe", argumentierte Frazer.

„Ja." Regans Lippen formten ein Grinsen. „Ich melde mich diesbezüglich bei Ihnen."

„Die Russen haben in dem Flur eine Kamera", wandte Matt ein. Sogar von Sarah LeMays anscheinend unschuldigem Charme geblendet, hatte er sie in der düsteren Ecke erkannt.

„Ist sie aktiv?"

Regan nickte. „Als wir hineingingen – nachts, als die großen Tiere auswärts waren –, haben wir uns in das Sicherheitssystem gehackt und eine Endlosschleife von dem Ort in der Dunkelheit abgespielt. War ein Kinderspiel."

Sarah LeMay hatte eine ungewöhnliche Beobachtungsgabe. Die Frau hatte die Stelle entdeckt, an der er normalerweise sein Budweiser trug – den SEAL-Dreizack, den er für das Bestehen des Basic Underwater Demolition/SEAL-Trainings erhalten hatte. Er hatte das Abzeichen entfernt, weil er sich nicht wohl damit gefühlt hatte, seinen Hintergrund in Sondereinsätzen zu verkünden, wenn er feindliches Territorium betrat. Schade, dass sie die Überwachungskamera im Flur nicht bemerkt hatte. Eine echte Agentin hätte sie bemerkt. Also, was war sie, wenn sie keine Agentin war?

„Sie hat aber nichts dergleichen getan", sagte Frazer leise. „Also wird es nicht lange dauern, bevor sie herausfinden, dass sie dort drin war. Warum sollte sie Dorokow verwanzen wollen?"

„Erpressung? Oder vielleicht arbeitet sie für eine andere Behörde oder ein anderes Land?", schlug Regan mit einem Schulterzucken vor.

„Vielleicht ist es etwas Persönliches", warf Matt ein.

„Was war Ihr Eindruck von ihr?", fragte Regan ihn. „Abgesehen vom Offensichtlichen."

Matt ließ sich in einen leeren Stuhl fallen. „Sie schien verletzlich. Schüchtern. Fühlte sich unbehaglich."

„Versuchen Sie mal, in hohen Absätzen mit einem Schraubendreher in Ihrer Unterwäsche herumzulaufen. Da würden Sie sich auch unbehaglich fühlen", witzelte der Techniker.

Matt lachte, aber innerlich fühlte er sich schlecht. Übertölpelt. „Daran lag es nicht." Herrje, er würde wie ein Weichei klingeln. „Sie schien … fragil." Er zuckte mit den Schultern. „Wenn ich darüber nachdenke, schien sie in Ordnung zu sein, bevor sie versuchte, die Wanze zu platzieren, aber auf dem Weg nach Hause hat sie kaum ein Wort gesagt, abgesehen davon, dass sie sich nicht gut fühlte."

„Das überrascht mich nicht. Sie hat's versaut, und das wusste sie." Regans Stimme war ohne Mitleid.

„Sie und ihre Schwester haben sich über irgendwas gestritten." Wahrscheinlich über ihre gescheiterte Mission. Deshalb waren sie so schnell geflüchtet, aber Angel hatte nicht gehen wollen…

„Glauben Sie, dass die Schwester als Ablenkung diente?", fragte Frazer.

„Haben Sie diese Beine gesehen?", schnaufte Regan.

Matt schüttelte den Kopf. „Ich weiß es nicht. Die einzige Person, mit der ich die Schwester sprechen sah, war irgendein Arschloch namens Raminski."

„Wir haben ihn überprüft. Er war beim Militär, wahrscheinlich beim Nachrichtendienst GRU oder der Auslandsaufklärung SWR, arbeitet als persönlicher Assistent des Botschafters und bei Bedarf auch als Leibwächter. Er macht seine Arbeit gut. Hat eine Reihe von Frauen, die er regelmäßig liebt und verlässt. Scheint so koscher wie jeder andere Russe in D.C." Die Annahme war, dass sie alle für den russischen Geheimdienst arbeiteten. So war es einfacher.

„Welche Verbindung hat der Kongressabgeordnete LeMay zu Dorokow?", fragte Matt.

„Wir haben nichts." Regan warf die Arme hoch.

„Er wurde eingeladen, also ist da irgendetwas." Matt blieb

hartnäckig.

„Hey, Frazer wurde auch eingeladen." Regan betrachtete den Mann. „Was ist Ihre Verbindung?"

„Ich bin ein beliebter Kerl?" Frazers Miene wechselte von scherzend zu ernst. „Dorokow hat dieses Jahr Dutzende von Einladungen verschickt. Ich hatte den Eindruck, dass er sich vortastet, versucht, einen guten Eindruck zu machen und Verbindungen aufzubauen. Ich habe unseren Berater Alex Parker gebeten, zu sehen, ob er für uns etwas über eine Verbindung zwischen dem Botschafter und dem Kongressabgeordneten herausfinden kann." Alex Parker war ein ehemaliger CIA-Agent und Teilhaber an einer Cybersicherheitsfirma in D.C. Der Mann war außerdem mit dem neusten Mitglied ihres Teams BAU-4 in der Verhaltensanalyse, Mallory Rooney, verlobt. Und soweit Matt sehen konnte, nutzte Frazer seine Expertise und Verbindungen intensiv.

Was auch immer funktionierte.

„Ich habe gehört, dass Parker gut ist." Regan sah aus, als ob er ihn sich für TacOps angeln wollte, aber er war zu klug, vor Frazer irgendetwas zu sagen. Er hatte bereits versucht, Matt wegen seiner Fähigkeiten als früherer Navy SEAL zu rekrutieren. Matt mochte die Abteilung für Verhaltensanalyse, und sie hatten dort bessere Arbeitszeiten als bei TacOps. Es war eine andere Art der Arbeit, und momentan passte sie zu seinen Bedürfnissen.

„Ach, Scheiße." Der Techniker riss seine Kopfhörer ab, als Kamera und Wanze abgeschaltet wurden.

Jon Regan fluchte und stellte sein Headset ab. „Was auch immer LeMay vorhatte, sie hat gerade sechs Monate mühsamer Überwachungsarbeit ruiniert. Ebenso wie unsere

Chancen für mindestens die nächsten sechs Monate, wieder etwas einzurichten und zum Laufen zu bringen."

Wenn man den Mist bedachte, der momentan auf der Welt passierte, waren das keine guten Neuigkeiten.

„Nicht einmal Santa wird ohne Leibesvisitation da hineinkommen", bemerkte der Techniker.

„Können sie das zu uns zurückverfolgen?", fragte Matt und deutete auf die Bildschirme.

„Nein. Aber die Chinesen werden eine Menge angefressener diplomatischer Anrufe bekommen."

Matt sah auf das eingefrorene Bild von Sarah LeMay, ihr Rock war über ihre Oberschenkel hochgeschoben. Er hatte das Gefühl, das jeder Kerl bei TacOps noch vor dem Weihnachtsmorgen einen Blick auf das Bild geboten bekommen würde. Der Gedanke schickte etwas Dunkles und Widerliches durch seinen Blutkreislauf. Dummheit. Dann kam ihm ein anderer Gedanke, etwas viel Schlimmeres. „Nicht die Chinesen." *Scheiße.* „Wenn sie den Ohrring gefunden haben, werden die Russen als Erstes die Überwachungsbänder aus dem Flur überprüfen und das Mädchen suchen. Und sie wissen genau, wo sie wohnt…" Seine Müdigkeit verschwand, und die Dringlichkeit brachte ihn auf die Füße und zur Tür. „Wir müssen sofort zurück nach D.C."

MIT DER WAFFE in der Hand betrat Raminski das Haus durch die Hintertür, die von der Terrasse an der rückwärtigen Seite hineinführte. Der Fernseher ertönte in einiger Entfernung. Er überprüfte den Bereich, bevor er rasch durch die Waschküche ging. Dann durch die blitzblanke Küche, zu dem bogenförmigen Türrahmen. Auf der rechten Seite des Flures führte eine verglaste Tür ins Wohnzimmer. Ein Film lief lautstark. Der Kongressabgeordnete und seine Frau hatten es sich auf dem Sofa gemütlich gemacht, mit den Rücken zur Tür. Gut. Er nahm die dunkle Treppe, bewegte sich lautlos, hörte oben einen weiteren Fernseher.

In der oberen Etage befanden sich zwei Türen. Eine war offen, die Lichter aus. Er ging hinein, vergewisserte sich, dass das Zimmer leer war. Das Kleid, das die Frau vorhin getragen hatte, hing hinten an der Tür. Er überprüfte das Badezimmer. Niemand dort.

Er ging zur Verbindungstür und schob sie ein wenig auf. Die heiße Blonde – Angel – lag auf dem Bauch quer über dem Bett, die Knie gebeugt, die Füße in der Luft wedelnd. Sie trug ein kurzes, seidiges Nachthemd und dazu passende Höschen, während sie einen Film ansah. Er ignorierte die Wirkung, die sie auf seinen Körper hatte und ließ seine Blicke durch den Raum schweifen. Sie war allein.

Wo war die andere? Es war die andere, die er brauchte.

Er hatte keine Zeit für Spielchen. Schnell steckte er die Pistole in sein Holster und zog die Spritze aus seiner Tasche, bereitete die Nadel vor. Zwei Schritte brachten ihn ins Zimmer. Ein Knie auf den Schulterblättern hielt sie unten. Ihr Gesicht drückte er in die Matratze, um die Schreie zu dämpfen, während er die Nadel in ihren Arsch stieß und den Kolben nach unten drückte. Er konnte es sich nicht erlauben, dass sie sein Gesicht sah. Sie kämpfte wild, aber es dauerte nicht lange bis das Beruhigungsmittel wirkte. Nach dreißig Sekunden war sie bewusstlos. Er setzte die Kappe auf die Nadel und stopfte die Spritze wieder in seine Tasche. Dann durchsuchte er das Zimmer, aber die Frau war allein. Er ging zu ihrer Kommode und zog Yogahosen und einen Kapuzenpulli heraus. Socken und ein Paar Turnschuhe. Er zog sie ihr an, bewegte ihre Glieder, als ob sie eine Stoffpuppe wäre. Dann fand er ihr Handy und schob es in seine Tasche. Er warf sie sich über die Schulter und zog seine Waffe aus dem Holster, während er wieder die Treppe hinunterging. Auf dem Treppenabsatz im ersten Stock hielt er an und trat einen Schritt nach hinten, während jemand im Erdgeschoss einen Toilettenabzug betätigte. Er blieb bewegungslos, bis der Kongressabgeordnete ins Wohnzimmer zurückgegangen war. Der Kerl schloss die Tür nicht richtig.

Das Mädchen hing lose von seiner Schulter herunter. Er bewegte sich leise die Treppe hinunter, hielt die Ohren offen und die Augen auf die Wohnzimmertür gerichtet. Die Eltern blickten nicht einmal von ihrem Film auf. Sein Mund verzog sich, als er den Film erkannte, den sie sich ansahen. Der einzige Engel, der heute seine Flügel bekam, war ihre Tochter Angel, die er gerade wegbrachte.

Er huschte durch die Hintertür, den Gartenweg entlang und durch das Gartentor in der Mauer, die an der Straße entlangführte. Der kleine Sedan, den er gestohlen hatte, parkte noch hier. Er öffnete den Kofferraum und legte das Mädchen vorsichtig hinein. Dann schloss er den Kofferraumdeckel, setzte sich auf den Fahrersitz und fuhr davon.

Sie war nicht diejenige, die er wollte, aber sie war ein Druckmittel. Es würde nicht lange dauern, die andere zu finden.

———————

SCARLETT BESCHLOSS, KEIN Taxi zu nehmen, sondern zu Fuß

nach Hause zu gehen. Diese Gegend von D.C. war im Allgemeinen sicher, und sie brauchte ein wenig Zeit und Raum, um ihre Gedanken zu sortieren. Ein Teil von ihr wusste, dass es dumm war. Ein anderer Teil scherte sich nicht darum. Heute Abend hatte sie versucht, eine Wanze im Büro des russischen Botschafters zu platzieren. Alles andere schien im Vergleich dazu irrelevant. Die Straßen waren ruhig. Gedämpft. Niemand achtete auf sie. Alle bereiteten sich auf Weihnachten vor.

Sie schob die Hände tiefer in ihre Jackentaschen, berührte ein weiteres der Übertragungsgeräte, das sie entworfen und gebaut hatte. Ihre Turnschuhe scharrten leise auf dem Betonbürgersteig. Ihr Atem bildete eine frostige Wolke, die zu ihrer Stimmung passte. Der vor einigen Wochen gefallene Schnee war geschmolzen und hatte eine Art feuchten Dunst gebildet, der ihr durch die Haut und bis ins Mark drang. Ihre Zähne klapperten. Im Moment konnte sie sich nicht vorstellen, sich jemals wieder warm zu fühlen.

Sie und ihre Mutter hatten beschlossen, ihre Fahrten zum Gefängnis aufzuteilen, um die Besuche, die ihr Vater während seiner Behandlung erhielt, zu maximieren. Außerdem verdienten ihre Eltern ein wenig Zeit für sich – sofern man es als Zeit für sich betrachten konnte, wenn man ständig überwacht wurde. Scarlett konnte sich nur annähernd vorstellen, wie schmerzhaft es war, wenn einem der Mensch, den man liebte, von genau den Leuten genommen wurde, die ihn hatten beschützen sollen. Es war schlimm genug, ihren Vater zu verlieren – aber die Liebe des Lebens zu verlieren?

Unerträglich.

Ein Weihnachtsbaum leuchtete in einem Wohnzimmerfenster – vielfarbige Lichter und ein goldener Stern an der

Spitze. Eine tiefe, schmerzende Traurigkeit überkam sie.

An einem kalten Wintertag vor vierzehn Jahren war ihr Vater wie immer zur Arbeit gegangen und nie nach Hause zurückgekehrt. Am Nachmittag hatten die Bundesbehörden an die Tür gehämmert und ihr kleines Ziegelhaus von den Dachbalken bis zum Keller durchsucht. Sie hatten alles auseinandergerissen – ihr Vertrauen und ihre Unschuld inbegriffen.

Sie war zwölf gewesen.

Die Presse hatte eine ohnehin schon entsetzliche Zeit in reine Folter verwandelt. Sie hatten sich auf dem Rasen vor dem Haus häuslich eingerichtet. Kameras waren auf jedes Fenster gerichtet. Reporter durchwühlten den Müll.

Zur Schule zu gehen war unmöglich geworden, also hatte ihre Mutter sie zu Hause unterrichtet. Es war die einsamste Zeit ihres Lebens gewesen, und sie hatte sich in ihrem Lernmaterial vergraben. Die meisten ihrer sogenannten Freunde hatten ihnen den Rücken zugekehrt. Die einzige Person, die zur ihr gestanden hatte, war Angel gewesen. Die zwei Familien hatten sich schon seit Jahren nahegestanden. Natürlich hatte der Kongressabgeordnete sich nach der Verhaftung ihres Vaters distanziert. Wer konnte es ihm vorwerfen? Aber Angel war immer für sie dagewesen. Scarlett wusste nicht, was sie ohne sie getan hätte.

Das FBI hatte nie daran gezweifelt, dass sie den richtigen Kerl geschnappt hatten. Die einzigen Menschen, die an seine Unschuld glaubten, waren sie und ihre Mutter. Der Anwalt hatte ihn überzeugt, sich schuldig zu bekennen, um der Todesstrafe zu entgehen, wofür Scarlett in der Hinsicht dankbar war, dass ihr Vater nicht hingerichtet worden war, aber es machte es verdammt viel schwieriger, seine Unschuld zu beweisen.

Ihre Mutter wäre schon vor Jahren dahingewelkt, wenn Scarlett sie nicht ständig angetrieben und gedrängt hätte, weiterzumachen, nicht aufzugeben. Es war nicht einfach, und wenn ihr Vater starb, würde ihre Mutter ihm, Scarletts Ansicht nach, bald folgen. An manchen Tagen fühlte sie sich bereits wie eine Waise.

Ein Typ in einer Kapuzenjacke kam auf sie zu, und Angst kroch instinktiv in ihr hoch. Wenn sie nachts allein zu Fuß unterwegs war, wünschte sie sich, ein Kerl zu sein. Sie musterte den Mann aus ihrem Augenwinkel, aber er ging weiter, beachtete sie nicht.

Zwei Minuten später erreichte sie das Haus, das sie für ihren Chef hütete, und schloss die Tür auf. Er war bis Ende Juni des folgenden Jahres auf einem Sabbatjahr in Schottland. Sie arbeiteten an innovativen Technologien, die kontrollierten, wie Geräte miteinander kommunizierten – beispielsweise wie der Kühlschrank dem Internet mitteilte, dass die Eier fast aus waren. Scarlett setzte sich mit Schwachstellen auseinander, die es einem anderen Gerät erlaubten, das System zu übernehmen und ihm zu ermöglichen, bösartigen Code einzugeben. USB-Verbindungen waren besonders angreifbar. In manchen Fällen war die Forschung banal, in anderen war sie der Schlüssel zur Zukunft sämtlicher sicherer Kommunikation.

Das Haushüten beinhaltete nur, die Pflanzen ihres Chefs zu gießen und seine Post nach wichtigen Dingen durchzusehen. Im Labor war sie auch für seine Doktoranden zuständig, und dafür, alle figurativen Brände zu löschen. Sie liebte es, seine wissenschaftliche Mitarbeiterin zu sein. Und sie liebte es besonders, wenn er nicht da war. Maximale Freiheit. Minimale Einmischung. Das machte es so viel einfacher. Wie zum Beispiel, ihre eigenen elektronischen Abhörvorrichtungen zu bauen und zu testen.

Sie sah sich um. Es war ein wunderschönes Haus in einer guten Gegend, aber seine Stille wirkte auf sie plötzlich leer. Einsam. Kalt. Trostlos.

Wie ihr Leben.

Meistens machte es ihr nichts aus, allein zu sein, sie zog es sogar vor – aber manchmal, nur manchmal, sehnte sie sich nach einfacher menschlicher Gemeinschaft. Matt Lazlos Gesicht huschte durch ihre Gedanken. Da war etwas in seinem Blick gewesen. Vielleicht nichts Tiefes oder Langfristiges, aber ein definitives Interesse, welches die kalte Einsamkeit wenigstens eine Nacht lang in Schach gehalten hätte.

Es wäre aber eine Illusion gewesen. Er hatte die glamouröse Sarah LeMay angesehen, nicht die unscheinbare, langweilige Scarlett Wilson Stone, Tochter des berüchtigtsten Spions seit Ende des Kalten Krieges.

Ihr Handy klingelte. Sie wollte nicht rangehen, aber es war Angel. „Was läuft?"

„Wenn Sie Ihre Freundin lebend wiedersehen wollen, treffen Sie mich in dreißig Minuten auf dem Parkplatz bei den Rock Creek Park Trails, am nördlichen Ende der Virginia Avenue. Kommen Sie allein." Der Akzent war stark russisch. „Keine Polizei."

Das Gespräch wurde beendet. *Nein.* Sie stand schwankend da, während die Weltachse sich verschob. *Sie hatten Angel.* Die Russen hatten herausgefunden, was sie heute Abend zu tun versucht hatte, und ihre Freundin zahlte den Preis dafür.

RAMINSKI SAß IM Auto auf einem Parkplatz an der New

Hampshire Avenue. Er wählte Dorokows Nummer auf einem verschlüsselten Telefon.

„Haben Sie sie?“

„Sie war nicht im Haus, also habe ich das andere Mädchen mitgenommen, das vorhin mit ihr zusammen war. Ich habe etwas Interessantes herausgefunden.“ Er starrte auf die Kontaktliste auf Angel LeMays Smartphone, komplett mit Profilbildern. „Das Mädchen, das in Ihr Büro eingebrochen ist, ist nicht, wer sie vorgibt zu sein. Sie ist nicht LeMays andere Tochter.“

„Wer ist sie?“, verlangte Dorokow zu wissen.

Er wartete eine Sekunde. „Richard Stones Tochter.“

Bosheit sickerte durch die Nachtluft, dick und durchdringend.

„Was soll ich mit ihr machen?“ Weiteres Schweigen. Raminski wartete auf Befehle.

„Sie töten.“ Sanft. Weich.

Interessant. „Und die Tochter des Kongressabgeordneten?“

Ein weiteres Zögern, diesmal voller Überlegungen. „Bringen Sie sie an einen sicheren Ort. Ich möchte mit ihr reden.“

„Das könnte sich als riskant erweisen.“ Auf zu viele Arten, als dass man sie aufzählen könnte.

„Tun Sie's.“ Dorokow beendete das Gespräch.

Der Mann ließ den Motor an. Er rief eine zweite Nummer an und berichtete dem anderen Mann das Gleiche, das er dem Botschafter berichtet hatte. Interessanterweise waren die Befehle identisch. Richard Stones Tochter würde heute Nacht sterben.

KAPITEL VIER

MATT GING DIE Stufen zum Stadthaus hinauf, bei dem er die Frauen vorhin abgesetzt hatte, legte seinen Finger auf die Klingel und ließ ihn dort, bis er Schritte hörte. Er hätte sich lieber von einem Hubschrauber aus an einem Seil auf das Dach heruntergelassen und wäre durch ein Fenster im oberen Stock eingebrochen, als den liebeskranken Narren zu spielen.

Der Kongressabgeordnete Adam LeMay öffnete die Tür persönlich, zum Glück war er noch nicht ins Bett gegangen. Seine Brauen waren zusammengezogen, dann fiel sein Blick auf Matts ausgeliehenes schwarzes T-Shirt, Tarnhosen und Kampfstiefel.

„Kongressabgeordneter LeMay? Mein Name ist Matt Lazlo. Ich muss mit Ihren Töchtern sprechen, Sir."

Die Augenbrauen des Mannes zogen sich hoch. Er öffnete den Mund, um zu antworten, aber jemand unterbrach ihn.

„Wer ist es, Adam?" Die Tür öffnete sich weiter, um eine Frau um die Fünfzig zu zeigen, mit dunklen Haaren und rundlicher Figur. Ihre Mundwinkel wiesen nach unten, sie erwartete um diese Zeit von einem Besucher offensichtlich schlechte Nachrichten.

Ein schwarzer SUV mit getönten Fenstern stand am Straßenrand. Sie hatten Alex Parker und Mallory Rooney aus Parkers Wohnung in D.C. abgeholt. Sie waren jetzt im Auto, bereiteten das elektronische Anzapfen der Handys und Festnetztelefone der LeMays vor, um so sehen, ob sie erfahren konnten, was die Frauen vorgehabt hatten, und mit wem sie eventuell zusammenarbeiteten. Frazer hatte einen persönlichen Gefallen eingefordert und einen Durchsuchungsbefehl von einem Bundesrichter unterschrieben bekommen, der zufällig Agent Rooneys Vater war.

Sie waren nicht einmal mit dem Fall betraute Agenten, aber auf keinen Fall würde Matt Sarah LeMay dem russischen Unwillen ausliefern. Frazer machte sich Sorgen, dass es eine Art persönlicher Fehde zwischen den LeMays und Andrej Dorokow war und wollte handeln, bevor es zu einem ausgewachsenen diplomatischen Zwischenfall zum schlechtmöglichsten Zeitpunkt kam, wenn man die momentane Abkühlung der Ost-West-Beziehungen betrachtete. Geschwindigkeit war entscheidend, ebenso wie Geheimhaltung. Und ja, ein wenig persönliche Vergeltung würde Matts Ego nicht schaden, wenn man bedachte, dass Sarah ihn wie einen verdammten Idioten hatte dastehen lassen.

„Ich habe Ihre Töchter früher am Abend kennengelernt. Eine von ihnen hat etwas in meinem Fahrzeug verloren."

„War es ein Ohrring?", fragte die Frau.

Sie hat so viel mehr verloren als nur einen Ohrring.

„Sie waren nicht der Meinung, dass es etwas zu spät ist, um einfach vorbeizukommen?" Die Augen der Frau funkelten amüsiert, als sie auf ihre Uhr sah. Mitternacht.

Deshalb sollten Kinder über einundzwanzig Jahren nicht mehr bei ihren Eltern wohnen.

„Ich entschuldige mich für die Unannehmlichkeiten", sagte er, rührte sich aber nicht vom Fleck.

Der Kongressabgeordnete sah verblüfft aus. Die Mutter schien zu begreifen, dass es ihm ernst damit war, dass er sie jetzt sofort sehen wollte. „Okay. Warten Sie hier. Ich gehe nach oben und sehe, ob sie mit Ihnen reden möchte."

Matt öffnete den Mund, um darauf bestehen, mit ihnen beiden zu reden, aber der Kongressabgeordnete trat zurück, als ob er resigniert hatte. „Sie kommen besser rein."

„Angel. Angel?" Die Stimme der Mutter wurde aus den oberen Stockwerken lauter und lauter.

„Eigentlich wollte ich mit Sarah sprechen", erklärte Matt.

„Sarah?" Der Kongressabgeordnete wiederholte den Namen, als ob er sich nicht daran erinnerte, eine zweite Tochter zu haben.

„Adam", rief Mrs. LeMay das Treppenhaus hinunter. „Sieh in der Küche nach, Schatz. Sie ist nicht in ihrem Zimmer."

Der Kongressabgeordnete ging gehorsam in den hinteren Teil des Hauses und begann, Angels Namen zu rufen. Es erfolgte keine Antwort. Matts Haut kribbelte vor Unbehagen. Murphys Gesetz. Was schiefgehen kann, wird schiefgehen.

„Ist sie in Sarahs Zimmer, Valerie?" Der Kongressabgeordnete begann, die Treppen hinaufzugehen und Matt folgte, ließ die Tür hinter sich weit offen, weil er das Gefühl hatte, dass die Kacke bald am Dampfen sein würde.

Er ging mit großen Schritten in einen Raum, der offensichtlich das Schlafzimmer einer jungen Frau war. Abgelegte Kleider lagen auf dem Boden, inklusive dem Kleid, das Angel vorhin getragen hatte. Er ging durch die offene Tür in das danebenliegende Zimmer und sah das vorhin von Sarah getragene Kleid hinten an der Tür hängen. Kein Zeichen von einer der Frauen. Das verursachte ein ungutes Gefühl in ihm.

„Nichts berühren.“

Sie sahen ihn beide mit übereinstimmenden Ausdrücken des Entsetzens an.

„Was meinen Sie damit, ‚nichts berühren‘?“, polterte der Kongressabgeordnete und wandte sich dann an seine Frau. „Sie glauben doch nicht, dass etwas Schlimmes passiert ist, oder?“

„Vielleicht ist sie mit Scarlett nach Hause gegangen?“ Valerie knabberte an ihrer Lippe, hob dann den Hörer des Telefons neben dem Bett ab und wählte eine Nummer.

Wer zur Hölle war Scarlett? Matt hatte das furchtbare Gefühl, dass er es wusste. Angel hatte Sarah in der Limousine „Scar“ genannt.

„Scarlett nimmt nicht ab. Ich versuche es auf Angels Handy.“ Die Frau wählte eine andere Nummer. Ihr Gesicht wurde sehr blass. „Sie meldet sich auch nicht.“ Sie sah auf. „Angel hat ihr Telefon immer dabei.“

„Es ist Sarah, mit der ich sprechen möchte“, sagte Matt vorsichtig.

„Sarah?“ Das Gesicht des Kongressabgeordneten LeMay war ein einziger Ausdruck der Verwirrung.

„Wann haben Sie Sarah kennengelernt?“, fragte die Mutter.

Matt wusste, dass ihm ein ganzes Bündel Stücke des Puzzles fehlte, aber er würde seine Unwissenheit nicht erklären, bis er nicht alles von der Familie erfahren hatte, was er aus ihnen herauskriegen konnte.

„Sie müssen beide hinunterkommen, dann können wir das besprechen“, sagte er fest.

„Was ist los?“ Die Augen der Mutter richteten sich auf ihn

und verengten sich.

„Runter. Jetzt." Matt erweckte seinen inneren Armeeausbilder, und die LeMays taten endlich, was ihnen gesagt wurde.

Frazer stand unten im Türrahmen.

„Keine der Frauen ist hier", berichtete Matt seinem Vorgesetzten.

Frazer nickte und stellte sich den LeMays vor. „Wo hätten Ihre Töchter um diese Uhrzeit hingehen können, Sir?"

„Worum geht es denn überhaupt?", fragte die Mutter. „Angel sagt uns, wenn sie weggeht. Sie weiß, dass ich nicht gut schlafe, wenn ich nicht weiß, dass sie in Sicherheit ist."

„Und Sarah?", fragte Matt leise.

„*Sarah* ist nicht in der Stadt." Der Kongressabgeordnete funkelte ihn ungeduldig an.

„Sie wurde mir heute Abend in der Residenz des russischen Botschafters vorgestellt."

Valeries Augen traten hervor, und ihr Gesicht verlor sämtliche Farbe. Sie begann, zusammenzusinken, ihr Ehemann fing sie auf. „Sie müssen sich irren."

„Ich bin ziemlich sicher, dass ich dort war und keine Drogenhalluzination hatte."

„Lazlo", warnte Frazer.

„Angel hat *Scarlett* in die russische Botschaft mitgenommen?", fragte der Kongressabgeordnete seine Frau mit hörbarem Entsetzen. „Das würde sie nicht tun."

„Anscheinend hat sie es getan." Die Lippen der Frau waren blutleer. Sie presste sie zusammen und sog die Luft ein, als ob sie damit wieder zu Kräften kommen würde.

„Wer ist Scarlett?", fragte Matt. Die Frau, die er früher am Abend kennengelernt hatte, hatte offensichtlich hinsichtlich ihrer Identität gelogen.

Valeries Finger verknoteten sich. „Scarlett Stone. Ich weiß immer noch nicht, was das mit Angels Verschwinden zu tun haben soll…"

„Scarlett ist eine gute Freundin von Angel", warf der Kongressabgeordnete ein. „Ich kann nicht glauben, dass sie zu der Feier gegangen sind, nachdem ich sie ausdrücklich angewiesen habe, die Einladung abzulehnen. Verdammt, ich brauche einen Drink." Der Kerl sah aus, als ob er gleich ohnmächtig werden würde.

Scarlett Stone…

„Warum kommt mir dieser Name bekannt vor?", fragte Matt.

Alex Parker erschien im Türrahmen. „Weil sie die Tochter von Richard Stone ist."

„Richard Stone, der Spion?", stieß Frazer hervor.

Heilige Scheiße. Jetzt war die Kacke am Dampfen.

Alex gab ihm und Frazer ein Zeichen, näher zur Tür zu kommen und murmelte leise: „Angels Handy wurde gerade benutzt, um Scarlett Stone anzurufen. Jemand mit einem russischen Akzent hat Ms. Stone gesagt, sie müsse ihn in dreißig Minuten treffen, wenn sie ihre Freundin lebend wiedersehen wolle. Allein."

Matt spürte, wie sich seine Lippe verzog. Irgendein Drecksack benutzte eine Frau, um die andere zu bedrohen, was bedeutete, dass Scarlett und ihre Freundin beide in großer Gefahr waren. Er sah auf seine Uhr. Die Zeit lief, wenn sie die Sache in den Griff bekommen wollten.

„Sie glauben, dass sie Angel haben?", fragte Frazer.

„Sie haben ihr Handy, und die Frau ist verschwunden. Es ist eine plausible Annahme", erklärte Parker.

Frazers Blick war mitfühlend, als er sich auf die LeMays

richtete, aber er hielt seine Stimme leise, damit sie nichts hören konnten. „Sie dürfen das nicht erfahren. Noch nicht. Sie würden alle möglichen Leute aus der Regierung hinzuziehen und beide Mädchen wären vor Tagesanbruch tot."

„Dann kümmern Sie sich um sie, während ich Miss *Scarlett* abhole und eine Falle für denjenigen vorbereite, der das LeMay-Mädchen hat", drängte Matt seinen Boss. „Rooney kann mit mir kommen."

Frazer schwieg, es schien wie Minuten, waren aber nur ein paar Sekunden. „Ich brauche Rooney hier. Ihre politischen Verbindungen könnten uns vielleicht nützen."

„Gut. Ich fahre allein – wir haben keine Zeit, um auf Verstärkung zu warten." Matt war begierig, loszulegen. Die Uhr tickte.

„Ich komme mit Ihnen. Ich habe ein wenig Erfahrung." Alex Parkers Stimme enthielt eine Spur Ironie.

Frazer nickte und sah auf seine Uhr. „Ich kümmere mich um die Schadensbegrenzung. Ich muss einige Anrufe machen, um so viele Brandherde wie möglich zu löschen, bevor diese Leute einen weiteren Krieg anzetteln." Er drückte zwei Finger gegen seine Nasenwurzel. „Als ob wir momentan nicht schon genug Probleme hätten."

Das Land war bereits am Rande eines Konfliktes mit der Hälfte des Mittleren Ostens, nachdem Terroristen zwei Wochen zuvor ein amerikanisches Einkaufszentrum angegriffen hatten. Der Tod des Vizepräsidenten verstärkte die Anspannung und die allgemeine Beunruhigung im Land noch weiter, und so war dies kein guter Zeitpunkt, den russischen Botschafter zu beschuldigen, die Tochter eines Kongressabgeordneten entführt zu haben. Nicht ohne handfeste Beweise. Und sogar dann wäre es politisch gefährliches Terrain.

Matt ging hinaus zum Geländewagen. Seine Priorität war, Angel LeMay und Scarlett Stone lebend zu finden. Dann würde er dafür sorgen, dass es ihnen beiden ausgesprochen leidtat, einen Bundesagenten belogen zu haben.

Mallory Rooney stand auf dem Bürgersteig. Sie bedachte ihn mit einem verhaltenen Lächeln – eines, das zeigte, dass sie ihn noch nicht recht einordnen konnte. Sie war die Tochter einer US-Senatorin, und einige ihrer BAU-4-Kollegen hatten sie nicht gerade herzlich aufgenommen, als sie im letzten November neu in die Abteilung gekommen war, ohne die normalen Eintrittsprozeduren zu durchlaufen. Als der damalige Abteilungsleiter unerwartet gekündigt hatte und Frazer befördert worden war, hatten die anderen Agenten in der Abteilung damit gerechnet, dass Rooney versetzt werden würde. Stattdessen hatte Frazer ihr seine volle Unterstützung zuteilwerden lassen. Das war ausreichend für Matt. Sie war eine gute Agentin, wenn auch ein wenig unerfahren.

Hatte *er* sie herzlich aufgenommen?

Matt hielt inne. Er war sich nicht sicher. Er war mit seinen eigenen Problemen und Fällen beschäftigt gewesen. War es immer noch. Er wurde langsamer. „Der Boss braucht Sie drinnen. Potenzielle Entführungssituation, aber sagen Sie es den Eltern nicht.“

„Danke, Agent Lazlo“, antwortete sie kühl.

Er wurde noch langsamer. Die Frau hatte kürzlich einen Serienmörder überführt, der achtzehn Jahre zuvor ihre Zwillingsschwester entführt hatte. Sie war wahrscheinlich in dieser Arbeit erfahrener, als er ihr zugestand. „Nennen Sie mich Matt.“

Ihr Lächeln erreichte ihre Augen, und er verstand, dass er nicht sehr freundlich gewesen war. Er würde sich Mühe geben, das zu verbessern, aber jetzt gerade hatte er einfach keine Zeit.

Seine Gedanken wanderten zu der vor ihm liegenden Aufgabe. Er ging zum Kofferraum und zog eine der Kevlarwesten heraus, die die TacOps dort aufbewahrte – sie hatten das Fahrzeug zusammen mit weniger auffälliger Kleidung von Jon Regan geliehen, um nicht zum BAU-Gebäude oder nach Hause fahren zu müssen, und somit Zeit zu sparen. TacOps war gerade von einem Job in der Nähe zurückgekommen, als sie den Anruf hinsichtlich Sarah bzw. Scarlett erhalten hatten und hatte noch keine Möglichkeit gehabt, den SUV zu entladen. Der Kofferraum war vollgepackt mit Dingen, die sie bei einem taktischen Einsatz vielleicht brauchen konnten, zusammen mit Westen der Stadtwerke, Absperrkegeln, jedem der Menschheit bekannten Dietrich, einem kleinen Vorrat von C4-Sprengstoff, einer großen Tüte Hundeleckerli und einigen Beruhigungsmitteln, falls die Hundekekse ihre Aufgabe nicht erfüllten.

Das Fahrzeug hatte wahrscheinlich einen Peilsender, was eine gute Sache sein könnte, da sie nicht viel Zeit hatten, diesen Einsatz zu planen. Wenn sie es nicht überlebten, würde TacOps zumindest ihr Spielzeug zurückbekommen.

Parker gesellte sich zu ihm und rüstete sich aus, schnell und effizient. Das und die Tatsache, dass Frazer ihn mit Matt in eine gefährliche Situation schickte, sagte ihm, dass die Gerüchte stimmten. Der Typ war nicht der übliche Schreibtischhengst oder Computernerd.

„Wo fahren wir hin?", fragte Matt.

„Nördliches Ende der Virginia Avenue. In Flussnähe. Der Park beim Bootsclub."

Matt überprüfte seine Waffe und sah, wie der Typ neben ihm das Gleiche tat. Er packte Zusatzmunition in seine

Taschen. „Wissen Sie irgendwas über diese Sache?"

Parker schüttelte den Kopf. „Stone war vor meiner Zeit."

Vor vierzehn Jahren hatte Matt das BUD/s, das Navy Seals-Auswahltraining durchgestanden. Es war der stolzeste Tag seines Lebens gewesen. Danach war er zu beschäftigt mit der Ausbildung gewesen, um sich sonderlich für einen Mann zu interessieren, der Geheimnisse an Russland verkaufte, abgesehen davon, ihn aus Prinzip zu verachten.

Matt setzte sich auf den Fahrersitz. Alex war Beifahrer.

Matt fuhr schnell, das Blinklicht war an, die Sirenen aus. „Ziemlich dreist, die Tochter eines Kongressabgeordneten zu entführen."

„Die Russen sind nicht gerade schüchterne Mauerblümchen. Diese Typen meinen es ernst, wenn sie sauer sind. Dorokow ist bekannt dafür, cholerisch und unangenehm zu werden, wenn man ihm in die Quere kommt. Keine gute Eigenschaft für einen Diplomaten, aber er hat Beziehungen. Sie waren ein Navy SEAL?"

Matt zog eine Augenbraue hoch. Er sprach nicht viel über seine Vergangenheit. „Hacken Sie sich in die Akte von jedem, oder bin ich was Besonderes?"

„Von jedem." Parker nahm seine Augen keinen Moment vom Laptop auf seinen Knien. „Ich weiß gerne, mit wem ich zusammenarbeite."

„Eher mit wem Ihre Verlobte zusammenarbeitet." Matt musterte ihn aus den Augenwinkeln.

Parker war damit beschäftigt, etwas in den Computer zu tippen, aber Matt wusste, dass er seine vollständige und ungeteilte Aufmerksamkeit hatte. „Ich beschütze die Menschen, die ich liebe", sagte der Typ schlicht.

Matt wollte sich um Rooneys willen beleidigt fühlen, aber

er verstand die Einstellung. Er hatte genauso gefühlt, wenn es um seine Brüder in den Teams gegangen war. Er war willens gewesen, für jeden von ihnen zu töten und zu sterben. Er hatte Freunde beim FBI, aber nichts, das dieser stählernen Verbindung entsprach. Er vermisste es. „Sie waren bei der Army?"

Nun hob Parker eine Augenbraue an. Er war nicht der Einzige, der gerne wusste, mit wem er arbeitete. Alex Parker hatte das Distinguished Cross verliehen bekommen und im Nahen Osten viele Kämpfe erlebt.

„Ich habe Ihre Lobotomienarbe entdeckt." Matt feixte. „Wie viele Army-Kadetten braucht man, um eine Glühbirne einzuschrauben?"

„Einen. Er hält die Birne einfach fest und erwartet, dass sich die Welt um ihn dreht." Parker grinste. „Warum haben Sie die Teams verlassen?" Und er mochte anscheinend die schwierigen Fragen.

„Das ist nichts, was man für immer tun kann." Matt zuckte mit den Schultern, als ob es ihm nichts ausmachte, und er es nicht vermisste. Er würde damit sicher keinen Lügendetektortest bestehen und bezweifelte, dass er Parker hinters Licht geführt hatte.

„Das FBI muss ziemlich zahm wirken, wenn man vorher aus Flugzeugen gesprungen ist und Türen eingetreten hat."

„Sagen Sie's mir." Matt lehnte sich in seinem Sitz zurück, zwang sich, sich zu entspannen, obwohl das Adrenalin hart durch seine Adern pochte. „Die Gerüchte besagen, dass Sie bei der CIA waren?"

„Das ist nicht wie das Soldatenleben. Ich vermisse es nicht." Parkers Miene war ungerührt, aber die Schatten in seinen Augen deuteten an, dass er in die Hölle und wieder zurück gegangen war. Die Agency war gut in Sachen Geheimhaltung, aber das machte es nicht einfach, für sie zu arbeiten.

Der Blick, mit dem Parker ihn bedachte, zeigte ihm auch, dass er genau wusste, was Matts alte Karriere ihm bedeutet hatte. Die Militärfamilie mochte sich anzicken und untereinander streiten, aber sie waren trotzdem eine Familie. Die Agency funktionierte anders. Matt fragte sich, was der Mann genau getan hatte, wusste aber, dass er das nicht fragen konnte.

„Irgendwas Neues?", fragte Matt, sich auf den Computer beziehend, an dem Parker arbeitete.

„Nein", antwortete Parker leise. „Aber ich mache mir um beide Frauen Sorgen."

Matt schnaubte. „Die kleine Hexe hat mich reingelegt."

„Scarlett Stone ist verloren, was auch immer geschieht. Wenn die Russen sie erwischen, wird sie verletzt oder getötet werden, aber wenn die US-Regierung sie erwischt... Das FBI kann sich die Hände in Unschuld waschen und behaupten, dass sie mit der Ausspionierung der Russen nichts zu tun hatten. Eine Frau wie sie, auf Video festgehalten? Sie ist das ultimative Bauernopfer."

„Inwiefern ‚wie sie'?", stieß Matt hervor. Der Gedanke, dass jeder dieses Video sah, machte ihn wahnsinnig, was dumm war.

„Intelligent, attraktiv, in einem Märchenkleid und hohen Schuhen, die sich unter falschem Namen Zutritt zur Residenz des russischen Botschafters verschafft. Und mit dem Vater? Sie können sie einsperren und den Schlüssel wegwerfen. Man kann ihr alles anhängen."

Matt knirschte mit den Zähnen. „Sie hat die Wanze nicht

einmal platziert."

„Spielt keine Rolle."

Verdammt.

Es sollte ihm egal sein. Scarlett bedeutete ihm nichts. Sie hatte ihm ins Gesicht gelogen und wahrscheinlich einen erheblichen diplomatischen Zwischenfall ausgelöst, der auf ihn und seine Karriere ein schlechtes Licht werfen könnte. Anders als gewisse Gesellschaftsprinzessinnen brauchte er seinen verdammten Job. Angel LeMay war verschwunden, und nur Gott wusste, was die Russen ihr antun würden, wenn sie nicht bekamen, was sie wollten. Ganz zu schweigen vom Kongressabgeordneten, der an die Decke gehen würde, wenn sie Angel nicht bald und vor allem unversehrt zurückbrachten. Die ganze Situation war offizieller Riesenmist. Aber der Ausdruck, den er früher am Abend in ihren Augen gesehen hatte. Der Funke von etwas Urgewaltigem, das zwischen ihnen bestand… Sein Magen verkrampfte sich.

Er trat mit dem Fuß fest auf das Gaspedal und musste sich davon abhalten, über jede rote Ampel in der Stadt zu rasen. Der Mangel an Informationen zu dieser Situation störte ihn, aber Scarlett – wenn man davon ausging, dass sie auftauchte und versuchte, ihre Freundin zu retten – war in ernsthafter Gefahr, und aus irgendeinem Grund konnte er den Gedanken, dass ihr Schmerzen zugefügt wurden, nicht ertragen.

Der Laptop gab ein leises Piepen von sich, und Parker öffnete ein Dokument. Piep. „Sie mag keine Ahnung von Spionage haben, aber als ich die Vorrichtung, die sie platzieren wollte, nicht erkannte – und glauben Sie mir, wenn es patentiert ist, kann ich es erkennen –, habe ich sie etwas genauer überprüft."

„Was haben Sie gefunden?" Sein Interesse war trotz allem

geweckt. Er zog seine Waffe aus dem Holster und legte sie in seinen Schoß. Sie waren fast da. Er schaltete das Blaulicht ab.

„Scarlett Stone hat nicht nur ein hübsches Gesicht. Sie ist eine Topwissenschaftlerin in der Forschung in Georgetown. Hat einen Abschluss in Mikroelektronik und einen postgradualen Abschluss in Festkörperphysik, mit Spezialisierung auf anwendungsspezifische, integrierte Schaltungen. Hat mit zweiundzwanzig ihren Doktor gemacht."

„Und Sie sagen mir, dass sie ihre eigenen Abhörvorrichtungen baut? Heilige Scheiße."

Der Fluss kam in Sicht. Parker schloss den Laptop. Er betätigte den Schalter am Innenlicht, während Matt die Scheinwerfer ausmachte. Matt fuhr etwa zwanzig Meter vor der Abzweigung zum Rock Creek Park Trails-Parkplatz an den Straßenrand. Alex Parker warf ihm etwas aus dem Handschuhfach zu. Eine Nachtsichtbrille. Könnte nützlich sein.

„Ich gehe nördlich am Fluss entlang, Sie an der Ostseite des Parks?"

Parker nickte.

„Können Sie mit der SIG gut umgehen?"

Parkers Stimme klang leicht amüsiert. „Ich komme damit zurecht."

Gut. Matt schlüpfte aus dem Auto. Er würde sich mit mehr Verstärkung besser fühlen, aber es war keine Zeit dafür, und eine Gruppe Polizisten würde sich außerdem sofort in alle Himmelsrichtungen verteilen. Sie mussten beide Frauen finden, bevor jemand verletzt wurde. Die Zeit für Spaß und Spiele war vorbei.

———

SCARLETT HÜLLTE SICH fester in ihren Mantel, während sie unkontrolliert zitterte. Sie war zwischen den Bäumen verborgen, nicht weit von dem Fluss, der dem Park seinen Namen gab. Ein Busch raschelte neben ihr, und ihr Herz explodierte in einem Stakkato-Rhythmus, der Schmerz durch eine Rippe schießen ließ. Sie griff an ihren Brustkorb und seufzte erleichtert auf, als etwas Kleines davonflitzte. Ein Eichhörnchen.

Heute war ihr eine Lektion gewesen, dass sie sich an Sachen halten sollte, in denen sie gut war, was in ihrem Fall Physik bedeutete. Wie hatte sie je glauben können, dass sie damit davonkommen würde? Sicher konnte sie eine Abhörvorrichtung bauen, aber sie unbemerkt platzieren? Träum weiter.

Sie hatte fast die ganzen dreißig Minuten gebraucht, um zu Fuß herzukommen, fast die ganze Strecke rennend. Ihre Lungen brannten von der Anstrengung. Kahle Zweige wehten über ihr, durch den rauen Winterwind ihrer Blätter beraubt. Sie hatte keine Waffe, niemanden, den sie um Hilfe bitten konnte. Der Mann am Telefon hatte gesagt, sie dürfe die Polizei nicht benachrichtigen, und die LeMays würden das ganz sicher tun, wenn sie es herausfanden. Der Mann am Telefon hatte wie jemand geklungen, mit dem man sich besser nicht anlegte. Er hatte wie ein furchterregender russischer Berufskiller geklungen.

Sie wusste nicht, wie man mit einem Berufskiller umging.

Ihre Finger schwebten über der 9-1-1 auf ihrem Display. Ihr Vater hatte ihr beigebracht, den Männern und Frauen in Uniform zu trauen, aber sie hatten ihn hintergangen und ihre persönlichen Erfahrungen waren nicht gut gewesen. Sobald die Strafverfolgungsbehörden begriffen hatten, dass Scarlett

und ihre Mutter Richard Stone trotz seines Schuldaner-
kenntnisses für unschuldig hielten, hatten die Polizisten wenig
Mitgefühl gezeigt. Allerdings war die Tochter eines Kongressabgeordneten entführt worden, also wäre es vordringlich, sie
zu retten… wenn man davon ausging, dass sie ihre Geschichte
glaubten und innerhalb der nächsten fünf Minuten ankamen.

Verdammt nochmal.

Dann war da noch die Kleinigkeit, dass sie im Gefängnis
enden würde, wenn die Polizei herausfand, was sie heute
Abend versucht hatte. Da die Krebserkrankung ihres Vaters so
schnell voranschritt, würde sie vielleicht nicht rechtzeitig
herauskommen, um sich zu verabschieden. Sie würde ihn
vielleicht nie wiedersehen.

Was für eine Närrin sie doch war.

Sie glaubte nicht, dass die Russen sie dafür töten würden,
dass sie versucht hatte, eine Wanze zu platzieren, insbesondere
da sie so spektakulär gescheitert war. Der Kalte Krieg war
vorbei, und sie hatte keine Geheimnisse erfahren, weder große
noch kleine. Vielleicht würden sie ihr ein wenig Angst
einjagen. Sie verprügeln. Versuchen, sie dazu zu bringen, für
sie zu arbeiten, ihnen einen Vorsprung bei einigen
technischen Fortschritten zu verschaffen, die noch nicht in
wissenschaftlichen Zeitschriften veröffentlicht worden waren.

Sie würden sie definitiv bestrafen, aber das würde sie
verkraften. Sie zitterte stärker.

Wenn Angel nicht in Gefahr gewesen wäre, wäre sie
vielleicht für ein paar Tage untergetaucht, in der Hoffnung,
dass sie sie vergessen würden, aber ihre Freundin hatte Scarlett
in der schlimmsten Zeit ihres Lebens beigestanden. Angel
hatte keine Ahnung, was Scarlett heute Abend versucht hatte,
was den Betrug noch schlimmer machte.

Angel war unschuldig, und Scarlett war dumm – ein beschämender Rollentausch.

Vielleicht hatten sie alle recht, dass sie es hinter sich lassen sollte. Ihr Vater war seit vierzehn Jahren eingesperrt. Er würde im Gefängnis sterben. Es bräuchte schon ein Wunder, um seine Unschuld zu beweisen, und obwohl es Weihnachten war, mangelte es in ihrem Leben ein wenig an Wundern.

Um Verzeihung bitten. Angel in Sicherheit bringen. Ihre Strafe erdulden. Sich auf die Arbeit konzentrieren.

Sie zitterte, als der kalte Wind zwischen ihren Schal und ihre Haut drang. Stimmen erklangen aus der Nähe der Fährenanlegestelle. Sie spähte in die Dunkelheit, sah aber nichts.

Auf dem Parkplatz standen zwei leere Autos, die Wege schienen verlassen. Vielleicht war sie an den falschen Ort gekommen? Sie biss sich auf die Lippe. Sie prüfte das Schild. Dies war der Ort, den der Mann genannt hatte. Als sie in die Ferne spähte, sah sie eine Gruppe Jugendlicher den Park durch den Südeingang nahe der Straße betreten. *Mist.* Sie schob sich weiter in die Schatten und hoffte, dass ihr Herz bei all dem Stress nicht versagte. Dieser Nacht-und-Nebel-Kram war nicht gut für ihre Gesundheit. Wie konnte jemand bei klarem Verstand ein Spion sein wollen?

Sie glaubte nicht, dass die Gang sie gesehen hatte. Mit zitternden Händen sank sie am Baumstamm hinab und schlang ihre Arme um sich, wünschte sich, sie hätte auf ihre Instinkte gehört und sich von den Russen ferngehalten.

Es lag an den Entführern, den nächsten Schritt zu machen.

———

DAS LEISE RAUSCHEN des dicht vorbeifließenden Potomac übertönte alle verdächtigen Geräusche. Der Bootsclub war in der Nähe, der Anleger der Georgetown-Fähre genau im Westen, aber zu dieser Nachtzeit war die Gegend ruhig und dunkel. Eine Jugendgang folgte den Wegen an ihnen vorbei– wenn sie nach Schwierigkeiten suchten, würden sie sie bestimmt finden, aber nicht durch ihn. Matt setzte die Nachtsichtbrille auf und betrachtete die Umgebung in stumpfgrüner Monotonie. Der Wind pfiff durch die Zweige über ihm, als er sich vorsichtig seinen Weg zwischen robusten Baumstämmen hindurch bahnte. Jeder Sinn war in höchster Alarmbereitschaft hinsichtlich Scarlett Stone, Angel LeMay oder dem Entführer. Alex Parker sollte mittlerweile auf der anderen Seite angekommen sein. Matt sah kein Zeichen von dem Mann, obwohl er wusste, dass er da war.

Dann sah er etwas. Eine an einem Baumstamm zusammengekauerte Gestalt, die Arme schützend um sich selbst geschlungen. Er ließ seine Blicke über die restliche Gegend streifen, sah aber nichts. Zwei Autos standen auf dem Parkplatz, aber beide schienen leer. Vorsichtig näherte er sich der gebückten Gestalt. War es jemand, der in Scarletts Durcheinander verwickelt war, oder nur ein Obdachloser, der einen vor dem scharfen Wind geschützten Platz suchte? Er konnte nicht erkennen, was sie in den Händen hielt. War sie bewaffnet? Seine Hand lag auf seiner SIG Sauer, bereit dazu, die Waffe zu ziehen, sobald die Gestalt ihn entdeckte.

Das Licht eines Handys erhellte die zarten Züge einer jungen Frau – Scarlett Stone. Aber durch die Nachtsichtbrille war das Leuchten so stark, dass er blinzeln und den Blick abwenden musste. Eine Sekunde später zerriss das Geräusch eines Hochleistungsgewehrs die Nacht.

Verdammte Scheiße.

Scarlett winselte und rollte sich zur Seite, fiel dann in ein gebücktes Rennen, während ein weiterer Schuss den Stamm traf, an dem sie nur einen Moment zuvor gesessen hatte. Matt rannte direkt zu ihr, schaffte es, ihren Arm zu ergreifen und sie hinter einen Baum zu ziehen, der gerade breit genug war, um ihnen beiden Schutz zu bieten. Sie schrie, also legte er eine Hand auf ihren Mund und riss sie an sich. Sie wehrte sich wütend, und er konnte sie kaum festhalten.

„Halten Sie still, verdammt. Ich tue Ihnen nichts", knurrte er in ihr Ohr.

Sie wurde steif wie eine Leiche.

Hatte sie seine Stimme vom früheren Abend erkannt? Der Gedanke gab ihm ein seltsames Gefühl bösartiger Befriedigung. Er wusste nicht, warum es wichtig war. Sie war jetzt eine Aufgabe, nichts weiter. Ihr Kopf drängte sich gegen seine Hand, als sie versuchte, in sein Gesicht zu blicken, aber es war zu dunkel, um etwas zu sehen und er trug die Nachtsichtbrille.

Er bewegte sich, versuchte zu erkennen, wer da draußen war. Parker musste irgendwo in der Nähe sein. Matt hielt still, gab dem anderen Mann die Möglichkeit, sich in Position zu bringen, obwohl er wusste, dass er so auch dem Schützen Zeit gab, sich in einem besseren Winkel zu positionieren. Der Gedanke, dass jemand auf ihn zielte, war nicht angenehm, aber es war nicht das erste Mal, dass er ins Kreuzfeuer geriet.

Zeit, zu gehen. „Wir rennen nach rechts und schlagen uns tiefer zwischen die Bäume."

„Aber…"

Er legte seine Hand wieder auf ihren Mund und trug sie. Das ging schneller, als zu streiten. Nach fünf Metern hatten sie eine große Eiche erreicht, aber Matt wollte sich noch weiter aus der Reichweite entfernen, also ging er weiter. Das Geräusch eines zweiten Schusses und das scharfe Kratzen einer Kugel an seiner Schulter zeigten ihm, dass der Schütze gut und es knapp gewesen war. Er schob sich hinter eine breite Weißbirke und ließ Scarlett auf ihre Füße fallen, hielt sie aber dicht bei sich. Dann wechselte er die Positionen, sodass sie an den Stamm gedrückt war und er ihre Vorderseite abschirmte. Sie erreichte kaum seine Schultern, aber jeder Zentimeter fühlte sich hinreißend weiblich an.

Ihr Duft erreichte ihn, süß-zitronig, eine unwillkommene Erinnerung an den früheren Abend, als er sich aus völlig anderen Gründen für den Inhalt ihrer Unterwäsche interessiert hatte.

Zu schade.

Er wusste nicht, wo der Schütze sich befand, aber er nahm an, dass er dicht beim Fluss war, vielleicht in einer der Wohnungen.

„Matt? Sind Sie das?", flüsterte sie.

„FBI Special Agent Lazlo."

Ihr überraschtes Keuchen schien echt genug. Er konnte ihr Gesicht durch die Nachtsichtbrille deutlich erkennen. Vielleicht hatte sie ihn gar nicht die ganze Zeit an der Nase herumgeführt.

„Woher wussten Sie, dass ich hier bin? I-ich verstehe nicht." Die Unsicherheit in ihrer Stimme wies darauf hin, dass sie sein früheres Interesse für den Teil einer Falle gehalten hatte.

Er wünschte, das wäre wahr. Er wünschte, sie wäre in all dem die Genarrte.

„Ihre kleine Einlage beim russischen Botschafter wurde

von einer Kamera aufgezeichnet." Sie sog schockiert den Atem ein, wodurch ihre Brüste an ihn gedrückt wurden und bestimmte Teile seines Körpers aufmerksam werden ließen. „Sie haben mit Ihren Spielchen mehr Leute sauer gemacht als Sie sich auch nur annähernd vorstellen können."

„Aber wie haben Sie mich *hier* gefunden?", fragte sie eindringlich, ignorierte seine angefressene Strafpredigt. „Hat sich jemand in das GPS meines Handys gehackt?"

Er zuckte mit den Schultern, wollte nichts zugeben, das ohne Durchsuchungsbefehl technisch gesehen illegal war.

„Wussten Sie, dass sie Angelina haben?" Sie wand sich, versuchte ein wenig Raum zum Atmen zu bekommen, schaffte es aber, sich noch stärker an bestimmte Stellen seines Körpers zu reiben, die den Unterschied zwischen Feuergefecht und Sex nicht verstanden. Sie erstarrte einen Moment, ignorierte es dann. „Sie müssen mich gehen lassen, damit ich mit denen reden kann", insistierte sie. „Er hat Sie sicher gesehen und angenommen, dass ich die Polizei gerufen habe. Wenn ich es nur erklären könnte…"

Eine Kugel schlug nur Zentimeter über seinem Kopf in den Baumstamm ein. Er schob sie dichter an den Baumstamm, sein Körper drückte sich fest gegen ihren, entschlossen, sie zu beschützen, obwohl sie sich selbst in diese Lage gebracht hatte. „Ich glaube nicht, dass dieser Typ herkam, um zu verhandeln, *Scarlett*."

Die Nacht wurde sehr still, als sie beide die Ohren spitzten, um zu hören, ob jemand sich dort draußen bewegte.

Nach dreißig Sekunden starrer Anspannung ging sie auf die Zehenspitzen und flüsterte in sein Ohr. „Es tut mir leid, dass ich Sie angelogen haben."

Ihr Atem an seinem Nacken war warm und ließ seine

Haut erschauern. Die Frau machte etwas mit ihm, aber er war nicht so blöd, es sich anmerken zu lassen. „Ihr Name ist mir egal." Eine weitere Lüge, denn er hasste es, hintergangen zu werden, obwohl er mittlerweile daran gewöhnt war. „Warum haben Sie versucht, die Russen abzuhören? Warum Dorokow?"

Ihre dunklen Augen waren jetzt riesig. Ihr Mund öffnete und schloss sich mehrmals.

Jemand schoss auf sie und sie zögerte? „Spucken Sie's aus."

„Mein Vater ist…"

„Richard Stone, der Spion."

Sie schob sich wieder gegen ihn, aber er rührte sich nicht. Er genoss es nicht, Frauen körperlich einzuschüchtern, aber hier machte er eine Ausnahme. Er war heute Nacht fast umgebracht worden und noch nicht außer Gefahr. Er wollte, dass sie Angst hatte. Er wollte sie gehorsam halten. Er wollte sie in Sicherheit wissen.

„Mein Vater ist unschuldig."

Matt lachte, und ein verletzter Ausdruck schoss über ihr Gesicht. Er dämpfte die Skepsis in seiner Stimme. „Er hat gestanden."

„Stellen Sie keine Fragen, wenn Sie keine Antworten möchten." Ihre Augen verengten sich, die Kieferpartie war fest.

Amüsiert sagte er: „Fahren Sie fort."

„Mein Vater hatte den Verdacht, dass Dorokow in den Jahren vor seiner Verhaftung in Spionageaktivitäten verwickelt war."

„Ich würde annehmen, dass er die Schlüsselfiguren kannte."

Sie trat ihn gegen das Schienbein.

Verdammt. „Angriff auf einen Bundesbeamten, zusätzlich

zu der Spionageanklage? Sieht nicht so aus, als ob Ihr Weihnachtsfest sehr fröhlich wird, Süße."

Sie trat ihn erneut, diesmal fester. „Wennschon, dennschon."

Au. Gottverdammt.

„Der Schütze ist weg", erklang eine Stimme aus der Dunkelheit – Alex Parker. „Aber lasst euch nicht stören."

Matt blickte über seine Schulter und sah den Mann weniger als drei Meter entfernt stehen. „Sind Sie sicher?"

„Fuhr in einem Fort Sedan weg. Ich hab' das Kennzeichen."

„Prima." Matt trat von Scarlett zurück, mochte es nicht, wie sein Körper dagegen protestierte. Sie war warm. Es war eine kalte Nacht.

Sie steckte ihre Hand in ihre Tasche und er griff nach ihrem Handgelenk.

„Hey!", schrie sie.

Er holte ihr Handy heraus, prüfte dann die andere Tasche. Keine Waffen.

„Ich muss versuchen, den Entführer wieder zu kontaktieren." Ihre Stimme hob sich erregt. „Ich muss Angel in Sicherheit bringen."

Matt warf Parker das Handy zu, der fing es mit einer Hand auf. „Daran hätten Sie denken sollen, bevor Sie sie in all das verwickelten." Er wappnete sich dafür, seinen Job zu machen, holte ein Paar Handschellen hervor und zog eine ihrer Hände hinter ihren Rücken. Ihre Handgelenke waren winzig, feingliedrig und zart. Das war normalerweise der Teil des Jobs, den er am meisten mochte und am seltensten zu tun bekam.

Diesmal verursachte es einen bitteren Geschmack in seinem Mund.

„Scarlett Stone, Sie haben das Recht, zu schweigen…"

KAPITEL FÜNF

FBI Special Agent Lazlo hielt ihren Ellbogen fest, als ob sie zur Flucht angesetzt hätte. Und sie hatte ihn früher am Abend für attraktiv gehalten und war bei dem Gedanken, ihn nie wieder zu sehen, traurig gewesen. Jetzt *hoffte* sie, ihn nie wieder zu sehen. In Handschellen in das FBI-Hauptquartier in der Innenstadt von Washington D.C. gebracht zu werden, erinnerte sie an jede Erniedrigung, die sie und ihre Familie je hatten erdulden müssen. Hatte sich ihr Vater so gefühlt? Nur noch schlimmer, weil er von seinen Kollegen hineingeschleift und beschuldigt worden war, sie für Geld verraten zu haben – für den Tod von Mitagenten im Ausland verantwortlich zu sein.

Gewöhnte man sich an den Biss harten Metalls auf weicher Haut? An die Verurteilung und die Verhöhnung auf den Gesichtern der Leute? Oder war jeder Schnitt und Stich wie ein neuer Schlag? Der Gedanke war unerträglich. Der Gedanke an ihren Vater, der in diesen Umständen dahinsiechte, ohne richtige Behandlung, für etwas eingesperrt, das er nicht getan hatte...

Sie hatte ihn angefleht, ihr zu sagen, warum er gestanden hatte, aber er hatte seine Augen geschlossen und sich geweigert, zu sprechen. Er hatte die Todesstrafe vermieden, aber zu welchem Preis? Jemand musste ihm gedroht haben, dass ihrer Mutter etwas geschehen würde, wenn er nicht nachgab. Oder ihr.

Sie war kein Kind mehr. Sie war davon ausgegangen, dass sie mit der Suche nach Wahrheit nichts zu verlieren hatte als ihre eigene Freiheit, aber nun war Angel entführt worden, und es war alles ihre Schuld. Sie hob das Kinn höher und schluckte die Gefühle herunter. Sie musste das in Ordnung bringen. Sie musste in der Lage sein, einen Weg zu finden, es richtigzustellen.

Sie benutzten den Hintereingang des J. Edgar Hoover-Gebäudes, gingen durch Flure und Metalldetektoren und Sicherheitschecks, jede Begegnung erniedrigender als die letzte. Sie begegnete Alex Parkers Blick. Er lächelte sie leicht an. Nicht beruhigend. Eher entschuldigend. Mitleidig. Das ließ nichts Gutes erwarten.

Sie kamen in einen Bürobereich, und ein Kerl mit gut frisierten blonden Haaren und den blassesten blauen Augen, die sie je gesehen hatte, im Gespräch mit einer hübschen Agentin mit kurzen dunklen Haaren, sah auf. Der Kerl trug einen Smoking und schien sich nicht daran zu stören, dass er für die Arbeit übertrieben gekleidet war. Sie schien seine Abendpläne ruiniert zu haben – das war anscheinend in dieser Nacht ihre Bestimmung. Seine Augen ruhten auf ihren gefesselten Händen, und seine Brauen zogen sich hoch. Aus dem Augenwinkel sah sie Parker eine Grimasse ziehen, aber ihr Wächter, Matt Lazlo, zuckte nicht mit der Wimper. Es juckte sie im Fuß, ihn erneut zu treten.

Gutaussehende Alphatypen, randvoll mit zu viel Testosteron umgaben sie, sodass sie sich klein und unwichtig fühlte. Sie erinnerte sich nicht daran, dass die Kollegen ihres Dads so ausgesehen hatten, aber sie war damals noch ein Kind gewesen. Sogar die weibliche Agentin sah aus, als ob sie Scarlett kräftig in den Arsch treten und dabei noch cool aussehen könnte. Wenn Angel hier gewesen wäre, hätte sie trotz der Handschellen geflirtet. Aber wenn Angel hier gewesen wäre, hätte Scarlett sich nicht gefühlt, als ob jemand mit einer Handsäge ein Loch in ihre Brust riss.

Sie schluckte die Schuld und das Bedauern hinunter. Wenn Angel verletzt wurde, würde Scarlett sich das nie vergeben. Sie *mussten* sie alles wieder in Ordnung bringen lassen. Nur wusste sie aus Erfahrung, dass diese Leute überhaupt nichts machen mussten, das sie nicht machen wollten. Sie mussten ihre Behauptungen, dass ihr Vater trotz seines Schuldeingeständnisses unschuldig war, nicht untersuchen. Sie mussten nicht nachsichtig sein, wenn sie versuchte, eine ausländische Supermacht zu verwanzen. Und sie mussten sich nicht dafür interessieren, dass sie einfach nur die Wahrheit wollte.

Sie sah auf die Wanduhr und stellte verspätet fest, dass dies das Büro war, in dem ihr Vater einmal gearbeitet hatte. Sie hatten es renoviert und Arbeitsnischen und grauen Teppich hinzugefügt, aber die Uhr an der Wand war genau die Gleiche wie bei ihrem letzten Besuch als staunende Zwölfjährige.

„Wo wollen Sie sie für das Verhör, Boss?", fragte Lazlo.

Ein Kloß aus Gefühlen steckte in ihrer Kehle. Es war dumm, sich von diesem Typen verraten zu fühlen. Er schuldete ihr nichts. Sie hatte ihn angelogen. Er hatte ihr Leben gerettet. Was hatte sie erwartet?

Trotzdem war das Gefühl da. Soweit dazu, endlich einen Mann zu treffen, mit dem sie sich *verbunden* fühlte. Sie wollte allerdings Verbundenheit. Sie wollte ihren Stiefel ein letztes

Mal mit seinem Schienbein verbinden.

Der Mann im Smoking näherte sich mit einer Akte in der Hand. „Mein Name ist Assistant Special Agent in Charge Lincoln Frazer. Gehen wir in eines der Befragungszimmer und reden miteinander, ja?"

Er war jung für eine so hohe Position. Definitiv der politisch ambitionierte Typ, was für sie nichts Gutes bedeutete. Scarlett ging auf das Zimmer zu, wusste, dass es keinen Sinn hatte, sich zu beschweren. Sie war diesen Leuten egal. Ihr Vater war ihnen egal. Sie begann, sich zu fragen, ob das Recht ihnen auch egal war.

„Special Agent Lazlo", sagte ASAC Frazer, als der andere Mann sich umdrehte, um zu gehen. Eine dieser perfekten Augenbrauen hob sich fragend. „Die Handschellen, bitte?"

Zögernd trat Lazlo hinter sie und steckte den Schlüssel ins Schloss. Seine Haut fühlte sich warm an ihrer eigenen an. Der Duft seines würzigen Rasierwassers schwebte über ihr, erinnerte sie an die Illusion, die sie vorhin so komplett getäuscht hatte. Seine Berührung war sanft, obwohl sie wusste, dass er wütend auf sie war, weil sie ihn angelogen hatte. Vielleicht waren sie jetzt doch quitt.

„Danke." Sie rieb sich das wunde Gefühl aus den Handgelenken.

Er hielt einen Moment inne, antwortete aber nicht. Sie begriff. Sie war jetzt der Feind. FBI-Agenten verkehrten nicht mit dem Feind. Egal. Ihr Vater war ebenfalls eine ehrliche Haut gewesen, hatte die Regeln immer befolgt. Ironischerweise erinnerte Matt Lazlo sie ein wenig an ihn. Sie fragte sich, wie weit er ausspucken würde, wenn sie ihm das sagte.

Sie ging vor Frazer in das Befragungszimmer. Lazlo folgte ebenfalls, was sie überraschte. Er wirkte in seinem dunklen T-

Shirt, schwarzen Hosen und der kugelsicheren Weste fehl am Platz. Militärischer als das FBI, aber angesichts der Uniform, die er zuvor getragen hatte, war er anscheinend einmal in der Navy gewesen – falls das echt und nicht eine Art Tarnung gewesen war. War er geschickt worden, um sie bei der Feier zu beschatten? Das schien nicht möglich, da sie niemandem von ihren Plänen, den Botschafter zu verwanzen, erzählt hatte.

Sie saß am Tisch in einem ungemütlichen Plastikstuhl, Frazer gegenüber. Lazlo positionierte sich bei der Tür, die Arme verschränkt, an der Wand lehnend. Die haselnussfarbenen Augen hatten ihr humorvolles Funkeln verloren. Sie bezweifelte, dass er sie je wieder auf diese Art anlächeln würde. Es war egal. Sie drehte sich weg.

„Dr. Stone", fing Frazer an.

Also kannte er ihren Hintergrund. Sie zog ihre Mütze vom Kopf, stopfte sie in ihre Tasche und schob die Haare hinter die Ohren. Sie hoffte inständig, dass ihr Chef nie von diesem Fiasko erfuhr. Ihre Augen flitzten zu dem Mann bei der Tür, und ihre Lippen wurden schmal. „Ich muss einen Anruf machen."

„Zuerst muss ich Ihnen einige Fragen zu dem stellen, was heute Abend passiert ist."

„Hören Sie, ich habe verstanden. Ich hab's getan." Sie lehnte sich vor, die Hände ballten sich auf der Tischplatte zu Fäusten. „Aber meine Freundin wurde entführt. Sie müssen los und sie *finden*. Sie hat mit all dem nichts zu tun."

„Sie haben ihr von Ihren Absichten nichts erzählt?"

Scarlett schüttelte den Kopf.

„Und es war reiner Zufall, dass sie Sie gebeten hat, mit ihr zu dieser Feier zu gehen und ihre Eltern deswegen angelogen hat?"

„Sie wollte hingehen, also nahm sie in ihrem und dem Namen ihrer Schwester an. Dann brach Sarah auf irgendein Trekkingabenteuer in der Wüste auf, also fragte sie stattdessen mich. Sie dachte, es würde lustig werden und wusste, dass man mich normalerweise nicht mal in die Nähe dieses Ortes lassen würde…"

„Aus offensichtlichen Gründen", merkte Lazlo an. *Klugscheißer.*

Scarlett trommelte ungeduldig mit ihren Nägeln auf der Tischplatte. „Angel versucht immer, mich unter Leute zu bringen, aber ich lehne normalerweise ab."

„Diesmal taten Sie das nicht?"

Scarlett schüttelte ihren Kopf. „Ich wünschte, ich hätte es getan, aber ich wusste, es würde meine einzige Möglichkeit sein, die Wahrheit herauszufinden." Sie starrte auf den Tisch hinunter, nicht in der Lage, ihnen in die Augen zu blicken und die zynische Verurteilung zu sehen, die in ihren Tiefen lag. Vielleicht glaubten sie an das Rechtssystem, aber das war deren Problem, nicht ihres. Ihr Glauben war schon vor langer Zeit zerschmettert worden. „Angel war so aufgeregt, als ich sagte, dass ich mitkomme." Und sie hatte sie im Stich gelassen. „Sie war wütend, als ich sie vorzeitig da herausgezerrt habe." Sie konnte den Mann, mit dem sie auf der Party geflirtet hatte, nicht ansehen. Der Mann, der sie nach Hause gebracht hatte. Stattdessen sah sie in Frazers kalte, blaue Augen. „Sie müssen mir die Möglichkeit geben, ihr zu helfen. Bitte." Tränen bildeten sich, aber sie blinzelte sie weg. Tränen ließen einen schwach aussehen, und das war absolute Scheiße. Sie war nicht schwach. Ihre Mutter war nicht schwach. Jeder, der das durchgemacht hatte, was sie durchgemacht hatten, wusste alles über Stahlpanzerung und emotionales Durchhaltevermögen.

Frazers Blick glitt wie ein menschlicher Lügendetektor über ihre Züge, aber seine Miene änderte sich nicht. „Leute arbeiten an dem Fall. Verhandler für Geiselnahmen sind gerade bei den LeMays."

„Er hat ihr Telefon genommen. Falls er das GPS nicht abgeschaltet hat, sollten Sie es bis auf wenige Meter lokalisieren können." Ihre Nägel gruben sich in ihre Handflächen. Sollten diese Typen nicht irgendwas *tun*?

„Ihr Telefon wurde nahe der Gegend gefunden, in der jemand auf Sie geschossen hat."

Scheiße. „Die Entführer mussten gesehen haben, wie Ihre Agenten auftauchten und dachten, ich hätte die Polizei gerufen. Lassen Sie mich versuchen, mit demjenigen zu sprechen, der sie entführt hat. Ihm sagen, dass sie mit nichts davon etwas zu tun hatte."

„Wer hat sie Ihrer Meinung nach entführt?"

„Was glauben Sie wohl?" Sie runzelte die Stirn. Er war sicher nicht so dumm.

„Ich interessiere mich für Ihre Vermutungen, Dr. Stone."

„Lassen Sie mich mit den Entführern reden, und ich werde Ihnen alles mitteilen, was ich gedacht habe, seit ihr Typen vor vierzehn Jahren meinen Dad verhaftet habt."

„Sie glauben, dass es etwas mit dem Fall Ihres Vaters zu tun hat?"

Scarlett klappte den Mund zu. Ihr momentan einziger Trumpf war, dass sie ihre Motivation erfahren wollten.

„Möchten Sie lieber mit einem Anwalt sprechen?"

Sie schnaufte. „Ich habe gesehen, wie wenig die Anwälte meinem Vater genutzt haben." Sie wurde rasch ernst. „Ich möchte nur meine Freundin retten. Wenn sie wegen etwas, das ich getan habe, auf irgendeine Weise verletzt wird…“

„Wir haben Spezialisten, die sich um solche Dinge kümmern.“

„Aber ich bin die Person, die sie haben wollen, und die ersten paar Stunden sind bei Entführungen entscheidend“, widersprach sie. „Geben Sie mir ein Telefon und ich rufe den Verantwortlichen an.“

Frazer lehnte sich in seinem Stuhl zurück, das seine Lippen umspielende Lächeln erreichte seine Augen nicht. „Sie haben also vor, was genau zu tun? Die russische Botschaft anzurufen? Vielleicht mit Botschafter Dorokow selbst zu plaudern? Denken Sie wirklich, dass er zugeben wird, die Tochter eines Kongressabgeordneten entführt zu haben?“

Scarletts Herz flatterte unter ihrem Brustbein. Frazer hatte recht, Dorokow würde nie mit ihr reden. Sie verbarg das Gesicht in den Händen. Was hatte sie nur getan? Sie war so angespannt, dass sie kaum denken konnte, aber es musste doch einen Weg geben, dies alles zu klären. Problemlösung war ihre Stärke. „Hören Sie. Ich habe mitbekommen, dass Alex Parker Agent Lazlo sagte, er habe das Autokennzeichen der Person, die auf uns schoss.“

„Auf Sie“, unterbrach Lazlo. „Der Schütze hat auf *Sie* gezielt.“

Zum ersten Mal bemerkte sie einen Riss in dem T-Shirt, das er trug. „Wurden Sie *getroffen*?“ Ihre Stimme wurde durch ihre Besorgnis lauter.

Lazlo tauschte einen Blick mit seinem Boss. „Es ist ein Streifschuss.“ Er zuckte mit den Schultern, als ob er betonen wollte, wie sehr es nicht schmerzte.

Frazers Miene spannte sich an, aber er sagte nichts dazu. *Nun gut.* Wenn sie entschlossen waren, so zu tun, als ob es

Alltagsgeschäft wäre, angeschossen zu werden, dann sollte es wohl so sein.

„Aber Sie können das Auto finden, nicht wahr?" Wie sonst könnten sie Angel retten? „Sie wollen sie gegen mich austauschen. Das ist alles, was Sie tun müssen – mich ihnen zu überlassen. Und Angel wird in Sicherheit sein. Ich nehme an, das würde Sie sehr glücklich machen." Sie bedachte Lazlo mit einem wackligen Lächeln.

„Die werden Sie umbringen. Ist Ihnen Ihr eigenes Überleben etwa völlig egal?", fuhr Lazlo sie an.

„Natürlich nicht", gab sie zurück. „Aber sie werden mich nicht töten."

Seine Brauen zogen sich wieder hoch, als wolle er sagen: „Ernsthaft?"

Sie setzte sich aufrecht hin. „Warum würden die mich töten wollen? Ich habe nichts *getan*." Lazlo öffnete seinen Mund, um ihr zu widersprechen, aber sie hob einen Finger. „Ja, ich habe versucht, Dorokow zu verwanzen, aber jemand ist mir zuvorgekommen." Die Erkenntnis stellte sich ein. „Und der Grund, aus dem Sie mir zu dem Park gefolgt sind, ist, dass Sie das bereits wissen. Sie wissen, was ich fand, als ich versuchte, meine Wanze in diesem Büro zu platzieren, weil das FBI Dorokow bereits überwacht. Warum?"

Niemand antwortete. Natürlich antwortete niemand. Aber dann begriff sie, was sie bereits wussten. *Mist.* „Dorokow weiß nicht, dass die Wanze in der Lampe nicht von mir ist, oder?" Sie vermied es, in Lazlos Richtung zu sehen, konzentrierte sich auf Frazer. „Das FBI wird nicht zugeben, dass es ihn ausspioniert hat, selbst wenn es mich retten würde…" Sie stöhnte. „Insbesondere, wenn es darum geht, gerade *mich* zu retten."

Ihr Blick flog zurück zu Lazlo. „Ich glaube, ich möchte jetzt mit diesem Anwalt sprechen."

Die Anspannung in seinem Kiefer und seinen Schultern verhieß nichts Gutes. Er stemmte sich von der Wand ab und öffnete seinen Mund.

Frazer kam ihm zuvor. „Sie können gehen."

Scarlett schüttelte ihren Kopf, war sich sicher, dass sie sich verhört hatte. „Wie bitte?"

„Sie können gehen", wiederholte Frazer und schloss mit ruhiger Endgültigkeit die vor ihm liegende Akte, ganz der kühle, kontrollierte Bundesbeamte.

„Aber…" Sie zeigte auf Lazlo. „Er hat mich verhaftet."

„Ein Missverständnis." Frazer lächelte, was ihn furchteinflößend aussehen ließ.

Aber… na und? Es war egal. Sie ließen sie gehen und die Erleichterung ließ ihren Puls flattern. Sie schob ihren Stuhl zurück. Sie konnte nach Hause gehen und darauf warten, dass der Entführer sie wieder kontaktierte. Vielleicht würde die Polizei den Typen diesmal erwischen und Angel finden.

„Sie hat einen Bundesagenten angegriffen." Lazlo stieß es zwischen Zähnen hervor, die wie zusammengeschmiedet aussahen.

Frazers Blick glitt über ihre Figur, dann zurück zu seinem Agenten. „Sie sind fast dreißig Zentimeter größer und haben einen Gewichtsvorteil von etwa fünfundvierzig Kilo. Wie angegriffen sind Sie denn?"

„Das ist nicht der Punkt, und das wissen Sie." Lazlos Knurren wurde tiefer. Sie spürte seine Missbilligung bis ins Knochenmark.

„Lassen Sie es gut sein", insistierte Frazer.

Lazlos Augen verengten sich. „Sir, ich muss mit Ihnen

reden. Jetzt." Es klang nicht wie eine Bitte. Sie schob sich auf ihrem Stuhl herum, wollte flüchten, solange sie es konnte. Er deutete auf sie. „Sitzenbleiben."

Verdammt. „Ich bin doch kein Hund." Aber sie wollte ihn nicht verärgern und saß nervös auf der Kante ihres Stuhls, während die beiden Männer hinausgingen, um zu reden. Sie musste hier heraus, bevor sie es sich anders überlegten. Sie musste herausfinden, wie sie ihre Freundin in Sicherheit bringen konnte, denn sie glaubte nicht, dass das FBI diese Situation im Griff hatte. Der einzige anständige FBI-Agent, den sie je gekannt hatte, war eingesperrt worden, während die restlichen von ihnen den Schlüssel weggeworfen hatten. Auf gar keinen Fall wollte sie, dass Angel ein weiteres unschuldiges Opfer bundesbehördlicher Inkompetenz wurde.

———

MATT WUSSTE NICHT, was zur Hölle vor sich ging, aber es gefiel ihm nicht. Es ging nicht um sein Ego oder das Gesetz. Normalerweise würde ein Tritt gegen das Schienbein auf seiner Gründe-sauer-zu-werden-Skala eine Zwei ergeben. Er hatte sich bei jedem Absolvieren der Hindernisbahn schlimmer verletzt. Es ging darum, Scarlett Stone vor ihrer eigenen Dummheit zu beschützen. Er sähe sie lieber verhaftet und im Gefängnis als wie eine erwachsene Version von Veronica Mars durch D.C. rennend.

Sie versammelten sich um den Tisch, wo Mallory Rooney mit dem Metropolitan Police Department telefonierte und versuchte, das Auto des Schützen durch Verkehrskameras zu finden. Alex Parker telefonierte ebenfalls. Matt nahm an, dass er den Leuten in seiner Cybersicherheitsfirma ein paar bezahlte Überstunden verschaffte, indem er sie genau das Gleiche tun ließ.

Rooney legte das Telefon auf. „Bisher kein Zeichen des Fahrzeugs. Sie halten die Augen offen.“

Einige Agenten dieses Büros saßen an ihren Schreibtischen und betrachteten sie neugierig. Der stellvertretende Direktor hatte ihnen die Erlaubnis gegeben, das Befragungszimmer und die Einrichtungen zu benutzen, erwartete dafür aber einen vollständigen Bericht.

Parker aktivierte eine Art Störsender an seinem Schlüsselring, und ein kleines rotes Licht leuchtete auf. Er legte das Ding zwischen ihnen auf den Tisch. Seine Stimme war nicht mehr als ein leises Murmeln. „Das verhindert, dass irgendwelche elektronischen Vorrichtungen innerhalb eines Radius von sechs Metern unsere Unterhaltung mitbekommen. Es verhindert nicht, dass Menschen in der Nähe uns hören können. Wir können vertraulich reden, sollten aber leise sein.“

Matt sah ihn verwundert an. Was sie zu besprechen hatten, war höchst vertraulich, aber wer zur Hölle sollte Parkers Meinung nach das Hauptquartier des FBI abhören? Vielleicht war der Typ durch seine Arbeit im Sicherheitsgeschäft paranoid geworden. Vielleicht wusste er etwas, das Matt nicht wusste.

Es war egal. „Sie können nicht wirklich vorhaben, sie gehen zu lassen“, sagte Matt zu seinem Vorgesetzten.

„Direkter Befehl des Chefs der Spionageabwehrabteilung, Ridley Branson.“ Frazer verschränkte die Arme vor der Brust. Er sah nicht glücklich aus. „Denken Sie darüber nach. Die Russen werden keine Anzeige erstatten, weil es sie zum Gespött des gesamten Geheimdienstsektors machen würde – und wenn die Russen eines hassen, dann ist es, vom Westen ausgelacht zu werden. Die Tatsache, dass Richard Stones Tochter da hineinspaziert ist, ohne von ihnen erkannt zu werden? Unbezahlbar."

„Es interessiert mich nicht, ob die Russen Anzeige erstatten." Matt versuchte, seine Ungeduld im Griff zu behalten. „Ich möchte nicht, dass sie in irgendeinem Gulag aus der Sowjetzeit endet, weil sie versucht hat, einen Blick auf Dorokow zu werfen. Wir können sie doch sicher wegen irgendeiner Kleinigkeit festhalten?"

„Wenn *wir* sie festnehmen, geben wir damit zu, dass *wir* es waren, die die Russen ausspionierten, nicht die Chinesen, denn wie sonst sollten wir wissen, dass sie in Schwierigkeiten ist?"

„Haben wir das nicht schon dadurch zugegeben, dass wir sie heute Abend im Park abgefangen haben?"

Frazer hob den Zeigefinger. „Betrachten Sie es von russischer Seite. Was wissen die? Ein gutaussehender FBI-Agent wird dabei gesehen, wie er mit der Tochter eines verurteilten Spions in der Residenz des russischen Botschafters plaudert."

Matt behielt sorgfältig eine ausdruckslose Miene bei.

„Scarlett Stone betritt danach uneingeladen das Büro des Botschafters, und als sie es durchsuchen, finden sie Abhörvorrichtungen. Im Park wird auf sie geschossen, und wir bringen sie zur Befragung her."

„Sie werden denken, dass wir sie aktiv überwacht haben", schlug Rooney vor. „Sie werden denken, dass sie die ganze Zeit Matts Zielperson war und dass wir hinsichtlich ihrer Absichten oder Aktivitäten Verdacht geschöpft hatten."

„Würden sie nicht denken, dass sie für uns arbeitet?", fragte Matt.

„Auf keinen Fall." Frazers Miene besagte, dass das nie passieren würde. „Ihr Vater hat diese Behörde gedemütigt, und er wird immer noch von vielen verachtet, die nun das FBI führen."

Matt tauschte einen Blick mit Alex Parker. Seine Miene blieb unbewegt, aber der Kerl hatte gesagt, dass Scarlett den perfekten Sündenbock für die Aktivitäten des FBI darstellen würde. Er hatte recht gehabt.

„Was Scarlett Stone in Gefahr bringt, sofern wir sie ohne Schutz zurück auf die Straßen lassen", argumentierte Matt erneut. „Sie haben selbst gesagt, dass die Russen es hassen, zum Narren gehalten zu werden. Sie werden ein paar Stunden warten und sie sich dann schnappen. Sie ist absolut verletzlich." Matt knirschte mit den Zähnen. „*Sie* sollte nicht für die Spionageaktivitäten unseres Landes bezahlen müssen."

Frazer neigte den Kopf zur Seite. „Sie ist diejenige, die mit dieser Absicht in sein Büro eingebrochen ist."

„Sie ist diejenige, die erwischt wurde", korrigierte Matt.

„Warum überwachen wir Dorokow?" Rooney stellte die Frage, die sie TacOps bereits vorhin gestellt hatten.

Frazer zuckte mit den Schultern, aber die Anspannung um seinen Mund zeigte, dass er diese Wissenslücke genauso wenig mochte wie Matt es tat.

„Niemand weiß viel über den Kerl, aber die Leute, die er nervös macht, machen mich nervös. Da war vor einigen Jahren diese Sache in Istanbul, die niemand ihm sicher zuschreiben kann, aber..." Parker verstummte.

„Was?", fragte Matt.

„Er fand heraus, dass einer seiner Untergebenen seine Geliebte vögelte – das war vor seiner Ehe. Der Typ wurde tot in einer Gasse gefunden. Die Frau landete im Krankenhaus."

„Verprügelt?"

„Jemand hat ihr Säure ins Gesicht geschüttet."

Heilige Scheiße.

Parker betrachtete ihn sorgfältig. „Das ist die Geschichte."

Frazers Blick wurde eisig. „Gerüchte. Tratsch. Er ist der russische Botschafter, nicht irgendein Mafiatyp." Aber Leute mit Macht missbrauchten diese oft. Das war nichts Neues.

Einen Moment herrschte Schweigen, als alle ihren Gedanken nachhingen. „Das Positive daran, Scarlett Stone gehen zu lassen, ist, dass der Entführer vielleicht versucht, sie erneut zu kontaktieren. In dem Fall sollte Parker in der Lage sein, den Anruf zurückzuverfolgen, und wir können Angel LeMay dadurch hoffentlich finden, bevor sie beschließen, dass sie mehr Ärger verursacht als sie wert ist."

„Wollen Sie mich verarschen?" Matt verlor nicht oft die Beherrschung und nie gegenüber seinem Boss. „Das *Positive*? Sie haben auf sie geschossen." Herrgott. Die Situation entwirrte sich langsam, und er mochte nicht, was er hier sah. Das war verlogene Politik. Er vertraute seinem Boss, aber der Mann schien ein blindes Auge für die Gefahr zu haben, in der die Frau im Nebenzimmer sich befand – oder es kümmerte ihn nicht. „Was ist mit Schutzgewahrsam?"

„Für die Tochter des berüchtigtsten Spions in der amerikanischen Geschichte?" Frazers Lippen zuckten wütend. „Weil sie in die Residenz des russischen Botschafters eingebrochen ist und versucht hat, ihn illegal zu überwachen? Können Sie sich vorstellen, dass dieser Antrag bewilligt wird?"

„Wenn wir sie gehen lassen, ist sie tot", erklärte Matt freiheraus. Er knirschte mit den Zähnen. Russischer Botschafter oder nicht, die Frau war naiv, wenn sie glaubte, dass Dorokow sie für ihre Eskapade nicht schwer bestrafen würde.

„Wir können sie ein paar Tage lang im Auge behalten. Streifenwagen einige Male an ihrem Haus vorbeifahren lassen. Die Polizei wird nicht handeln, solange sie nicht der Meinung ist, dass sie in Lebensgefahr ist.“

„Das *ist* sie.“ *Scheiße.* „Natürlich ist sie das.“

„Sogar dann…“

Matt legte beide Hände auf seinen Kopf und wünschte sich, er könnte diesen Tag sechs Stunden zurückdrehen und Frazer zur Hölle schicken, als er ihn bat, zur Weihnachtsfeier zu gehen. Oder vielleicht acht Stunden zurück, sodass er sich zwei Stunden lang betrinken konnte, damit er in einer Verfassung wäre, in der ihm alles egal wäre. Allerdings würde Scarlett immer noch versucht haben, die Russen abzuhören, wäre immer noch entdeckt worden und wäre wahrscheinlich schon tot.

„Scheiße.“

„Sie hat dieses Durcheinander verursacht.“ Frazers Miene verriet nichts.

„Und Sie lassen sie im Stich.“ Matt dämpfte sein Temperament. „Werden Sie wirklich zulassen, dass sie sie töten?“

„Was, wenn sie bezüglich ihres Vaters recht hat?“, fragte Rooney leise.

„Er hat gestanden.“ Matt verwarf den Gedanken.

„Die Russen haben immer bestritten, dass er ihr Agent war“, warf Rooney ein.

„Das tun sie immer, sofern nicht die Möglichkeit eines Austauschs besteht“, erklärte Frazer.

Was für Stone nie eine Option sein würde.

„Warum sonst sollte sie es auf Dorokow abgesehen

haben?“, insistierte Rooney. Sie strich einige Haare aus ihrer Stirn zurück. Dunkle Schatten lagen unter ihren Augen, und ihre Wangen waren blass. Matt hatte Gerüchte gehört, dass sie schwanger sei. Sie beschwerte sich nicht. Sie mochte ein Neuling sein, aber sie war eine gewissenhafte Agentin. Klug. „Es ergibt keinen Sinn, außer wenn sie es für die Wahrheit hält.“

„Kinder sind hinsichtlich ihrer Eltern oft idealistisch.“ Sogar er selbst war hinsichtlich seines Vaters idealistisch gewesen.

„Vielleicht arbeitet sie für jemand anderen – Firmen- oder Bundesstaatsspionage“, schlug Parker vor. „Oder sie wurde erpresst, um die Abhörvorrichtung zu einem anderen Zweck zu platzieren. Ihre Arbeit ist auf dem neuesten technologischen Stand. Vielleicht war es eine Art Test?“

Das klang für Matt nicht plausibel. Scarlett war nur ein weiterer junger Mensch, der zuerst von einem Elternteil und dann vom System enttäuscht worden war. Es rechtfertigte nicht, dass sie die Sache in die eigenen Hände genommen hatte, aber eine Kugel schien eine extreme Reaktion.

„Schauen Sie, was Sie herausfinden können“, sagte Frazer zu Parker. „Ich möchte keine weiteren Überraschungen.“

Zwei Matt unbekannte Männer kamen in das Großraumbüro, und Frazer stellte sich etwas aufrechter hin. „Sir, Sie hätten nicht herkommen müssen.“

Parker griff sich seinen Störsender.

Ridley Branson hatte eine stämmige Figur. Grauhaarig, hohlwangig mit Ebenholzhaut. „Hat wenig Sinn, der Chief der Spionageabwehr zu sein, wenn ich nicht darauf achte, was im Geheimdienstumfeld passiert.“ Sein unbeschwerter Humor verhärtete Matts Kiefer. An dieser Nacht war nichts

Amüsantes. Er stand mit verschränkten Armen da und versuchte, den Dreckskerl nicht anzublitzen.

„Dies ist ASAC Guy Clarkson von der Außenstelle Washington", stellte Branson einen weiteren Mann von mittlerer Größe und mit kurzem blondem Haar vor. „Wir haben vor vierzehn Jahren zusammen an der Stone-Ermittlung gearbeitet." Branson ging zu dem Einwegspiegel, wo sie alle sehen konnten, wie Scarlett mit ihren Nägeln nervös auf das Plastikfurnier der Tischplatte trommelte. Er seufzte tief. „Sie hat sich nicht sehr verändert, seit sie ein kleines Mädchen war."

„Sie kannten sie?", fragte Matt.

Der Chief ließ einen kalten Blick über ihn streifen. Matt hatte ihn nicht unbedingt höflich angesprochen oder sich wenigstens vorgestellt.

„Ich habe mit ihrem Vater zusammengearbeitet, direkt hier in diesem Büro. Er hat sie einige Male mitgebracht, um Akten abzuholen." Branson zog eine Grimasse, als ob er sich im Nachhinein fragte, was in diesen Akten gestanden hatte.

Klar. Etwas spät für diese sechs toten US-Agenten. Jemand hatte Mist gebaut. Und es war nicht Matt gewesen.

„Ich habe veranlasst, dass die Geiselrettungsgruppe jetzt mit den LeMays zusammenarbeitet. Ich habe sie davon überzeugt, dass es im Interesse ihrer Tochter ist, das hier von der Presse fern zu halten. Ich gehe davon aus, dass sie bald unversehrt freigelassen wird. Die Russen werden keinen erheblichen diplomatischen Zwischenfall heraufbeschwören wollen."

„Ich bitte um Erlaubnis, Richard Stone zu den Aktivitäten seiner Tochter zu befragen, Sir", sagte Frazer. „Um zu sehen, ob er sie dazu angestiftet hat."

Tiefe Falten versahen Bransons Gesicht mit Weltverdrossenheit. „Reichen Sie den Papierkram ein, aber machen Sie sich keine großen Hoffnungen." Sein Blick wurde weicher. „Richard liegt im Sterben. Krebs. Wird wahrscheinlich nicht länger als ein paar Monate durchhalten, und das Bundesamt für Gefängnisse ist weder für seine Geschwindigkeit noch für seine Milde bekannt, nicht einmal unter diesen Umständen."

Scheiße. Matt drehte sich zurück und sah, wie Scarlett jetzt in dem kleinen Befragungszimmer auf und ab ging. Mitleid schob sich vor seinen Ärger. Deshalb hatte sie es getan. Ein letzter Versuch, den Mann zu retten, den sie trotz seines Geständnisses liebte. Verrückte fehlgeleitete Loyalität. Ein kleiner Teil von ihm war ein wenig eifersüchtig, dass sie ihren Vater so sehr liebte. Wenn es seiner gewesen wäre, hätte er den Schlüssel weggeworfen.

„Lassen Sie sie frei. Die Russen wissen, dass wir sie beobachten. Das ist so ziemlich alles, was wir jetzt für die Kleine tun können."

Matt nickte, als ob er den Kerl nicht für ein Arschloch hielt. Auf keinen Fall würde er sie mit einer Zielscheibe auf dem Rücken allein lassen. Er hatte sein Leben nicht dem Dienst am Staat gewidmet, um eine wehrlose Frau für genau die gleiche Sache zu opfern, derer sich seine Kollegen schuldig gemacht hatten. Und selbst wenn sie das Gesetz auf ihrer Seite hatten? Regeln waren eine Sache, aber ein Mann musste fähig sein, in den Spiegel zu sehen und die Person, die zurückblickte, nicht zu hassen. Scarlett Stone würde während seiner Wache nicht ermordet werden. Nicht heute Nacht.

Das FBI gab ihm keine Rückendeckung, was ihm zwei Optionen ließ – Verführung oder Sedierung?

KAPITEL SECHS

LINCOLN FRAZER WUSSTE, dass mehr hinter dieser Situation steckte, aber er verriet durch seine Miene oder Taten nicht den Anflug eines Zweifels. Spionage und Spionageabwehr war ein komplexer Tanz aus Bewegungen und Gegenbewegungen, und er gab nicht vor, die beteiligten Personen oder Verzweigungen zu kennen.

Matt Lazlo ging in den Verhörraum und bedeutete Scarlett Stone mit einer ruckartigen Kopfbewegung, ihm hinaus zu folgen. Der Agent vibrierte vor Anspannung. Er war mit der Situation nicht glücklich, und Frazer machte ihm daraus keinen Vorwurf. Es mochte dem Kerl nicht bewusst sein, aber er sah die Frau mit einer Mischung aus Begehren und zögerlichem Mitleid an – und beide Faktoren würden ein bereits verwickeltes Durcheinander noch zusätzlich verkomplizieren. Lazlo war ein verdammt guter Agent, der sich den Hintern abarbeitete – intelligent, engagiert, intuitiv. Lazlo war zudem ein früherer Navy SEAL, wodurch er gut im Teamumfeld arbeitete, aber auch kreativ und unabhängig dachte.

Aber er war auch ein Mann. Und Männer machten Fehler.

Eine Sache, die Frazer über die Jahre gelernt hatte war, dass er jemandem sagen konnte, was er tun, aber nicht, was er denken sollte. Er konnte andere an Regeln und Pflichten und das Gesetz erinnern, er konnte sie zurechtweisen, wenn sie Mist bauten. Aber intelligente Leute trafen ihre eigenen Entscheidungen, basierend auf individuellen Situationen. Begleitumstände machten einen Unterschied. Vergangene Taten konnten die zukünftigen Aktionen einer Person nur eingeschränkt vorhersagen lassen. Und verzweifelte Situationen führten zu verzweifelten Reaktionen. Er selbst war für diese bedauerliche Wahrheit über menschliches Verhalten der lebende Beweis.

Als Scarlett Stone in den Türrahmen trat, schoss ihr Blick zu Branson. Sie schwankte leicht, sah so zart aus, als ob ein starker Wind sie hätte umwehen können. Er verstand, warum sie Lazlos Beschützerinstinkt weckte, aber er hatte nicht vor, ebenfalls dort hineingezogen zu werden. Sie streckte eine Hand aus, um sich am Türpfosten abzustützen. „Agent Branson, ich hätte Sie fast nicht wiedererkannt. Es ist lange her."

„Mein Titel ist mittlerweile Chief der Spionageabwehrabteilung, Scarlett", antwortete Branson ihr streng. Er saß auf der Kante eines Schreibtisches, ein Bein schwingend, als ob er entspannt und unbesorgt sei. Frazer kaufte es ihm kein Stück ab.

„Ach, natürlich, *Chief* Branson." Bitterkeit war laut und deutlich zu hören. „Sie haben uns seit einigen Jahren nicht mehr besucht, also war ich hinsichtlich der FBI-Beförderungen nicht auf dem Laufenden. Sie haben sich gut gemacht. Ihre Frau und Kinder sind sicher sehr stolz." Ihr Blick war unerschrocken, ihr Kinn hoch erhoben.

Ein unbehagliches Schweigen trat ein. Clarkson hielt seinen Blick fest auf den Boden geheftet. Bransons Lippen wurden dünn.

„Versuchen Sie, nicht in Schwierigkeiten zu geraten, okay, Scarlett? Gutes Mädchen."

Ihre Augen verengten sich angesichts des gönnerhaften Tons, aber sie verkniff sich das Aussprechen jeglicher Gedanken, die sie erfüllten. *Gute Entscheidung.* Branson war ein mächtiger Mann, und mächtige Männer wurden nicht gerne von jungen Frauen blamiert, nicht einmal von denen mit dem IQ eines Genies.

Lazlo nahm ihren Arm und führte sie aus dem Großraumbüro. Frazer spürte einen Stich des Mitleids für das Mädchen, da sie sich in ernsthafter Gefahr befand. Zweifellos trug sie angesichts dessen, was ihr Vater getan hatte, eine große Last mit sich herum, aber das war keine Entschuldigung, ausländische Mächte zu verwanzen. Er verstand einiges von dem, mit dem Scarlett Stone sich auseinandersetzen musste – das Gesetz in die eigenen Hände zu nehmen, war verführerisch, wenn man sich gerechtfertigt fühlte, aber trotzdem falsch.

„Informieren Sie mich über alle Entwicklungen in dieser Situation. Ich habe die sichere Rückkehr des LeMay-Mädchens zu einer FBI-Priorität gemacht. Hoffentlich wird sie zum Weihnachtsessen wieder zu Hause sein."

„Ja, Sir."

„Versuchen wir, das hier für uns zu behalten, ja?" Branson sah jedem von ihnen in die Augen, dann drehten er und Clarkson sich um und gingen.

Rooneys Blick war voller Mutmaßungen. „Was tun wir jetzt, Boss?"

Frazer schreckte immer auf, wenn sie ihn so nannte. Es erinnerte ihn daran, welchen Mist er gebaut hatte und wie hart er arbeiten musste, um seine Fehler wiedergutzumachen. Er vertraute Rooney und Parker so sehr – wenn nicht mehr – wie Leuten, mit denen er seit Jahren zusammengearbeitet hatte. Ihre Beziehung war durch Blut, Tod und Notwendigkeit geschmiedet worden, aber auch durch einen Akt von Liebe und Gnade. Die Tatsache, dass sie ihn Boss nannte, war ein Zeichen für ihre Hingabe an ihren Job. Er musste sich den Titel noch verdienen.

Das Richtige in dieser momentanen Situation wäre, sich zu entfernen und anzunehmen, dass das restliche FBI den Job ohne seine Einmischung machen konnte. Seine Aufgabe war es, Unit-4 der Verhaltensanalyse zu leiten, anderen Strafverfolgungsbehörden zu helfen, Mörder, Menschenhändler, Vergewaltiger und andere Degenerierte zu finden. Sie hatten bei Gott genügend Fälle, um sie bis ins nächste Jahrtausend zu beschäftigen. Sie analysierten Polizeiberichte, Tatorte und Beweise; sie waren nicht mit Aktivitäten oder Ermittlungen in der Spionageabwehr betraut.

Aber er hatte sein Vertrauen in das System verloren.

Er würde nie wieder etwas mit blindem Vertrauen glauben.

Was, wenn Scarlett Stone bezüglich ihres Vaters recht hatte? Was, wenn ihm *wirklich* etwas angehängt worden war? Wer in diesem Gebäude würde diese Möglichkeit in Betracht ziehen? Wem würde an der naiven Suche einer verletzlichen jungen Frau nach Gerechtigkeit liegen? Und wer hatte eventuell immer noch Dreck am Stecken?

Frazer sah auf seine Uhr.

Es war nicht seine Aufgabe, den Wahrheitsgehalt alter Fälle zu überprüfen. Der Präsident der Vereinigten Staaten hatte in einer Angelegenheit von nationaler Wichtigkeit um Hilfe gebeten, und es gab eine bestimmte Attentäterin, die gefunden und verhaftet werden musste, bevor sie erneut tötete. Akten auf seinem Schreibtisch verlangten dringende Beachtung. Es war Heiligabend. Die Geiselrettungsgruppe war mit der Entführungsermittlung betraut, also sollte er einfach nach Hause fahren und ein paar Stunden schlafen. Das sollte er tun.

Frazer holte sein Handy hervor und wählte eine Nummer. Lazlo nahm den Anruf entgegen. „Sie sind als Leibwächter eingeteilt, bis wir herausfinden können, was genau vor sich geht. Halten Sie sie von Nachrichtenquellen fern und sagen Sie ihr, dass Angel gesund und unversehrt gefunden wurde. Das sollte sie eine Weile ruhigstellen. Wenn es das nicht tut, lassen Sie sich etwas einfallen. In der Zwischenzeit werden wir einen Weg finden, die Bedrohung für ihre Sicherheit zu neutralisieren." Er hoffte, dass er keine Versprechen machte, die er nicht würde einhalten können, oder die aus jedem einzelnen seiner FBI-Kollegen Feinde machen würde. Aber er war dem FBI nicht beigetreten, um Freunde zu finden. Er war beigetreten, um jene zu schützen, die sich nicht selbst schützen konnten. „Halten Sie sich bedeckt, und bleiben Sie wachsam."

SCARLETT KONNTE MATT Lazlos missbilligenden Blick auf dem gesamten Weg nach draußen in ihrem Rücken spüren. Sie kamen an eine Tür, und er griff an ihr vorbei und öffnete sie, bedeutete ihr, vor ihm hindurchzugehen. Der höfliche Gentleman löste den harten FBI-Agenten ab.

Er machte sie nervös. Diese ganze amerikanische Heldenpersönlichkeit, die er wie einen unsichtbaren Mantel trug, war die Antithese zu ihrer Welt, in der ölige Zweifel und

Verdächtigungen an allem klebten, das sie oder ihre Familie berührten. Die Tatsache, dass sie sich körperlich zu ihm hingezogen fühlte, half nicht. Sie nahm an, dass eine Menge Frauen sich zu Matt Lazlo hingezogen fühlten, sogar solche, die ihn nicht in seiner Ausgehuniform gesehen hatten.

„Also, was ist Ihr nächster Schritt?" Er versuchte, nonchalant zu klingen, aber er führte sie nicht hinters Licht. Er war immer noch sauer.

Was die Russen betraf, hatte sie wenige Möglichkeiten. Eine war, an der Tür der Residenz des Botschafters zu klopfen und um Vergebung zu bitten, die andere war, nach Hause zu gehen und darauf zu warten, dass der Entführer sie kontaktierte. Die dritte war, wegzulaufen – aber Angel war in Gefahr. Außerdem hatte Scarlett hier ihr Leben, ihre Karriere – sofern ihr Chef nicht herausfand, was sie in ihrer Freizeit getrieben hatte und sie feuerte, was es unsagbar schwierig machen würde, eine andere Stelle zu bekommen. *Verdammt nochmal.*

Sie war dumm gewesen, als sie angenommen hatte, Andrej Dorokow ausspionieren zu können. Etwas Nützliches herauszufinden, war eine weit hergeholte Spekulation gewesen. Sie hatte geplant, eine Reaktion von ihm herauszufordern, indem sie ihn anrief und sich dann anhörte, was er sagte, nachdem er das Gespräch beendet hatte. Theoretisch eine großartige Idee. Nutzlos, wenn man sowohl vom FBI als auch von der Russischen Föderation erwischt wurde.

Lazlo drückte eine warme Hand auf ihren Rücken, direkt über ihrer Taille. Ein Schauder lief über ihre Haut, und sie stolperte.

„Vorsicht."

Seine Berührung brachte sie mehr durcheinander als sie

zugeben wollte. Unglücklicherweise war eine der Gelegenheiten, bei denen er sie berührt hatte, das Anlegen von Handschellen gewesen. Er war nicht ihr Freund. Er war nicht ihr Date. Er war ein FBI-Agent und sie wusste, wie weit sie gehen würden, um ihren „Mann" zu kriegen.

„Scarlett?"

„Was?"

„Geht es Ihnen gut?", fragte er, als ob er die Frage wiederholte. Seine Stimme war weich, fast sanft. Sie traute weder ihm noch der Wirkung, die er auf sie hatte.

Erst jetzt bemerkte sie, dass sie nicht weitergegangen war. „Ja."

„Haben Sie einen Plan?"

Sie wich vor ihm zurück. Seine Nähe lenkte sie ab, seine Anwesenheit beeinträchtigte ihren Denkprozess. Sie war von Natur aus eine Problemlöserin. Dinge in Ordnung zu bringen war das, was sie tat, aber sie konnte das hier nicht in Ordnung bringen, und sie konnte auch die Situation ihres Vaters nicht in Ordnung bringen. Beschämung und Ärger kämpften um einen Platz auf ihrem Gesicht. „Ich muss einen Weg finden, Angel in Sicherheit zu bringen."

„Das FBI hat ein Team damit beauftragt." Er hielt eine weitere Tür auf. „Wenn Sie sich einmischen, könnte das dazu führen, dass sie umgebracht wird."

„Aber sie wollen *mich*." Das jedenfalls war kristallklar.

„Na und? Wollen Sie sich selbst auf dem Silbertablett servieren?"

„Irgendwelche anderen Ideen?" Sie war offen für Alternativen.

Etwas summte in seiner Tasche. Er hielt einen Finger hoch, um ihr zu bedeuten, einen Moment zu warten und zog sein Handy heraus. Dann hörte er aufmerksam zu. Sie ging nicht weiter, obwohl die Freiheit in Sichtweite lag. Wegzulaufen könnte seinen Beuteinstinkt aktivieren, und sie wollte keine Schwäche zeigen. Er hatte sie heute Abend schon zweimal gerettet. Einmal mit einer Fahrt nach Hause, das andere Mal vor einer Kugel.

Der Ausdruck in seinen Augen änderte sich, aber sie konnte ihn nicht lesen. „Verstanden." Eine lange Pause trat ein, dann sagte er: „Das sind gute Neuigkeiten. Danke für die Information." Er beendete das Gespräch und begegnete ihrem Blick. „Sie müssen sich nicht selbst opfern. Sie haben Angel LeMay in der Nähe des DuPont Circle herumwandernd gefunden. Sie ist ein wenig erschöpft, aber letztlich unverletzt."

Ihre Knie wollten nachgeben, aber sie spannte sie an. „Kann ich sie sehen?"

„Sie haben sie ins Krankenhaus gebracht." Er neigte seinen Kopf, sein Mund war zusammengepresst. Mitleid erfüllte seine Augen. „Ich bezweifele, dass die LeMays Sie in nächster Zeit sehen möchten."

Oh, Mist. Sie bezweifelte, dass sie je wieder etwas mit ihr zu tun haben wollten. Sie hatte ihr Vertrauen missbraucht, Angel war wegen ihr entführt worden. Ihre Hand erhob sich, umfasste ihren Hals, ihre Stimme war kaum ein Flüstern. „Sie ist aber in Ordnung, ja?"

Er nickte knapp.

Sie musste mit Angel sprechen, sich entschuldigen, aber ein wenig Zeit zur Erholung und Beruhigung wäre vielleicht eine gute Sache. Sie hoffte, dass die Dreckskerle ihr nicht wehgetan hatten. Sie musste das beenden. Jetzt. Bevor noch jemand verletzt oder terrorisiert wurde. „Ich nehme an, mein Plan ist, zum russischen Botschafter nach Hause zu gehen, um

Verzeihung zu bitten und zu hoffen, dass sie sich dafür entscheiden, mich in Ruhe zu lassen.“

„Ernsthaft? *Das* ist Ihr Plan?“ Er sah sie an, als ob sie eine Idiotin wäre. „Sich ausliefern und um Gnade zu bitten?“

„Wenn ich nach Hause gehe, finden sie mich – sie können es sich auch leisten, zu warten, wenn ich für einige Wochen oder Monate untertauche. Dann bin ich genau da, wo ich angefangen habe, ohne Job oder den Großteil meiner Ersparnisse. Ich kann jetzt auch meine Mutter und meinen Vater nicht im Stich lassen.“ Es würde nicht schwer sein, sie in Colorado zu finden. „Mir fällt nur ein Weg ein, das hier zu beenden: mich zu entschuldigen und zu versprechen, dass ich es nicht wieder tun werde. Dad hat immer gesagt, dass die Russen es mögen, wenn Leute vor ihnen kriechen, also werde ich kriechen.“ Der Gedanke, dass ihr Dad starb, war schlimmer als der Gedanke, sich bei dem Mann entschuldigen zu müssen, der wahrscheinlich etwas damit zu tun hatte, dass er ins Gefängnis gekommen war. Viel schlimmer.

„Sie sind einfach unglaublich.“

Ihr Rücken versteifte sich. „Ganz herzlichen Dank, Special Agent Lazlo. Sie sind ebenfalls einfach unglaublich.“

Sie wandte sich auf dem Absatz um und stolzierte davon, schob sich durch die Vordertüren. Die meisten Frauen fielen ihm wahrscheinlich zu Füßen, von der Actionheldstatur und der Brust voller Orden geblendet. Sie waren von dem Mann nicht verhaftet oder beleidigt worden.

Draußen nahm ihr die eisige Luft den Atem, aber der Duft der Freiheit machte die Kälte wett. Die Freiheit würde vielleicht nicht lange anhalten.

Sie ließ die Schultern sinken, als die Niederlage schwer auf ihr lastete. Zeit, die Zeche zu zahlen. „Ich muss ein Taxi rufen." Sie schob ihre Hand in die Tasche, suchte nach ihrem Handy, bevor ihr einfiel, dass sie es nicht hatte. In ihrer Eile, zu entkommen, hatte sie es bei dem anderen Kerl gelassen, Alex Parker. Auf gar keinen Fall würde sie zurück hineingehen, nur für den Fall, dass sie es sich mit ihrer Freilassung anders überlegt hatten. Sie musste zu Fuß gehen und sehen, ob sie ein Taxi anhalten konnte.

„Ich kann Sie fahren", bot Lazlo an.

Sie trat zurück. „Das müssen Sie nicht tun. Ich habe Ihnen für einen Abend genug Unannehmlichkeiten bereitet."

„Lady, Sie haben mir für ein ganzes Leben genug Unannehmlichkeiten bereitet." Ein trockenes Lächeln erschien in seinem Gesicht, aber da war etwas in seinen Augen… eine ruhige Geduld, die ihr zeigte, dass er daran gewöhnt war, sich durchzusetzen.

Sie ließ ihre Lider dramatisch flattern. „Sie sind so ein Charmeur, Special Agent Lazlo. Ich weiß nicht, wie die Frauen Ihnen widerstehen können."

„Und trotzdem tun sie es weiterhin."

„Vielleicht liegt es daran, dass Sie so schnell die Handschellen einsetzen?", schlug sie mit hochgezogenen Augenbrauen vor. „Um die Frauen davon abzuhalten, bei der ersten Gelegenheit schreiend davonzulaufen?"

Seine Augen funkelten amüsiert auf. „Daran habe ich noch gar nicht gedacht, aber danke für den Tipp." Bevor sie ablehnen konnte, legte er seinen Arm um ihre Schultern und führte sie energisch zu dem Geländewagen, den er auf dem gesicherten Parkplatz abgestellt hatte. *Gut.* Er hob sie auf den Vordersitz. Sie knirschte über diese Behandlung die Zähne, holte aber tief Luft, um sich zu beruhigen. Gefahren zu werden wäre der schnellste Weg in die 16th Street, also sollte sie einfach dankbar sein.

Na klar.

Er war auf gleicher Höhe mit ihr. Ihre Gesichter so nah, dass sie seine dichten Wimpern um diese faszinierenden Augen sehen konnte. Sie versuchte, das Zittern zu beherrschen, das ihren Körper übernahm. Sie wusste nicht, ob die Kälte, ihre Angst oder die Nähe dieses Mannes diese Wirkung hatte. Wahrscheinlich eine Kombination dieser drei Dinge. „Danke."

Sein Lächeln wurde wölfisch. „Gern geschehen." Er schlug die Tür zu, und sie fuhr zusammen. Als Nächstes hörte sie, wie er den Kofferraum öffnete und einen Reißverschluss aufzog. Er sprach kurz am Telefon. Als er sich auf den Fahrersitz setzte, hatte er seine kugelsichere Weste ausgezogen und seine Ärmel hochgerollt. Dicke Muskelstränge liefen über seine Vorderarme und bewegten sich, als er die Hände auf das Steuer legte. Ihr Blick strich über ihn. Er war nicht nur attraktiv, er war perfekt.

Der Geruch sauberen Schweißes mischte sich mit seinem Rasierwasser – warm, männlich. *Verdammt.* Sie rutschte unruhig herum. Warum konnte er nicht ein Bäuchlein und ein wenig Speck haben? Vielleicht eine gebrochene Nase oder zusammengewachsene Augenbrauen, dazu extremen Körpergeruch?

Sie rief sich ins Gedächtnis, dass es nur Pheromone waren. Grundlegende Biologie. Aber ihre Pheromon Rezeptoren tanzten glücklich herum, und die Brust schien ihr zu wenig Platz zum Atmen zu bieten, als ihr Puls schneller wurde.

Zum Glück trug sie genug Kleider, um die unerwünschte Erregung ihres restlichen Körpers zu verbergen, aber sie erkannte am Funkeln in seinen Augen, dass er genau wusste, welche Wirkung er auf sie hatte. Sie sah aus dem Fenster, aber im Glas sah sein Spiegelbild sie an und ihr Atem stockte. Falscher Zeitpunkt, falscher Ort, falscher Mann.

Definitiv falsche Frau.

„Ich brauche einen Kaffee, wie sieht es bei Ihnen aus? Könnte Ihre letzte Chance sein." Die Worte waren nonchalant, fast kaltherzig.

Ihr Blick schwang zu seinem zurück, während ihr Mund aufklappte. *Was zum…?*

„Hey." Sein Schulterzucken war fast fröhlich. „Ich brauche Kaffee. Sie wollen das durchziehen. Mir wurde befohlen, wegzutreten. Ich kann Sie nicht aufhalten, aber ich kann Sie wenigstens vorher auf ein Getränk einladen."

Sie verschränkte ihre Arme vor der Brust. Wahrscheinlich war er der Meinung, dass sie alles verdiente, was ihr passiert war, und vielleicht hatte er recht. Aber sie wollte nicht zu den Russen gehen, verdammt. Sie wollte nicht vor Dorokow kriechen. „Ich glaube nicht, dass ich eine Alternative habe."

„Sie könnten weglaufen? Untertauchen?"

„Sie werden mich finden. Anders als das FBI habe ich keine unbegrenzten Ressourcen. Außerdem mag ich meine Arbeit. Ich bin gut darin."

„Schade, dass Sie nicht vorher daran gedacht haben."

„Mein Vater liegt im *Sterben*. Ich weiß, dass er die ihm vorgeworfenen Dinge nicht getan hat."

Er ließ den Motor an, stellte die Temperatur ein, fuhr los und bog in die 9th Street ein, ohne weitere beißende Bemerkungen zu machen. Sie brauchte eine Weile, um ihre Gefühle unter Kontrolle zu bekommen. Sie war müde, verängstigt, besiegt. Es war nicht nötig, dass er ihr unter die Nase rieb, wie sehr sie versagt hatte.

Nach ein paar Minuten fand er einen noch geöffneten Coffee Shop und hielt davor an, ließ den Motor und die Heizung laufen. „Was soll ich Ihnen holen?"

Es war mitten in der Nacht, sie war müde. Koffein könnte helfen.

„Heiße Schokolade wäre toll, danke." Sie grub in ihrer Geldbörse nach Kleingeld, aber er war schon weg. Sie ließ einen Fünfdollarschein in den Kleingeldbehälter am Armaturenbrett fallen. Dann wandte sie sich um, um zu sehen, ob ihnen Autos folgten, aber abgesehen von den paar Autos, die bei ihrer Ankunft schon hier gewesen waren, war niemand auf den Straßen.

Sie bezweifelte, dass die Russen sie vom FBI-Hauptquartier verfolgen würden. Sie konnten sich Geduld leisten. Scarlett konnte das nicht.

Lazlo kam nach ein paar Minuten zurück und reichte ihr einen großen Becher. „Sie haben Schlagsahne reingetan. Ich hoffe, das ist okay."

Sie würde Benzin trinken, solange es nur warm war. „Das ist in Ordnung, danke."

Er sank schwer in den Ledersitz, pustete auf seinen Kaffee, um ihn abzukühlen. „Ich bin so erschöpft, dass ich ohnmächtig umfallen könnte."

„Es tut mir leid, dass ich Sie wachgehalten habe." *Herrje.* Der Typ hatte wirklich einen eklatanten Mangel an Taktgefühl.

„Das war eine verrückte Sache, die Sie da abgezogen haben. Sie hätten einfach Raminski verführen und sein Schlafzimmer verwanzen sollen."

Der Gedanke ließ sie erschauern. „Ich bin nicht der verführerische Typ. Das ist eher Angels Stärke."

„Oh, ich weiß nicht." Zuerst sah er starr nach vorne. Dann blickte er in ihre Augen. „Sie hätten mich ohne große Anstrengung verführen können." Seine tonlose Stimme sagte ihr, dass es nun zu spät war.

Der Gedanke, dass sie bei einem Typen wie ihm eine Chance hatte, schickte eine stechende Sehnsucht durch ihre Brust. Heiße Typen wie Lazlo gingen normalerweise nicht mit Nerdmädchen wie ihr aus. Aber irgendwas an seiner Miene und die Erinnerung daran, wie er sie angesehen hatte, als sie auf dem Bürgersteig vor der Botschaft gestanden hatten, sagte ihr, dass es hätte wahr werden können. Und sie hatte es versaut, zusammen mit allem anderen.

Es wäre sowieso in dem Moment versaut gewesen, in dem er ihre Identität erfahren hätte, also war das Thema hypothetisch. Aber die Erinnerung an diese vorherige Verbindung war beunruhigend. ‚Was wäre, wenn‘ und ‚vielleicht‘ strömten in ständiger Wiederholung wie Wellen, die an einen Strand brandeten, durch ihr System. Um ihre Unruhe zu verbergen, nahm sie einen großen Schluck ihrer heißen Schokolade und wischte ihren Mund mit ihrem Handrücken ab. „Sie hätten einen verdammten Schock bekommen, wenn Sie so weit vorgedrungen wären."

Er verschluckte sich an seinem Kaffee.

Lachen fühlte sich gut an. Es fühlte sich ehrlich an.

Sie lächelte sanft. „Ich wollte Sie nicht in meine Probleme verwickeln, Special Agent Lazlo. Es tut mir wirklich leid."

„Nennen Sie mich Matt, und glauben Sie mir, das habe ich schon erkannt."

„Matt, kurz für Matthew?"

Etwas an ihrer Frage amüsierte ihn. Lachfältchen bildeten sich um seine Augen. „Matthias. Mein Vater behauptete, ein bulgarischer Roma zu sein und hat mir einen entsprechenden Namen gegeben.“

„Unter Ihren Vorfahren sind Roma?“ Ihre Augen suchten sein Gesicht nach Anzeichen ab, fanden aber keine.

Er zuckte mit den Achseln. „Mein Vater war ein Arschloch zweifelhafter Herkunft. Meine Mutter ist eine britische Aristokratin, was mich zu einem ziemlichen Mischling macht. Er hat sie in der Hoffnung geheiratet, ein Vermögen in die Finger zu bekommen und hat sie sitzengelassen, als ihre Eltern sie enterbten.“ Seine Miene änderte sich und wurde angespannt.

„Macht Sie das zum Lord?“ Sie versuchte, durch Neckerei die Atmosphäre aufzuheitern.

„Nein, aber Sie können mich ,Sir‘ nennen, wenn Sie möchten.“ Sein Grinsen war verschmitzt, bis ihm offensichtlich einfiel, mit wem er flirtete. Er wurde ernst. „Der Titel ging wahrscheinlich an irgendeinen lange verschollenen Cousin.“

„Sie wissen es nicht?“ Die Wärme im SUV machte sie schläfrig. Zusammen mit dem Absinken des Adrenalins brachte es sie zum Gähnen. „Sehen Sie nicht *Downton Abbey*?“

Er hob fragend eine Braue, als ob er nicht wusste, wovon sie sprach. „Ihre Familie hat sie enterbt, als sie meinen Vater heiratete. Dad hat sie sitzengelassen, als sie in die Staaten gekommen ist, aber sie haben sich nie bei ihr gemeldet, um ihr zu helfen. Ich habe nie das Bedürfnis gehabt, Oma und Opa ausfindig zu machen.“

„Das ist übel.“

„Nicht wirklich. Mom war eine Kämpferin.“ Er nippte an seinem Kaffee. Offensichtlich nicht in Eile, loszufahren. „Sie hat sich toll geschlagen. Sie hat Arbeit an einer Schule gefunden und mich allein großgezogen. Sie hat jede Andeutung, dass sie einen Mann brauche, um sie zu versorgen, zornig abgelehnt."

„Wo lebt sie jetzt?" Sie hatte die Frage gestellt, um Zeit zu gewinnen, merkte aber, dass sie ehrlich mehr über ihn erfahren wollte. Sie trank mehr Schokolade, dankbar dafür, wie sie die Kälte in ihren Knochen schmelzen ließ.

„In meiner Nähe." Er räusperte sich. „Sie hat vor zwei Jahren ein Gehirnaneurysma erlitten und sich nie wieder ganz erholt." *Oh, nein.* „Sie ist in einem Pflegeheim. Ist nach dem zweiten Schlaganfall nicht wieder zu Bewusstsein gekommen." Er sagte es so kontrolliert, dass sie wusste, wie sehr es ihn berührte.

Sie wusste, wie schwer es war, ein krankes Elternteil zu haben, dem man nicht helfen konnte, ganz gleich wie sehnlich man es sich wünschte. Sie wollte ihre Hand auf seine legen, wagte es aber nicht. „Sie kümmern sich um sie. Mehr können Sie nicht tun."

„Was soll ich sonst tun? Ich bin ihr Sohn, nicht irgendein arschiger Ehemann", knurrte er, lächelte sie dann aber reuevoll an. „Entschuldigung."

„Spüre ich da ein wenig unterdrückte Wut? Ich kenne einen guten Therapeuten, falls Sie einen brauchen."

„Ha. Weil Sie so ausgeglichen sind? Geben Sie mir die Nummer, und ich vergewissere mich, dass er sein Diplom nicht als Zugabe aus einer Frühstücksflockenschachtel bekommen hat."

„Witzig." Ein ausgiebiges Gähnen ließ sie ihren Mund weit öffnen. Sie bedeckte ihn mit ihrer freien Hand. „Oh, Entschuldigung. Ich bin nur plötzlich so müde."

Matt nahm ihr den Becher aus ihren Fingern, die sich

unbeholfen und steif anfühlten. Er steckte ihn in den Becherhalter. „Machen Sie für ein paar Minuten die Augen zu. Ich wecke Sie, wenn wir da sind."

„Okay." Sie versuchte, die Augen offenzuhalten, aber je mehr sie es versuchte, desto schwerer wurden ihre Lider. „Das mit Ihrer Mutter tut mir leid", murmelte sie, wollte ihn wissen lassen, dass sie seinen Schmerz bemerkt hatte und er sie trotz allem, was geschehen war, berührte.

„Ruhen Sie sich einfach etwas aus." Seine Stimme klang rau.

Sie brauchte nur ein fünfminütiges Nickerchen. Sie verschränkte die Finger in ihrem Schoß und betete, dass Dorokow keine gruseligen Andenken wollte. Sie war kein mutiger Mensch. Sie neigte dazu, sich bei Gefahr zurückzuziehen. Alles heute Abend war für sie völlig uncharakteristisch gewesen, und was hatte es ihr eingebracht? Schwierigkeiten. Riesige Berge an Schwierigkeiten. Auf gar keinen Fall würde sie je wieder etwas in der Art versuchen. Hoffentlich würde Dorokow ein wenig weihnachtliche Geisteshaltung zeigen und sie vielleicht eine Woche lang die Böden putzen lassen. Was auch immer nötig war, um sie wieder in ihr normales, langweiliges Leben zurückzubringen.

ES WAR ZWEI Uhr morgens. Dorokow saß am Feuer, starrte hinein, nippte teuren Brandy. Natalie war eine Stunde zuvor ins Bett gegangen, von seiner schlechten Laune irritiert. Sie verstand es nicht. Er hoffte, sie würde es nie verstehen. Das Handy in seiner Hosentasche klingelte. Er bewegte sich und holte es heraus. Den Anrufer kannte er nicht, nahm den Anruf aber trotzdem entgegen.

Die Stimme eines Mannes. Auch nach vierzehn Jahren verärgerten Schweigens leicht erkennbar. „Als wir das letzte Mal gesprochen haben, hielt ich ein Messer an deinen Hals und ließ dich versprechen, nie wieder in die Staaten zurückzukehren. Vergisst du so schnell, Andrej?"

„Ich vergesse gar nichts, *blyat*."

„Du hast eine Menge Scheiße aufgerührt. Du konntest es nicht einfach ruhen lassen, nicht wahr? Dein gottverdammtes russisches Ego konnte eine vermeintliche Beleidigung deiner Männlichkeit nicht verkraften. Sie ist nur ein Kind, das nach Antworten sucht, und du versuchst, sie umbringen zu lassen? Was denkst du, was sie entdeckt hätte, wenn sie dich verwanzt hätte?"

„Warum sagst du es mir nicht?", schlug Andrej lauernd vor.

Nach einer Pause sagte der Mann: „Es war vorbei und erledigt. Warum musstest du zurückkommen?"

„Verlierst du die Nerven, alter Freund?", verhöhnte Andrej den anderen Mann.

„Ich bin kein Freund von dir, Arschloch."

Er war sich nicht sicher, wer von ihnen mehr zu verlieren hatte, wenn die Wahrheit ans Licht kommen sollte, aber keiner wollte, dass es passierte. „Du hast den Spaß vergessen, den wir beim Erfinden dieser Geschichten hatten."

„Es war nie ein *Spaß*", stieß der Mann hervor.

„Die Fotografien erweckten einen anderen Eindruck." Andrej stieß mit der Erinnerung wie mit einem Messer zu, bereute es aber sofort.

„Du bist nicht der Einzige mit Fotografien, Andrej."

Schweiß bildete sich auf seinem Rücken. „Die waren

gestellt, und das weißt du." Sie hatten ihn unter Drogen gesetzt und widerliche Dinge mit ihm gemacht. Nur daran zu denken verursachte ihm Übelkeit. Eines Tages würde er den Mann am anderen Ende der Leitung ausweiden und es genießen.

„Sah von meiner Position aus gar nicht gestellt aus. Es gibt da draußen offensichtlich einige verdammt gute Schauspieler, denn sogar schlafend siehst du aus, als ob du es genossen hättest."

Andrej spürte, wie sein Blut kochte.

„Wie auch immer", die Stimme war jetzt fröhlich, „wir wissen alle, wie homophob das Politbüro war. Ich kann mir nicht vorstellen, dass die Russen sich in dieser Hinsicht weiterentwickelt haben, aber vielleicht irre ich mich. Hey, du wirst wahrscheinlich eine Menge Freunde im…"

„*Ya nei goluboy!*"

„Ernsthaft, Andrej, das ist dein Bereich."

Andrej wollte in seiner Wut das Telefon zerschmettern, aber das wäre ein Fehler. Er beruhigte sich und begriff, dass der Mann seine Rache auslebte. Er hatte es verdient. Trotzdem gab es wichtigere Themen zu klären. Der Stolz würde warten müssen. „Genug über diese lange zurückliegenden Geschichten. Über uns beide gibt es Dinge, die nicht bekannt werden sollen. Es wird Zeit, diese losen Enden zu verknüpfen, bevor sie uns beide erwürgen."

„Nichts darf zu einem von uns zurückverfolgt werden", warnte er.

„Keine Fehler", stimmte Andrej zu. „Du kümmerst dich um die alten Probleme, ich mich um die neuen."

„Wenn du das hier versaust, ist es nächstes Mal eine Kugel, kein Messer."

„Ich glaube, du hast deinen Sinn für Humor verloren,

Marlon.“

„Nenn mich nicht so…“

Andrej beendete das Gespräch. Er wurde nicht gerne bedroht, aber der Gedanke, dass diese Fotos öffentlich bekannt wurden, gefiel ihm noch weniger. Er war nach Amerika zurückgekehrt, um einen Weg zu finden, sie von seinem früheren Spion zurück zu bekommen. Scarlett Stone hatte seine Mission verlangsamt und war ihm ins Gehege gekommen. Schlimmer noch, sie hatte ihn zum Narren gehalten. Sie würde lernen, was mit denen geschah, die die Mächtigen der Russischen Föderation verärgerten.

Kleine Mädchen, die mit Feuer spielten, verbrannten sich.

KAPITEL SIEBEN

EIN FUNKELN DES silbernen Mondes strich über den Horizont. Das Meer sah launisch aus, als ob es sich noch nicht zwischen ruhig und stürmisch entschieden hätte; ein wenig, wie er sich hinsichtlich der Frau fühlte, die er in seinen Armen trug. Intelligent oder dumm? Loyal oder verblendet? Seine Instinkte sagten ihm, dass es sich bei beidem um Ersteres handelte, aber die Anziehung trübte seine Sinne. Er brauchte seinen Job, konnte sich keine blöden Fehler leisten.

Matt passte seinen Griff an, dankbar, dass sie keine 1,80 m große Amazone war und in der Hoffnung, dass sie ihn nach dem Erwachen nicht anzeigen würde. Entführung gehörte nicht zu seinem normalen Repertoire, aber wenn Matt eines war, dann anpassungsfähig. Es war absolut illegal, geschweige denn unmoralisch – zu schade, dass ihm dies angesichts der gegenwärtigen Umstände völlig egal war.

Die Flut schaukelte die Boote im Yachthafen von Quantico gegen das Hafenbecken, und der Wind pfiff durch die Takelage. Die feinen Eispartikel im Wind scheuerten über seine nackte Haut. Die achteinhalb-Meter-Yacht, auf der er wohnte, war üblichen Wohnungen in mehrerer Hinsicht überlegen. Zum Ersten war die Miete für den Liegeplatz billig – er brauchte jeden verfügbaren Cent, um für die Pflege seiner Mutter zu bezahlen. Zudem war er nah an der Arbeit. Die

Nachteile waren die beengten Wohnverhältnisse – und er war nah an der Arbeit.

Er ging um den äußeren Pier zum Liegeplatz Nummer 17 und kletterte unbeholfen an Bord, achtete darauf, dass Scarletts Kopf nicht an die Reling stieß. Sie würde beim Aufwachen wütend auf ihn sein, aber besser das als tot oder misshandelt. Wenn jemand ihn sähe, würde man denken, dass er ein gottverdammter Serienmörder wäre – genau die Art von krankem Dreckskerl, die er täglich jagte.

Er schloss die Kabinentür auf, machte die Lichter an und drehte die Heizung auf. Dann brachte er Scarlett zur Hauptkabine und legte sie auf das Bett. Er zog ihr die Turnschuhe aus und zog die Decke bis zu ihrem Kinn hoch. Ihre Gesichtszüge waren im Schlaf weicher, und ohne Make-up sah sie noch jünger aus als bei der Party. Sechsundzwanzig. Er war zehn Jahre älter, und es fühlte sich eher wie hundert an. Krieg machte das mit einem Mann. Der Krieg, und täglich die Opfer von Verbrechen zu sehen. Nicht, dass er seine Karriereentscheidungen bedauerte, beide hatten es ihm ermöglicht, etwas Positives in die Gesellschaft einzubringen, etwas, das ihm wichtig war, nachdem er so einen Versager als Vater gehabt hatte. Er hatte seine Mutter stolz gemacht, und das reichte ihm aus.

Scarlett wimmerte im Schlaf, und ihre Geräusche rührten ihn. Sie würde ausflippen, wenn sie aufwachte. Durchdrehen, insbesondere, wenn sie herausfand, dass er sie bezüglich Angel belogen hatte. Aber Frazer hatte ihn angewiesen, auf sie aufzupassen, und ehrlich gesagt, hatte er kaum eine Alternative dazu gesehen, sie bewusstlos zu machen, bis er sie davon überzeugen konnte, sich nicht freiwillig als Opfer auf dem Altar des russischen Botschafters darzubieten.

Er strich eine Haarsträhne aus ihrer Stirn und trat dann zurück. Zu gruselig. Es ähnelte zu sehr dem, was einige Täter machten, wenn sie jemanden in ihre Kontrolle gebracht hatten. Er ging zur Kombüse und machte den Gasbrenner an, um Teewasser zu kochen. Er brauchte Schlaf, aber zuerst musste er sich aufwärmen und entspannen.

Matt zog sein T-Shirt aus und hielt ein Papiertuch unter den Warmwasserhahn, wischte das Blut weg, das vom Streifschuss auf seiner Haut getrocknet war. Es stach ein wenig, aber es war keine große Sache. Er holte das Desinfektionsmittel hervor und säuberte die Wunde. Er hatte als SEAL Jahre damit zugebracht, Kugeln auszuweichen und würde sich von dieser ganzen Nahtodsache nicht beunruhigen lassen. Wenn seine Zeit abgelaufen war, war sie eben abgelaufen. Es hatte keinen Sinn, sich darüber Sorgen zu machen. Seine Mutter würde so lange wie nötig in guten Händen sein, und der eine gute Aspekt an ihrem Zustand war, dass sie nie wissen würde, dass sie ihn verloren hatte.

Naja, das war vielleicht nicht so ein toller Vorteil, aber es war alles, was er hatte, also würde er sich damit zufriedengeben.

Ihre Verfassung war aufwühlend, sie hatte das erste Aneurysma überlebt, dann einige Tage später einen zweiten Schlaganfall erlitten. Wenigstens war er zu diesem Zeitpunkt bei ihr gewesen und hatte während der Schmerzen ihre Hand gehalten. Die Ärzte hatten ihm gesagt, dass ihr Überleben unwahrscheinlich sei. Einige Wochen später, als sich keine Besserung gezeigt hatte, wollten sie den Stecker ziehen. Matt wusste, dass sie nicht durch Geräte am Leben gehalten werden wollte, also war er damit einverstanden gewesen. Als sie die Maschinen abgestellt hatten, hatte seine Mutter von allein zu atmen begonnen. Sie war nicht hirntot. Sie war in einem tiefen Koma, und er bezweifelte, dass sie je wieder daraus erwachen würde, aber sie war irgendwo dort drinnen. Die Ärzte konnten ihm nicht sagen, wie stark das Gehirn geschädigt war. Die Chance auf Heilung war minimal. Also tat er für sie, was er konnte und hoffte, dass sie irgendwo tief im Inneren wusste, dass sie geschätzt und beschützt wurde.

Sie war in einer guten Pflegeeinrichtung. In der Besten. Sie kümmerten sich dort um all ihre Bedürfnisse, und sie war gut behütet, in Sicherheit. Er besuchte sie jeden Tag, den er nicht unterwegs war. Und jeden Tag erinnerte ihre Verfassung ihn daran, dass niemand ewig lebte.

Niemand.

Also stellte man besser verdammt sicher, dass man im Leben etwas machte, das zählte.

Er suchte im Kühlschrank nach Milch, goss kochendes Wasser über einen Teebeutel und ließ ihn einige Minuten lang ziehen, bevor er den Beutel herausnahm und in den Müll warf. Ein paar Biere zu kippen war verführerisch, aber er musste sich erst aufwärmen. Im Winter war das Leben auf einem Boot ein wenig herausfordernder, aber die Sommer machten es wieder wett.

Sein Handy klingelte. Er sah auf das Display. Sein Boss. Er überlegte, ob er so tun sollte, als schliefe er schon, oder ob er es hinter sich bringen sollte. Das Pflichtbewusstsein gewann.

„Sie haben sie", sagte Frazer ohne Einleitung.

„Ja."

„Hat sie sich beschwert?"

Matt lachte. „Noch nicht, aber das wird sie sicher."

Frazer machte eine Pause. „Ich will es wahrscheinlich gar nicht wissen."

Gut erfasst.

„Die Polizei hat eine Spur hinsichtlich des vom Schützen benutzten Autos. Es wurde in der Nähe des Observatoriums abgestellt."

„Irgendein Zeichen vom LeMay-Mädchen?" Er sprach leise, nur für den unwahrscheinlichen Fall, dass Scarlett ihn hörte. Angesichts der kleinen Dosis des Beruhigungsmittels, die er ihr verpasst hatte, war es zwar nicht wahrscheinlich, aber er war gerne vorsichtig.

„Nichts. Parker überwacht die Handykommunikationen, und ich stehe mit dem Leiter des Geiselrettungsteams in Verbindung, der ein alter Freund von mir ist. Bis die Entführer Verbindung aufnehmen, haben sie nichts, mit dem sie arbeiten können. Agenten wurden abgestellt, um Angel zu finden, aber … sagen wir einfach, dass ich Parker größere Chancen zurechne. Ich hoffe, dass die Tatsache, dass sie die Tochter eines Kongressabgeordneten ist, eine so große Rolle spielt, dass sie unverletzt bleibt. Sie wollen Scarlett, nicht Angel. Rooney und Parker suchen immer noch nach einer Verbindung zwischen LeMay und Dorokow, aber es könnte sein, dass da nichts weiter ist, abgesehen von der Tatsache, dass LeMay ein Kongressabgeordneter ist, der eine Einladung erhielt und Scarlett diese Verbindung nutzte, um an den Botschafter heran zu kommen. Dorokow hat dieses Jahr Hunderte von Einladungen zu seiner Weihnachtsfeier verschickt."

Was dazu führte, dass Matt hier festsaß und gegen ihren Willen auf eine Frau aufpassen musste, während andere die Arbeit machten. „Was mache ich morgen mit ihr?" Er rieb sich die Augen. „Ist es Bring-dein-Kind-mit-zur-Arbeit-Tag?"

„Sie sah nicht sehr wie ein Kind aus, als ich sie zu Gesicht bekam. Müssen Sie Ihre Augen untersuchen lassen?"

Hatte Frazer erraten, dass er sich zu ihr hingezogen fühlte? „Ich habe perfekte Sehstärke, und das wissen Sie."

„Wir behalten die Situation im Auge und sprechen morgen früh. Schlafen Sie etwas."

„Während alle anderen rund um die Uhr arbeiten?" *Klasse.*

„Ihr Job ist es, sie sicher versteckt zu halten, bis jemand herausfindet, wo Angel LeMay festgehalten wird, und während ich sehe, was ich tun kann, damit Dorokow Ruhe gibt. Für einen Mann mit Ihrer Erfahrung sollte diese Mission ein Kinderspiel sein."

Matt grunzte. „Werden Sie Zuckerbrot oder Peitsche bei Dorokow anwenden?"

„Momentan nehme ich, was ich kriegen kann. Eine Peitsche wäre wohl befriedigender, aber härter zu handhaben. Selbst wenn wir Beweise dafür finden, dass er ein Verbrechen begangen hat, wird seine diplomatische Immunität es fast unmöglich machen, an ihn heranzukommen, sofern Russland nicht seine Rechte zurückzieht. Allerdings können wir es schwierig für ihn machen, seinen Job auszuüben, wenn er sich dazu entschließt, amerikanische Frauen der besseren Gesellschaft und Forschungswissenschaftlerinnen zu bedrohen."

„Scarlett sagte, ihr Vater habe Dorokow verdächtigt, ein russischer Spion zu sein. Könnte er mit ihm zusammengearbeitet haben?"

„Ich weiß es nicht. Ich steige in einigen Stunden in ein Flugzeug nach Colorado. Aber ich werde ihn danach fragen. Es ist mir gelungen, eine Kopie der Ermittlungsakte über Stone zu bekommen. Ich werde Ihnen eine Kopie schicken, bevor ich aufbreche. Halten Sie Scarlett einfach beschäftigt, bis wir das LeMay-Mädchen finden.“

Klang einfach genug. Er konnte von zu Hause aus arbeiten.

„Nur eine Sache.“ Die Stimme seines Chefs wurde leise und gedämpft. „Lassen Sie sich nicht von diesen großen braunen Augen hinters Licht führen. Scarlett Stone hat im Alter von zweiundzwanzig ihren Doktor in Festkörperphysik gemacht. Sie ist keine Närrin. Bleiben Sie wachsam.“

Matt zog eine Grimasse. „Haben Sie je erlebt, dass meine Arbeit von einem hübschen Gesicht beeinträchtigt wurde?“

„Nein, das habe ich nicht“, antwortete Frazer ruhig. „Aber manche Frauen lernen schon im Mutterleib, Männer wie uns einzuschätzen. Unter den richtigen Umständen sind wir alle für die richtige Frau empfänglich. Wir alle haben eine Achillesferse.“

„Sogar Sie?“

Frazer blieb stumm.

„Keine Sorge, Boss. Ich bin gegen die Anziehungskraft der Schönheit immun. Ich ziehe Ehrlichkeit und Integrität bei weitem vor.“

„Dann war diese Blondine, der Sie auf unserer Weihnachtsfeier begegnet sind, mit den langen Beinen und den voluminösen…“

„Hey.“

„…Haaren, voller Ehrlichkeit und Integrität?“

„Nun, zumindest hat sie nicht ihre eigene Überwachungsvorrichtung entwickelt und gebaut, und sich unter falschem Namen Zugang zur russischen Botschaft verschafft“, argumentierte Matt.

„Klar, aber erinnern Sie sich an ihren Namen?“

Scheiße. „Natürlich.“

„Lügner." Frazer ließ ihn nicht davonkommen. „Aber Frauen wie Scarlett Stone – an ihre Namen erinnern wir uns. Entwickeln Sie keine Gefühle. Sie ist in einer üblen Lage und hat keine Freunde. Frauen wie diese … die können Sie in die Knie zwingen."

Der Typ war verrückt. Matt hatte Jahre seines Lebens damit verbracht, buchstäblich für sein Land zu bluten, und das war, bevor er dem FBI beigetreten war. Er würde keinen Verrat begehen oder sich in jemanden verlieben, der so erheblich kompromittiert war wie Scarlett Stone, ganz gleich wie hübsch ihr Gesicht oder wie weich ihre Lippen waren. Frazer hatte den Ruf, Leute gut einschätzen zu können – aber anscheinend hatten sogar Superagenten schlechte Tage.

„Finden Sie einfach heraus, wie zur Hölle wir sie ohne eine Zielscheibe auf der Stirn nach Hause schicken können. Ich möchte mein Leben zurück." Aber er sprach in eine tote Leitung.

––––––––

RAMINSKI WAR GEZWUNGEN gewesen, Verstärkung zu rufen, weil ihm der Gedanke, die Frau zu schlagen, den Magen umdrehte.

„Wo ist sie?", fragte Mihail Churnokow, Leiter des persönlichen Schutzteams des russischen Botschafters. Als ehemaliger KGBler benutzte der Mann die Taktiken der alten Schule mit der Feingefühl eines T-72 Panzers.

„Da drin." Raminski nickte zur Tür. Es war drei Uhr morgens und er hatte keine Hinweise darauf, wo Scarlett Stone hingegangen war, nachdem sie das FBI-Hauptquartier verlassen hatte. Die Bundesagenten im Park hatten seine ausgefeilten Pläne ruiniert und ihn gezwungen, seine Strategie schnell anzupassen. Er hatte nicht erwartet, dass Stone die Bundesbehörden um Hilfe bitten würde.

Aber niemand wusste, wo sie hin war. Sie war nicht nach Hause gegangen. Sie war nicht ins Büro gegangen.

Sie waren in einem Lagerhaus. Es war eine üble Gegend, heruntergekommen. Dieses Gebäude aber war sicher. Nur wenige waren dumm genug, unbefugt auf dieses Grundstück zu kommen. Niemand wiederholte den Fehler.

Mihail stieß die Tür auf, und sie knallte gegen die innere Wand. Angel LeMay lag mit hinter dem Rücken gefesselten Händen auf einer schmutzigen Matratze, geknebelt und mit verbundenen Augen. Sie schien zu schlafen, aber Sergio ließ sich nicht täuschen.

Mihail ging hinüber und zog sie an den Haaren hoch. Sie schrie auf, schlief jetzt definitiv nicht mehr. Der Mann zerrte sie auf die Füße. Vor Schmerz und Angst weinend, stand sie dort. Es war nicht viel an ihr dran. Raminski bezweifelte, dass sie selbst tropfnass fünfundvierzig Kilo wog.

Er unterdrückte seine Reuegefühle. Sie und ihre „Schwester" hatten sie hinters Licht geführt und seine Existenz bedroht. Er musste wissen, was sie wusste. Er musste die andere Frau finden, bevor jemand anders es tat.

„Wo ist deine kleine Freundin, *sooka*?"

Angel kreischte schrill, als der Mann ihren Ellbogen verdrehte. Durch den Knebel in ihrem Mund konnte Raminski keines ihrer Worte verstehen.

„Geben Sie ihr die Möglichkeit, die Frage zu beantworten." Er befahl es auf Russisch. In seiner Muttersprache zu sprechen war wahrscheinlich die beste Methode, seine Identität zu verbergen, während er noch im Zimmer war und sicherstellte, dass der andere Mann sie in seinem Enthusiasmus für seinen Job nicht umbrachte.

Sie brauchten Angel lebend. Sonst würde ihr *Druckmittel* zu einem Rachemotiv werden.

Mihail starrte ihn böse an, ließ dann Angels Haar los und versuchte, den Knebel zu lösen, seine dicken Finger kämpften mit dem Knoten. Schließlich riss er ihn nach unten und ließ ihn um ihren Hals baumeln. Es war offensichtlich, dass der Mann nicht viel von ihm hielt. Das beruhte auf Gegenseitigkeit.

Solange sie auf der gleichen Seite standen, war das allerdings egal.

Mihail griff erneut ihr Haar und riss ihren Kopf zurück, legte ihren Hals offen. Die Augenbinde blieb, wo sie war. „Wo ist deine kleine Freundin, Scarlett Stone?"

Angel LeMay leckte sich die Lippen, spuckte dann in Mihails Gesicht. Sergio zuckte zusammen, als Mihail ihr einen Faustschlag versetzte. Sie fiel auf der Matratze auf ihre Knie, und Mihail trat sie, erwischte sie am Oberschenkel.

Sergio widerstand dem Drang, sich einzumischen. Er durfte seine Position nicht verraten, konnte es sich nicht leisten, anders als wie ein loyaler Diener von Mütterchen Russland auszusehen.

„Wo ist sie, *vlagalische*?"

„Woher zum Teufel soll ich das wissen?", fuhr Angel ihn an, versuchte, sich durch das Einrollen in eine fötale Position zu schützen.

„Halt." Sergio hob seine Hand, um Mihails Aufmerksamkeit zu erregen. Der Typ atmete schwer. Er nahm an, dass ihm durch das Verprügeln anderer einer abging. „Frag sie, ob sie weitere Wanzen platziert hat, oder nur die im Büro des

Botschafters.“

Mihail wiederholte seine Frage auf Englisch.

„Ich weiß nicht, wovon Sie reden.“ Angel sprach schnell, die Stimme voller Angst und Wut. Raminski hatte nicht erwartet, dass sie widerspenstig sein würde. „Ich weiß nicht, wer Sie sind oder was Sie denken, das ich getan habe, aber…“

Mihail schlug sie erneut, und Raminskis Magen krampfte sich zusammen, als Blut aus ihrer Nase floss und auf den schmutzigen Betonboden tropfte.

„Sagen Sie ihr, dass wir wissen, dass sie gelogen hat, um Scarlett Stone ins Gebäude zu bekommen.“

Angel spuckte Blut und hob ihr Kinn. „Was hat Scarlett mit all dem zu tun?“ Sie war verletzt, aber nicht eingeschüchtert. Seine Bewunderung für sie wuchs. Er hoffte, dass sie diese Prüfung überlebte. Er hoffte, dass sie beide es taten.

„Moment.“ Sie versuchte, sich auf der Matratze aufzusetzen. Er hatte erwartet, dass sie nach den Schlägen, die Mihail austeilte, nur noch weinen würde, aber sie war zäher als sie aussah. „Ich habe Scarlett *dazu gebracht*, mit mir zu kommen. Sie wollte nicht, aber ich habe sie gezwungen. Mom und Dad wissen nichts davon.“ Blut verschmierte ihr Kinn. Die Haut über dem Wangenknochen war aufgeplatzt.

„Dann muss sie wissen, dass ihre Freundin Scarlett vorhatte, Abhörvorrichtungen im Büro des Botschafters anzubringen. Sagen Sie's ihr.“

Mihail wiederholte den Satz in zähem, kehligem Englisch.

Angels Mund öffnete und schloss sich. „Nein. Nein! Das glaube ich nicht. Sie machen einen Fehler wegen ihres Vaters. Scarlett würde niemals etwas so … *Verrücktes* gemacht haben. Sie machen einen Fehler.“ Ihre Stimme wurde lauter, als sie sich wiederholte. „Mein Vater wird durchdrehen…“

Mihail schlug sie erneut, diesmal war es ein harter Schlag, der schmerzhaft gewesen sein musste, denn sie hörte auf zu reden. „Wo ist sie?"

Angel wich vor ihrem Angreifer zurück und fiel auf die Matratze. „Ich weiß es nicht! Wir haben gestritten, weil sie früh von der Feier wegwollte…" Sie unterbrach sich selbst, als ob sie begriff, was sie eben gesagt hatte.

„Sie wollte gehen, weil sie eine Wanze platziert hatte."

„Nein. Nein." Angel schüttelte den Kopf und Mihail trat sie in den Magen, zum Glück traf er nicht genau.

Raminski zuckte zusammen. Scheiße. Er musste die andere Frau finden, aber diese hier musste am Morgen noch leben. Er wappnete sich gegen ihre Schreie, als Mihail erneut seine Fäuste benutzte.

Die Schreie wurden zu einem Stöhnen, dann zu einem Betteln. „Bitte, ich sage Ihnen, wo sie ist. Bitte tun Sie mir nicht mehr weh." Sie weinte jetzt. „Sie passt auf das Haus ihres Chefs auf. Ich habe die Adresse nicht. Es ist im 1800er-Block der California Street, in der Nähe der Ecke zur 24th Street. Es hat eine dunkelgrüne Eingangstür." Tränen liefen ihre Wangen hinunter, und sie schluchzte in die Matratze.

„Genug", befahl Raminski. Er glaubte ihr. Auch wenn er es nicht getan hätte, konnte er nur eine gewisse Menge an Gewalt verkraften. Mihail trat langsam zurück.

Raminskis Telefon brummte in seiner Tasche, er nahm den Anruf entgegen. Die Stimme am anderen Ende sagte, dass sie eine weitere Spur bezüglich Scarlett Stone hatten. Gut. Er ging hinüber und hockte sich neben die zitternde Angel LeMay. Ihr Gesicht war voller Blut. Zum Glück verbarg die Binde ihre Augen.

Er senkte seine Stimme zu einem groben Flüstern und

sprach auf Englisch. „Wenn du die Wahrheit sagst und wir sie finden, wirst du am Weihnachtsmorgen zu Hause sein." Er ließ dieses Bild einen Moment lang wirken. Dann berührte er sanft ihre Wange. Sie fuhr zusammen und zuckte zurück. „Aber wenn du lügst, darf mein Freund hier seine Geschenke früher aufmachen und entscheiden, was genau er mit dir tun möchte. Dann lassen wir die anderen Männer abwechselnd ran, bis sie alle ihren Teil bekommen haben. Dann verbringst du ein Leben mit Fremden zwischen den Beinen, bis du verbraucht bist. Niemand wird dich danach noch wollen. Nicht einmal deine Eltern." Er schob seine Hand unter ihr Oberteil und legte sie um ihre Brust. Sie schrie auf und versuchte, sich zu entwinden, aber er kniff in ihre Brustwarze, kontrollierte sie mit gezieltem Schmerz, zwang sie, zu nicken, sich ihm zu unterwerfen. Er bewies ihr, dass er mit ihrem Körper tun konnte, worauf er verdammt noch mal Lust hatte, und dass ihre Meinung nicht zählte.

„Sei ein braves Mädchen, und alles wird einfacher für dich sein. Benimm dich schlecht, und es wird unschön werden." Er ließ sie los, bedauerte, dass die Dinge sich so hatten entwickeln müssen, nachdem er nur wenige Stunden zuvor darauf erpicht gewesen war, sie zu umgarnen und zu verführen. Sie drehte ihr Gesicht in die dreckige Matratze und schluchzte.

Scarlett Stone hatte dies verursacht. Es war ihre Schuld.

Seine Drohungen waren nicht real. Sie betrieben keinen Mädchenhandel, obwohl er leicht jemanden finden konnte, der es tat. Aber sie musste glauben, dass er es ernst meinte. Sie musste völlig verängstigt sein, gehorsam und still bleiben, während er das andere Mädchen suchte. Angel LeMay würde diese Prüfung vielleicht überleben, wenn sie sich benahm. Scarlett Stone jedoch hatte keine Chance.

SCARLETT FÜHLTE SICH angeschlagen, als sie ihre Augen langsam öffnete. Ihr Kopf pochte – nicht so sehr vor Schmerz, es war eher wie ein dünner Nebelschleier, der ihre Gedanken umhüllte. Vor dem kleinen Bullauge war es noch dunkel draußen. Ihre Augen öffneten sich weiter. Ein Bullauge?

Wie konnte sie auf einem Boot sein?

Eine Haarnadel grub sich in ihre Kopfhaut, erinnerte sie an die Feier vom letzten Abend. Sie hob die Hand und zog die verbliebenen Haarnadeln heraus, legte sie auf ein Schränkchen, das an der Seite des Bootes angebracht war.

Ein Boot.

Wo war sie? Das Letzte, an das sie sich erinnerte, war, mit Matt Lazlo einen Kaffee getrunken zu haben. *Verflucht.* Er musste sie unter Drogen gesetzt haben, was bedeutete, dass er die ganze Sache geplant hatte, bevor er ihr angeboten hatte, sie mitzunehmen. Aber warum? Sie warf die Decke zurück, erleichtert, zu sehen, dass sie vollständig angezogen war. Er schien nicht wie der Typ, der jemanden vergewaltigte, aber wer konnte das schon mit Sicherheit wissen? Wie sah ein Vergewaltiger denn aus?

Die Tür öffnete sich, und da stand der Mann selbst.

„Was haben Sie getan?", fragte sie wütend. „Ich hoffe, Sie haben einen guten Grund, mich unter Drogen zu setzen und hierherzubringen. Diesmal sind Sie derjenige, der das Gesetz gebrochen hat, und Sie schulden *mir* eine Entschuldigung."

Ein Lächeln erschien auf seinem Gesicht. „Ich entschuldige mich." Trotz allem war er viel zu attraktiv für ihr Wohlbefinden. Er hielt eine Tasse in einer Hand hoch. „Friedensangebot."

Er trug abgetragene Jeans und ein schwarzes T-Shirt. Sie konnte oben auf seinem Bizeps gerade noch die Abschürfung an der Stelle erkennen, an der die Kugel die oberste Hautschicht mitgenommen hatte. Sie begriff, wie nah sie beide dem Tod gewesen waren. Sie hatte letzte Nacht nicht einmal darüber nachgedacht, war zu entsetzt gewesen, hatte sich zu sehr darauf konzentriert, alles wieder gut zu machen und sich aus der Situation zu befreien, in die sie sich selbst so idiotisch hineinmanövriert hatte. Matt Lazlo hatte ihr das Leben gerettet, und sie war so dankbar, dass es schwer war, wütend auf ihn zu sein. Trotzdem wusste sie nicht, was wirklich vor sich ging, oder was er von ihr wollte.

Sie sah auf den Becher in seiner Hand. Ihr Hals war ausgetrocknet, ihr Körper schwer. „Woher weiß ich, dass da nicht auch Drogen drin sind?"

„Ich hab' nichts reingetan." Er nahm einen Schluck, um es zu beweisen, und sie bemerkte, dass er seinen Kopf vorbeugen musste, um richtig in den Raum zu passen. Er reichte ihr den Becher und sie nahm ihn, überrascht, als sie duftenden Tee roch und nicht den erwarteten Kaffee.

„Ich könnte lügen und sagen, dass Sie eingeschlafen sind und ich mich entschieden habe, Sie hierher zu bringen, damit Sie ein paar Stunden Schlaf bekommen, bevor Sie sich den Russen ausliefern."

„Aber ich bin nicht so blöd."

Er zog eine Braue hoch, um anzudeuten, dass er das nicht kommentieren würde.

„Was haben Sie mir verpasst?"

„Etwas, das ein Freund von mir bei Wachhunden anwendet."

„Sie haben mir Hundedrogen gegeben?" *Verdammt*

nochmal. „Woher wussten Sie, welche Dosis Sie nehmen müssen?"

„Ich habe einen Experten angerufen und um Rat gefragt. Wir haben beschlossen, die übliche Jack-Russell-Dosis zu verdoppeln."

Sie wandte den Blick ab, unterdrückte ihr Bedürfnis, zu grinsen. Sogar nach allem, was letzte Nacht passiert war, amüsierte er sie.

War sie hier eine Gefangene oder hatte er ihr wirklich die Chance gegeben, ihre Entscheidung zu überschlafen, bevor sie sich der unsicheren Gnade Andrej Dorokows auslieferte? Sogar jetzt wusste sie nicht, welche andere Wahl sie hatte.

Sie entdeckte auf der überladenen Kommode neben der Tür eine Dreizack Anstecknadel. Plötzlich ergaben die Löcher in seiner Uniform Sinn.

„Sie waren ein Navy SEAL?" Sie deutete auf die Nadel. „Warum haben Sie sie gestern Abend abgenommen?"

„Ich wollte den Leuten in der Botschaft nicht alles über mich offenbaren."

„Ein wenig wie ich also." Sie bedachte ihn mit einem falschen Lächeln und klimperte mit den Wimpern.

„Nicht ganz wie Sie, Dr. Stone. Ich hatte nichts Elektronisches in meiner Unterwäsche."

„Aha. Behaupten Sie jedenfalls."

Er zog wieder eine Braue hoch.

Ihre Wangen wurden heiß. Sie war gefährlich nah dran, mit dem Typen zu flirten. Er hatte sie verhaftet. Sie entführt. *Er hat auch dein Leben gerettet.* Sie pustete auf den Tee, um ihn abzukühlen, damit sie ihn schneller trinken konnte. Sie begann, sich angesichts dessen, was geschehen war, wirklich dumm zu fühlen, aber es änderte nichts an der Tatsache, dass sie in großen Schwierigkeiten war und nur wenige Optionen hatte. Sie schlüpfte unter dem Laken hervor und schob ihre Füße in ihre Turnschuhe, ihre Verletzlichkeit in dieser Situation wurde ihr erneut bewusst. „Haben Sie von Angel gehört?"

Er schüttelte den Kopf. „Aber es geht ihr gut." Seine Lippen spannten sich an, als er zusah, wie sie ihre Schnürsenkel band.

„Bin ich Ihre Gefangene, Special Agent Lazlo?", fragte sie geradeheraus.

„Nicht so richtig." Er verschränkte seine Arme vor seiner Brust, zeigte wieder seine Muskeln. Sie war sich nie bewusst gewesen, dass Arme so attraktiv sein konnten. Vielleicht tat er es absichtlich. Navy SEAL-Ablenkungstechniken. „Ich wurde gebeten, ein Auge auf Sie zu haben, während meine Kollegen beim FBI versuchen, eine Abmachung zu treffen, die Ihre Sicherheit garantiert."

„Wirklich?" Sie biss sich auf die Lippe. Das war mehr Hilfe als sie erwartet hatte, und sicher mehr als sie verdient hatte. „Wie ein Leibwächter?"

„Babysitter war der Begriff, der mir zuerst einfiel." Das Lächeln erreichte seine Augen nicht.

Ihr Kinn hob sich ein wenig, und sie hielt seinem Blick stand. Am vorigen Abend hatte er sie nicht für ein Kind gehalten, und das wussten sie beide. Er sah weg, gestand diesen Punkt ein. Keiner wollte sich daran erinnern, dass sie beide so offensichtlich voneinander angetan gewesen waren.

„Was ist Ihr Job beim FBI? Geiselrettungsteam?", fragte sie.

„Verhaltensanalyst."

Sie zwinkerte überrascht. „Es erscheint mir seltsam, einem

Elitesoldaten einen Schreibtischjob zu geben."

Sein Lächeln wurde schwächer. Die Lippe verzog sich.

Sie machte rasch einen Rückzieher. „Ich meine, ich sehe schon, dass Sie ein intelligenter Typ sind. Aber Sie sehen eher aus wie der zupackende Heldentyp, der Jungfrauen in Not rettet, nicht wie der Schreibtischhengst, der Telefonanrufe annimmt und Daten sammelt." Ihre Hände wanden sich aufgebracht. Genau das hatte er letzte Nacht für sie getan – sie aus ihrer Not gerettet.

„Helden kommen in allen Formen und Größen vor, Scarlett. Es gibt keinen bestimmten Typ."

„Das weiß ich." Hielt er sie wirklich für dumm? „Mein Vater sagte immer, man solle die Streber und ruhigen Jungs in der Klasse nicht ignorieren, nur weil der Captain des Footballteams einen um eine Verabredung gebeten hat."

„Haben Sie seinen Rat beherzigt?"

Beschämung legte sich über ihr Gesicht. „Mich hat nie jemand um eine Verabredung gebeten, Special Agent Lazlo. Nachdem Dad verhaftet wurde, wurde ich zu Hause unterrichtet." Sie wollte nicht in diesem engen Raum mit einem Typen sein, den sie attraktiv fand, der sie aber mit Verachtung betrachtete. Das hatte sie schon hinter sich. „Ich ging nicht auf Verabredungen. Ich habe mich in meine Studien vertieft und etwas gefunden, in dem ich gut war – etwas, das mich nicht belog, wenn es darum ging, wie die Welt wirklich funktioniert."

Sie stand auf, fühlte sich unwohl damit, sich so zu öffnen. Niemand mochte Mitleid heischen, am wenigsten sie selbst. „Warum sind Sie nach den SEALs dem FBI beigetreten? Sie hätten als privater Dienstleister ein Vermögen machen können."

„Ich wurde in den Staaten gebraucht.“

„Ihre Mutter?“

Seine Augen richteten sich auf sie. „Sie haben ein gutes Gedächtnis.“

„Anscheinend sogar nachdem ich sediert wurde.“ Sie nickte, steckte ihre Hand in ihre Tasche und strich über die andere Abhörvorrichtung. „Das hat mich dahin gebracht, wo ich heute bin.“

„Ich dachte, das war Ihre unerbittliche Suche nach Gerechtigkeit und Ihr naiver Glaube an einen Mann, der es hätte besser wissen müssen.“

Sie holte Luft, um ihren Vater zu verteidigen.

Irgendetwas schlug leicht gegen die Seite des Bootes. Matt runzelte die Stirn und neigte den Kopf für den Bruchteil einer Sekunde. Als sie ihren Mund öffnete, um ihre Argumente vorzubringen, macht er eine Geste, die ihr bedeutete, ruhig zu sein. Er lauschte konzentriert. Dann bewegte er sich so schnell, dass sie fast zurück auf das Bett fiel. Er griff nach ihrer Hand, schnappte sich den Dreizack von der Kommode und stopfte ihn in seine Tasche. Dann ging er mit ihr in die Hauptkabine. Er streifte seine Jacke über, steckte die Brieftasche ein, Kreditkarten, Telefon und Schlüssel. Griff wieder ihre Hand.

„Was…?“ Scarlett bekam nicht die Möglichkeit, zu fragen. Er zog sie hinaus auf das Hinterdeck.

„Geduckt bleiben“, flüsterte er, während sich aus dem Nichts eine Waffe in seiner linken Hand materialisierte.

Es war immer noch dunkel, aber die leichte Röte des Tagesanbruchs säumte den westlichen Horizont. Er half ihr vom Landungssteg, sprintete zum Hafendamm und schwang sich hinüber. Sie wurde irgendwie mit ihm gerissen, die rauen Steine schürften ihre Haut auf. Sie waren an der äußeren Seite des Hafendammes auf einer Aufkantung von ungefähr sechzig Zentimetern Breite, die den ganzen Pier entlanglief. Kalter Wind pfiff über ihre warme Haut, vertrieb den letzten Rest Schlaf aus ihrem Gehirn. Er zog sie den Vorsprung entlang, nicht weit entfernt von den Wellen, die sanft gegen den Felsen schlugen. Sie blieben gebückt, außer Sicht. Sobald sie ans Ende des Piers kamen, nah beim Festland, hörte Matt auf zu rennen und setzte sich. Dann zog er sie eng an sich, sein großer Körper drückte sie gegen den Felsen.

„Was tun wir hier?", flüsterte sie an seiner Brust, versuchte zu ignorieren, wie seine Wärme und Stärke in ihr den Wunsch erweckten, sich enger anzuschmiegen, einen kleinen Bissen zu nehmen.

„Leise."

Klasse.

Sie atmete seinen warmen männlichen Duft ein, während sein Herz fest gegen ihre Wange pochte. So schön es war, von einem derart prachtvollen Mann gehalten zu werden, begann sie doch, zu denken, dass er ein Verrückter war. Unzurechnungsfähig.

Sie versuchte es erneut. „Matt…"

BUMM!

Die Explosion erschütterte den Felsen unter ihnen, und einige Sekunden lang konnte Scarlett gar nichts hören. Die heiße Detonationswelle schoss über ihre Köpfe hinweg. Feuer regnete vom Himmel, Segel- und Seilstücke wurden fünfzehn Meter hoch in die Luft katapultiert und fielen hinab, um auf dem Meer und im Hafen Flammen zu verteilen.

KAPITEL ACHT

O*H, MEIN GOTT.* Scarletts Kinnlade klappte herunter. „Hat jemand gerade Ihr Boot in die Luft gejagt?"

„Yeah. Seien Sie leise." Er drückte einen Finger auf ihre Lippen, und sie sah ihn an. Sie musste geschrien haben, war aber vom Lärm zu betäubt, um es zu bemerken. Sein Herz klopfte beruhigend stark gegen ihre Brust, während er sie fest an sich gedrückt hielt.

„Woher wussten Sie, dass wir da raus mussten?" Sie versuchte, im Flüsterton zu sprechen, während der Druck sich in ihren Ohren ausglich.

„Ich habe tausend Sprengstoffladungen an tausend Schiffsrümpfen angebracht – ich habe das Geräusch erkannt, es aber noch nie zuvor an meinem Boot gehört." Er zuckte mit den Schultern, als ob seine instinktive Reaktion nicht gerade ihrer beider Leben gerettet hätte. „Unterwassersprengungen sind eine Spezialität der SEALs, erinnern Sie sich?"

Sie starrte ihn an. Er nahm das alles so ruhig hin. „Aber jemand hat gerade *Ihr Boot* in die Luft gejagt." Ihre Augen traten hervor. „Die haben versucht, mich umzubringen, oder?"

Matt nickte. „Das zweite Mal innerhalb von zwölf Stunden. Ich hab' nur nicht damit gerechnet, dass sie mich und mein verdammtes Boot miteinbeziehen würden."

„Ehemaliges Boot." *Oh, mein Gott.* „Sind Sie versichert?"

136

Er runzelte die Stirn, aber die Tiefen seiner haselnussfarbenen Augen funkelten amüsiert. „Ich bin nicht sicher, ob das mit abgedeckt ist, aber ja, ich bin versichert.“

Das war alles ihre Schuld. „Ich kaufe Ihnen ein neues Boot, Special Agent Lazlo.“ Der Mann hatte ihr gerade *erneut* das Leben gerettet. „Was kostet so eines?“ Sie hatte keine Ahnung. „Ich werde wahrscheinlich einen Kredit aufnehmen müssen.“

„Darum machen wir uns später Gedanken.“ Er nahm ihre Hand, hielt sich immer noch gebückt, als sie von Pier hinuntersprangen und sich dann hinter einigen Bäumen versteckten.

„Ich habe Ihnen gesagt, dass Sie einen Heldenkomplex haben“, erklärte sie zittrig.

Seine Augen machten eine Bestandsaufnahme ihrer Gesichtszüge. Er wollte sehen, wie sie sich hielt. Eigentlich nicht besonders gut. „Eine Jungfrau in Not retten – erledigt.“ Ein Mundwinkel ging hoch. „Ich schaffe meine tägliche Quote.“

Der Kerl hatte gerade sein Zuhause verloren, aber er scherzte mit ihr, obwohl es ihre Schuld war. Er war irre. Sie erstarrte und legte die Hand auf ihren Mund, als sie das Ausmaß des Geschehenen begriff. „Das ist schrecklich. Ich weiß nicht, was ich tun soll.“

Er legte ihr eine Hand auf jede Schulter. „Wissen Sie, was sie in den Teams sagen, Scarlett?“ Es war das erste Mal, dass er ihren Namen ohne Spott ausgesprochen hatte.

Sie schüttelte den Kopf.

„Der einzig einfache Tag war gestern.“

„Gestern war totaler *Bullshit*“, erinnerte sie ihn.

„Sie haben überlebt, oder? Und heute hat schon toll

begonnen.“

„Juhu?“, flüsterte sie unsicher.

Er drängte sie, weiterzugehen. „Wir haben einen weiteren Anschlag auf Ihr Leben hinter uns gebracht, und sofern wir versteckt bleiben, wird es eine Weile dauern, bis sie wissen, dass es nicht geklappt hat.“ Sie gingen rasch eine Seitenstraße entlang. Er hatte seinen Arm um sie gelegt und drängte sie, schneller zu gehen. Sie sahen aus wie ein junges Paar auf einem frühen Morgenspaziergang – anscheinend der Eindruck, den er vermitteln wollte. Es fühlte sich schön an, so gehalten zu werden, beschützt und umsorgt, wie sie es nie zuvor erfahren hatte. Sie konnte es sich nicht leisten, sich daran zu gewöhnen.

„Wollen Sie sich Dorokow immer noch ausliefern?“

Der Russe wollte sie ernsthaft tot sehen, und sie hatte keine Ahnung, warum – naja, abgesehen davon, dass sie in sein Büro eingebrochen war und versucht hatte, ihn aus-zuspionieren. Da war das Wort wieder. *Spionieren.* Es ließ ihr Gehirn schmerzen.

Der Mann hatte ihre beste Freundin entführt und *zweimal* versucht, sie umzubringen. *Verdammt.* „Ich glaube nicht, dass er meine Entschuldigung akzeptieren wird, oder?“

„Nein, ich glaube auch nicht, dass er Ihre Entschuldigung akzeptieren wird, Scarlett“, stimmte Matt zu.

Ihr Leben war vorbei.

Sie hatte keine Ahnung, wie sie es überhaupt bis zum Weihnachtstag schaffen sollte. Sie behielt den Gedanken für sich. Es hatte keinen Sinn, ihr Selbstmitleid dem Mann mitzuteilen, der ihr einen Vortrag über klagloses Durchstehen gehalten hatte. Sie würde es klaglos durchstehen, bis sie zusammenbrach oder starb – das bedeutete aber nicht, dass sie sich nicht innerlich vor Panik wand.

Ihr kam ein Gedanke. „Glauben Sie, dass er denkt, ich hätte etwas gefunden, das ihn belasten und meinen Vater entlasten könnte?"

Matt sah sie entnervt an, und sein Arm legte sich fester um ihre Schultern. „Ich glaube, dass Sie ihn verärgert haben und der verrückte Dreckskerl denkt, dass er mächtig genug ist, um mit Mord davonzukommen."

„Was denken Sie also, das ich tun sollte?" Sie fragte einen Mann um Rat, der sie verhaftet hatte, und dessen Zuhause danach zerstört worden war. Logisch betrachtet, wäre er vielleicht nicht ganz unparteiisch, aber seitdem sie unter einem falschen Namen auf diese Feier gegangen war, war die Logik komplett aus ihrem Leben verschwunden.

„Sie müssen eine Weile untertauchen."

Sie dachte an ihre Arbeit. Ihr Job war alles, was sie hatte, und nun hatte sie ihn gefährdet. Verzweiflung breitete sich in ihr aus. „Das wird nicht einfach."

„Hey, es könnte schlimmer sein." Er drückte sie, was sich so natürlich und so richtig anfühlte, dass Bedauern sie durchschoss.

„Inwiefern?"

„Sie könnten im Gefängnis sein." Sein Lächeln war halbherzig. „Eigentlich wären Sie hinter Gittern wahrscheinlich besser dran."

„Wenn ich Sie trete, werden Sie mir dann wieder Handschellen anlegen, Agent Lazlo?"

„Führen Sie mich nicht in Versuchung, Dr. Stone. Führen Sie mich nicht in Versuchung." Aber das Funkeln in seinen Augen war verschwunden, und er dachte offensichtlich darüber nach, dass jemand gerade versucht hatte, sie umzubringen, und es demjenigen nichts ausgemacht hatte, ihn und all seine Besitztümer auf der Welt zusammen mit ihr auszulöschen. Nichts brachte einen so gut mit einem Knall zurück auf die Erde wie eine Dosis Realität.

———

RAMINSKI BÜCKTE SICH und zog am Reißverschluss seines Taucheranzugs. Er pfiff lautlos, als er das Neopren, die darunter getragenen schwarzen Hosen und das Hemd abstreifte, beide waren nach der langen Strecke, die er geschwommen war, etwas feucht.

Der Anruf am vorherigen Abend im Lagerhaus war von jemandem gewesen, der den FBI-Agenten Matt Lazlo ausfindig gemacht hatte. Als Sergio entdeckt hatte, dass der Bundesagent auf einem Boot wohnte, schienen all seine Gebete erhört worden zu sein.

Amerikaner waren nicht die Einzigen, die in Unterwassersprengungen ausgebildet wurden.

FLIR-Wärmebildkameras hatten zwei Menschen an Bord des Segelbootes erkannt. Angesichts der zwei Becher von einem in Central D.C. gelegenen Coffee Shop auf dem Vordersitz seines der Regierung gehörenden Autos, und einer auf dem Armaturenbrett liegenden Mütze, die sehr derjenigen ähnelte, die Scarlett Stone letzte Nacht im Park getragen hatte, war Sergio ziemlich sicher, dass sie die kleinere der beiden Wärmequellen war. Beziehungsweise gewesen war.

Nachdem er die Haftmine am Rumpf von Agent Lazlos Yacht angebracht hatte, war Sergio aus dem Hafen und um die Landzunge dorthin geschwommen, wo er sein Fahrzeug abgestellt hatte. Er hatte das Dröhnen gehört, als er die Bombe hatte hochgehen lassen, aber er war weit genug entfernt gewesen, um von der Druckwelle nicht behelligt zu werden, da diese größtenteils vom Hafendamm abgefangen worden war. Lazlo war ein bedauerlicher Kollateralschaden, aber wer wusste, was Stone dem FBI Special Agent erzählt hatte.

Ihn leben zu lassen, war ein zu großes Risiko.

Sergio strich sich den kalten Atlantik aus seinen Haaren, als die Sirenen lauter und dringlicher wurden. Der Wind war eisig, und er zitterte. Er verstaute den Taucheranzug zusammen mit seiner restlichen Ausrüstung im Kofferraum. Job erledigt. Nun musste er zurück an die Arbeit. Sergio Raminski hatte Pflichten, die er nicht unerledigt lassen konnte. Und später musste er nach der Gefangenen sehen. Sicherstellen, dass sie noch lebte, und niemand sie angefasst hatte. Hoffentlich konnte er ihre Freilassung arrangieren, sobald er Dorokow über Scarlett Stones Tod informiert hatte.

Er erlaubte sich nicht, Reue darüber zu empfinden, dass er die Frau umgebracht hatte. Sie hatte sich aktiv am Spiel beteiligt. Eine willige Teilnehmerin. Angelina LeMay dagegen war nur eine Frau, die mit der falschen Freundin am falschen Ort gewesen war. Sie war unschuldig, und es gefiel ihm nie, Unschuldige leiden zu sehen. Vielleicht tat er deshalb das, was er tat. Vielleicht riskierte er deshalb sein Leben, indem er nicht nur den russischen Botschafter hinterging, sondern die gesamte Russische Föderation.

MATT FÜHRTE SCARLETT energisch die Straße entlang. Er musste sie so schnell wie möglich verstecken und mit Frazer reden. Es machte ihn sauer, dass sein Boot in Stücke gesprengt worden war, aber er lenkte die Energie dieser Wut in das weitaus wichtigere Anliegen, diese Frau an einen sicheren Ort zu bringen. Wenigstens hatte er sie endlich davon überzeugt, sich nicht Dorokow auszuliefern, aber das konnte sich ändern, wenn sie die Wahrheit über Angel LeMay herausfand.

Das Geiselrettungsteam war in Bereitschaft und wartete auf eine Lösegeldforderung. Etwas sagte Matt, dass das Lösegeld aus der jungen Frau bestehen würde, die warm an seine Seite geschmiegt war – oder zumindest aus der Nachricht von ihrem Tod.

Sie umgingen eine Fabrik und einige Wohnhäuser, lauschten auf das Geräusch von durch die Luft schneidenden Sirenen, während sie sich durch ein Feld mit gefrorenem Gras arbeiteten, das unter ihren Füßen knirschte. Er überlegte, ob er die Richtung zum nicht weit entfernten TacOps-Standort einschlagen sollte, aber Scarlett hatte keine Unbedenklichkeitsbescheinigung. Auch wenn er nicht davon ausging, dass sie mehr vorhatte, als ihren Vater zu rehabilitieren, würde er nicht das Protokoll brechen oder riskieren, seine Kollegen einer potenziellen Gefahr auszusetzen. Es stand zu viel auf dem Spiel.

Er hoffte sehr, dass keiner seiner Nachbarn durch die Explosion verletzt worden war. Es war Winter, und niemand außer ihm nutzte die Boote auf der Seite des Piers als ständigen Wohnsitz. Trotzdem würden die Boote zu beiden Seiten seines Liegeplatzes beschädigt und vielleicht sogar versenkt worden sein. Verdammte Russen.

Scarlett stolperte, und er legte seinen Arm fester um ihre Schultern. Er mochte, wie es sich anfühlte, dass sie an ihn gedrückt war, auch wenn es nur eine einmalige Situation war. Eine Tarnung. Er konnte es genauso gut genießen. Der

Morgen war Scheiße gewesen, aber wenigstens lebten sie noch.

Seine Zeit in den Teams hatte ihn gelehrt, die guten Dinge im Leben zu schätzen und sich nicht mit den schlechten aufzuhalten. Scheiße passierte eben. Jeden. Einzelnen. Tag.

Es dauerte fünfzehn Minuten, bis sie sein anvisiertes Ziel erreicht hatten. Als sie dort waren, atmete Scarlett schwer, rannte fast, um mit seinen viel längeren Beinen Schritt zu halten. Er hatte keine Zeit, höflich zu sein und für sie langsamer zu gehen. Ihr Leben hing davon ab, dass sie beide so schnell wie möglich außer Sichtweite gerieten.

Er führte Scarlett zur Hintertür des Pflegeheimes, in dem seine Mutter nun lebte. Er platzierte sie neben einem Busch in der Nähe eines Notausgangs. „Ich gehe durch den Vordereingang und melde mich an. Geben Sie mir fünf Minuten, dann lasse ich Sie durch diesen Notausgang herein."

Sie griff nach seinem Arm, die Augen ein wenig verzweifelt. „Geht dann kein Alarm los?" Ihre Haare waren durcheinander, und sie trug kein Make-up. Ihre braunen Augen waren so dunkel, dass sie fast schwarz wirkten. Sie hatte Sommersprossen, die nur aus der Nähe sichtbar waren. *Sommersprossen.* Sommersprossen waren der Hammer, genau wie weiche, zartrosa Lippen.

„Ich kümmere mich darum."

Sie nickte. Er starrte sie an.

Äußerlich war sie hübsch, aber nicht spektakulär. Das angenehme Aussehen des Mädchens von nebenan, das er im Laufe seiner Arbeit täglich sah. Was also war an dieser Frau, das ihn von Beginn an angesprochen hatte? Er hatte gedacht, dass es die hohen Schuhe oder das Kleid gewesen waren, aber selbst jetzt, zerzaust und in Jeans, wollte er sie an sich ziehen und seine Lippen auf ihre legen.

Was hatte Frazer über Scarlett gesagt? *Entwickeln Sie keine Gefühle?* Der Kerl wusste, wovon er redete. Ärgerlich über seine Reaktion, trat er einen Schritt zurück, und sie ließ ihre Hand sinken. Ihr Gesichtsausdruck wurde immer unsicherer, je länger er sie anstarrte. Matt schüttelte seinen Kopf, um ihn freizubekommen. Es war nicht die richtige Zeit, um an Frauen zu denken. Er hatte eine Aufgabe zu erledigen.

„Warten Sie hier", befahl er. Er ging zur Vorderseite des Pflegeheims – Glen Lawn – und zum Empfang, an einem künstlichen Weihnachtsbaum vorbei, der mit mehr Glitzerkram bedeckt war, als es in ganz Hollywood gab. Es gab an der Vorderseite keine Kameraüberwachung, nur einen Türsummer und ein Alarmsystem.

„Hallo, Matt. Sie sind früh dran heute." Die freundliche Stimme gehörte zu Rhonda, einer Krankenschwester, die normalerweise die Nachtschicht übernahm.

„Hey, Rhonda." Er lehnte sich über die Theke und lächelte sie an. Sie war ein guter Mensch. „Ich wollte vor der Arbeit nach Mom sehen." Realistisch gesehen, hatte er keine Ahnung, wann diese ganze Scheiße geklärt sein würde. Nicht, dass Scarlett seine Verantwortung war. Er *könnte* sie einfach weitergeben. Aber die Arschlöcher hatten den Einsatz erhöht, indem sie sein Boot in die Luft gejagt und versucht hatten, einen FBI-Agenten umzubringen, der zufällig auch ein dekorierter ehemaliger Navy SEAL war. Das sollte die Behörden aufheulen lassen. „Ich habe etwas, das ich durch die Hintertür reinbringen möchte – würden Sie den Alarm für mich ausstellen?" Sie machten das bei schweren Gegenständen die ganze Zeit, da der Notausgang näher an den Zimmern war.

„Kein Problem." Sie drückte einen Schalter. „Leider keine Veränderung. Aber Ihre Mom hatte eine friedliche Nacht."

Nach mehr als siebenhundert Tagen ohne Veränderung hatte er nichts anderes erwartet. „Danke. Ich brauche nicht lange." Matt nickte und ging weg.

„Fröhliche Weihnachten, Matt."

Er hielt inne. Sogar mit den ganzen glänzenden Dekorationen hatte er vergessen, dass es Heiligabend war. Er war nie ein großer Fan der Feiertage gewesen, zu viele Erinnerungen an einen Vater, oder das Fehlen eines solchen. „Fröhliche Weihnachten, Rhonda."

Er schob sich durch die Doppeltüren in einen der Hauptflure, ging bis zu dessen Ende, bog rechts ab, öffnete dann die Seitentür und winkte Scarlett hinein. Sie gab ein klägliches Bild ab, und er fühlte einen Stich des Mitleids, der mit dem Wissen kämpfte, dass sie sich alles selbst zuzuschreiben hatte. Sie hatte es angefangen, aber die Russen wollten es todsicher zu Ende bringen.

Er mochte Leute nicht, die andere schikanierten, mochte es nicht, wenn Männer sich an unschuldigen Frauen und Kindern vergriffen – obwohl es weit hergeholt war, Scarlett als unschuldig zu bezeichnen. Naiv, absolut. Unschuldig? Er dachte zurück an das Bild, wie sie diesen verdammten Schraubendreher herausholte und fühlte, wie er steif wurde. Er biss die Zähne zusammen und ignorierte das Problem.

„Warum sind wir hier?", fragte sie leise.

Es war gerade sechs Uhr morgens, und die Flure waren leer.

Matt legte seinen Finger auf seine Lippen und nahm ihre Hand. Er sagte sich selbst, dass es rein zweckmäßig war und gar nichts damit zu tun hatte, das Gefühl ihrer schlanken Finger in seiner Hand zu genießen. Er zog sie mit sich, und sie rannte fast, um mit ihm Schritt zu halten. Die beste Methode,

Scarlett Stone vor Schwierigkeiten zu bewahren, beschloss er, war es, sie aus dem Gleichgewicht zu bringen. Es wäre ein Fehler, ihr zu viel Zeit zum Nachdenken zu geben.

Sie fuhren im Aufzug ein Stockwerk hoch und bogen dann links ab. Sie gingen den Flur hinunter, bis sie eine einfache braune Tür mit der Nummer Zweiunddreißig erreichten. Er klopfte vorsichtig, und als keine Antwort erfolgte, ging er leise mit ihr hinein. Seine Mutter war allein und lag schlafend in einem Einzelbett mit verschnörkeltem hölzernen Kopfteil. Er hatte das Zimmer vor zwei Jahren mit der gleichen Blumentapete tapeziert, die sie bei sich zu Hause gehabt hatte – ein Haus, das er an eine junge Familie vermietet hatte, weil es sich falsch anfühlte, es zu verkaufen. Verschiedene Schläuche waren an seiner Mom angebracht, ebenso ein Herzmonitor, aber abgesehen davon sah es aus wie das normale Zimmer einer älteren Person.

Als er aufwuchs, hatte sie alles für ihn aufgegeben, und er war entschlossen, es ihr so gemütlich wie möglich zu machen, so lange, wie sie es benötigte. Seine Mom war bereits von einem Arschloch namens Lazlo verlassen worden, und er würde das nicht erneut zulassen.

Sie lag auf ihrem Rücken, obwohl das Pflegepersonal sie regelmäßig umdrehte, um zu verhindern, dass sie sich wundlag. Ihr Haar war strahlend weiß, fast farblos. Sie war erst Ende sechzig und sah so friedlich aus, dass es schwer zu glauben war, dass sie wahrscheinlich nie wieder aufwachen würde. Er ging hinüber und küsste ihre Wange. Sie fühlte sich papierdünn an. „Hey, Mom. Ich wollte nur kurz Hallo sagen." Er küsste sie erneut und trat zurück, versuchte, nicht an die Sinnlosigkeit dessen zu denken, was hier geschah.

Freunde im Gefecht zu verlieren, tat weh, aber sie hatten

sich entschieden, zu kämpfen und sich für ihr Land und ihre Brüder zu opfern. Er respektierte dieses Opfer. Seine Mutter hatte sich nicht für das hier entschieden. Aber ihr unbezwingbarer Geist weigerte sich, loszulassen.

An manchen Tagen wünschte er sich, sie würde loslassen, und bei diesem Gedanken fühlte er sich verdammt schuldig. Aber menschlich. Nur zu menschlich.

Er war nicht in der Lage, sich jeden Tag um sie zu kümmern. Sie herzubringen, sie in der Nähe zu behalten, war das Beste, das ihm möglich war. Das zusätzliche schlechte Gewissen, sie bei Fremden zu lassen, hielt ihn nachts manchmal wach, aber er wusste, es war der einzige Weg, nicht wahnsinnig zu werden. Und es war, was sie gewollt hätte.

Er wusste das. Es tat trotzdem weh.

Scarlett schürzte ihre Lippen und sah betrübt aus, als sie auf die Frau im Bett starrte.

Er stand vor ihr und drückte seine Hände auf ihre Oberarme. „Keine Sorge, wir bleiben nicht lange. Setzen Sie sich." Es gab keinen Grund, davon auszugehen, dass die bösen Jungs ihnen hierher folgen würden. Angesichts der heftigen Explosion würden sie annehmen, dass sie nun Fischfutter waren.

Er nahm das Telefon seiner Mutter und ging ins Badezimmer. Scarlett folgte ihm und schloss die Tür hinter ihnen. *Verdammt.* Er wollte das machen, ohne dass sie zuhörte.

Sein Handy war in seiner Tasche, aber er wollte es nicht benutzen und jemandem, der es abhörte, verraten, dass er lebte. Er zog es heraus und suchte Frazers Nummer.

Bevor er wählen konnte, griff Scarlett nach seinem Handgelenk. „Wen rufen Sie an?"

„Frazer."

Ihre Augen wurden groß. „Rufen Sie stattdessen mit meinem Handy an."

„Sie vertrauen meinem Boss nicht?"

Sie schüttelte den Kopf. „Das ist es eigentlich nicht, aber…" Er konnte den Zweifel in ihren Augen sehen. Sie glaubte immer noch, dass ihrem Vater etwas angehängt worden und jemand beim FBI dafür verantwortlich war. „Okay, rufen Sie stattdessen Parker an."

Ihre Augen flehten ihn an, zu tun, worum sie bat.

„Gut." Er wählte Parkers Nummer. Es ergab in vieler Hinsicht Sinn, aber Scarlett musste das nicht wissen.

„Und nennen Sie keine Namen. Wer weiß, welche Stichwörter die NSA heutzutage auf den Plan rufen." Sie sah so ernst aus, dass er es unterließ, die Augen zu verdrehen.

Parker meldete sich nach dem dritten Klingeln.

„Ich bin's."

„Wie läuft's?" Parker fragte nicht, warum er von einer unbekannten Nummer aus anrief.

„Jemand hat mein Boot in die Luft gejagt."

„Scheiße. Das Mädchen?"

Matt bemerkte, dass er ihren Namen ebenfalls nicht nannte. War er so paranoid wie Scarlett? Vielleicht war ja Matt hier der Naive. Er sah sie an, wie sie neben ihm im Badezimmer seiner Mutter stand und fragte sich, wie das Leben sich innerhalb der letzten zwölf kurzen Stunden von normal zu beschissen kompliziert verwandelt hatte.

„Wer auch immer die Bombe gelegt hat, denkt wahrscheinlich, dass wir beide tot am Hafenboden liegen."

„Haben Sie schon mit Frazer geredet?"

„Sie sind mein erster Anruf."

„Das muss wohl *ihre* Idee gewesen sein."

„Woher wissen Sie das?", fragte Matt.

„Weil Sie ein Regelbefolger sind und sofort Ihren Vorgesetzten anrufen würden. Sie ist klüger."

„Ich respektiere die Befehlskette."

„Regelbefolger. Linearer Denker."

Matt war verärgert, dass er recht hatte. „Ich lege auf und rufe Frazer gleich an."

„Nein. Sie haben eine gute Entscheidung getroffen. Niemand kann diesen Anruf zurückverfolgen oder abhören. Ich habe auch eine Sperre eingerichtet, die es verhindert, dass jemand das Signal auf Scarletts Handy zurückverfolgt. Die Russen suchen definitiv nach ihr. Könnte später nützlich sein."

„Woher wissen die Russen, dass sie bei mir war? Ich wurde nicht verfolgt."

„Wenn wir nicht davon ausgehen, dass Sie wegen früherer Taten ins Visier genommen wurden?"

„In der gleichen Nacht, in der dieser Mist hier passierte?" Er machte seine Vergangenheit als früherer Navy SEAL aus offensichtlichen Gründen nicht publik. „Wie wahrscheinlich ist das?"

„Nicht sehr", stimmte Parker zu. „Ich nehme an, die Russen kannten durch die Feier gestern Abend Ihre Identität. Als ihnen Scarlett entwischte, haben sie stattdessen nach Ihnen gesucht. Kann sie das hier hören?"

„Nein."

Sie versuchte, zu lauschen, aber Matt hielt Abstand und Parker sprach leise, damit seine Stimme nicht von weiter weg zu hören war.

„Das LeMay-Mädchen ist immer noch verschwunden, und es gab bisher noch keine Lösegeldforderung. Ich nehme an, sie behalten sie als Druckmittel. Ich habe einige Programme laufen, die die Russen aus der Botschaft überwachen, aber sie haben nichts darüber verraten, wo sie sie festhalten. Noch nicht. Das werden sie noch, aber sie brauchen Zeit, normalerweise ein paar Tage.“

Scarlett hielt mit fragendem Gesichtsausdruck eine Flasche Mundwasser hoch.

Sie wollte ohne Erlaubnis kein Mundwasser benutzen, aber sie verwanzte ausländische Würdenträger?

Er nickte. Sie schraubte den Deckel ab, und der scharfe Geruch nach Minze füllte die Luft.

„Frazer möchte, dass wir uns Richard Stones Fall ansehen, auf die unwahrscheinliche Möglichkeit hin, dass jemand einen Fehler gemacht hat. Wir müssen es dezent handhaben. Leider ist es absolut nicht möglich, dass Rooney und ich Weihnachten mit ihrer Familie ausfallen lassen – so gerne ich es täte –, was bedeutet, dass ich von West Virginia aus an dieser Sache arbeite.“

Matt spürte ein Prickeln der Überraschung auf seiner Haut. „Er glaubt nicht wirklich, dass sich in den alten Akten etwas findet, oder?“

Scarletts dunkler Blick flog zu seinem, und er erkannte einen Funken Hoffnung in ihren Augen aufblitzen. *Scheiße.*

„Nein. Aber er fragt sich, warum die Russen derart überreagiert haben – das wird er sich erst recht fragen, wenn er hört, dass Ihr Boot versenkt wurde.“

Matt erinnerte sich an die Masse feuriger Objekte, die durch die Luft geschossen waren und fand, dass *versenkt* es nicht wirklich traf.

„Wir haben diese Überwachungsbänder von Dorokows Büro überprüft, aber sie haben nur Aufnahmen von ein paar Tagen behalten – das haben sie uns wenigstens gesagt. Nichts darauf deutet auf irgendetwas hin, abgesehen davon, dass der Typ ein Arschloch ist."

Matt lachte über die Untertreibung. „Irgendeine Idee, warum sie ihn beobachtet haben?"

„Negativ. Ich bin nicht im Kreis der wissensberechtigten Personen, und Frazer ist es auch nicht." Und wenn Frazer es nicht wusste, dann würde es schwer für sie sein, es herauszufinden. „Können Sie für ein paar Stunden da bleiben, wo Sie jetzt sind?", fragte Alex Parker ihn.

Matt dachte darüber nach. „Nein." Er musste mit Rhonda sprechen, die in ungefähr fünfzehn Minuten ihre Schicht beendete. Er musste ihr sagen, dass sie vergessen musste, ihn heute gesehen zu haben. Aber es gab andere Leute, die hier arbeiteten und sein Gesicht kannten. Es würde nicht lange dauern, bis einer von ihnen die Polizei anrief und ihnen mitteilte, dass der FBI-Agent, den sie auf dem Meeresgrund befürchteten, sich in Wahrheit im Zimmer seiner Mutter versteckte. Auf gar keinen Fall würde er die bösen Jungs herlocken. Sie mussten sofort hier weg.

„Sie haben nur wenige Optionen." Parker dachte schnell nach – wie der Kampfveteran, der er war. „Eine ist, der Welt mitzuteilen, dass Sie leben, während wir Scarlett irgendwo mit Bewachung verstecken. Die andere ist, dass Sie beide untertauchen, während wir einen Beweis finden, der die Russen mit dem versuchten Mord an einem Bundesagenten in Verbindung bringt, was ausreichen sollte, um wenigstens Dorokow ungeachtet seines diplomatischen Status auszuweisen … Eigentlich sind das schon alle Möglichkeiten."

Also half entweder er Scarlett, diesen Arschlöchern aus dem Weg zu gehen, oder jemand anderes tat es. Matt rieb sich den Nacken, während er sie ansah. Sie versuchte jetzt, ihre

Haare im Spiegel über dem Waschbecken zu frisieren, sah dabei aber frustriert aus, weil eine Seite nach oben abstehen wollte.

„Was?", fragte sie, als sie bemerkte, dass er sie anstarrte.

Er sagte nichts.

Es war Weihnachten.

Es war eine verdammt schlechte Zeit, andere Bundesagenten oder US Marshals von ihren Frauen und Familien weg auf einen Einsatz mit unbekannter Dauer zu schicken. Nach der Riesensauerei oben in Minnesota, bei der zwei US Marshals von einer Bande Terroristen erschossen worden waren, während sie Vivi Vincents achtjährigen Sohn beschützt hatten, war die Organisation noch immer von dem Verlust erschüttert. Matt hatte keine Weihnachtspläne, abgesehen davon, dass er sich ein paar Tage hatte freinehmen wollen, um Weihnachten mit seiner Mom zu verbringen. Aber die schmerzliche Wahrheit war, dass es ihr gleich war, ob er da war oder nicht.

Das andere, was er in den Teams gelernt hatte, war, dass der Job zuerst kam. Privatleben fand statt, wenn der Rauch sich gelichtet hatte. So sehr er sein Leben zurückwollte, er wollte Scarlett nicht verlassen, wenn er sie genauso gut beschützen konnte, wie jeder andere. Besser als die meisten.

„Die Drecksäcke haben mein Boot in die Luft gejagt", sagte Matt zu Parker, was Antwort genug zu sein schien.

„Haben Sie Zugriff auf einen Computer? Ich schicke Ihnen diese Akten, die Frazer kopiert hat – sollte Sie für einige Stunden beschäftigt halten."

„Ja." Matt bewahrte in einem verschlossenen Schreibtisch hier einen Laptop auf, damit er arbeiten und zugleich seiner Mom Gesellschaft leisten konnte.

„Gut. Machen Sie ihn nicht einmal an, bis ich Ihnen eine neue E-Mail-Identität besorgt habe, die nicht zurückverfolgt werden kann. Dann leite ich Ihre E-Mails an dieses Konto weiter. Zuerst muss ich Transport und Vorräte für Sie organisieren. Das braucht Zeit. Maximal eine Stunde.“

Für einen Cybersicherheitsguru wusste der Typ gut Bescheid, was man brauchte, um unterzutauchen. Die Vorteile davon, geheime Operationen für die CIA durchzuführen? „Das weiß ich zu schätzen. Danke.“

„Lazlo“, sagte Parker, seine Stimme nun ernst. „Die Typen denken, dass Sie beide tot sind. Mein Rat – das sollte so bleiben.“

KAPITEL NEUN

ANDREJ DOROKOWS KOPF pochte von den Nachwirkungen des Schlafmangels und des Alkohols, den er letzte Nacht benutzt hatte, um seinen Zorn zu ertränken. Der dumpfe Schmerz in seinem Gehirn und das Gefühl, als ob er Sand in den Augen hätte, passten zu seiner Stimmung. Er verließ die Metro in Farragut North und nahm die Rolltreppe hoch zur 17th Street. Er nahm sich Zeit, ging durch den Park, an der Statue von Admiral „Zum Teufel mit den Torpedos" Farragut vorbei. Die doppelte Kreidelinie auf der am nächsten zu ihm stehenden Bank teilte ihm den Treffpunkt mit. Eine Welle der Befriedigung durchlief ihn, und er stieß einen langen, langsamen Atemzug aus. Es war lange her.

Er hielt nicht inne oder sah zu lange auf die Kreide, er ging einfach vorbei, seinen schwarzen Fedorahut ins Gesicht seines hoch erhobenen Kopfes gezogen. Die Straßen von Washington DC hatten sich in der Zeit seiner Abwesenheit nur wenig verändert, und die Codes, die er benutzt hatte, um mit seinen Spionen zu kommunizieren, waren in sein Gehirn eingebrannt.

Es war altmodische Spionagepraxis, aber manchmal waren die alten Methoden verglichen mit denen, die sich auf Elektronik und Biometrik verließen, am effektivsten. Er ging trotzdem kein Risiko ein. Der Hut und die Brille verdeckten den Großteil seines Gesichts. Der Spazierstock und sein vorgetäuschtes leichtes Hinken täuschten das menschliche Auge. Dorokow verließ sich auf seine Fähigkeit, sich in eine amerikanische Gegend unauffällig einzufügen. Ein Kinderspiel.

Er war ein guter Anführer gewesen, ein ausgezeichneter Spionageringchef, aber jetzt hatte er Angst, dass er – statt die Früchte seines Erfolges zu genießen – enttarnt werden würde. Mehr als ein Jahrzehnt nach jenen Ereignissen. Das war nicht akzeptabel. Und das alles, weil ein dummes kleines Mädchen nicht begriffen hatte, dass das Spiel vorbei war und er gewonnen hatte.

Seine Lippen verzogen sich.

Er erreichte den Lafayette Park und betrachtete die ganzen Weihnachtslichter, die die Straßen der Umgebung schmückten.

Normalerweise genoss er die amerikanischen Feiertage. Er war kein religiöser Mann. Er mochte das Glitzern, das oberflächliche Gefühl der Verbundenheit mit den Mitmenschen, unabhängig von religiöser oder politischer Ideologie. Stones Göre hatte es für ihn ruiniert, aber sie hatte für ihre Unverfrorenheit bezahlt. Ein netter kleiner Weihnachtsbonus für den in Ungnade gefallenen früheren FBI-Agenten, der wie ein Fluch auf seinem Leben gelastet hatte, bis er dem Drecksack genau die Verbrechen angehängt hatte, deren Begehung Stone ihn beschuldigt hatte. Es war sein krönender Augenblick beim SWR gewesen, aber leider war der Spionagering danach auseinandergebrochen. Er hatte sich in seine diplomatische Rolle gefunden und jede eventuelle Aufmerksamkeit dadurch abgewendet, dass er inaktiv geworden war. Es hätte keinen Nutzen gehabt, seine früheren

Quellen aufzudecken – das hätte der Gegenseite zu viele Informationen darüber gegeben, welche Geheimnisse verraten worden sein könnten, und man wusste nie, wann ein Druckmittel sich als hilfreich erweisen konnte. Russland konnte Dinge mit mehr Geduld und List verzögern, als sich die Amerikaner träumen ließen.

Andrej zwang sich zur Entspannung. Die CIA und das FBI hatten vor vierzehn Jahren nichts entdeckt, es gab keinen Grund zu der Annahme, dass sie jetzt klüger waren. Und sie würden sehr vorsichtig vorgehen müssen, bevor sie ihn beschuldigten, etwas Unangemessenes getan zu haben. Er war der russische Botschafter, nicht irgendein niedriger Botschaftsbeamter.

Er ging weiter durch die Straßen, die voller Menschen waren, die damit beschäftigt waren, ihre Arbeit zu erledigen, damit sie für die Feiertage nach Hause gehen konnten. Die Politiker waren natürlich schon fertig, aber ihre Lakaien ließen den Bienenstock weiterhin voller Aktivität brummen. Er hatte Lakaien immer gemocht.

Schmerz schoss durch seine Stirn, erinnerte ihn an seine übermäßige Vorliebe für Wodka und seine momentane Situation. Andrej hatte Sicherheiten – Wissen war immerhin Macht –, aber vielleicht waren diese nicht ausreichend. Vielleicht war ein Zusatzanreiz in diesem Stadium klug. Sein Telefon vibrierte an seiner Hüfte. Er nahm den Anruf entgegen. „Ja?"

„Sie haben einen beschissenen FBI-Agenten in die Luft gejagt? Einen, der ganz zufällig ein dekorierter Navy SEAL war? Haben Sie Ihren beschissenen Verstand verloren?"

„Sie haben mir gesagt, ich solle mich um mein Ende des Problems kümmern. Das habe ich getan." Dorokow genoss das zornige Beben am anderen Ende der Leitung.

„Ich habe Ihnen gesagt, Sie sollten sich bedeckt halten. Jetzt haben wir einen Krisenstab vor Ort und NCIS schreit Zeter und Mordio. Jeder Navy SEAL auf der Welt hat sich der Sache gerade angeschlossen. Scheiße."

Er schlenderte an der westlichen Seite des Weißen Hauses entlang. Der jetzige US-Präsident, Joshua Hague, war ein unentschlossener Schwachkopf. Er genoss es, zu sehen, wie er sich wand, während die Bedrohungen islamischer Extremisten immer näherkamen. Sie bedrohten sein Heimatland seit Jahrzehnten. „Sollen sie sich alle einmischen. Sollen NCIS und das FBI miteinander rivalisieren, während sie versuchen, alles aufzuklären. Ich kann ein paar Gerüchte in die Welt setzen, damit sie alle mit einem möglichen terroristischen Komplott gegen ehemalige Navy SEALs hübsch beschäftigt sind, anstatt auf mich oder Sie zu kommen."

Er ging um die Ecke, um vom National Christmas Tree aus einen guten Blick auf das Weiße Haus zu bekommen. Es war ein elegantes Gebäude, angesichts der darin enthaltenen Macht jedoch so klein. Ein Scharfschütze stand auf dem Dach, wechselte die Position. Andrej sah einen Moment lang zu. Nach dem kürzlichen Attentatsversuch und dem unerwarteten Tod des Vizepräsidenten waren die Sicherheitsvorkehrungen verstärkt worden.

Dorokow war nicht sicher, wer Ted Burger nachfolgen würde, aber wer auch immer es war, würde besser für den Kreml sein. Burger war ein störrischer Griesgram gewesen, der Russen aus Prinzip verabscheut hatte. Der Kerl war klug gewesen und skrupellos. Er hatte die Fühler unter den Politikern ausgestreckt und Leute darauf angesetzt, schmutzige Fakten über jene zu suchen, die dem Vizepräsidenten am wahrscheinlichsten nachfolgen würden. Schmutz war für Männer wie ihn mehr wert als ein diamantenbedecktes Fabergé-Ei.

„Das FBI weiß, dass Sie es auf das Mädchen abgesehen hatten. Sie werden auf der Verdächtigenliste ganz oben stehen."

„Ich habe ein unanfechtbares Alibi, genau wie all meine Leute, ganz zu schweigen von ‚diplomatischer Immunität'."

Der Mann knurrte. „Ich hätte Ihnen vor all den Jahren den Hals umdrehen sollen."

„*Da*. Das hätten Sie." Dorokow verhöhnte ihn. *Oder Ihr Land nicht verraten sollen.* „Haben Sie Ihren Teil schon erledigt?"

„Es ist arrangiert."

„Die anderen losen Enden?" Dorokow ging den zur Mall führenden Weg weiter entlang.

„Ich kümmere mich um sie."

„Dann haben wir nichts mehr zu besprechen."

„Warten Sie." Ein Moment der Stille. „Was ist mit der anderen Frau?"

„Was soll mit ihr sein?" Dorokow sah hoch in den bleiernen Himmel. Er wünschte sich Schnee, der die Stadt in Schönheit einhüllte und ihn an zu Hause erinnerte, aber es sah aus, als ob er nichts als trostlosen Regen bekommen würde.

Die lange Pause am anderen Ende der Leitung wies darauf hin, dass der Mann seine Möglichkeiten abwägte. „Es könnte nützlich sein, sie noch eine Weile zu behalten…"

Dorokow grinste. Genau seine Meinung. Er beendete das Gespräch. Schlenderte weiter an dem friedlichen, im Morgenlicht schimmernden Vietnam Memorial vorbei. Er war nie ein Anhänger von Kriegen gewesen, er sah seine frühere

Rolle als einen Weg, unnötige Tode durch ein Balancieren der Waagschalen der Macht zu verhindern. Jedes Land tat es. Er war nur besser gewesen als die anderen.

Er ging weiter. Die Straßen waren hier ruhiger, die Berufstätigen jetzt in ihren Büros. Zu früh für Touristen. Zu kalt für Anwohner. Er schlenderte zum Lincoln Memorial, ein vertrautes Gefühl der Erwartung breitete sich in ihm aus und ließ ihn sich wieder lebendig fühlen. Er hatte das vermisst.

Sein Kontakt saß auf einer der Steinbänke vor den unteren Treppen. Wollmütze. Hoher Kragen. Sonnenbrille.

Dorokow setzte sich hin, ungefähr dreißig Zentimeter entfernt, sein Atem gefror zu einer Nebelwolke. Die Bank war erbarmungslos, erinnerte ihn daran, dass er für diese Art Leben zu alt war.

„Ich will meine Tochter zurück.“

Er lächelte. „Ich weiß nicht, wovon Sie reden.“

LeMays Knöchel waren unter der bleichen Haut deutlich sichtbar. „Wollen Sie, dass ich Sie auffliegen lasse?“

Andrejs Oberlippe zuckte in einem spöttischen Grinsen. „Und sich selbst opfern? Dazu haben Sie nicht die Eier.“

„Ich will meine Tochter zurück“, wiederholte LeMay. „Ich meine es ernst.“

Dorokow verengte seinen Blick, die Kopfschmerzen wühlten noch immer in seinen Schläfen. „Warum war sie da? Was hofften Sie zu finden?“

„Ich wusste nicht, dass sie dort war, bis die Bundesbehörden auftauchten. *Ich* habe sie angewiesen, die Einladung abzulehnen.“

„Sie sagen mir, dass es Zufall war, dass sie Stone dorthin mitnahm?“

„Angel und Scarlett sind seit Kleinkindertagen

Freundinnen. Ich habe versucht, sie von dieser Beziehung abzubringen, aber…"

„Sie wussten nicht, dass Stones Göre elektronische Abhörvorrichtungen in meinem Büro angebracht hatte?"

LeMays Gesicht wurde bleich. „Das hat sie nicht."

„Oh, doch, das hat sie."

„Das dumme, kleine Stück. Hat sie etwas entdeckt?" LeMays Augen waren nun vor Angst geweitet.

Selbsterhalt siegte immer über echtes Mitgefühl – ein Vorteil bei einem Spion. Dorokow lächelte. „Nein. Ich bin vorsichtig genug. Also haben Sie das nicht eingefädelt?"

„Warum sollte ich?"

„Vielleicht war Ihnen nach ein wenig Aufregung?"

„Ich mag mein Leben so wie es ist. Die Vergangenheit ist die Vergangenheit."

„Die Vergangenheit ist nie die Vergangenheit. Ich habe immer noch alle Beweise, die ich vorher hatte."

LeMays Lippe verzog sich. „Ich werde nie wieder für Sie arbeiten."

„Nicht einmal, um Ihre Tochter zu retten?"

Seine Augen bewegten sich nervös, um die Bäume zu betrachten, die die Mall säumten. „Das FBI ist in meinem Haus und überwacht jede meiner Bewegungen."

„Wurden Sie hierher verfolgt?"

„Natürlich nicht. Ich habe ihnen gesagt, dass ich ein wenig frische Luft bräuchte. Sie hatten keine Zeit, eine Beschattung zu organisieren, bevor ich ging." Die Schwere der Tränensäcke unter LeMays Augen wies auf Schlafmangel und väterliche Angst hin.

„Sie wissen, wie ungerne ich hintergangen werde. Am wenigsten mag ich es, von Richard Stone hintergangen zu werden.“

Das Lachen klang verbittert. „Ich würde sagen, Sie haben sich an dem Mann ausreichend gerächt. *Ich* habe Sie nicht hintergangen. Meine Tochter hat Sie nicht hintergangen. Scarlett liebt ihren Vater, er muss ihr gesagt haben, dass er Sie verdächtigt, damals der Chef des Spionagerings gewesen zu sein. Was macht es noch aus? Stone liegt im Sterben, wussten Sie das?“

„Er muss schneller sterben. Niemand hält mich zum Narren und kommt damit davon.“

„Bitte lassen Sie meine Tochter frei.“ LeMay versuchte, ihn zu überreden, aber in diesem Teil des Spiels war er immer schlecht gewesen. „Sie ist nur eine junge Frau, die sich gerne amüsiert – sie hatte nichts Böses im Sinn.“

Dorokow erlaubte sich ein winziges Lächeln. „Ich bin sicher, sie amüsiert sich gerade sehr, wo auch immer sie sein mag.“

„Wenn Sie sie anfassen...“ LeMays Stimme zitterte vor Wut.

Dorokow lachte leise und stand auf. „Leere Drohungen, mein Freund. Sie werden dankbar sein, sie zurückzubekommen, selbst wenn es in Stücken ist.“ Er schlenderte davon, die Mall entlang. Sobald seine offiziellen Tagespflichten erledigt waren, könnte er einen Besuch bei Angel LeMay machen und herausfinden, wie gerne sie sich tatsächlich amüsierte. Er war fasziniert und fühlte sich ein wenig rachsüchtig. Er hatte es sich verdient.

RICHARD STONE LAG nach Erhalt seiner letzten Chemotherapie-Dosis auf dem Bett und wünschte sich, er wäre tot. Jede Zelle seines Körpers rebellierte gegen das Gift in seinem Körper. Er wusste nicht, warum er sich die Mühe machte. Vielleicht, um das System so viel Zeit, Mühe und Geld wie möglich zu kosten – eine winzige Rache im Vergleich zu dem, was es ihm angetan hatte. Vielleicht machte er weiter, weil der Tod das ultimative Versagenseingeständnis wäre. Es war nicht die Hoffnung auf Entlastung. Wer auch immer ihm das angehängt hatte, hatte sich schon vor langem darum gekümmert.

Er sah auf die ihn umgebenden Betonwände, die mürrisch aussehenden Ärzte und Schwestern, die für seine Behandlung zuständig waren. *Das* war sein Leben, diese öde Existenz des geistigen und körperlichen Fegefeuers. Er wäre tot besser dran. Wenn er nicht so verdammt stur wäre, könnte er die Behandlung einfach verweigern und den Krebs in seinem Körper wüten und das Wenige zerstören lassen, das noch da war. Bei seinem Glück würde er das ohnehin.

Drei andere Patienten wurden ebenfalls behandelt. Einer war an der Dialyse. Bei einem anderen, einem Diabetiker, wurden die Blutzuckerwerte überprüft. Der Letzte wand sich vor Schmerzen auf seinem Bett.

Ein Typ war ein Terrorist, ein anderer ein Mitglied eines mexikanischen Drogenkartells, der dritte hatte vier Menschen bei einem Überfall auf eine Tankstelle getötet. Das waren die Menschen in seiner Umgebung. Kein Wunder, dass er sich krank fühlte. Er war dankbar für die Isolationshaft, obwohl er an manchen Tagen dachte, sein Kopf würde durch die schiere Monotonie explodieren. Er wollte einen Berg besteigen, die Sonne auf seiner Haut spüren und mit seiner Frau schlafen.

Keine Chance.

Vor Jahren hatte er angeboten, psychologische Studien an seinen Mitgefangenen vorzunehmen, aber die Entscheidungsträger wollten nicht, dass er mit jemandem sprach. Er wusste, dass als Vorwand genannt wurde, er könne weitere Geheimnisse an die Russen verraten – als ob er irgendwas wüsste, das der echte Spion nicht schon seinen russischen Wohltätern verraten hatte. Die Wirklichkeit war, dass irgendjemand, irgendwo, nicht wollte, dass er herausfand und preisgab, wer ihm das angehängt hatte. Sie hatten Angst vor ihm, und das begeisterte ihn.

Eine weitere Welle der Übelkeit überkam ihn. Er rollte sich auf die Seite, hechelte gegen den Brechreiz. Schweiß ließ das, was von seinem Haar übrig war, an seiner Stirn kleben. Er nahm einen ranzigen Geruch war und begriff, dass er starken Körpergeruch hatte. Wunderbar. Mit seinem Glück würde er nicht die Möglichkeit bekommen, sich zu waschen, bevor Susan ihn besuchte, und sie würde ihn so am Heiligabend zu Gesicht bekommen. Stinkend und kränkelnd. *Herrgott nochmal.*

Ärger über diese Ungerechtigkeit huschte weiterhin durch seine Adern, nicht weil *sein* Leben ruiniert worden war, sondern Susans. Niemand sollte erdulden müssen, was sie erduldet hatte. Es war eine lange Zeit, um immer noch den Hass am Leben zu halten, aber er hatte reichlich Grund dazu und nur wenig anderes, womit er sich die Zeit vertreiben konnte.

Es war nicht gesund – er lächelte bei dem Gedanken grimmig –, aber es war der anderen Sache in diesem Höllenloch vorzuziehen, die noch schlimmer als Wut war: Gleichgültigkeit. Er hatte noch nicht herausgefunden, welcher seiner Kollegen der tatsächliche Spion war, aber er hatte es auf sechs Namen eingegrenzt – alles sogenannte Freunde.

Er schluckte den Speichel, der sich in seinem Mund angesammelt hatte.

Welchen Unterschied machte es? Er konnte sie nicht enttarnen, ohne Susan und Scarlett in Gefahr zu bringen, und das würde er auf keinen Fall tun. Er war so stolz auf sie, und es tat ihm unendlich leid, was sie wegen ihm durchmachen mussten. Nicht in einer Million Jahren hätte er sich vorgestellt, hier zu enden.

Er hatte seine Verdachtsmomente in ein Notizbuch geschrieben, in einem Code, den er und Susan entwickelt hatten, als sie gerade angefangen hatten, miteinander auszugehen. Zuerst war es ein harmloser Spaß gewesen. Jetzt ging es um Leben und Tod. Nach seinem Tod würden die Wächter das Buch zweifellos dem FBI übergeben. Bei seinem Glück würde es in die falschen Hände geraten, und niemand würde seine Verdachtsmomente je entdecken.

Es würde niemanden kümmern.

Er tat es trotzdem.

Übelkeit kochte in seinem Magen hoch. Er lehnte sich vor und übergab sich in eine Pappschale, würgte, bis sein Hals schmerzte. Ganz toll. Er spülte sich den Mund mit Wasser aus, strich dann mit seiner Hand durch sein Haar, riss dabei einige Strähnen aus.

Arme Susan, sie hatte ihr ganzes Leben an ihn verschwendet. Wenigstens war Scarlett noch jung. Hoffentlich würde sie eines Tages all diese Scheußlichkeit hinter sich lassen und ein gutes Leben führen.

Seine Fußfesseln klirrten, als er seine Beine bewegte. Wenigstens hatte er sich diesmal nicht in die Hosen gemacht. Er war schon für jede kleine Gnade dankbar.

Ein riesiger Typ mit Tätowierungen auf jedem Zentimeter seiner Haut schlurfte vorbei und zeigte seine Zähne.

Arschloch.

Während Richard laut dem Richter, der ihn zu sechs lebenslangen Freiheitsstrafen ohne Möglichkeit auf Bewährung verurteilt hatte, der „größte Verräter des neuen Jahrtausends" war, war er in den Augen vieler Insassen immer noch ein ehemaliger Bundesagent. Er war froh, eine Zelle für sich zu haben. Er würde inmitten der Gefangenen keine Stunde überleben.

Eine weitere Übelkeitswelle überkam ihn. Verdammte Scheiße, Chemo war übel.

Aus dem Augenwinkel nahm er eine Bewegung wahr und riss instinktiv sein Knie herum, um sich zu verteidigen. Es wehrte eine Klinge ab, die direkt auf seinen Bauch gerichtet gewesen war. Das harte Plastik glitt stattdessen tief in seinen Oberschenkel, drang wie ein glühendes Messer durch den Muskel. Schmerzen durchschossen ihn und flammten in seinem Körper auf. *Scheiße.* Der Typ – ein Mitglied eines mexikanischen Drogenkartells – holte erneut aus, zielte diesmal auf sein Gesicht. Richard griff das Handgelenk des Kerls und hielt es fest, versuchte zu schreien, aber seine Stimme machte nicht mit, und er hatte keine wirkliche Kraft in seinen Armen. Wo zum Teufel waren die Wächter?

Sprechgesang erklang aus der Nähe, wie bei einem Pausenhofkampf.

„Stech' den Scheißkerl ab", sagte das Arschloch, das ein Anhänger weißer Vorherrschaft war, in einem seltenen Moment der Harmonie zwischen den Rassen. Richards Hand rutschte ab und das Messer drang näher an sein Auge. *Verdammt.* So wollte er nicht abtreten.

Seine Muskeln zitterten, aber er drehte sich zur Seite, sein früheres FBI-Training wurde wieder präsent, um ihm zu helfen. Der Kerl fiel über ihn, drückte ihn auf das Bett. Der Infusionsständer krachte auf den Boden, und er drückte den Kopf des Mexikaners in seine Bettpfanne. Der Skinhead schüttelte sich vor Lachen. Endlich ertönte ein Ruf, und der Alarm wurde ausgelöst. Sirenen heulten. Lichter blinkten.

Gott sei Dank. Er hatte den Angriff überlebt. Dann fühlte er, wie etwas gegen seinen Magen drückte, bevor es die Haut durchstieß und tief eindrang. Schmerz überflutete jede Synapse, jeden Nerv in einer Welle der Qual. Der Mexikaner grinste höhnisch direkt vor seine Gesicht. „*Marlon* lässt ein ‚Hi' ausrichten, Wichser."

Richards Bewusstsein begann sich zu trüben, als der Typ das Messer herauszog und erneut zustach. *Gott im Himmel!* Die Schmerzen waren unbeschreiblich. Er hatte tausend Filme gesehen, in denen auf Leute eingestochen wurde, aber er hatte sich die allumfassende Art der Schmerzen nie vorgestellt. Ein Wächter rannte herein und zog den Mann von ihm weg. Zu spät. Der Mexikaner ließ es schweigend geschehen, grinste irre, offensichtlich mit sich zufrieden. Richard presste seinen Arm fest gegen die Wunden. Marlon? Was zu Teufel? Starb er dem Dreckskerl nicht schnell genug? *Scheiße.*

Medizinisches Personal eilte um ihn herum. Andere Insassen wurden weggeschlossen. Das Atmen wurde schwierig. „Bitte", sagte er einem Wächter, den er seit Jahren kannte. „Sagen Sie Susan, sie soll vorsichtig sein. Es ist gefährlich." Er sah alles nur noch in grauer Einfarbigkeit. Verdammt, er musste sie warnen. „Marlon…"

KAPITEL ZEHN

Scarlett ging in der aus einem kleinen Wohnzimmer, einer Kochnische und einem großen Schlafzimmer bestehenden Motelsuite auf und ab. Viel Platz, um sich darin zu bewegen, aber sie wusste nicht, wie lange sie es aushalten würde, eingesperrt zu sein. Energie wirbelte durch sie. Was, wenn sie nicht beweisen konnte, dass ihr Vater unschuldig war? Was, wenn Dorokow es weiterhin auf sie abgesehen hatte? Sie fürchtete um ihre eigene Sicherheit, war aber auch wütend auf sich selbst. Sie hatte zuerst Angel und nun Matt in dieses Durcheinander hineingezogen.

Ihr kam ein Gedanke. „Sie können nicht so tun, als ob Sie tot seien. Was, wenn Ihre Freunde es in den Nachrichten sehen? Das können Sie ihnen nicht antun." Sie wollte nicht, dass andere Menschen durch ihre Taten litten.

„Die meisten von ihnen sind außerhalb der Vereinigten Staaten und werden einige Tage lang nichts davon erfahren. Bis dahin ist das alles hoffentlich vorbei. Außerdem sind sie große Jungs, sie wissen, wie dieser Mist läuft. Sie können damit umgehen. Meine Mutter wird sich keine Sorgen machen. Frazer wird es Jed Brennan sagen, der mit mir arbeitet." Er zuckte mit den Schultern. „Mehr kann ich jetzt nicht tun. Die anderen werden erst einmal damit zurechtkommen müssen."

Meine Mutter wird sich keine Sorgen machen. Er hatte es so beiläufig erwähnt.

„Wie sieht es bei Ihnen aus?", fragte er.

„Bei mir?", schnaubte sie. „Niemand hat Grund zur Annahme, dass ich auf Ihrem Boot war, abgesehen vielleicht von Angel. Könnte Frazer sie wissen lassen, dass ich in Ordnung bin?" Er brummte, was sie als Zustimmung verstand. Sie rieb sich die Arme. Der Gedanke, ihrer besten Freundin entfremdet zu sein, brachte sie auf, auch wenn es ihre eigene Schuld war. „Mein Chef ist in Schottland, und die meisten Doktoranden sind bereits über die Feiertage weggefahren. Niemand von der Arbeit wird mich in der nächsten Woche vermissen, wahrscheinlich nicht mal in den nächsten beiden Wochen. Ich muss irgendwann heute meine Mutter kontaktieren." Sie sah Ablehnung in seiner Miene und hob ihre Hand. „Sie erwartet, von mir zu hören und wird ausflippen, wenn das nicht passiert. Wir haben einen Geheimcode, um einander wissen zu lassen, dass wir in Ordnung sind. Sie können den Anruf tätigen, oder sogar Frazer – was Sinn ergeben würde, denn er würde sie anrufen, wenn er wirklich davon ausginge, dass ich auf Ihrem Boot gestorben wäre, oder?"

„Ja, das würde er." Er strich sich mit den Händen durch seine kurzen Haare. „Gut, okay, wir können wahrscheinlich einen Weg finden, es Ihrer Mutter zu sagen, aber letztlich muss sie die Welt davon überzeugen, dass sie sich Sorgen um Sie macht, sonst werden die Russen uns nicht abnehmen, dass Sie tot sind."

Ihre Mutter verstand besser als die meisten, was auf dem Spiel stand. Scarlett ging von der Tür zum Tisch und zurück.

„Sie machen mich wahnsinnig." Matt saß am winzigen

Esstisch über einen Laptop gebeugt. Er deutete auf einen Stuhl. „Setzen Sie sich."

„Es tut mir leid. Ich bin nicht gut darin, nichts zu tun." Sie hörte mit dem Umhergehen auf, wusste aber, dass es nicht lange anhalten würde. Wenn ihr Gehirn nicht beschäftigt war, war es ihr Körper. „Kann ich nach meinen E-Mails sehen?"

„Sicher", stieß er hervor. „Tote Leute checken ja regelmäßig ihre E-Mails."

Hitze stieg in ihren Wangen auf. *Verdammt.*

Vorher hatte er sich benommen, als ob er sich von ihr angezogen fühlte. Nun benahm er sich, als ob sie ein nerviges Kind wäre – und sie verstand es. Scarlett verstand absolut, dass sie ihm viele Unannehmlichkeiten verursacht hatte, dass wegen ihr sein Boot in die Luft gejagt und er fast getötet worden wäre. Aber auch er hatte Entscheidungen getroffen, wie sie beispielsweise am vorherigen Abend unter Drogen zu setzen, um sie davon abzuhalten, zu Dorokow zu gehen. Diese Entscheidungen hatten die Situation verschlimmert, auch wenn sie ihr das Leben gerettet hatten. Dieser Albtraum war nicht nur ihr Werk, zumindest seine Involvierung darin nicht.

Aber das war vielleicht nicht fair. Er versuchte, zu helfen. Ritterlichkeit war doch noch nicht tot.

„Was machen Sie da?", fragte sie.

„Frazer hat mir einige Akten zum Lesen geschickt."

„Der Fall meines Vaters?"

Er starrte hart in ihre Richtung. Sie vermisste das Funkeln, das in seinen Augen gewesen war, als sie einander zum ersten Mal begegneten.

In ihren Gedanken brodelte Bedauern darüber, dass sie nicht in der Zeit zurückgehen und ändern konnte, was sie getan hatte. Dann erinnerte sie sich an die warmen Augen ihres Vaters und die tiefe beständige Liebe, die er für seine Familie und sein Land empfunden hatte, und schüttelte es ab. Bedauern war Zeitverschwendung. Sie und Matt hatten nie die Chance auf mehr gehabt, als ein paar Stunden gedankenloser Leidenschaft, und auch das nur, wenn sie ihn weiterhin über ihre Identität belogen hätte.

Gedankenlose Leidenschaft war eine höllisch gute Alternative zu der Situation, in der sie sich jetzt befand.

Ein Zittern lief über ihre Haut.

Es war nicht nur sein gutes Aussehen, das sie anzog. Sie war von dem fasziniert, was hinter diesen Augen vor sich ging. Sie wollte den echten Matt Lazlo kennenlernen. Den Mann unter der Uniform, hinter der Marke. Die Spannung im Zimmer stieg an. Ihre Haut war wie elektrisch aufgeladen. Ihre Brustwarzen verhärteten sich, ihr Puls ging schneller. Sie presste ihre Oberschenkel zusammen, versuchte die Erregung zu verdrängen, aber das machte es nur schlimmer. Schlimm genug, dass sie hier mit einem Mann festsaß, der an die Schuld ihres Vaters glaubte, sie musste nicht auch noch Lust auf ihn haben.

Sie brauchte eine Ablenkung, und zwar schnell. „Kann ich die Akten lesen?" Dies könnte ihre einzige Möglichkeit sein, die Beweise anzusehen, die das FBI gesammelt hatte.

Matt starrte sie lange und hart an, wägte offenbar Vor- und Nachteile ab. Endlich zuckte er mit den Schultern, nickte und zog einen zweiten Stuhl neben seinen.

„Wie geht es Ihrer Schulter?" fragte sie, als sie sich setzte. Sein Oberschenkel war so dicht an ihrem, dass sie sich beinahe berührten. Die Muskeln an seinen Armen wölbten sich, als er den Ärmel hochzog, und sie sah eine fünf Zentimeter lange Schürfwunde, die viel schlimmer hätte sein können.

Sie begegnete seinem Blick. „Es tut mir leid, dass Sie verletzt wurden."

„Ist nur ein Kratzer." Er rollte den Ärmel wieder herunter.

Sie schluckte, war sich seiner Nähe schmerzhaft bewusst. *Konzentrieren. Er hat dich verhaftet, schon vergessen?* Sie in Handschellen gelegt und sie ins FBI-Hauptquartier gezerrt.

Zu deinem eigenen Besten. Um dich zu beschützen.

Ihre Finger trommelten auf der Tischplatte. Er sah betont dorthin und nickte in Richtung des Dokuments auf dem Bildschirm. „Wollen Sie sich das nun ansehen, oder nicht?"

Scarlett begann zu lesen und schaffte es fast, zu vergessen, dass Matt Lazlo so dicht bei ihr saß, dass sie seine Wärme spüren und den sauberen Duft der Seife riechen konnte, die er in der Dusche benutzt hatte.

Die ersten Dokumente informierten sie über Standpunkte von toten Briefkästen und über Chiffren, die angeblich im Schreibtisch ihres Vaters zu Hause gefunden worden waren. Es waren definitiv russische Chiffren, und zweifellos aus der Zeit nach dem Zusammenbruch der Sowjetunion. Die zweite Akte war eine Liste von Informationen, die vermeintlich an die Russen übergeben worden waren, inklusive der Namen von Agenten im Ausland. Dann Beweise, die bestätigten, dass ihr Vater die Möglichkeit hatte, im Rahmen seiner Sicherheitsfreigabe an diese Informationen zu gelangen. Ihr Hals schnürte sich zu, als sie die Namen der sechs toten Agenten las. Zwei waren im Gefängnis gestorben – entsetzlich zusammengeschlagen und gefoltert worden, obwohl die Behörden jede Verantwortung bestritten.

Drei hatten mysteriöse „Unfälle" erlitten, und einer hatte eine Selbstmordtablette eingenommen – eine, die ihm nicht von den Vereinigten Staaten zur Verfügung gestellt worden war.

Es war ein schrecklicher Blutzoll, aber einer, von dem sie nicht eine Sekunde lang glaubte, dass ihr Vater ihn verursacht hatte. Er war ein weiteres Opfer.

Dann folgte die Erstbefragung. Sie las die Mitschrift. Endlose, sich wiederholende Fragen über seine Beteiligung. Jedes einzige Mal bestritt er, der Verräter zu sein und drängte die Ermittler, weiter nach dem richtigen Spion zu suchen. Er war hereingelegt worden – er musste es hundert Mal gesagt haben.

Dann kam sie zu den Ergebnissen des Lügendetektortests. Der Prüfer schlussfolgerte: „Täuschung angezeigt".

„Das ist eine wissenschaftliche Äußerung?", spottete sie.

„Der Lügendetektor ist nur ein Werkzeug, Scarlett. Deshalb ist diese Information in der Fallakte und nicht bei den Beweismitteln. Ergebnisse des Lügendetektors sind vor Gericht nicht zugelassen, weil es keine exakte Wissenschaft ist."

„Was ist dann der Sinn?", murmelte sie wütend.

„Es ist ein Druckmittel", erklärte er geduldig. „Er ist durchgefallen, und dann hat er gestanden. Finden Sie sich damit ab."

Gut. Sie mochte keine Expertin für menschliche Natur sein, aber sie begriff Stolz und Selbsterhalt. Sie wusste, wann man sich neu organisieren und zurückweichen musste.

Danach kam das Geständnis. Es fiel ihr schwer, es zu lesen. Ihr Vater gab zu, über einen Zeitraum von fünf Jahren Geheimnisse an die Russen verkauft zu haben, gegen mehr als dreihunderttausend Dollar in bar.

„Sie haben nie einen Penny gefunden." Übelkeit wogte in ihrem Magen, machte sie froh, heute nichts gegessen zu haben.

„Vielleicht hat er es ausgegeben?"

„Wofür? Das Haus war bis oben hin mit Hypotheken belastet, er fuhr einen Pontiac, und Mom hatte einen Chevy Van."

„Oder er hat es versteckt. Vielleicht weiß Ihre Mutter, wo es ist?" Er versuchte, ein Rätsel zu lösen, nicht, beleidigend zu sein. Sie versuchte, ihren Vater zu retten und seinen Namen reinzuwaschen. Aber aus wissenschaftlicher Perspektive war die Objektivität König.

„Warum hat sie es dann nicht aus dem Versteck geholt, als die Bank uns 2008 fast unser Haus weggenommen hat?", fragte Scarlett.

Seine haselnussfarbenen Augen gingen heute in Richtung eines warmen, moosigen Grüns. Sie enthielten Mitgefühl wie auch Mitleid. Sie hasste Mitleid und wandte den Blick ab.

Die nächste Befragung war völlig anders. Nachdem er anfangs seine Schuld zugegeben hatte, listete ihr Vater die Daten und Zeiten auf, wann und wo er die Informationen hinterlegt hatte.

„Das ergibt keinen Sinn." Sie deutete auf den Bildschirm. „Der 29. November ist mein Geburtstag. Um neunzehn Uhr war er nicht auf irgendeinem Friedhof in Maryland, um sein Land zu verraten. Er zündete zwölf Kerzen auf meinem Geburtstagskuchen an."

„Das ist lange her."

Sie bedachte ihn mit einem vernichtenden Blick. „Kinder vergessen sowas nicht."

Hitze übersprang den kurzen Abstand zwischen ihnen, und sie war sich jedes Atemzuges, den er machte, intensiv bewusst, jeder winzigen Bewegung seines Körpers. Seine Pupillen vergrößerten sich.

„Vielleicht hat er sich im Datum geirrt?", schlug Matt vor und ignorierte die seltsame Sache, die sich zwischen ihnen anbahnte.

„Er war ein hingebungsvoller Vater mit einem einzigen Kind. Es braucht nicht gerade den IQ eines Genies, den Geburtstag im Kopf zu behalten." Ein Flackern in seinen Augen sagte ihr mehr über seinen eigenen Vater als er je zugeben würde. *Mist.* „Sollte nicht jemand bei der Spionageabwehr diese Daten überprüft haben? Ich nehme an, das war ihr Job."

Matt lehnte sich näher zum Bildschirm und runzelte die Stirn. „Das sollten sie normalerweise tun, ja. Der Fall ging aber nicht vor Gericht, also wurden die nachfolgenden Ermittlungen nicht in die Fallakte aufgenommen, sondern landeten auf dem Schreibtisch irgendeines Geheimagenten." Er kratzte über die dunkelblonden Stoppeln auf seinem Kinn. Seine Iriden hatten goldene Punkte und dunkle Ränder, die ihre ungewöhnliche Farbe betonten.

Irritiert sah sie weg. Sie konnte diese Beklemmung nicht gebrauchen, die dadurch entstand, dass sie gezwungen war, Zeit mit einem Typen zu verbringen, der wusste, dass sie sich zu ihm hingezogen fühlte, aber nicht das Gleiche empfand. Ihrer Erfahrung nach war Lust, oder wie man es auch immer nennen wollte, die darauffolgenden schwierigen Nachwirkungen nicht wert. „Also ist er trotzdem schuldig, obwohl er gewusst hatte, dass er sich mit dem Aufschreiben des richtigen Datums ein bombensicheres Alibi gegeben hätte? Warum ist es für das restliche FBI in Ordnung, ihre Arbeit nicht ordentlich zu machen? Warum ist es in Ordnung, Details zu vernachlässigen, wenn sein gesamtes Leben davon abhing, dass sie es richtig machten?"

„Er hat gestanden." Sein Mund spannte sich vor Ungeduld an, aber er runzelte die Stirn. „Warum ein bombensicheres Alibi?"

Er war interessiert und sie musste dafür sorgen, dass er es auch weiterhin blieb.

„Weil die LeMays bei uns waren. Sie waren enge Freunde der Familie, viele Jahre lang, bevor…" Ihr Hals fühlte sich an, als ob ein Stein darin stecken würde, aber sie würde sich nicht mehr davor drücken. „Bevor er wegen Landesverrats verhaftet wurde."

Matt neigte den Kopf zur Seite und verengte die Augen. Aber er behielt seine Gedanken für sich. Gut. Wie auch immer. Sie wünschte, sie könnte mit Angel reden. *Verdammt.* Scarlett würde es ihrer Freundin nicht vorwerfen, wenn sie nach dieser Sache komplett den Kontakt zu ihr abbrechen würde.

„Möchten Sie die Nachrichten sehen und erfahren, wie weit sie mit der Suche sind?", fragte Scarlett. Sie wollte ein paar Hintergrundgeräusche, die sie von dem Typen neben sich ablenkten.

„Hat keinen Sinn. Frazer oder Parker werden sich bei uns melden, wenn es bei dem Fall einen Durchbruch gibt. Der Rest sind Fehlinformationen und Spekulationen."

Sie verschränkte ihre Arme, während Kälte sie überlief. „Vertrauen Sie ihnen?"

„Frazer? Ich habe in den letzten drei Jahren mit ihm gearbeitet. Er kann manchmal ein eiskalter Drecksack sein, aber er erzielt Ergebnisse, und ihm liegt daran, das Richtige zu tun." Er kreiste mit den Schultern, als ob er zu lange in derselben Haltung gewesen war. „Parker kenne ich nicht. Cybersicherheitsexperte und durch die Army ehemals bei der

CIA. *Vertrauen* wäre nicht das richtige Wort, noch nicht, aber wenn ich nach meinem Gefühl gehe? Ja, ich traue ihm. Außerdem, wenn irgendjemand eine Verbindung der Russen zu diesem Scharfschützen oder meinem ehemaligen Boot nachweisen kann, dann Parker. Und Frazer hat den politischen Einfluss, der uns helfen kann, damit es nicht vertuscht wird."

Frazers Name schien ihr irgendwie vertraut. „Waren Sie kürzlich bei diesem Terroristenangriff involviert? Sind Sie mit dem Kerl befreundet, der angeschossen wurde?"

Matt rutschte auf seinem Stuhl herum.

Sie hielt zur Kapitulation eine Hand hoch. „Entschuldigung. Sie müssen nicht antworten. Ich habe einen Moment lang vergessen, mit wem ich spreche." Sie waren nicht gleichrangig. Sie war interessiert, weil der Präsident angegriffen worden war. Aber er sprach mit der Tochter eines verurteilten Spions über etwas, das wahrscheinlich persönlich und vertraulich war, und sie verdammt noch mal nichts anging. Die Tatsache, dass er sich weigerte, etwas zu sagen, zeigte, wie professionell er war, was sie respektierte. Aber es erinnerte sie gleichzeitig an ihre Unausgewogenheit, und das tat weh. Sie lächelte selbstkritisch. „Ich nehme an, theoretisch wäre das für mich die perfekte Möglichkeit, zu versuchen, Sie zu ein wenig Kooperation zu verführen." Unerklärlicherweise stiegen Tränen in ihren Augen hoch, und sie musste hastig blinzeln, um sie zu verbergen. Scarlett versuchte, aufzustehen und wegzugehen, aber er griff nach ihrem Arm.

„Was wollen Sie von mir, Scarlett?"

Sie sog hastig die Luft ein. „Nichts. Ich möchte nichts von Ihnen." Sie versuchte, ihn abzuschütteln, aber er ließ es nicht zu. Ein Klumpen aus Gefühlen kratzte in ihrem Hals. Was wollte sie? Sie wollte, dass er ihr vertraute. Sie wollte wie eine Gleichgestellte behandelt werden, nicht wie eine Verräterin. Sie wollte andere Dinge, die jetzt nicht wichtig waren. „Ich möchte herausfinden, wer meinen Vater reingelegt hat. Ich möchte den echten Verräter finden und ich möchte, dass mein Land sich bei dem früheren FBI-Agenten Richard Stone entschuldigt, bevor er stirbt." Ihre Stimme zitterte, brach aber nicht.

„Also sehen wir uns die Akten an. Sehen wir, was wir finden können." Er sagte es rational, ohne Emotionen, weil es nicht sein Vater war, der im Gefängnis verrottete. Und er glaubte ihr ohnehin nicht.

Sie setzte sich wieder. Sie verhielt sich dumm. „Natürlich." Die Zeit lief davon, und die Russen hatten sie in die Ecke gedrängt.

Sie sah sich die anderen Daten für die angeblichen Verratshandlungen ihres Vaters an. Geburtstage, der Hochzeitstag ihrer Eltern. Das konnte kein Zufall sein. Es war eine Botschaft. Seine Kollegen hatten es entweder nicht überprüft, oder es war ihnen egal gewesen. „Er hat absichtlich Daten angegeben, an denen er ein Alibi hatte, und niemand hat je eines davon in Frage gestellt?"

Matt sah genauer hin, holte dann eine Serie eingescannter Bilder hoch, die aussahen wie wissenschaftliche Diagramme.

„Sind das die Lügendetektorblätter?"

Matt nickte. „Frazer hat es irgendwie geschafft, auch die vertraulichen Audiodaten in die Hände zu bekommen. Möchten Sie sie anhören?" Er betrachtete sie genau.

Sie setzte sich aufrechter hin. „Natürlich."

Matt drückte eine Taste. Eine unbekannte männliche Stimme nannte Datum, Zeit und Fallnummer und bat dann ihren Vater, seine Identität zu bestätigen.

„FBI-Agent Richard Stone. Das hier ist völliger Blödsinn, Ken. Das weißt du."

Sie fühlte sich, als ob ein Lastwagen sie überrollt hätte. Der Prüfer beantwortete die ärgerliche Bemerkung ihres Vaters nicht. Seine Stimme so stark und empört zu hören, schickte eine Welle reiner Trauer durch sie hindurch. Matt bemerkte es nicht. Er versuchte, der Befragung zu folgen und sie mit den einscannten Diagrammen des Lügendetektors zu vergleichen.

Oh, Dad.

Sie schob die Trauer von sich. Dafür war keine Zeit. Sie konnte es sich nicht leisten, in Schmerz zu versinken, wenn es eine schwache Hoffnung gab, dass sie seinen Namen doch noch reinwaschen konnte. Aber der Krebs nahm ihn ihr sogar noch endgültiger, als das sogenannte Rechtssystem. Es würde nicht lange dauern, bis nichts von all dem noch einen Unterschied machte. Sie wollte nicht, dass er in Unehren starb. Sie wollte nicht, dass er überhaupt starb. Ende.

„Sind die Lichter hier im Raum an?", fragte der Prüfer.

„Ja." Ihr Vater antwortete. „Er ist beleuchtet wie das Gestapohauptquartier."

Es gab eine lange Pause, als ob der Prüfer ihrem Dad einen schweigenden Tadel übermittelte. „Ist heute Mittwoch?"

„Ja, Ken, heute ist Mittwoch. Außer wenn man in Australien ist, wo es schon Donnerstag ist. Diese Fragen sollten eindeutiger sein, weißt du? Sonst könntest du am Ende einen Riesenfehler machen."

Scarlett wollte lächeln, aber sie wusste, dass seine Tapferkeit nicht angedauert hatte. Irgendwann, kurz nachdem er den Lügendetektortest nicht bestanden hatte, war er zusammengebrochen und hatte kapituliert.

Matt arbeitete sich weiter durch die Audioaufnahmen und die Diagramme, verglich sie mit unerträglicher Genauigkeit, spulte manche Abschnitte zurück und spielte sie erneut ab. Er maß Zeitabschnitte, machte sich auf einem Block Notizen.

Er wiederholte dies immer und immer wieder. Scarlett ging, um ihnen beiden einen Kaffee zu machen. Sie hatte ihren Doktor nicht mit zweiundzwanzig geschafft, indem sie wusste, wie man sich entspannte oder wie man schlief oder wie man keine Fragen stellte. Als sie zurückkehrte, saß Matt zurückgelehnt auf seinem Stuhl und klopfte mit seinem Stift auf den Tisch. Sie konnte seiner Miene ansehen, dass er etwas Seltsames bemerkt hatte.

„Was ist?" Sie versuchte, ihre Aufregung zu unterdrücken.

Seine Miene verschloss sich. Als ein SEAL und Bundesagent war es wahrscheinlich eine notwendige Bedingung, Geheimnisse bewahren zu können, aber als Ermittlungspartner war es höllisch frustrierend.

Er ist nicht dein Partner.

„Ich habe einen Abschluss in Psychologie gemacht, bevor ich Kampfschwimmer wurde."

„Beeindruckend."

Seine Augen verengten sich. „Wir können nicht alle Wunderkinder sein."

„Hey, das sind Ihre Vorurteile, die sich da zeigen, nicht meine. Ich finde es *wirklich* beeindruckend. Ein Typ, der aussieht wie Sie, hätte viele Dinge mit seinem Leben anfangen können, die keine Bildung erforderten." Sie zuckte zusammen. *Herrgott nochmal.* Er hatte sie in eine soziale Idiotin verwandelt. „NFL-Spieler, Polizist, Bürgermeister einer kleinen texanischen Stadt, männliches Model, Superheld, professioneller Bauchtänzer." Wenn sie nur weiterplapperte, würde er vielleicht nicht mitbekommen, dass sie ihm gerade gesagt hatte, dass sie ihn attraktiv fand. Als ob sie noch weitere Nägel für ihren eigenen Sarg bräuchte.

Er seufzte schwer. „Worum es geht … wir haben untereinander gegenseitig Lügendetektortests gemacht und dann Wahrheit oder Pflicht gespielt." Sein plötzliches Grinsen war verschmitzt. „Also habe ich ein wenig Erfahrung mit dem Kram. Diese Diagramme scheinen nicht mit der Befragung oder den von Ihrem Vater gegebenen Antworten übereinzustimmen."

Wahrheit oder Pflicht mit einem Lügendetektor? Vielleicht war sie nicht der einzige Nerd im Zimmer.

„Was wollen Sie damit sagen? Dass das hier nicht Dads Lügendetektorauswertung ist? Warum würde die jemand austauschen wollen?" Scarlett hielt ihre Aufregung in Schach. Es gab wahrscheinlich alle möglichen sinnvollen Erklärungen, auch wenn sie keine davon glaubte.

„Es ist wahrscheinlicher, dass er mehr als eine Sitzung hatte und diese Audioaufnahme zu einem anderen Lügendetektordiagramm gehört." Er runzelte beim Blick auf die Diagramme die Stirn. „Oder sie haben die Diagramme aus Versehen vertauscht." Er deutete auf den Bildschirm. „Sieht die Zahl da anders aus als die anderen?"

Sie sah genauer hin, war sich bewusst, dass Matts Gesicht ihrem so nah war, dass ihre Lippen über seine Wange streichen würden, wenn sie ihren Kopf nur leicht drehte. „Sie ist ein wenig dunkler als die anderen Zahlen und sieht ein wenig verschoben aus."

„Fast, als ob jemand danach Letraset benutzt hätte."

„Letra... was?"

Er zog eine Grimasse. „Egal. Sie haben mich gerade daran

erinnert, wie jung Sie sind."

Sie drehte den Kopf und sah ihm in die Augen. „Ich bin nicht so jung, Matt, und Sie sind nicht so alt."

Er hielt ihrem Blick stand, die goldenen Flecken in seinen Augen begannen zu leuchten.

Sie zwang sich, wegzusehen. Es ging hier nicht darum, dass sie offensichtlich von Matt angezogen war, sondern um ihren Vater. „Ich dachte, das FBI hat ordentliche Prozesse für solche Fälle."

Sie zwang ihre Euphorie nieder. Sie wusste, dass sie sich keine Hoffnungen machen sollte. Aber jemand stellte tatsächlich die Beweise infrage, anstatt einfach blind der Massenhysterie des Hasses zu folgen.

„Das haben sie, aber es ist möglich, dass jemand die Beweise genommen und irgendwie vertauscht hat, nachdem der Fall abgeschlossen worden war. Oder vielleicht hat jemand etwas auf den Ausdruck verschüttet und wollte verbergen, dass er Mist gebaut hatte." Er prüfte das Dokument erneut. „Die Systeme waren vor dem elften September noch nicht vollständig computerisiert. Das FBI war zu der Zeit wahrscheinlich die technologisch rückständigste Strafver-folgungsbehörde der Welt, dank eines Direktors, der nicht an Technologie glaubte."

Ihr Vater hatte oft über die Computersysteme bei der Arbeit gestöhnt, die es ihm nicht einmal ermöglichten, Anhänge per E-Mail zu verschicken.

„Vielleicht hat jemand irgendwie etwas vertauscht, als das hier digitalisiert wurde, und dann versucht, die Spuren zu verwischen, damit er nicht gefeuert wird."

Scarlett verdrehte die Augen. Es schien, als ob jeder ungestraft Fehler machten durfte, abgesehen von ihrem Dad.

Matt ging hinüber zum Sofa, hob eines der Prepaid-Handys hoch, die Parker bereitgestellt hatte, und rief den Kerl an. „Können Sie mir sagen, wo sich Ken Maidstone befindet, der 2000 für das FBI als Lügendetektorprüfer gearbeitet hat?" Er schrieb etwas auf seinen kleinen Notizblock. Scarlett sah über seine Schulter. Die Adresse war etwa eine Stunde Fahrt von dem Ort entfernt, an dem sie sich versteckten. „Irgendwas Neues?" Er hörte schweigend zu, aber es sah nicht nach guten Neuigkeiten aus. „Er wohnt nah genug, dass ich dem Typen einen Besuch abstatten werde. Die Diagramme in der Fallakte passen nicht zu den Audioaufnahmen der Sitzung. Ich möchte ihm einige Fragen stellen. Sehen, ob er sich an den Fall erinnert."

Als ob er einen der berüchtigtsten Spionageskandale der Geschichte vergessen hätte?

Er beendete das Gespräch. Scarlett streifte ihren Pullover über, griff dann nach ihrer Jacke.

„Sie kommen nicht mit", bestimmte Matt, prüfte seine Waffe und sah sie nicht an.

„Doch, das tue ich."

„Nein, tun Sie nicht."

„Mein Kopf wird explodieren, wenn ich hierbleibe." Sie verschränkte die Arme vor der Brust. Der Gedanke, dass er sie zurückließ, tat weh, aber das war zu dumm, um es in Worte zu fassen.

Er stand bewegungslos, für einen so großen Kerl beherrschte er Verstohlenheit und Stille perfekt. „Hören Sie zu..." Sie wollte ihn für den belehrenden Ton schlagen, was die ganze Sache mit der Lust auch gleich erledigte. „Ich glaube nicht, dass dieser Typ mit der Tochter des Mannes reden wird, bei dessen Verurteilung wegen Spionage er mitgeholfen hat."

„Ich bleibe im Auto."

Er sah nicht überzeugt aus.

„Ich *verspreche*, dass ich im Auto bleibe."

Er verengte die Augen, aber sein Kiefer entspannte sich um eine Nuance.

„Kommen Sie schon, Special Agent Lazlo. Ich werde brav sein. Ich halte immer meine Versprechen." Sie war sich zum Betteln nicht zu schade. „Es ist nicht sinnvoll, mich hier zu lassen, während die Russen hinter mir her sind. Es könnte alles Mögliche passieren." Jetzt appellierte sie an seine Ritterlichkeit. Es funktionierte.

„Gut, Dr. Stone. Aber wenn Sie meine Anweisungen nicht haargenau befolgen, werde ich Ihnen den Hintern so sehr versohlen, dass Sie eine Woche lang nicht sitzen können."

Ihr Rücken versteifte sich. „Ich wusste nicht, dass Sie auf Gewalt in Beziehungen stehen…"

„Hey, manche Leute genießen es." Er öffnete den Mund, presste dann die Lippen zusammen, als ob er die nächsten Worte herunterschluckte, aber seine Augen wurden weich, bevor er es verbarg.

Eine Welle sexuellen Bewusstseins durchrauschte Scarlett und ließ ihren Mund austrocknen. Es war nicht so, als ob sie nie Sex gehabt hätte. Sie hatte Sex gehabt – leidenschaftslosen, langweiligen *sind-wir-schon-fertig?*-Sex.

Er war älter als sie und hatte beim Militär und als FBI-Agent Dinge gesehen, die sie nicht einmal ansatzweise begreifen konnte. Das war ihr bewusst. Und er versuchte, sie zu warnen, dass sie trotz des zwischen ihnen prasselnden Funkens nicht zusammenpassten.

Aha.

Was er nicht verstand war, dass Inkompatibilität für sie

die Norm war. Sie passte mit niemandem zusammen. Nirgendwo. Eine Außenseiterin, eine Zurückgewiesene zu sein, war in ihrer Welt der standardisierte Ablauf. Wenn nicht wegen ihres Vaters, dann wegen ihres Platzes im Bildungssystem, oder aufgrund ihres Alters. Sie passte nicht hinein. Ende. Sie war daran gewöhnt.

Es war die zwischen ihnen flirrende Hitze, dieses seltsame elektrische Summen, das sich nicht darum scherte, dass er sie in der vergangenen Nacht verhaftet hatte, das so außergewöhnlich war. Also waren ein paar sexuelle Anspielungen nicht unangenehm. Sie waren aufregend, weil niemand das je mit ihr getan hatte, und ganz sicher nie ein Typ, zu dem sie sich so hingezogen fühlte wie zu Matt Lazlo.

Ihm das zu sagen würde peinlich für sie sein und ihn zu Tode ängstigen, also hielt sie den Mund. Emotionaler Masochismus war nicht ihr Ding. Selbst wenn der Mann körperlich verführerisch war, kam das für sie nicht infrage. Er stellte die gleichen Barrieren auf wie sie, und das war gut so. Sie war zu klug, um sich in ihn zu verlieben. Und anscheinend war er viel zu professionell, um sich in sie zu verlieben.

Er griff sich Laptop, Bargeld und die Handys, die Parker für sie organisiert hatte. „Gut. Nehmen Sie alles mit. Wir können uns auch gleich in einem Motel einmieten, das näher an Maidstones Adresse liegt. Könnte helfen, unsere Spur für potenzielle Verfolger zu verwischen."

Sie zog ihre Turnschuhe an. Sie hatte nichts bei sich, abgesehen von der Kleidung, die sie trug. Gerade als er die Tür öffnen wollte, berührte sie seinen Arm. „Danke. Danke, dass Sie versuchen, meinem Dad zu helfen."

Seine Augen, kalt wie der Ozean, verwiesen sie auf ihren Platz. „Ich mache das nicht, um Ihrem Vater zu helfen,

Scarlett. Ich versuche, herauszufinden, warum die Russen so angefressen sind, dass es ihnen egal ist, wenn sie andere mit Ihnen untergehen lassen. Ich versuche, Sie am Leben zu halten, damit Sie den Weihnachtstag erleben, weil das mein Job ist. Ich halte Ihren Vater immer noch für einen Verräter an den Vereinigten Staaten und den Widerspruch zu allem, an das ich glaube und für das ich gekämpft habe."

Die Worte versetzten ihr einen heftigen Schlag in den Magen. Zum Glück war sie sehr geübt darin, Schmerz unter einem ruhigen Äußeren und einem Nicken der Kenntnisnahme zu verbergen. Was nicht hieß, dass es nicht wehtat.

„Natürlich. Gehen wir."

KAPITEL ELF

MATT SAH SCARLETT an. Sie saß mit gleichmütiger Miene auf dem Beifahrersitz des Geländewagens, den Parker für sie besorgt hatte. Matt fiel nicht darauf herein. Er hatte ihre Gefühle verletzt. Das war nicht mehr zu ändern. Er würde nicht vorgeben, das hier für einen Mann zu tun, der seine Verbrechen zugegeben hatte. Matt war detailorientiert, seine Fähigkeit, offene Punkte zu klären, war einer der Gründe, warum er so gut in seinem Job war. Der Schlüssel dazu, diese Sache zu beenden, war herauszufinden, warum die Russen so verdammt sauer auf Scarletts Versuch, Dorokow zu verwanzen, reagierten. Eine gewisse Menge an Verärgerung und Gehabe war zu erwarten. Scharfschützen und Bomben hoben alles eine Stufe höher, was bedeutete, dass jemand entweder etwas zu verbergen oder ein riesiges Ego hatte – oder beides.

Er trank einen Schluck aus einer Dose Red Bull – eine weitere Angewohnheit, die er sich aus seiner Zeit bei den Teams angeeignet und nie wirklich wieder abgelegt hatte – und sah auf das Navigationssystem, während sie in nördlicher Richtung fuhren.

Ken Maidstone lebte in einer kleinen Stadt direkt nördlich von Leesburg in Nord-Virginia, am Fuß der Blue Ridge Mountains. Es war eine historische Gegend im Weingebiet, an deren östlichem Rand der Potomac träge seinen gewundenen Weg nahm.

Nach den von Alex Parker gefundenen Informationen war Maidstones Frau ungefähr fünf Jahre zuvor an Lungenkrebs gestorben, und er hatte das FBI vor einem Jahr verlassen. Jetzt war der Kerl ein freiberuflicher Berater.

Da es Heiligabend war, standen die Autos Stoßstange an Stoßstange, ungeduldige Hände lagen auf Hupen. Matt hatte die absoluten Gegensätze zwischen Theorie und Praxis im Bereich der christlichen Nächstenliebe nie begriffen. Er war keines derjenigen Kinder gewesen, die von einer Million Verwandten umgeben ein großes gemeinsames Truthahnessen erlebt hatten. Wenn er im Land gewesen war, waren es nur er und seine Mutter gewesen.

Er nahm an, dass er das mit Scarlett gemeinsam hatte.

Und er wollte dieses Weihnachtsfest mit seiner Mom nicht verpassen. Die Schuld nagte an ihm, aber etwas in ihm wusste auch, dass der wichtigste Teil von ihr bereits gestorben war. Es bedeutete trotzdem nicht, dass er sie einfach alleinlassen durfte.

Erneut sah er zu Scarlett hinüber. Vielleicht *sollte* er sie dem Schutzgewahrsam des US Marshal Service übergeben? Er stand kurz davor, die Grenze zum Persönlichen zu überschreiten, und das würde nur Ärger geben. Der Gedanke, sie besser kennenzulernen, eine Art Beziehung in Betracht zu ziehen, sobald sie dieses ganze Durcheinander, in dem sie sich befand, aufgeklärt hatten, war verführerisch. Er vermied es nach Möglichkeit, solche Fehler zu machen, aber der Gedanke an eine Beziehung mit Scarlett war von Anfang an irgendwie an seinem inneren Wachposten vorbeigelangt.

Beziehung?

Er kannte sie nicht einmal. Sie sah unschuldig aus, aber sie bedeutete Ärger in Reinform.

Sie war mutig, intelligent und loyal. Während er noch die Möglichkeit in Betracht zog, sie an jemand anderen zu übergeben, verwarf er die Idee schon wieder. Er war jetzt Teil dieses Durcheinanders – sie hatten schon bewiesen, dass ihnen sein Tod weniger als nichts bedeutete, also scheiß auf diese Kerle.

Es war gut zu wissen, wo er stand, damit er den Gefallen zurückzahlen konnte, wenn es so weit kam.

Und der Gedanke, dass sie eine Frau verletzen würden… Er verstand solche Männer nicht. Wer wusste schon, was zur Hölle sie Angel LeMay antaten? Und wenn Scarlett herausfand, dass er sie hinsichtlich ihrer besten Freundin angelogen hatte, würde sie durch die Decke gehen. Frazer hatte sich nicht bei ihm zurückgemeldet, um ihn wissen zu lassen, ob sie in der Sache weitergekommen waren. Der Gedanke, dass Dorokow sich mächtig genug fühlte, um straflos die Tochter eines Kongressabgeordneten der Vereinigten Staaten zu entführen, schien irrsinnig, und so sehr sie auch nachforschten, es gab einfach keinen Beweis dafür, dass der Botschafter involviert gewesen war.

Was ging wirklich vor sich? Was hatte Scarlett mit ihrer Tat des vergangenen Abends aufgeschreckt?

Matt war sich sicher, dass Richard Stone nicht einmal halbwegs der Mann war, für den sie ihn hielt. Er bezweifelte, dass der Kerl jemanden verdiente, der so hingebungsvoll und loyal wie diese junge Frau war, die ihr eigenes Leben riskierte, um seine Unschuld zu beweisen.

„Warum hat Ihr Vater gestanden?" Er wollte sie anschubsen, sie dazu bringen, dies von seiner Warte aus zu betrachten, wollte ihre Augen öffnen, damit es nicht ganz so sehr schmerzte, wenn sie endlich gezwungen war, sich der Wahrheit zu stellen.

Sie wandte ihm das Gesicht zu. Jung, süß, hübsch. Haare unordentlich, die dunklen Augen groß, ihre Haut blass. „Wie meinen Sie das?"

„Ihr Vater. In einer Minute streitet er alles ab, dann gibt er es einfach zu. Warum?"

„Ich habe darüber nachgedacht". Klar hatte sie das. „Als sie ihm sagten, dass er den Lügendetektortest nicht bestanden hatte, wusste er, dass er wahrscheinlich ins Gefängnis kommen würde. Ich glaube, jemand hat ihm mit Konsequenzen für meine Mutter und mich gedroht, falls er nicht kampflos ginge. Er wusste, dass er uns aus dem Gefängnis heraus nicht beschützen konnte, und ich nehme an, er wusste nicht, wem er noch trauen konnte. Auch wenn man an das Geständnis denkt, das er geschrieben hat... wenn jemand die Details wenigstens ansatzweise überprüft hätte, hätte derjenige gemerkt, dass die ganzen Informationen, die er ihnen gegeben hatte, falsch waren..."

„Was ist ein Spion, wenn nicht ein professioneller Lügner?"

Wütend verkniff sich ihr Mund zu einem schmalen Strich. Ihre Augenbrauen zogen sich nach oben, und ihr Ton wurde sarkastisch. „Wie dumm von mir. Ich war einfach davon ausgegangen, dass es beim FBI grundlegende Strafverfolgungsprozeduren gibt und Informationen überprüft werden."

Irgendein Arschloch in einem gelben Sportwagen raste an ihm vorbei und wurde vom Gegenverkehr niedergehupt. Wahnsinn. Das Wetter war so düster und belastend, wie er sich fühlte. Weihnachten schien eine Milliarde Lichtjahre weit entfernt zu sein. „Hatte Ihr Vater irgendwelche Angriffsflächen? Irgendwelche verborgenen, dunklen Geheimnisse?"

Sie schüttelte den Kopf und biss sich auf die Lippe. Verdammt, er wünschte, sie würde aufhören, das zu tun, denn auch wenn er versuchte, einen Keil zwischen sie zu treiben, ihre weißen Zähne auf diesen Lippen machten ihn steif wie einen geilen Siebzehnjährigen.

„Hätte er eine Affäre haben können?", fragte er.

„Nein."

„Schwul?"

„Nein."

„Pädophil?"

„*Nein!*"

„Sex mit Tieren?"

Sie warf ihm einen giftigen Blick zu, aber ihre Stimme war kühl und ruhig wie ein tiefer See. „Er mochte Hunde und Kinder auf die gleiche Weise wie jeder gute Mann es tut."

„Standen Ihre Eltern auf Partnertausch oder abartige Swinger Partys?"

Ihre Augen wurden riesig. „Ob sie sexbesessen oder sowas waren? Wie kommen Sie überhaupt auf solche Gedanken?"

„Aus den Fallakten anderer Spionagefälle aus den Achtzigern und Neunzigern", erklärte Matt ruhig. „CIA-Maulwurf Karl Koecher und seine Frau nahmen an Sexorgien teil, um zu versuchen, Informationen zu sammeln. Hanssen installierte eine Überwachungskamera, damit sein Kumpel ihm beim Sex mit seiner Frau zusehen konnte – die Frau wusste nichts davon."

„Igitt zu beidem." Sie spannte ihre Schultern an. „Ich glaube allmählich, dass alle Bundesangestellten insgeheim Perverse sind."

Matt hatte tiefer graben wollen, was die Persönlichkeit ihres Vaters betraf, aber ihre Abscheu war so echt, dass er grinsen musste. „Die meisten von uns sind eher unterversorgt als verkommen."

„Unterversorgt?" Ihr Blick wanderte über seinen Torso und seine Beine hinunter. „Das bezweifle ich." Ihre Wangen wurden rot vor Scham und sie sah weg, aber da war auch ein Schimmer von Interesse, von Hitze. *Scheiße.* Er behielt seine Augen fest auf das Auto vor ihnen gerichtet und weigerte sich, darüber nachzudenken, dass sie sich zu ihm hingezogen fühlen könnte. Frazers Worte kamen ihm blitzartig in den Sinn. *Frauen wie diese… sie können Sie in die Knie zwingen.*

Er begann zu glauben, dass der Kerl wusste, wovon er sprach, denn die Vorstellung von sich selbst auf den Knien vor Scarlett schien gar keine so üble Sache. *Herrgott nochmal.*

„Ich weiß übrigens, was Sie da machen", sagte sie.

Wirklich? Er hatte nämlich keine Ahnung.

„Sie demonstrieren, wie weltgewandt und erfahren die meisten Leute im Gegensatz zu mir sind."

Vielleicht war das zu irgendeinem Zeitpunkt seine Absicht gewesen, aber das war absolut nach hinten losgegangen. Jetzt dachte er nur an Sex. Sie hatte ihm erzählt, dass sie in der Schule keine Verabredungen gehabt hatte. War sie noch Jungfrau? Die Hitze, das *Interesse,* das er in ihren Augen sah, könnte auch einfache Neugier anstelle von Lust sein. Er war ein Arschloch, sie anzustacheln. Und die Tatsache, dass er sie angestachelt hatte, zeigte ihm, dass er mit dem Feuer spielte. Er wollte sie, und mit ihr zu flirten war kein guter Weg, sie auf Armeslänge entfernt zu halten. Zeit, sich zurückzuziehen. Es professionell zu halten.

„Mich überrascht nicht mehr viel, von sexuellen Vorlieben

bis hin zum Modus Operandi für Morde." Er fing ihren Blick auf. „Es tut mir leid, wenn ich Ihnen Unbehagen verursacht habe. Das war nicht meine Absicht."

„Sie verursachen bei mir kein Unbehagen." Die leichte Rosafärbung ihrer Wangen stand ihr gut, aber sie schaffte es, seinem Blick standzuhalten. „Über das Sexleben meiner Eltern zu reden, tut es aber durchaus. Mein Dad und meine Mom waren einander ergeben, und das nicht auf irgendeine seltsame, abartige Weise. Er hat schwer gearbeitet, und sie war Kindergärtnerin, bis sie nach seiner Verhaftung bei mir zu Hause bleiben musste. Es ist nicht unmöglich, dass er mit jemand anderem nebenbei etwas hatte, aber es passt nicht zur Empfindung meiner Kindheit. Ich habe nie etwas anderes gespürt, als dass sie wahnsinnig verliebt ineinander waren. Das sind sie immer noch."

Durch seine Worte stellte er sich selbst in Frage. Ließ er sich von seinen eigenen Vorurteilen beeinflussen? Nicht jeder Vater war ein Arschloch. Anscheinend waren sogar verurteilte Spione bessere Väter, als seiner es gewesen war. „Könnte er ein Glücksspielproblem gehabt haben?"

Sie schüttelte den Kopf. „Meines Wissens nach hatte er kein Interesse an Glücksspielautomaten oder Poker. Ich habe ihn immer überredet, Schwarzer Peter zu spielen, aber er hat es gehasst. Ich weiß, dass alle glauben wollen, dass er schuldig ist, aber ich bin nicht der Ansicht. Meine Mutter besucht ihn so oft wie möglich, sie ist gerade jetzt bei ihm. Sie trägt immer noch ihren Ehering und hat seinen Nachnamen behalten. Wir hatten finanzielle Probleme, aber es ist mir gelungen, mit Stipendien durchs College zu kommen."

„*Deshalb* haben Sie so hart gearbeitet."

Ihr Hals bewegte sich, als sie schluckte und wegsah.

„Vielleicht."

Da gab es kein Vielleicht. Ihre Entscheidungen ergaben plötzlich viel mehr Sinn.

Er war sich bewusst, wie feingliedrig sie war, direkt neben seinem 1,85 m großen, neunzig Kilo schweren Körper. Er verstand immer noch nicht, was ihn an ihr so verdammt anzog. Matt war seit einer Weile nicht mehr an einer Frau interessiert gewesen – sogar die Blonde von der Weihnachtsfeier war allein nach Hause gegangen, obwohl sie ihn zu ein wenig Spaß eingeladen hatte. Er hatte sich eingeredet, dass er mit der Arbeit und seiner Mutter zu beschäftigt war, um sich auf etwas einzulassen, aber sobald eine Frau auftauchte, auf die sein Körper ansprang, war er auf einem verdammten Road Trip.

Das hier ist Arbeit.

Sicher.

„Hören Sie zu." Scarlett machte sich dazu bereit, ihm einen Vortrag zu halten, und er unterdrückte ein Grinsen. „Damals im Jahr 2000 hat niemand die Russen als Bedrohung betrachtet. Ihre Wirtschaft war zusammengebrochen, und sie galten als unsere ‚Freunde'. Aber Dad vertraute ihnen nicht und war sicher, dass ehemalige Elemente des KGB versuchten, von Grund auf alle Aspekte der amerikanischen Gesellschaft zu infiltrieren."

„Warum war er sich so sicher?"

„Er kannte einige der involvierten Leute aus seinen früheren Jahren beim FBI und glaubte nicht, dass sie ihre Methoden geändert hatten." Ihre Stimme war ruppig, als ob sie Gefühle zurückhielt. Oder Geheimnisse. Er manövrierte um einen Minivan herum und wurde für seine Dreistigkeit angehupt, obwohl er nie die Geschwindigkeitsbeschränkung überschritten hatte. *Fröhliche verdammte Weihnachten.*

„Er sagte, sie wären im besten Fall Gauner, im schlimmsten Fall Spione, und die meisten waren wahrscheinlich beides. Niemand beim FBI wollte auf ihn hören, also setzten sie ihn auf einen Fälschungsfall an, bei dem Tausende von Designerhandtaschen und Football-Trikots im ganzen Land verkauft wurden. Es wurde problematisch, als er jemanden aus dem organisierten Verbrechen als Schuldigen ausfindig machte, und der Mann Russe war. Er verlor an Glaubwürdigkeit. Die Mächtigen nahmen an, dass er persönlich etwas gegen die Russen hatte. Als sie später die Richtung änderten und ihn wegen Spionage verhafteten, sagten sie, er hätte seine früheren Anschuldigungen genutzt, um seine wirkliche Gesinnung zu verbergen.“

„Vielleicht hat er das.“

Ihre Miene war völlig ausdruckslos, aber er wusste, was sie dachte. Sie hielt ihn für einen Trottel. „Vielleicht hat er das. Oder vielleicht wurde ihm etwas angehängt, damit er anstelle des tatsächlichen russischen Spions bestraft wurde, was den Nutzen hatte, dass sie einen ihrer größten Kritiker bestrafen, ihn unschädlich machen, und gleichzeitig ihren echten Spion beschützen konnten. Ziemlich praktische Lösung.“ Sie wandte sich ab, um starr aus dem Fenster zu sehen.

Wenn das stimmte, wäre es ein höllisches Komplott. Er glaubte es nicht. Das FBI war besser als das.

Sie waren durch das historische Leesburg gefahren und nun in Thornton.

Am Rand der Vororte war es überraschend sauber. Eine kurze Hauptstraße mit einem Café, einem Antiquitätenladen und einem Eisenwarenladen nebeneinander. Die Straße war für die Festtage dekoriert. Eine neun Meter hohe Kiefer stand mit vielfarbigen Lichtern geschmückt auf dem Marktplatz. Nikoläuse winkten von oben aus ihren Plastikschlitten. Kinder hüpften neben ihren Eltern, so dick eingepackt, dass sie nur knapp dem Hitzschlag entgingen. Hier war die amerikanische Mittelklasse noch gesund und munter. Er war in einer solchen Stadt aufgewachsen. Manchmal vermisste er sie. Meistens dachte er jedoch kaum an sie. Er war ein vaterloser Rotzlöffel gewesen und hatte trotzdem eine fantastische Kindheit verlebt. Es ließ ihn seine Mutter vermissen – nicht die Frau im Bett im Pflegeheim, sondern die Frau, die ihn die Hügel hinauf und durch Wälder gezerrt hatte, damit er die Schönheit der Landschaft zu schätzen lernte.

Die Schönheit der Natur war immer ihre Zuflucht gewesen, und diese Wertschätzung hatte sie an ihn weitergegeben.

Der Himmel war bleiern und schien nur darauf zu warten, entweder Regen oder Schnee herabfallen zu lassen. *Verdammt.* Er hasste es, kalt und nass zu werden. Man konnte jeden Taucher fragen, der die Unterwassergrundausbildung der Navy durchlaufen hatte. Alle würden das Gleiche sagen. Kein Bedarf an diesem Kalte-Dusche-Scheiß, vielen Dank auch.

Matt bog in eine Seitenstraße in einem Wohngebiet ein und fuhr langsamer. Er wollte keine Aufmerksamkeit erregen. Erst einen Hügel hinauf, dann rechts zu einigen neuen Häusern. Jedes Haus war ein wenig anders, aber sie schafften es irgendwie, alle gleich auszusehen.

„Nummer dreiundsiebzig." Scarlett zeigte in die Richtung. „Dort, auf der linken Seite."

Matt fuhr vorbei und um den Block.

„Sie sind daran vorbeigefahren."

„Ein wenig Diskretion, Dr. Stone, kann viel bewirken –

wie zum Beispiel zu prüfen, ob der Flur, durch den man geht, um in das Büro des russischen Botschafters einzubrechen, eine Überwachungskamera hat."

Sie atmete hörbar aus und verschränkte die Arme vor der Brust. „Ich würde gerne mal sehen, wie Sie mit nano-elektromechanischen Verschaltungen einen Prozessor bauen."

„Was? Keinen Flux-Kondensator?"

„Vertrauen Sie mir, wenn ich durch die Zeit reisen könnte, würde ich nicht hier neben Ihnen sitzen."

„Sie bleiben bei Ihrem Fachgebiet, ich bei meinem." Was eigentlich beinhaltete, nach Verbindung zwischen Opfern von Serienmördern zu suchen und Profile zu erstellen. Er hatte auf seinem Schreibtisch sechzehn aktive Fälle in verschiedenen Stadien der Analyse. Mehr als vierzig Opfer, die auf Gerechtigkeit warteten. Leider konnte er nur begrenzt tätig werden, solange er als tot gelten sollte.

Schließlich parkte er. „Warten Sie hier." Er hielt ihrem Blick mit einem unausgesprochenen „Sonst gibt's Ärger" stand, während sie sich auf ihrem Sitz zusammenkauerte. Ihre Wangen färbten sich rosa. Vielleicht erinnerte sie sich daran, was er über die Schläge im Falle des Nichtgehorchens gesagt hatte? Die leere Drohung war komplett danebengegangen.

Er verließ das Auto, setzte eine Fliegersonnenbrille auf und stopfte die Hände in seine Taschen. Auf die eine oder andere Weile würde Scarlett Stone ihn erledigen.

ES WAR MITTAGSZEIT am Heiligabend, und er hatte seit sechsunddreißig Stunden nicht geschlafen. Lincoln Frazer war es nicht gewohnt, dass man ihn warten ließ. Statt in seinem Büro zu sein und Serienmörder aufzuspüren, wie er es tun sollte, war er in einem der am stärksten gesicherten Gefängnisse der Welt und hoffte darauf, mit dem berüchtigtsten Spion der FBI-Geschichte zu reden. Das ADX hatte ausländische und inländische Terroristen, Kartellbosse, Anhänger weißer Vorherrschaft, Serienmörder – bei einigen davon hatte er dazu beigetragen, dass sie hier saßen – wie auch mehrere Spione als Insassen. Frazer war nur an Stone interessiert, der vor seiner Verhaftung auf dem Papier wie ein verdammt guter Agent gewirkt hatte. Vielleicht war das restliche FBI deshalb immer noch so angefressen. Richard Stones Hintergrund war beispielhaft gewesen, was nicht zum Profil des üblichen missgünstigen, egoistischen Versagers passte, der dazu neigte, sein Land gegen Geld zu verraten.

Weniger als vierundzwanzig Stunden zuvor war er bei einem vertraulichen Treffen mit dem Präsidenten der Vereinigten Staaten gewesen, um Themen nationaler Sicherheit zu besprechen und vergeblich auf ein ruhiges Weihnachtsfest zu hoffen. Der Präsident hatte ihm und seinem Team eine weitere Aufgabe zugeteilt, die warten musste, bis das von Scarlett Stone angezettelte Chaos geklärt war. Bis jetzt gab es keine Spur von Miss LeMay. Es hatte keine Lösegeldforderung gegeben. Ihre Eltern standen kurz davor, an die Presse zu gehen, und die USA in eine diplomatische Krise mit Russland zu stürzen, welche, verbunden mit den Spannungen, die in den Ländern des ehemaligen Ostblocks und des Mittleren Ostens köchelten, der Anstoß zu einem Weltkrieg bedeuten könnte.

Bis jetzt hatte das FBI die LeMays beschworen, Geduld zu haben, und es geschafft, die Entführungsgeschichte geheim zu halten. Er wusste nicht, wieviel länger das gelingen würde.

Hatte Richard Stone seine Tochter losgeschickt, um Dorokow auszuspionieren? Wenn ja, warum? Er musste es herausfinden, um den Schaden begrenzen zu können. Er hatte mit Parker gesprochen, als er aus dem Flugzeug gestiegen war, und von Lazlos knappem Entkommen erfahren. Es machte ihn sauer, dass sie bereit waren, bei der Verfolgung dieser Frau einen seiner Agenten umzubringen. Diplomatische Immunität hin oder her, Frazer beabsichtigte, einen Weg zu finden, Dorokow aufzuhalten, bevor wirklicher Schaden angerichtet wurde. Hoffentlich war Richard Stone der Schlüssel dazu, denn er hatte Besseres zu tun, als den Teppich einer weiteren Bundeseinrichtung abzunutzen.

Ungeduldig sah er auf seine Uhr. Seit sechsundachtzig Minuten wartete er nun bereits im Besucherbereich vor dem Büro des Gefängnisdirektors. Die Sekretärin bedachte ihn mit einem weiteren gequälten Lächeln, aber sein üblicher Charme funktionierte nicht, und die Frau blieb verschlossen. Anscheinend verlor er langsam sein Charisma.

Ein gestresster Mann mit gebeugten schmalen Schultern kam herein, nach ihm ein Justizvollzugsbeamter, der aussah wie Muhammad Ali in seiner besten Zeit. Der Mann in dem billigen Anzug hielt abrupt an, als er Frazer sah. Seine Hand fuhr an seine Stirn und ein Ausdruck offensichtlicher Gereizt-heit erschien auf seinem Gesicht. Die Gefängnisbehörde ging nicht immer freundlich mit anderen Bundesbeamten um, insbesondere mit Bundesbeamten, die all ihre Kontakte genutzt hatten, um am Heiligabend Zugang zu einem Hochsicherheitsgefängnis zu erlangen.

Fröhliche Weihnachten.

Der Typ hatte offensichtlich vergessen, dass Frazer einen

Termin hatte, was besser war, als absichtlich warten gelassen zu werden.

Frazer streckte die Hand aus. „ASAC Lincoln Frazer. Danke, dass Sie mich so kurzfristig empfangen, Direktor Baumann." Er hatte dem Mann nicht gesagt, mit wem er sprechen wollte, weil er sich nicht verraten wollte. „Mir ist bewusst, dass Heiligabend nicht die beste Zeit ist, ein Gespräch mit einem Ihrer Insassen zu erbitten, aber ich kann Ihnen versichern, dass es nicht lange dauern wird. Es ist unbedingt erforderlich, dass ich so bald wie möglich mit dem Gefangenen rede."

Sein Charme versagte erneut, der Mann ging weiter in sein Büro und ließ sich schwer in seinen Stuhl fallen. Der Justizvollzugsbeamte folgte, und Frazer ging ihnen nach.

„Gibt es ein Problem?", fragte er.

„Nein", antwortete der Direktor schnell. Zu schnell. „Mit wem wollen Sie reden?"

„Richard Stone."

Der Direktor verlor die wenige Gesichtsfarbe, die er hatte. „Stone?"

„Ja, Sir. Ist das ein Problem?"

„Ja." Der Mann öffnete eine untere Schublade und holte eine Flasche Scotch heraus. Drei Schnapsgläser folgten, aber Frazer lehnte das ihm angebotene ab. Der Direktor schenkte zwei kleine Shots ein und reichte einen dem Justizvollzugsbeamten.

Die beiden Männer stießen an und kippten den Alkohol hinunter. Der Direktor wischte sich den Mund ab, und beide Männer stellten ihre Gläser mit einem dumpfen Geräusch wieder auf den Tisch. Es gab kein „Prost".

Frazer zog eine Augenbraue hoch, sagte aber nichts. Es

war offensichtlich ein harter Tag gewesen.

„Ich fürchte, Sie können Richard Stone nicht sehen, ASAC Frazer."

„Wie sieht es mit morgen aus?", beharrte er. Er wollte keine weiteren Gefallen einfordern, aber er würde es tun. Das hier war zu wichtig, um durch kleinliche Bürokratie oder behördliche Machtkämpfe verhindert zu werden.

„Am Weihnachtstag?" Der Direktor stieß ein kleines, humorloses Lachen aus, das zu einem Stöhnen wurde. „Das ist wohl wirklich wichtig für Sie."

Er hielt den Blickkontakt. „Ja, Sir."

Der Direktor fuhr sich mit einer Hand durch sein Haar und brachte damit unabsichtlich seine über die Glatze gekämmten Haare durcheinander. „Das ist ungünstig, und ich fürchte, es wird keinen großen Unterschied machen."

Frazer öffnete den Mund, um zu widersprechen, aber Direktor Baumann sprach weiter. „Richard Stone wurde heute Morgen während seiner Chemotherapie angegriffen. Er wurde in eine medizinische Einrichtung auf der Colorado Springs Air Force Base transportiert, und man glaubt nicht, dass er überleben wird."

Frazer fühlte sich, als ob ihm jemand ein Kantholz auf den Hinterkopf geschlagen hätte. Jemand war zu Stone vorgedrungen. Das war nicht gut. Das war wirklich nicht gut. Warum? Warum nach all diesen Jahren? War es Rache für das, was seine Tochter getan hatte, oder die ultimative Methode, den Mann endgültig zum Schweigen zu bringen? Warum würden die Russen einen ihrer eigenen Spione töten? Hatten die Russen überhaupt diese Reichweite? Frazer wusste es nicht, hoffte aber sehr, dass es nicht der Fall war.

„Also", der Mann sah ihn müde an. „Es tut mir leid, aber

Sie können nicht mit ihm reden.“

„Kann ich seine Zelle sehen?“ Der Typ hatte offensichtlich einen Scheißtag gehabt, aber der von Frazer war noch nicht vorbei. „Und wäre es möglich, mir etwas über die Person mitzuteilen, die ihn angegriffen hat?“

Der Direktor rieb sich die geröteten Augen. „Juan Marquez. Er ist ein Mitglied eines mexikanischen Drogenkartells. Marquez ist Diabetiker und geht fast täglich zur Krankenstation, um seinen Blutzucker überprüfen zu lassen. Er hat dreimal auf Stone eingestochen, zweimal davon in den Magen. Marquez sitzt mehrere lebenslange Freiheitsstrafen ab. Die Möglichkeit, dass er je wieder freikommt, ist winzig bis nicht vorhanden. Warum wollen Sie Stones Zelle sehen?“

Frazer beschloss, ein wenig Wahrheit einfließen zu lassen, das klassische Element jeder guten Lüge. „Wir machen uns Gedanken über kürzliche Aktivitäten eines früheren russischen Kontakts von Stone. Mehr darf ich nicht sagen.“

Baumann schüttelte seinen Kopf. „Der Kerl verbringt fünfundneunzig Prozent seiner Zeit allein in einem Betonraum. Seine gesamte Post wird geprüft und kopiert, und er hat keinen Internetzugang. Aber meinetwegen, gehen Sie und sehen Sie sich seine Zelle an. Officer Knell kann Sie begleiten.“

„Ist Stones Frau bei ihm?“ Frazer würde mit Lazlo besprechen müssen, wie man Scarlett die Nachricht beibrachte. Vielleicht war es besser, dass sie es nicht erfuhr, bis sie wussten, ob ihr Vater überleben würde oder nicht.

Der Direktor nahm den Telefonhörer ab. „Sie wird gerade zum Krankenhaus gebracht. Stone wird, unabhängig von seiner Verfassung, von einem bewaffneten Aufseher bewacht. Jetzt muss ich versuchen, die Tochter ausfindig zu machen, während meine Frau mir Vorwürfe macht, weil ich nicht zu Hause bin und keine Zeit mit unseren Enkeln verbringe." Baumanns verkniffene Miene zeigte seine Frustration.

Frazer sagte ihm nicht, dass er wusste, wo Scarlett war, auch wenn es dem Kerl Zeit und Mühe sparen würde. Es war unerlässlich, dass sie unauffindbar blieb, und sobald sie das von ihrem Vater erfuhr, würde sie in einem Flieger nach Colorado sitzen. Er konnte das nicht riskieren. Wenn die bösen Jungs herausfanden, dass sie lebte, würde das Spiel wieder in den Jagdmodus wechseln, und Frazer wollte ihr eine Verschnaufpause verschaffen.

Er dankte dem Direktor und folgte Officer Knell durch die Sicherheitsprüfung, wo er seine Waffen und seine Marke abgab. „Kennen Sie den Gefangenen?", fragte er den Mann, während sie graue Flure entlanggingen, durch eine verschlossene Tür nach der anderen.

„Ziemlich gut. Wir kamen ungefähr zur gleichen Zeit hier an. Er macht mir nie Schwierigkeiten. Verglichen mit den meisten Kerlen hier drin ist er ein verdammter Heiliger."

Die dicken Mauern und das erstickende Gefühl des Gefangenseins drückten auf Frazers Kopf und Brust. Das hier war sein schlimmster Albtraum. Diese institutionelle Zerstörung der Freiheit. Aber darum ging es bei denen, die es verdient hatten.

Was, wenn der Kerl unschuldig ist?

Ein unbehagliches Kribbeln lief seine Wirbelsäule hinunter. Die ganze Situation fühlte sich falsch an. Er konnte keinen Grund erkennen, warum Richard Stone seine Tochter nach all den Jahren, in denen er geschwiegen hatte, auf eine sinnlose Unternehmung schicken sollte.

Also hatte Scarlett allein gehandelt. Wahrscheinlich. Ein Versuch, die Unschuld ihres Vaters zu beweisen.

Warum also wurde Richard angegriffen?

Was, wenn Richard Stone hereingelegt worden war und der echte Spion von Scarletts Versuch erfahren hatte? Was, wenn sie fürchteten, dass sie etwas entdeckt hatte? Das würde sie gefährlicher denn je machen.

Stone hatte nicht einmal seine Unschuld beteuert, nicht nach seinem Geständnis. Teilweise wegen der Versicherung, dass seine Frau seine Pension erhalten würde, aber Frazer konnte sich des Gedankens nicht erwehren, dass der einzige Grund, der einen Mann wirklich dazu bringen würde, seinen Mund zu halten, war, seine Frau und sein Kind zu schützen. Würde Stone diese Hölle schlichtweg ertragen haben, um deren Sicherheit zu wahren?

Die Antwort lautete: Ja. Wenn er die Bedrohung für echt hielt, dann schon.

Das war ein Opfer. Das war ein Mann, der begriff, was Hingabe bedeutete.

Warum hatte er nicht darum gebeten, dass sie in Schutzgewahrsam genommen wurden?

Weil er nicht wusste, wem er trauen konnte.

Der Gedanke ließ das Unbehagen durch seinen ganzen Körper schießen. Seine Instinkte schrien, dass an dieser ganzen Situation etwas nicht stimmte. Je mehr er grub, desto mehr stank es. Es bestand die Möglichkeit, dass das FBI Stone im Stich gelassen hatte. Seine Kollegen hatten ihn im Stich gelassen. Und wahrscheinlich gab es immer noch jemanden beim FBI, der nicht sauber war.

Dieses Wissen würde er für sich behalten.

Knell führte ihn zu einer Tür und schloss sie auf. Drinnen

waren weitere Stahlgitter, die Knell öffnete, bevor er zurücktrat und ihn ansah. „Nur zu." Er bedeutete Frazer mit einem Ruck seines Kinns, hineinzugehen.

Frazer betrat das Betonrechteck mit einem Betonbett, einem Betonschreibtisch, einem Betonhocker und dem zehn Zentimeter breiten Fensterschlitz, der auf den Hof gerichtet war. Es war wie bei Familie Feuerstein, nur ohne Wilma oder Dino, um es angenehmer zu machen.

Frazer unterdrückte einen Schauder angesichts des Gedankens, an einem solchen Ort festzusitzen. Dann erinnerte er sich an die dunkle Grube in einem einsamen Wald von West Virginia, in dem viele Frauen gestorben waren und begriff, dass das hier zumindest viel menschlicher war.

Die Regale waren voller Bücher. Schreibpapier und Bleistifte lagen ordentlich auf dem Schreibtisch. Eine Schachtel voller Briefe, die anscheinend von seiner Frau und Tochter geschrieben worden waren, stand ebenfalls dort. Er las einige davon, aber sie bestanden aus den alltäglichen Geschehnissen eines normalen Lebens, in ihren banalen Details herzzerreißend – den Flur streichen, die Spülmaschine reparieren, Tulpenzwiebeln pflanzen. Wie uninteressant es auch immer für die restliche Welt war, für den verurteilten Mann musste es die Rettungsleine zur geistigen Gesundheit gewesen sein.

Erneut betrachtete er die Zelle mit ihrem kleinen Fernseher und der schwer durch Schlösser gesicherten Tür. Es standen Bücher in den Regalen. Alles, von Shakespeare bis Ludlum, Lee Child bis hin zu Lyrik. Er zog einen Thriller hervor und blätterte durch die Seiten.

Ein Ruf per Funkgerät ließ Knell in den Flur hinausgehen. Er steckte seinen Kopf noch einmal herein. „Ich bin in ein paar Minuten wieder da."

Frazer nickte, dankbar dafür, allein zu sein. Er legte den Roman hin und bemerkte ein kleines, an die Wand gedrücktes Notizbuch, hinter den anderen Büchern. Er zog es hervor, sah hinein, sah Gekritzel, das er nicht entziffern konnte und fühlte, wie sein Herz hämmerte. Er nahm es und schob es in seine Hosentasche. Vielleicht enthielt es etwas Nützliches. Vielleicht war es nur sinnloses Geschwafel, er hatte keine Zeit, das jetzt herauszufinden, aber es könnte einen Hinweis enthalten.

Als er seine Hand unter das Kissen schob, fand er ein Bild von Stone, die Arme um seine Frau und eine junge Scarlett gelegt. Ein gutaussehender Mann, eine schöne Frau, eine glückliche Familie.

Warum hätte er das alles wegwerfen sollen?

Frazer starrte lange auf das Bild. Er drehte es um und sah das in blauer Tinte geschriebene Datum. 12. Dezember 2000 – der Tag, an dem Stone wegen der Weitergabe von Geheimnissen an Russland verhaftet worden war. Frazer runzelte die Stirn und drehte es erneut um. Das Bild war offensichtlich an der Washington Mall und im Sommer gemacht wurden, aber auf Dezember datiert. Warum? Er schob es gerade in seine Tasche, als Knell zurück ins Zimmer kam.

„Irgendwas Nützliches gefunden?", fragte der Wärter.

„Nur das unbedingte Bedürfnis, nie das Gesetz zu brechen." Wenn man davon absah, dass er das Gesetz schon einmal gebrochen hatte. An jenem Tag waren die Grenzen zwischen richtig und falsch dramatisch verschwommen gewesen.

Der Mann zuckte mit den Schultern. „Wenn man am

Ende der Schicht nach Hause gehen kann, ist es gar nicht so übel."

Frazer nickte und konzentrierte sich auf das Hier und Jetzt. „Kann ich die Briefe mitnehmen?" Er deutete auf den ordentlichen Stapel.

Knell runzelte die Stirn. „Nein, aber ich kann dafür sorgen, dass Sie Kopien erhalten."

„Okay." Er ging an Knell vorbei in den Korridor. Außerhalb der Zelle zu sein, verringerte das Gefühl der Bedrückung nicht. „Hatte Stone irgendwelche Probleme mit den anderen Gefangenen?"

Knell bedachte ihn mit einem machen-Sie-Witze-Blick. „Er hatte keinen Umgang mit den anderen Gefangenen. Er war nicht nur wegen Spionage hier drin, sondern auch noch ein früherer Bundesagent. Sie hätten ihn umgehend ab-geschlachtet."

„Also kam er nur in der Krankenstation mit anderen Gefangenen zusammen?" Wo sie ihn trotzdem abgeschlachtet hatten.

Knell nickte und schloss die erste der vielen Türen auf, die in die Freiheit führten.

Jemand hatte gewusst, dass man nur während seiner Chemotherapie-Sitzungen an Stone herankam, und dass die beste Möglichkeit dazu darin bestand, sich eines anderen Insassen zu bedienen, der ebenfalls regelmäßig zur Kranken-station musste.

„Gibt es irgendeine Möglichkeit, mit diesem Marquez-Typen zu reden?", fragte Frazer.

„Er ist ein Tier. Er wird Ihnen nichts sagen, was Sie glauben können." Etwas Streitlustiges klang aus Knells Stimme. „Marquez hat nichts zu verlieren, wenn er einen anderen Gefangenen umbringt. Er kommt nicht mehr raus. Er sah seine Möglichkeit und ergriff sie. So einfach kann es sein, wenn dieser Ort das gesamte Leben darstellt."

Frazer verfolgte es nicht weiter. Er wollte Knell auf seiner Seite wissen, falls er noch einmal zurückkommen musste.

Nachdem sie das nächste Eisentor passiert hatten, legte der Justizvollzugsbeamte eine Hand auf seinen Arm, lehnte sich vor und sprach leise. „Wir sind hier an einer Stelle, die weder die Kameras noch die Audioüberwachung erfassen können. Hören Sie, der Boss wollte nicht, dass ich jemandem das sage, aber Richard Stone hat mir gesagt, ich solle seiner Frau ausrichten, dass Gefahr bestünde und sie vorsichtig sein solle. Bevor er bewusstlos wurde, klang es, als ob er den Namen *Marlon* gesagt hätte." Knell hielt seinem Blick stand. „Ich weiß nicht, was das alles bedeutet, aber als ich seiner Frau die Mitteilung weitergab, sah sie aus, als ob sie ohnmächtig werden würde. Sie versuchte ständig, die Tochter anzurufen, aber die nimmt nicht ab."

Frazer nickte und dankte dem Mann stumm für sein Vertrauen. Das änderte alles. Er musste Parker und Lazlo mit dieser neuen Information kontaktieren und ihren nächsten Schritt besprechen.

„Ich mag es nicht, wenn Leute ihre Kriege in mein Gefängnis bringen. Das verursacht zusätzliche Gefahren, und wir haben hier schon genug davon." Der Beamte begann, weiterzugehen, als ob sich nichts geändert hätte, aber sie wussten beide, dass das der Fall war. Hier drin an Stone heranzukommen war schwer, aber nicht unmöglich. Jemand konnte Marquez bestochen oder seine Familie bedroht haben – Frazer befühlte die Fotografie in seiner Tasche. Die Ranken einer möglichen Verschwörungstheorie schienen ihm mit wachsender Kraft zuzuwinken. Frazer hatte andere zur Strecke gebracht, die versucht hatten, die Justiz für ihre eigenen Zwecke zu manipulieren, und er hatte keine Angst davor, es erneut zu tun. Leute, die ihre Position ausnutzten, um Unschuldigen zu schaden, verdienten es nicht, an der Macht zu bleiben. Er hoffte nur, dass Richard und Scarlett Stone lange genug überlebten, damit das FBI das Rätsel lösen und die Wahrheit herausfinden konnte.

KAPITEL ZWÖLF

M ATT GING DEN Bürgersteig des ruhigen Wohnviertels entlang. Diese Zeit des Jahres hatte den Vorteil, dass viele Menschen Freunde oder Verwandte besuchten, die sie das restliche Jahr über kaum sahen. Leute kamen unangemeldet an die Tür. Fremde Autos parkten kommentarlos einen Nachmittag lang am Straßenrand.

Er ging die Einfahrt zur Nummer dreiundsiebzig hoch, auf der ein roter Geländewagen parkte. Das Haus und das Auto waren nett, nicht auffällig. Ein pensionierter Spezialist konnte sich diesen Lebensstil durch ein normales Gehalt leisten, wenn er mit seinem Geld vorsichtig umging.

Er klingelte und wartete. Niemand öffnete. Nach dreißig Sekunden klopfte er laut an die Tür. Wieder öffnete niemand. Eine Tür knallte in der Nähe. Stimmen drangen durch die nasskalte Luft, als jemand lachte, dann wurde ein Auto angelassen, und sie fuhren weg.

Matt beschloss, einen Blick hinter das Haus zu werfen, ging an der angebauten Garage vorbei und durch das kleine Gartentor auf der Seite des Grundstücks. Dann einen von leeren Blumentöpfen und einem Gartenschlauch gesäumten Pfad hinunter, an der Seite der Veranda entlang. Er ging die Treppen hinauf und vergewisserte sich, dass seine Hände deutlich sichtbar waren. Es war klüger, sich nicht wie eine potenzielle Bedrohung an einen früheren Bundesbeamten anzuschleichen.

Schnell warf er einen Blick durch das Küchenfenster, sah aber niemanden, also ging er zu den Schiebetüren und sah ins Wohnzimmer. Sein Blut gefror. Der Raum war verwüstet. Der Weihnachtsbaum umgeworfen, die Dekorationen verstreut. Kleinkram und Bilderrahmen zerschmissen und auf dem Boden verteilt. Schlimmer noch – er sah etwas, von dem er annahm, dass es Ken Maidstones Füße waren.

Ein Fuß zuckte noch.

Scheiße. Der Kerl lebte noch. Matt zog seine SIG aus dem Hüftholster und versuchte es an der Küchentür. Sie schwang auf. Er ging mit allen Sinnen auf höchster Alarmstufe hinein, den Flur hinunter, und hockte sich neben Maidstone, der auf der Schwelle zwischen Wohnzimmer und Flur lag. Er legte zwei Finger auf die Halsschlagader des Mannes und spürte ein leichtes Pochen an seinen Fingern. Der Mann lebte noch. Wenn man von dem Blut ausging, das um den Körper eine Lache gebildet hatte, würde er aber ohne intensive medizinische Hilfe nicht mehr lange durchhalten.

Mit dem Telefon vom Seitentischchen wählte er die 911. „Ich brauche so schnell wie möglich einen Rettungswagen. Schusswunde in der Brust." Er beendete das Gespräch sofort wieder. War der Täter noch im Haus? Er hatte keine Zeit, nach ihm zu suchen. Maidstone würde verbluten.

Er legte seine Waffe neben sich, hielt seine Sinne aber in Bereitschaft, um jeden Hinweis auf eine andere Person in der Nähe zu bemerken. Dann riss Matt das Hemd des Mannes auf und sah die Schusswunde einer Kleinkaliberwaffe in seiner Brust. Er richtete den Kerl auf und entdeckte eine noch viel schlimmere Austrittswunde. Es sah aus, als ob es eine seiner

Lungen erwischt hatte. Der Verletzte rang nach Atem. Maidstones Augen folgten ihm, weit aufgerissen vor Angst und Schmerz. Matt griff sich ein kleines Kissen vom Sofa und presste es fest gegen den Rücken des Mannes, übte Druck aus, um zu versuchen, die Blutung zu stoppen.

Da war eine Menge Blut. Eine Folge von Bildern raste wie Schnellfeuer durch sein Gehirn. Blut. Innereien. Abgetrennte Gliedmaßen. Schnell schüttelte er seinen Kopf, um die Erinnerungen zu vertreiben. Er sah im Rahmen seiner Arbeit nur allzu oft Blut, aber nie, während das Opfer noch lebte. „Halten Sie durch, Ken. Halten Sie durch, Mann.“

Der Atem des Kerls ging heiser und flach, die Lungen waren zu schwach, um einen tiefen Luftzug zu nehmen. Matt verfügte über eine Grundausbildung in Medizin, hatte aber keinerlei Material. Das Einzige, das diesen Mann retten konnte, waren ein Unfallchirurg, eine Bluttransfusion und eine Menge Glück.

Das Geräusch einer Sirene wurde lauter. Matt steckte seine Waffe zurück in das Holster. Jemand begann, an die Vordertür zu hämmern. Er stand auf und schloss auf, aber es waren nicht die Sanitäter. Scarlett blickte auf das Blut an seinen Händen, dann wanderten ihre Augen zu dem Mann auf dem Boden.

„Hat er Sie angegriffen?“, fragte sie, während er zu dem verletzten Mann zurückging.

Maidstone stöhnte.

„Ich habe ihn so vorgefunden.“ Matt runzelte über Scarletts Frage die Stirn. Dachte sie wirklich, dass er auf den Kerl geschossen hatte? „Mr. Maidstone. Ich bin FBI-Agent Lazlo, und das hier ist Scarlett Stone – Richard Stones Tochter. Sie wurden angeschossen.“ *Offensichtlich.* „Halten Sie durch, der Rettungswagen ist auf dem Weg.“

Der Mann wandte sich an Scarlett, seine Lippen öffneten sich, als ob er etwas sagen wollte.

Scarlett griff nach Maidstones Hand. „Halten Sie durch, Mr. Maidstone. Bitte, halten Sie durch. Wer hat Ihnen das angetan?" Sie kniete sich neben ihn, zuckte nicht zurück, als das Blut die Knie ihrer Jeans durchnässte.

Ein undefinierbares Geräusch kam über Maidstones Lippen. Matt und Scarlett lehnten sich beide vor, um zu hören, was er sagte.

„Ma…"

„Ma?", fragte Matt drängend.

Der Mann probierte es erneut. „Marlon."

„Ist das derjenige, der Ihnen das angetan hat?", fragte Scarlett eindringlich. Sie war den Tränen nahe.

Der Mann verlor das Bewusstsein, und sie sah Matt an, die Augen vor Angst geweitet. Scarlett verstand die Bedeutung des Namens nicht, er aber schon.

Marlon war der Deckname, den die Russen für den Spion benutzt hatten, der zu sein Richard Stone gestanden hatte. Der Name war nie öffentlich gemacht worden und stand auch nicht in den Fallakten, die er Scarlett hatte lesen lassen. Warum würde Stone nach all diesen Jahren den Tod des Mannes wollen?

Antwort: Das würde er nicht.

Verdammte Scheiße. Matt begann, sich bei dieser Sache sehr schlecht zu fühlen. Sie mussten hier raus. Die Polizei und der Rettungsdienst würden tun, was sie konnten, um Maidstone zu retten, aber wenn sie ihn und Scarlett hier fanden, würden sie als Verdächtige gelten. Sie würden getrennt werden, und die Tatsache, dass sie beide die Explosion überlebt hatten, würde öffentlich bekannt werden.

Scarlett wäre nicht nur gegenüber den Russen, sondern auch dieser neuen Gefahr gegenüber verletzlich. Denn wenn Marlon nicht Richard Stone war, dann hatte er – oder sie – durch eine Identifizierung alles zu verlieren.

Matt griff Scarletts Hand und zog sie mit sich.

„Wir können ihn nicht einfach allein lassen!"

„Das müssen wir." Er zwang sie, zu rennen. Als er das Auto erreichte, öffnete er die Autotür und schubste sie hinein. Der Schütze beobachtete sie vielleicht gerade jetzt. Er stieg ein und setzte in die Einfahrt eines Nachbarn zurück, bevor er wendete und in entgegengesetzter Richtung davonfuhr. Zum Glück wohnte der Kerl nicht in einer Sackgasse. Matt fuhr schnell, wusste, dass sie nur Sekunden hatten, um hier wegzukommen, bevor sie festgesetzt wurden – und sie sollten festgesetzt werden. Sie hatten Informationen. Sie hatten einen Tatort gestört, aber sie hatten nicht auf den Kerl geschossen und wussten auch nicht, wer es getan hatte.

Verdammt nochmal. Seine Fingerabdrücke waren auf dem Telefon. Er überlegte kurz, umzukehren, aber das Blinken roter Lichter im Rückspiegel brachte ihn dazu, diese Idee zu verwerfen. Mit dieser einen Handlung könnte er gerade seine Karriere zerstört haben.

Er rief Frazer an, der aber nicht abnahm, also rief er als nächstes Parker an. Er fuhr langsamer, als er die Main Street erreichte und die Stadt verließ. „Auf Maidstone wurde geschossen. Der Rettungsdienst kam gerade vor Ort an. Es sieht aus, als ob dort eingebrochen wurde, aber viele wertvolle Dinge liegen noch herum." Er hatte ein iPad bemerkt, einen riesigen Fernseher. Eine Geldbörse auf dem Tisch.

„Lebt er?", fragte Parker.

„Gerade so. Halten Sie sich fest, er hat gesagt,

‚Marlon‘ hätte auf ihn geschossen.“ Die Stille am anderen Ende der Leitung war intensiv. „Ich habe die Polizei angerufen und gemacht, dass ich da wegkomme. Meine Fingerabdrücke sind auf dem Telefon, und meine Stimme wird auf der Aufnahme des Notrufes sein, auch wenn ich meinen Namen nicht genannt habe.“ *Scheiße.* Er sah zu Scarlett, die zitternd neben ihm saß. Sie waren beide voller Blut, aber seine Jeans war fast sauber, und man sah es auf seinem schwarzen T-Shirt nicht. „Wir brauchen einen Ort, an dem wir untertauchen und unsere nächsten Schritte planen können.“ Er musste nachdenken.

Matt hörte eine gemurmelte Unterhaltung, dann war Parker wieder am Telefon. „Das fühlt sich alles falsch an. Ich werde Frazer noch einmal anrufen – er ist seit einigen Stunden unerreichbar. Wir müssen eine Bewachung für Maidstone organisieren, falls der Kerl überlebt. Darum kann ich mich kümmern.“ Er ratterte eine Adresse herunter, zu der sie fahren sollten. Matt wiederholte sie für Scarlett, die sie in das Navigationssystem eintippte.

Matt hielt ein Auge nach der Polizei offen und dachte laut nach. „Warum ausgerechnet jetzt auf diesen Kerl schießen? Wusste jemand, dass wir auf dem Weg zu ihm waren?“

„Sie konnten unsere Telefongespräche nicht abhören oder unsere E-Mails abfangen – das habe ich sichergestellt. Aber Frazer bekam gestern Abend die Erlaubnis, auf die Fallakte zuzugreifen. Jemand weiß, dass wir uns die Beweise ansehen.“ Jemand *innerhalb* des FBI war die unausgesprochene Botschaft. „Es scheint, als ob jemand versucht, ein paar unerledigte Dinge zu beenden.“

„Das geht weit über Scarletts gestrigen Einbruch in Dorokows Büro hinaus.“

„Sie hat in ein Hornissennest gestochen. Sie dachte, Dorokow könnte etwas mit der Verhaftung ihres Vaters zu tun haben. Wenn ihr Vater nicht *Marlon* war, ist der richtige Spion vielleicht in Panik geraten."

Was Maidstone wahrscheinlich zum Komplizen machte, der zum Schweigen gebracht werden musste. „Könnte Dorokow Richard Stone alles angehängt haben?", fragte Matt. Russen hatten Geld und somit Macht, aber könnten sie es eingefädelt haben, einem FBI-Agenten so etwas anzuhängen?

„Nicht ohne Hilfe von innerhalb der Agency."

Sein Magen drehte sich bei dem Gedanken, zum Narren gehalten zu werden, um.

Der Gedanke, dass die Russen die Oberhand über seine Behörde gewonnen, gelogen und das Geständnis und die Verurteilung eines unschuldigen Mannes manipuliert haben könnten, war … unbegreiflich. Aber warum sonst würde jemand so um sich schlagen – zwei Anschläge auf Scarletts Leben, die Explosion in der Wohnung eines FBI-Agenten, ein Schuss auf den Mann, der behauptet hatte, dass Richard Stone den Lügendetektortest nicht bestanden hatte. Zu viele Dinge passierten zu rasch hintereinander, um zu glauben, dass sie alle nichts miteinander zu tun hatten.

Stone war an einem toten Briefkasten mit hochgeheimen Informationen erwischt worden. Er hatte behauptet, dass sie bei seiner Ankunft schon dort gewesen waren, und er einem Tipp gefolgt war. Was, wenn er die Wahrheit sagte? Was, wenn Scarlett bezüglich ihres Vaters die ganze Zeit recht gehabt hatte?

Matt konnte nicht fassen, dass er begann, über die Möglichkeit nachzudenken, dass Scarletts Vater vielleicht tatsächlich unschuldig sein könnte. *Scheiße.* Wenn das stimmte, dann war Richard Stone ein Patriot, der betrogen, eingesperrt und vergessen worden war. Und alles, was ihm und seiner Familie zugestoßen war, war ein Gewinn für die Russen und eine Beleidigung dessen, wofür Amerika stand. Und Scarlett war die Einzige, die nach der Gerechtigkeit suchte, die ihrer Familie bislang verweigert worden war.

Er begegnete ihrem Blick.

„Ist das meine Schuld? Liegt es an mir, dass auf diesen Mann geschossen wurde?" Ihre Augen waren riesig, und er wurde sofort daran erinnert, wie er ihr vor achtzehn kurzen Stunden zum ersten Mal begegnet war.

Matt schüttelte den Kopf. „Nein, aber ich glaube, Sie haben jemanden so verängstigt, dass er handeln musste."

„Also hatte ich recht?"

Matt wollte nicht, dass Scarlett sich Hoffnungen machte. Es war schwer zu glauben, dass das System, dem er sich so lange gewidmet hatte, so fehlerhaft war. „Es könnte auch nur ein schiefgelaufener Einbruch gewesen sein. Sogar wenn auf Maidstone geschossen wurde, weil man die Lügendetektorbeweise manipuliert hat, bedeutet es *immer* noch nicht, dass Ihr Vater unschuldig ist." Aber er klang nicht überzeugend, er klang, als ob er sich an Strohhalme klammerte.

Sie presste ihre bereits blutleeren Lippen weiter zusammen und nickte. Ihre Haut sah schneeweiß aus, als der Schock begann, sich bemerkbar zu machen. „Das verstehe ich. Ich begreife sogar, dass Sie an das Justizsystem glauben müssen, das Sie repräsentieren. Aber seien Sie vorsichtig, Matt. Mein Vater hat ebenso entschlossen daran geglaubt wie Sie. Und Sie wissen, was mit ihm passiert ist."

SCARLETTS HÄNDE ZITTERTEN in ihrem Schoß. Einen Mann durch eine Schusswunde bluten zu sehen, hatte ihr bewusst gemacht, welch unfassbares Risiko sie eingegangen war. Und die Tatsache, dass sie nicht die einzige in der Schusslinie war, machte es noch schlimmer. Sie hatte einen Fehler gemacht, als sie die Dinge angegangen war. Sie hätte alles Geschehene einfach akzeptieren sollen.

Aber ihr Vater war unschuldig.

Wie hätte sie die Zerstörung ihrer Familie einfach geschehen lassen können? Wie konnte sie in einem Land leben, dessen Justizsystem ein Schwindel war?

Matt fuhr langsam und unauffällig aus der Stadt. Seine Hände waren blutverschmiert, aber sein Atem normal, seine Augen blickten ständig mit besonderer Wachsamkeit in den Rückspiegel. Er wirkte ruhig in einer Krise. Für solche Situationen ausgebildet. Anders als sie.

Ihre Zähne klapperten lautstark. „E-entschuldigung. Ich kann mit dem Zittern nicht a-aufhören.“

Das von ihrer Jeans aufgesogene Blut trocknete langsam, ließ den Stoff steif werden. Das klebrige Gefühl verursachte Juckreiz auf ihrer Haut. Ihr Magen drehte sich um, und sie konnte es nicht mehr länger aushalten. Sie löste ihren Sicherheitsgurt, öffnete Knopf und Reißverschluss, hob die Hüften, um die Jeans abzustreifen.

„Was tun Sie da?“ Matts Augen wanderten zu ihren Beinen.

„Ich kann es nicht mehr aushalten. Mir wird übel davon.“ Sie streifte sie ab, inklusive der Turnschuhe, trat sie dann in den Fußraum. Sie zog Taschentücher aus einer Schachtel auf dem Armaturenbrett, spuckte auf eines davon und rubbelte es über die rostroten Flecken, die ihre Knie verunstalteten. „Ich kann nicht damit umgehen, sein Blut auf meinem Körper zu haben. Es kling furchtbar und egoistisch, aber ich kann es nicht."

Matt atmete beherrscht aus. „Gut. Ich verstehe." Er drehte die Heizung hoch. „Aber ziehen Sie nicht noch mehr aus, ohne mich vorzuwarnen. Ich baue sonst einen Unfall." Er murmelte den letzten Satz im Flüsterton.

Scarlett zog ihr Shirt so weit wie möglich nach unten, damit es einen Teil ihrer Oberschenkel bedeckte. Dann legte sie den Sicherheitsgurt wieder an. „Werden wir verdächtigt werden?"

„Wenn jemand uns blutbedeckt da rausrennen sah und unser Nummernschild aufgeschrieben hat, werden wir ganz sicher Verdächtige sein. Dass ich beim FBI bin, wird uns nur bedingt helfen."

Wie sie nur zu gut wusste.

„Wir müssen einen Ort finden, an dem wir uns neu organisieren können. Ich fühle mich wie ein kopfloses Huhn, das herumrennt und nicht wirklich weiß, was vor sich geht."

Sie zog ihre Knie an die Brust und legte die Arme um ihre Beine. „Glauben Sie, Maidstone hat Dreck am Stecken?"

Matt wandte ihr diese klaren, haselnussbraunen Augen zu. Das Gold in ihnen glänzte. „Soll ich ehrlich sein? Es wäre ein verdammter Zufall, dass auf ihn geschossen wird, wenn er nicht irgendwie in die Sache verwickelt ist."

„Wissen Sie, wer Marlon ist?"

Er zögerte, überlegte offensichtlich, ob er ihr die Wahrheit sagen sollte. Sie hatte gedacht, dass sie das hinter sich gelassen hätten.

Er nickte knapp. „Marlon ist der Codename, den die Russen für ihren Spion benutzt haben. Der Spion, als der Ihr

Vater verurteilt wurde."

„Sie glauben doch nicht, dass mein Vater das in die Wege geleitet hat, oder?"

Seine Finger griffen das Lenkrad fester. „Ich wüsste nicht, warum Ihr Vater einen Anschlag organisiert haben sollte, außer er ist vor seinem Tod auf Rache aus. Es ergibt trotzdem keinen Sinn."

„So wie Maidstone den Namen gesagt hat, klang es, als ob Marlon selbst auf ihn geschossen hat."

Matt nickte. „So klang es für mich auch."

„Was bedeuten würde, dass mein Vater nicht Marlon und somit unschuldig ist." Scarlett sprach es aus. Kein Grund mehr, dem auszuweichen.

„Außer es gab zwei Spione, und sie haben nur einen erwischt", schlug Matt vor.

Mist. Wenn sie diesen Mann nicht überzeugen konnte, würde sie nie jemanden überzeugen. „Warum können Sie nicht einmal in Betracht ziehen, dass ihm etwas angehängt wurde?"

Sein Kiefer bewegte sich, während er seine Worte bedachte. „Weil es einfacher ist, mit dem Gedanken umzugehen, dass ein Mann Dreck am Stecken hat, als dass das FBI als ganze Institution völligen Mist gebaut, den falschen Kerl eingesperrt, und dessen Familie zerstört hat."

Er glaubte ihr. Endlich. Er hatte es nur noch nicht vollständig realisiert.

Sie saßen schweigend da, während das Auto die Entfernung zwischen ihnen und Thornton stetig vergrößerte. Endlich flüsterte Scarlett: „Wie wird er je Gerechtigkeit erlangen, wenn niemand für ihn kämpft?"

Matt schwieg eine weitere Weile, bevor er antwortete: „Sie

kämpfen für ihn, Scarlett.“

„Was, wenn ich nicht genug bin?“ Das war ihre größte Angst. Dass sie es nicht schaffen würde, seine Unschuld rechtzeitig zu beweisen, um ihn freizubekommen. Dass sie es nicht schaffen würde, sich durch Formalitäten und Bürokratie zu kämpfen, selbst wenn sie die Beweise fand.

Matt nahm ihre Hand und drückte sie. „Wenn Ihr Vater der Mann ist, für den Sie ihn halten, wird er verstehen, dass Sie es versucht haben. Wenn er es nicht ist, war er die Mühe ohnehin nie wert.“

In seinen Worten lag eine Bitterkeit, von der Scarlett begriff, dass sie sich nicht gegen ihren Vater richtete, sondern gegen seinen. „Nicht alle Väter sind wie Ihrer, Matt.“

Er nickte ruckartig, wollte offensichtlich nicht darüber reden. Dann räusperte er sich. „Wir müssen uns saubermachen und etwas zu essen besorgen.“ Sie näherten sich einer Tankstelle. Matt griff nach hinten, tastete nach der Laptoptasche und legte sie auf ihren Schoß. Er hielt neben den Toiletten. „Bleiben Sie im Auto. Ich bin gleich zurück.“

———

EINE HAND HIELT Frazers Schritte in Richtung des OP-Saales auf, wo die Ärzte darum kämpften, Richard Stones Leben zu retten. Er öffnete sein Jackett, um dem US Marshal, der sich ihm in den Weg gestellt hatte, seine Marke zu zeigen. „Der Direktor sagte, er würde anrufen, damit ich zu Stone kann, sobald er aus dem OP kommt.“

Der Mann sah ihn von oben bis unten an. „Der Direktor hat hier nichts zu sagen. Ich trage hier die Verantwortung.“

„Falsch.“ Eine Krankenschwester, die Frazer kaum bis zur

Brust reichte, unterbrach ihn. „Die habe *ich*. Aus dem Weg, alle beide." Sie funkelte sie an, bis der US Marshal seine Hand von Frazer nahm.

Frazer hatte keine Zeit für diesen Machtkampf. Er blickte nach links und sah eine Frau, wahrscheinlich Mitte bis Ende fünfzig, die in einem nahen Warteraum auf und ab ging. Er drehte sich auf dem Absatz um, klopfte an die Tür und öffnete sie. „Mrs. Stone?"

Sie sah zu ihm hoch. Ihre roten Haare waren im Alter ein wenig verblasst, aber ihre tiefbraunen Augen in Kombination mit ihrer Knochenstruktur würden ihre Schönheit sichern, bis sie hundert war. Ihre Tochter hatte die Augen und das Gesicht geerbt. Kein Wunder, dass Lazlo angebissen hatte.

Ihre Miene wurde wachsam, als sie seine Marke sah. Ihre Lippen kräuselten sich in kaum verborgener Ablehnung. „Was wollen Sie?"

„Mein Name ist ASAC Lincoln Frazer."

Sie wirkte noch weniger beeindruckt.

Er sah über seine Schulter. Der Marshal hielt am Eingang Wache. In Verbindung mit militärischer Sicherheit sollte das ausreichen, um Stones Sicherheit vorläufig zu wahren. „Ich kam heute zum Gefängnis, um mit Ihrem Ehemann über Ihre Tochter zu sprechen."

Susan Stones Kopf fuhr hoch. „Scarlett? Wo ist sie? Was haben Sie mit ihr gemacht?" Sie zog ihr Handy hervor und wedelte damit in seine Richtung. „Ich habe versucht, sie zu erreichen, um ihr von ihrem Dad zu berichten, aber sie geht nicht dran." Sie kam auf ihn zu. Eine goldfarbene Marke oder der Titel eines Bundesbeamten beeindruckten sie schon lange nicht mehr. „Ist sie in Sicherheit?"

„Mrs. Stone." Er senkte die Stimme, damit sie nicht durch

das Glas drang. „Ich kann Ihnen versichern, dass Ihre Tochter in Sicherheit ist." Ein Funken der Erleichterung flackerte in ihren Augen auf. „Aber gestern Nacht ist etwas geschehen, über das ich mit Ihnen reden muss."

„Was? Was ist geschehen?"

Er blickte über seine Schulter und sah, wie der Marshal ihn mit einem stechenden Seitenblick durch das Fenster betrachtete. Er drehte sich wieder um. „Sie müssen mir Ihr Wort geben, dass das, was ich Ihnen gleich mitteile, unter uns bleibt."

„Und Richard", beharrte sie. „Ich habe vor meinem Ehemann keine Geheimnisse." Sie hörte auf zu reden und schluckte hörbar. Falls ihr Mann noch lebte.

„Wie geht es ihm?", fragte er sanft. Im Idealfall hätte er die Frau hypnotisiert, um zu versuchen, sie zu beruhigen, aber irgendwie schien es falsch, auf ihren Bürgerrechten herumzutrampeln. Sie hatte schon so viel durchgemacht.

„Nicht gut. Das Messer hat die Leber verletzt." Sie bedeckte ihr Gesicht und ihre Schultern zitterten, aber sie gab keinen Laut von sich.

Frazer nutzte die Möglichkeit, sich zu nähern, und ihr einen unterstützenden Arm um die Schultern zu legen.

Sie entzog sich. Ihre Augen waren groß und wütend. „Fassen Sie mich nicht an."

Er trat zurück. „Hören Sie, ich habe nicht viel Zeit, um alles zu tun, was ich tun muss, und ich brauche Ihre Hilfe."

„Warum sollte ich Ihnen helfen?" Sie begann, mit verschränkten Armen auf und ab zu gehen, so aufgebracht, dass er nicht wusste, ob sie in der Lage sein würde, überhaupt jemandem zu helfen.

„Weil Scarlett gestern Abend versucht hat, eine elektronische Abhörvorrichtung im Büro des russischen Botschafters zu platzieren, und jetzt jemand versucht, sie umzubringen.“

„Was?“ Susan Stone hörte mit dem Umhergehen auf und sank auf einen Stuhl. „Nein. Oh, nein. Warum?“ Sie schüttelte ungläubig den Kopf, sah auf das Handy in ihrer Hand und dann auf das Schild an der Wand, das den Gebrauch von Mobiltelefonen verbot. Sie lachte unter Tränen. „Es scheint, dass ich das einzige Familienmitglied bin, das weiß, wie man Regeln befolgt. Ich kann mich noch nicht einmal dazu durchringen, sie von hier aus anzurufen. Ich muss jedes Mal in die Cafeteria gehen.“

„Geben Sie mir bitte ein paar Minuten, um alles zu erklären.“ Frazer setzte sich neben sie. Nah. Näher, als Fremde es normalerweise taten. Er musste Vertrauen aufbauen, schnell, und er wollte nicht, dass jemand hörte, was er zu sagen hatte. „Es geht ihr gut, aber bitte lassen Sie niemanden sonst das wissen – überhaupt niemanden. Es gibt hoffentlich nur sieben Menschen auf der Welt, die wissen, dass sie lebt, und Sie sind nun einer davon. Die anderen sind in meinem Team. Versuchen Sie weiterhin, sie auf dem Handy zu erreichen. Bleiben Sie aufgebracht und laut und verärgert, wenn sie nicht abnimmt.“ Sie warf ihm einen bösen Blick zu. „Aber seien Sie sich bitte bewusst, dass es ihr momentan gut geht.“

Susan musterte sein Gesicht, suchte nach etwas, dem sie trauen konnte. Endlich nickte sie. „Ich nehme an, ich habe keine andere Wahl, als Ihnen zu glauben.“ Ihr Gesicht wurde hart. „Und sie darf nicht erfahren, was ihrem Vater geschehen ist, während sie sich in Gefahr befindet. Sie würde sonst herkommen, und dann wissen sie, wo sie sie finden können.

Wer auch immer ‚sie‘ sind“, erkannte sie verbittert und erwartete keine Antwort.

„Momentan halten die Leute, die sie umbringen wollen, sie für tot. Ich möchte, dass es so bleibt. Die Agenten, die sie bewachen, werden dafür sorgen, dass sie in Sicherheit ist, aber ich kann nicht garantieren, dass sie ihr nicht von ihrem Vater berichten, wenn sie der Meinung sind, dass sie ein Recht hat, es zu erfahren.“ Sie logen bereits hinsichtlich Angel LeMay. Er zog die Fotografie aus seiner Tasche. „Erinnern Sie sich an diese Fotografie? Ich fand sie in Richards Zelle.“

Sie nahm sie mit einem Lächeln und nickte. Dann drehte sie sie um und runzelte beim Anblick des Datums die Stirn. „Das stand vorher nicht dort, und es ist nicht Richards Handschrift.“ Sie strich mit ihrem Finger über die verblasste Tinte, drehte es dann wieder um. „Es stand früher auf Richards Schreibtisch. Am Tag seiner Verhaftung verschwand es aus dem Rahmen. Ich nahm an…“ Sie runzelte die Stirn. „Ich weiß nicht, was ich annahm. Dass das FBI es mitgenommen hatte? An dem Tag waren so viele Leute im Haus. Eine Gruppe Kinder war da, spielte nach der Schule draußen. Ich erinnere mich, dass ich all ihre Eltern anrufen musste, damit sie vorbeikamen und sie abholten, noch während das FBI seinen Durchsuchungsbefehl ausführte.“ Ihr Lachen klang erstickt. „Ich ließ einen weiteren Abzug der Fotografie vom Negativ machen – digitale Kameras waren damals neu und wir hatten keine. Das war in Richards Zelle?“, fragte sie.

Frazer nickte. Er würde die Fotografie an Handschriftexperten schicken und abwarten, ob sie etwas herausfanden. Unwahrscheinlich, aber immerhin möglich.

„Ich glaube, jemand hat ihm etwas Persönliches genommen, etwas aus Ihrem Haus, um zu beweisen, dass sie jederzeit

Zugriff auf Sie hätten, wenn sie es wollten. Er hat es unter seinem Kissen aufbewahrt, um sich daran zu erinnern, warum er dort war.“

Er blickte auf und stellte fest, dass Susan Stone ihn sorgfältig betrachtete, aber sie brach nicht in überschwänglichen Dank aus. Zu viele Jahre, in denen niemand ihnen geglaubt hatte, hatten das Vertrauen der Stones in das System grundlegend zerstört.

„Ich brauche noch mit etwas anderem Ihre Hilfe.“

„Womit könnte ich dem FBI schon helfen?“

Er warf ihr ihre Skepsis nicht vor. Frazer blickte sich prüfend um. Niemand konnte sehen, wie er vorsichtig Richard Stones Notizbuch aus seiner Anzugtasche zog. „Ich habe das hier heute aus der Zelle Ihres Ehemanns mitgenommen.“

Sie nahm es aus seinen Fingern und öffnete es auf der ersten Seite. Ihre Augen weiteten sich angesichts des unlesbaren Gekritzels, und sie begann, zu begreifen. „Warum sollte ich Ihnen helfen?“

Er hielt ihrem Blick stand. Sie war eine kluge Frau. Intelligenter als die Berichte vermuten ließen – *nicht um die Frau kümmern, sie ist geistig nicht auf der Höhe* – oder vielleicht interpretierte er jetzt in jedes kleine Detail einfach zu viel hinein. „Ich glaube, dass Ihr Mann hereingelegt wurde. Ich glaube, derjenige, der das tat, ist oder war ein anderer FBI-Agent. Ich glaube, dass der heutige Anschlag auf sein Leben veranlasst wurde, weil jemand Angst hat, dass sogar nach all diesen Jahren noch Geheimnisse ans Licht kommen könnten.“

Ihre Augen füllten sich mit Tränen, aber sie ließ sie nicht fließen. „Soll ich nun dankbar sein, dass endlich jemand den Job macht, in dem Richard so gut war?“

„Nein, Ma’am.“ Das Schweigen war schwer und vorwurfsvoll. „Ich erwarte keine Dankbarkeit. Aber ich glaube, dass dieses Buch wichtige Hinweise enthalten könnte, und ich habe keine Zeit, die regulären Dienstwege des FBI zu befolgen, besonders wenn ich nicht weiß, wem ich trauen kann. Also benötige ich Ihre Hilfe, da ich glaube, dass Sie den Schlüssel zu diesem Code haben. Und ich *weiß*, dass Sie Ihren Ehemann aus dem Gefängnis befreien möchten."

„Wenn er überlebt", antwortete sie.

Frazer war sich seiner Versäumnisse sehr wohl bewusst. Er stieß wütend die Luft aus. Keine Wut auf sie oder ihren Ehemann, sondern auf den Dreckskerl, der das alles so arrangiert hatte. „Werden Sie mir helfen? Wenn nicht, muss ich es jetzt wissen, damit ich einen anderen Weg einschlagen kann."

Es dauerte ein paar Sekunden, bis ihre Anspannung nachließ. Sie sank in ihrem Sitz zurück und legte die Hände über ihr Gesicht. „Ja", sagte sie müde. „Aber wir brauchen die Ausgabe von *Wer die Nachtigall stört* aus meinem Haus."

Er zog die Brauen hoch. „Das ist der Schlüssel?"

Sie nickte.

„Ich kümmere mich darum." Dann runzelte er die Stirn. „Ich habe das Buch nicht in der Zelle Ihres Mannes gesehen."

Sie begann, wieder herumzugehen. „Er hat sich den Code gemerkt. Er und Scarlett haben ein nahezu perfektes Gedächtnis. Aber ich brauche das Buch."

Es würde Stunden dauern, das Buch herzubekommen. Wem konnte er trauen? Rooney und Parker hingen in West Virginia fest, gingen die Beweise in den Fallakten durch, um festzustellen, ob sie etwas übersehen hatten, versuchten, eine Verbindung zwischen den LeMays und Dorokow zu finden, versuchten, die Russen mit der Entführung, der Schießerei oder der Explosion in Verbindung zu bringen, indem sie die polizeilichen und bundesbehördlichen Ermittlungen im Auge behielten. *Scheiße.* Zu viel, als dass sie es allein bewältigen konnten. Sie hatten nicht genügend Leute dafür, aber er konnte nicht riskieren, mehr anzufordern, denn dann würde der tatsächliche Täter, wer auch immer es war, begreifen, dass sie ihm auf den Fersen waren. Und der letzte Ort, an den Lazlo Scarlett bringen konnte, war das Haus der Stones – er musste davon ausgehen, dass es beobachtet wurde. Unter normalen Umständen würde er sich an Jed Brennan wenden, aber der Agent erholte sich immer noch von einer Schusswunde, und sogar das Abendessen am vergangenen Abend hatte ihn ermüdet. Jed war aktuell nicht zu Nacht-und-Nebel-Manövern in der Lage, jedenfalls noch nicht.

Er hielt inne. Es gab noch jemanden, aber er wollte diesem Geheimagenten keinen Gefallen schulden. Nur, dass er momentan keine andere Wahl hatte. Hoffentlich war Patrick Killion in der Nähe von D.C.

„Würde eine Fotokopie reichen?", fragte er.

„Ja."

„Ich werde die Erlaubnis brauchen, dass jemand in Ihr Haus eindringen darf."

„Im Wäscheklammerbeutel im Gartenschuppen ist ein Schlüssel", erklärte Susan.

Sein Freund von der CIA würde keinen Schlüssel brauchen. „Finden Sie das nicht ein wenig unvorsichtig?"

Sie zuckte nur mit den Schultern. „Scarlett mag wahnsinnig intelligent sein und ein tolles Gedächtnis für Fakten haben, aber das heißt nicht, dass sie nicht regelmäßig ihre Schlüssel vergisst. Ich habe mir das angewöhnt, als sie ins College kam, und habe bis jetzt gar nicht mehr an den

Ersatzschlüssel gedacht. Sagen Sie demjenigen, dass das Buch in meinem Nachttisch ist. In Richards Büro gibt es einen Kopierer und ein Faxgerät."

Vierzehn Jahre im Gefängnis, und der Kerl hatte immer noch ein Büro zu Hause. Frazer zog sein Handy hervor, aber Susan Stone deutete auf das Schild, das die Benutzung im Krankenhaus untersagte.

„Gut." Er hatte eines von Parkers Geräten bei sich, also würde er auch draußen vor elektronischem Abhören sicher sein. „Aber ich möchte, dass Sie mit mir kommen. Wir werden überall – abgesehen von der Toilette natürlich – zusammenbleiben, bis ich einen Leibwächter für Sie organisieren kann. Sie sind in Gefahr. Ich muss Ihre Sicherheit gewährleisten."

„Unglaublich – oder vielleicht habe ich endlich den Verstand komplett verloren und bilde mir das alles ein, hm?" Eine Seite ihres Mundes hob sich in einem traurigen Lächeln. „Wenn mein Ehemann sich je erholt, dann glaube ich, dass er sie mögen wird, ASAC Frazer."

„Hoffen wir, dass wir die Möglichkeit bekommen, es herauszufinden."

KAPITEL DREIZEHN

MATT WUSCH SICH in der Herrentoilette und war erleichtert darüber, dass er ein schwarzes T-Shirt trug und das Blut nicht zu sehen war. Er schrubbte sich Hände und Vorderarme mit Seife, sah zu, wie das schmutzige, rotbraune Wasser im Abfluss verschwand. Die Erinnerung an das auf Scarletts Haut verschmierte Blut war nichts, mit dem er sich länger beschäftigen wollte. Es bestand eine große Wahrscheinlichkeit, dass es irgendwann ihr eigenes Blut sein würde, wenn er nicht herausfand, was genau eigentlich vor sich ging.

Er wusste nicht, wem er in dieser Organisation trauen konnte. So bald wie möglich musste er mit Frazer sprechen, aber dessen Handy ging direkt auf die Voicemail.

Er trocknete sich die Hände ab und warf die zusammengeknüllten Papiertücher in den Müll. Im Laden deckte er sich mit Sandwiches, Wasserflaschen, Chips, Feuchttüchern, Pflastern und Zahnseide ein. Sein Blick fiel auf die T-Shirts, und er fand zusammenpassende Er-und-Sie-Versionen für Touristen, einige Holzfällerhemden und ein Paar dicker handgestrickter Socken, die Scarletts Füße vielleicht warmhalten würden.

Wenn er aufhören konnte, an ihre nackten Beine zu denken, würde er vielleicht auch das Bild, wie sie nackt unter ihm lag, aus dem Kopf kriegen, bis jetzt aber hatte es nicht geklappt. Er fand eine Reisedecke. Das würde helfen – solange sie die Einzige darunter war. Im Fernseher in der Ecke liefen die Nachrichten. Die Kamera schwenkte zu einer Ansicht des Hafens von Quantico, und in einer Ecke des Bildschirms wurde ein Bild von ihm in seiner Ausgehuniform eingeblendet. Auf dem Bild trug Matt eine Kappe, jetzt hingegen hatte er eine Sonnenbrille auf, also glaubte er nicht, dass das Mädchen an der Kasse ihn erkennen würde – sie sah ohnehin nicht von ihrem Handy auf.

„Kann ich bitte einen Kaffee und eine heiße Schokolade bekommen?" Etwas, das sowohl ihn wie auch Scarlett aufwärmte und keine Reibung beinhaltete.

Er zahlte bar, erneut dankbar, dass Alex Parker ihm in der Stunde der Not aus der Patsche geholfen hatte. Dann ging Matt zurück zum Auto und stieg ein.

Scarlett nahm die Getränke und lächelte dankbar, als sie sie in die Becherhalter steckte. „Diesmal ohne K.O.-Tropfen, nehme ich an?"

Er sah sie trübsinnig an.

Sie grinste. Ihr Haar war ein einziges Chaos, aber das schien sich nicht darauf auszuwirken, wie sein Blut sich erhitzte, wann immer er sie sah – als ob sein Körper auf sie, und nur sie allein, reagierte. Warum musste er sich ausgerechnet für *diese* Frau interessieren? Sie war zehn Jahre zu jung und komplizierter als die Steuerbehörde. Er stellte die Taschen auf den Rücksitz und bemerkte im Augenwinkel, wie ein Polizeiauto neben ihnen anhielt.

Matt wusste nicht, ob die Polizei dieses Auto mit dem Schussvorfall in Verbindung gebracht hatte. Anstatt wie ein schuldiger Verdächtiger eilig abzuhauen, nahm er Scarletts Gesicht sanft in beide Hände und küsste sie.

Die Empfindung war wie ein Stromschlag mit tausend Volt und ließ jede Sicherung in seinem Körper durchbrennen. Er hatte das tun wollen, seit sie einander zum ersten Mal begegnet waren, aber einen Geschmack wie ihren hatte er noch nie erfahren.

Hitze überflutete ihn. Ihre Süße überwältigte ihn. Sie entzog sich nicht. Stattdessen verblüffte sie ihn, indem sie ihren Mund öffnete und mit ihrer Zunge hungrig über seine strich. Wenn er nicht gesessen hätte, wäre er umgefallen. Er strich mit seiner Hand durch ihr weiches Haar und vertiefte den Kuss. Verdammt, er wollte sie – und sie wollte ihn, wenn man von ihren geöffneten Lippen und ihrem hastigen Atmen ausging. Der Drang, sie an sich zu ziehen, war gewaltig. Aber er ignorierte ihn.

Matt zog sich zurück. Ihre Pupillen waren geweitet, was ihr die dunkelsten Augen gab, die er je gesehen hatte. Der Ausdruck in ihnen war eine Mischung aus Erregung und Wachsamkeit.

Verdammt. Er wollte nicht das Arschloch sein, das sie diesmal verletzte.

Ihr Kiefer spannte sich an, und ihr Gesichtsausdruck schien entschlossen. Das zeigte ihm, dass sie für alles bereit war, was im Kampf um die Entlastung ihres Vaters notwendig war.

Vielleicht war es genau das, was ihn so zu ihr hinzog, ihre unerschütterliche und unbeirrbare Loyalität. Nichts hatte ihren Glauben an ihren Vater erschüttern können. Nicht das Geständnis, nicht die Verurteilung.

Die Polizisten hatten mittlerweile den Laden betreten, also ignorierte er die Tatsache, dass sein Herz versuchte, sich pochend durch seine Rippen hindurch zu arbeiten und fuhr ruhig weg. Er wusste nicht, ob Scarlett die Polizisten gesehen hatte, aber er dachte nicht daran, ihr seine Gründe für den Kuss zu erklären, wenn er an nichts anderes denken konnte als daran, wie sie reagiert hatte und an das Wissen, dass er es verdammt viel weiterführen würde, wenn sie je die Möglichkeit dazu bekamen.

Frazer hatte ihn gewarnt, aber er hatte gedacht, er könnte damit umgehen.

Sie zog ihre Knie an die Brust, und er konnte nicht anders, als auf ihre nackten Beine zu sehen.

Schweiß trat auf seine Stirn. Er räusperte sich. „Es ist heiß hier drin." Er stellte die Heizung niedriger.

Sie sog hörbar den Atem ein. „Jetzt ja."

Er stieß ein verzagtes Lachen hervor. Ein wenig der Anspannung ließ nach. Sie mussten sich um andere Dinge kümmern. Seine Libido würde warten müssen.

„Was ist der Plan?", fragte sie.

Er sah ein Schild für einen Picknickplatz. „Ich verhungere. Essen wir etwas."

Sie verdrehte die Augen, sah aber erleichtert aus. „Du bist ein verrückter Mann, Lazlo."

„Hey, immerhin *bin* ich ein Mann." Wenn sie einen Beweis wollte, musste sie ihn nur erneut küssen.

Er fuhr etwa eine weitere Meile aus der Stadt heraus und hielt dann an einem Parkplatz neben dem Highway an. Wenn man nach den Leuten und Hunden ging, die einen nahen Weg herunterschlenderten, schien es ein beliebter Ort zum Gassi gehen zu sein.

Er griff die Einkaufstüten vom Rücksitz und gab ihr die Feuchttücher.

Sie strahlte, als ob er sie gerade mit Diamanten überschüttet hätte.

„Danke." Sie riss die Packung auf und setzte den Fuß auf das Armaturenbrett, während sie jeden Zentimeter Haut säuberte.

Verdammt. Scheiße. Perfekt.

Er war definitiv ein Mann und dazu so steif, dass es ihn wunderte, dass er nicht wegen Blutmangels im Gehirn ohnmächtig wurde. Jetzt verstand er, warum es keine Frauen in den SEAL-Teams gab. Es bräuchte nur einen Blick auf diese Beine, und all die Jungs würden wie sabbernde Idioten herumstehen.

Was, wie er begriff, ein saudämlicher Grund war, Frauen zu benachteiligen.

Frauen waren an der Frontlinie jedes Konfliktes der Geschichte, also sollten sie vielleicht alle Kampftraining erhalten. Falls dann ein Krieg ausbrach oder die Psychos mit ihren Messern loslegten, hätten sie eine bessere Über-lebenschance.

Sein Magen drehte sich beim bloßen Gedanken daran um. Schlimm genug, dass seine besten Freunde in vorderster Linie standen. Die Vorstellung, dass Scarlett verletzt wurde... der Gedanke ließ seinen Abzugsfinger kribbeln.

Als sie ihre Beine fertig abgewischt und dann sehr sorgfältig ihre Hände gesäubert hatte, reichte er ihr die Reisedecke, die sie über ihren Knien ausbreitete.

Halleluja.

„Danke." Sie streichelte die weiche Wolle und er tat sein Bestes, sich auf das aktuelle Problem zu konzentrieren. Nicht an diese Hände auf seinem Körper zu denken. Er brauchte offensichtlich ein wenig Erholungszeit. Oder Sex. Viel Sex.

Oder eine kalte Dusche.

Er schluckte und sah weg.

Das sah ihm nicht ähnlich. Er wurde normalerweise wegen Frauen nicht völlig verrückt. Sicher, in alten Zeiten, als er nach Monaten in stinkenden Höllenlöchern mit keiner Gesellschaft außer haarigen Kerlen und ständiger Todesgefahr zurückgekehrt war, – da war er davon besessen gewesen, eine ins Bett zu bekommen. Aber in letzter Zeit?

Er war davon ausgegangen, dass er reifer geworden war. Wenn man von den schmutzigen Abgründen ausging, in die sein Gehirn gesunken war, anscheinend nicht allzu sehr.

Sie gab ihm das Päckchen mit den Feuchttüchern, und er reinigte damit das Steuer und die Gangschaltung. Dann noch einmal seine Hände und sein Gesicht, bevor er nach hinten griff, um die Sandwiches zu holen. Er war am Verhungern. „Schinken oder Truthahn?"

„Sandwiches zu Weihnachten. Einfach herrlich." Aber ihre Stimme war ohne Enthusiasmus.

„Ja." Er wurde ernst. „Tut mir leid, das ist ein echt mieses Weihnachten, oder?"

„Es ist meine eigene Schuld." Ihre Mundwinkel zogen sich traurig nach unten. „Wenigstens habe ich Gesellschaft." Dann wandte sie den Blick ab, aber er hatte den Schimmer von Tränen in ihren Augen schon gesehen.

Ach, Scheiße.

Er löste seinen Sicherheitsgurt, schob seinen Sitz so weit wie möglich zurück, löste ihren Gurt und zog sie auf seinen Schoß. Ihre Schultern begannen zu zittern, als sie versuchte, ihn abzuwehren, aber er ließ sie nicht los. Lange, klagende Schluchzer brachen aus ihr hervor, auch wenn sie versuchte, alles zurückzuhalten. Er dachte daran, was sie über die Jahre durchgemacht hatte, und an den ganzen Stress der letzten vierundzwanzig Stunden, der darin gegipfelt hatte, Maidstone verblutend in seinem Wohnzimmer zu finden und der Vorstellung, dass jemand endlich begonnen hatte, ihrer Geschichte zu glauben.

Er hoffte, dass der Kerl es schaffte. Es bestand eine gute Möglichkeit, dass Maidstone ihnen alles mitteilen würde, was sie wissen mussten, nun, da er auf Marlons Abschussliste stand. Matt rieb mit der Hand Scarletts Rücken auf und ab, spürte die harten Hügel ihrer Wirbelsäule und wusste, dass sie ihre Spannungen loswerden und alles herauslassen musste.

„Es tut mir so leid, dass du in all das hineingezogen wurdest." Sie hatte Schluckauf. Ihre Hände griffen so fest in sein T-Shirt, dass sie gleich die wenigen Brusthaare ausreißen würde, die er hatte. Aber das war ihm egal. „Es tut mir leid, dass du Weihnachten nicht mit deiner Mutter verbringen kannst."

Ein weiterer Strom von Tränen brachte ihn dazu, sie fester an sich zu drücken. Ihr Gewicht in seinen Armen war unwirklich, zerbrechlich und zart, aber er wusste, dass das täuschte. Sie war zäh wie ein Spinnennetz und hatte ihn wie ein solches in ihr Leben verwickelt. Und sie war unglaublich klug, was ihn absolut anmachte. Anscheinend war sein innerer Schulstreber im siebten Himmel.

Ihre Beine waren kalt. Er griff nach der Decke und zog sie über sie, ließ sein Kinn auf ihrem Scheitel ruhen, während er sie wiegte. Es dauerte ein paar Minuten, bis seine Hitze sie durchgewärmt hatte, und sie schmiegte sich enger an. *Wahrscheinlich ein Schock.* Das Begehren, das er für sie empfand, führte nirgendwo hin, aber momentan war er damit zufrieden, sie zu halten, bis die Tränen versiegten.

„Ich habe Heiligabend immer gehasst." Er merkte, wie sie

sich auf seine Worte und nicht auf ihre eigene Traurigkeit konzentrierte, also fuhr er fort. „Ich neige dazu, den Eindruck zu vermitteln, dass mein Vater nie Teil meines Lebens war, aber an einem Heiligabend tauchte er auf."

„Was hast du getan?" Ihre Finger hatten ihren eisernen Griff um sein T-Shirt gelockert. Sie hatten sicher Spuren hinterlassen.

„Es war, als ob man entdeckt, dass der Weihnachtsmann existiert, denn er erfüllte meinen größten Wunsch."

„Der Weihnachtsmann existiert nicht?" Sie schniefte.

Er stieß ein Lachen aus. „Meine Mom ließ ihn den Tag mit uns verbringen, wahrscheinlich auch die Nacht." Matt wollte allein deshalb seine Faust in das Gesicht dieses Typen rammen. Wie hatte er nur so mit seiner Mutter umgehen können? „Aber er war weg, bevor ich am nächsten Tag aufwachte." Den verzweifelten kleinen Jungen zurücklassend, genau an dem Tag, der der beste des Jahres sein sollte. „Wir haben nie wieder von ihm gehört, aber jedes Weihnachten wünschte ich mir so angestrengt wie ich nur konnte, dass er zurückkommen würde…"

„Er kam nie wieder?" Scarletts Stimme war leise.

„Nicht damals. Gott sei Dank." Aber das Kind, das er gewesen war, hatte das erst später begriffen. „Als ich dann in der Navy war, kontaktierte er mich einmal. Ich sagte ihm, wenn ich je wieder von ihm hören sollte, würde ich einen meiner Kumpel schicken, um ihn umzubringen." Ihre Haare kitzelten seinen Kiefer, aber er bewegte sich nicht. „Ich habe es wahrscheinlich nicht ernst gemeint. Jedenfalls hat er es nie wieder versucht." Seine Arme schlossen sich fester um sie. Sie fühlte sich gut an. Sie fühlte sich richtig an. „Ich habe mir selbst gesagt, dass ich nicht mehr zulassen wollte, dass er die

Gefühle meiner Mom weiter verletzt. Ich war nie ein Fan von Männern, die Frauen benutzen oder sie hintergehen, um sie ins Bett zu bekommen."

Einen Moment lang herrschte Schweigen. Dann kam ein nachdenkliches: „Vielleicht dachte er, dass er sie liebte, als er ihr zum ersten Mal begegnete? Vielleicht war es ein ehrlicher Fehler."

„Vielleicht." Matt erlaubte sich ein leichtes Lösen der Anspannung. „Aber er hat sie geheiratet, er hat sie sitzengelassen, und er hat sie verletzt. Sobald ich alt genug war, das zu begreifen, wollte ich ihn nie wiedersehen."

„Wie alt warst du?", fragte sie.

„Acht."

Ihre Finger rieben über seine Brust. Er bedeckte sie mit seinen.

Sie war zwölf gewesen, als sie ihren Vater verloren hatte. Richard Stone war ihr vom Justizsystem genommen worden, einem System, an das Matt glaubte und für das er kämpfte, jeden Tag. Der Gedanke, dass es korrupt sein könnte, war nicht beruhigend. Er wollte nicht am Ende seiner Karriere entdecken, dass er erneut von etwas zum Narren gehalten worden war, an das er geglaubt hatte.

Ein Knurren erfüllte das Wageninnere.

Scarletts Schultern zitterten erneut, diesmal vor Lachen. „Entschuldigung." Sie presste eine Hand auf ihren Magen. „Ich bin kurz vorm Verhungern."

Matt hob sie zurück auf ihren eigenen Sitz. Er war verdammt zufrieden mit sich selbst, dass er den Moment nicht als erneute Entschuldigung dafür genutzt hatte, sie zu küssen.

Ein Goldsternchen für Lazlo.

Er konnte damit umgehen. Er würde es nicht mit all den

Komplikationen versauen, die sich durch Sex einstellten.

Dann lächelte sie ihn an, und ihre Augen funkelten vor Freude. Sein Herz raste wie das eines Teenagers. Wenn er nicht an einem halbwegs öffentlichen Ort gewesen wäre, hätte er sie geküsst und noch viel mehr, wenn sie ihn gelassen hätte. *Verdammte Scheiße.* Er war dem Untergang geweiht.

Sie nahm das Schinkensandwich, er das mit Truthahn. Es schien den Umständen angemessen. Er prüfte sein Handy. Kein Empfang. *Verdammt nochmal.* Er musste mit Frazer reden.

KAPITEL VIERZEHN

S IE FUHREN EINE weitere Stunde über ruhige Landstraßen und durch kleine Städte, die alle festlich geschmückt waren. Scarlett erlaubte sich nicht, über den Kuss nachzudenken – sie hatte gesehen, dass die Polizisten neben ihnen angehalten hatten und wusste, dass er es als eine Art Tarnung gemacht hatte, auch wenn der Kuss selbst sie fast innerlich zum Schmelzen gebracht hatte.

Später, als er sie in seinen Armen gehalten und sie wie ein Baby geweint hatte – das hatte sie mehr berührt. Sie konnte an den Fingern einer Hand abzählen, wie oft sie von einem Mann in die Arme genommen worden war, seit ihr Vater ins Gefängnis gekommen war.

Matts Umarmung hatte sich nicht wie eine der anderen Umarmungen angefühlt. Sie hatte sich riesengroß und kugelsicher angefühlt. Stark genug, um sie vor Dorokow zu beschützen. Klug genug, um ihr zu helfen, ihren Vater zu retten. Sanft genug, um ihr dummes Herz zu betrügen.

Sie war nie zuvor jemandem wie Matt Lazlo begegnet. Er war kein Durchschnittsmann, und ihre Reaktion auf ihn war alles andere als alltäglich. Es gab eine Menge Mistkerle auf der Welt, aber es schien falsch, Matt mit ihnen zu vergleichen.

Er war ein früherer SEAL *und* ein FBI-Agent.

Abgesehen von dem, was ihr Vater durchlitten hatte,

bedeuteten diese Dinge ihr etwas. Sie respektierte ihn und wofür er stand. Irgendwie waren sie in der kurzen Zeit ihrer Bekanntschaft Verbündete geworden. Und da war noch etwas anderes, was sie nicht zu benennen wagte.

Sie fuhren an einem Stadtschild vorbei. Greenville. Aus irgendeinem Grund kam ihr der Name der Stadt vage bekannt vor, auch wenn sie nicht glaubte, dass sie je in dieser Gegend gewesen war. „Warum habe ich schon von diesem Ort gehört?"

„Er war letzten Monat in den Nachrichten." Er räusperte sich. „Serien...mörder..." *Husten.*

Sie erinnerte sich. „Agent Rooney ist Senatorin Tremonts Tochter, nicht wahr? Diejenige, deren Schwester vor all diesen Jahren entführt wurde?" Ein Schauder durchlief sie. „Wir bleiben doch nicht in diesem Haus, oder?"

Matt warf ihr einen Seitenblick zu. „Der Typ ist tot, Scarlett. Niemand wird dir etwas tun."

Oh, mein Gott. Sie versuchte, nicht zu tief zu atmen. Versuchte, nicht in Panik zu geraten. Sie konnte sich nicht einmal Horrorfilme ansehen, und er wollte, dass sie in *diesem* Haus schlief? Am Heiligabend? Niemand, der bei klarem Verstand war, würde dort übernachten wollen.

Steh es durch, Scar. Das ist ohnehin alles deine eigene Schuld.

Sie fuhren ein paar weitere Meilen aus der Stadt heraus und bogen dann in eine mit Laub bedeckte Auffahrt ein. Auf einem kleinen, diskreten Schild stand „Eastborne". Sie sank tiefer in ihren Sitz.

Als das Haus sichtbar wurde, nahm es ihr den Atem. Eine alte Villa aus roten Ziegeln, Kletterpflanzen bedeckten den gesamten Westflügel des Hauses. Fenster mit weißen

Holzrahmen. Weißer Säulenvorbau. Es war prachtvoll, aber achtzehn Jahre zuvor war ein kleines Mädchen aus diesem wunderschönen Haus entführt worden, und man konnte die Traurigkeit fast in die Mauern eingeätzt sehen. „Es sieht aus, als ob es tausend Zimmer hat." Ihr kam ein Gedanke. „Ist die Senatorin auch hier?" Die Frau hatte gerade ihren Rücktritt angekündigt.

Matt nickte.

Brachte sie die Senatorin in Gefahr? Oder würde es für sie Sicherheit bedeuten, wenn sie bei einer Senatorin blieben? Vielleicht war es gleichgültig, solange Dorokow sie am Meeresgrund glaubte.

„Special Agent Rooney hat dabei geholfen, den Kerl zu erwischen, der ihre Schwester umgebracht hat, richtig?" Ein Licht ging in einem der unteren Zimmer an. Ein ängstliches Zittern kroch über ihre Schultern und ließ eine Gänsehaut zurück.

„Genau. Und Frazer hat den Kerl erschossen. Er ist tot. Er kommt nicht zurück, Scarlett."

Aber die Geister seiner Opfer schienen in einer dunklen Wolke über dem Ort zu schweben. Sie brauchte eine Ablenkung. „Sieht das Haus deiner Großeltern in England so aus?"

Er zuckte mit den Schultern. „Sie hatten einen riesigen alten Landsitz in Gloucester, aber anscheinend nicht genügend Platz für ihre jüngste Tochter und deren Kleinkind. Ich habe mich nie damit beschäftigt. Mom hat nicht über sie geredet. Sie wollten sie nicht, also wollte ich sie beide nicht. Vielleicht eine etwas unreife Haltung, aber es funktioniert für mich."

Sie lächelte. „Ich kann mit unreif leben. Ich mag nur gemein nicht."

„Ich mag gemein auch nicht." Seine Hände griffen das Steuer fester. Er dachte wahrscheinlich an die wichtige Arbeit, die er tat, Arbeit, von der sie ihn abhielt.

„Hast du viele Serienmörder geschnappt?" Der Gedanke eines menschlichen Raubtiers war abschreckend, jemand, der das Töten um des Tötens willen genoss. Wer würde so etwas tun?

„Es ist nicht so, wie sie es im Fernsehen zeigen. Ich komme kaum jemals dazu, jemanden zu verhaften." Sein rasches Grinsen deutete an, dass er es aber manchmal tat und es genoss. Sie machte fast einen Witz darüber, dass er sie verhaftet hatte, aber sie wollte den Waffenstillstand zwischen ihnen nicht zerstören. „Meine Profile haben geholfen, den Kreis der Verdächtigen einzuschränken und zu Verurteilungen beigetragen, aber der wichtigste Faktor bei der Ergreifung von Serienmördern ist gute Polizeiarbeit und solide Ermittlungen."

Er war bescheiden. Er war offensichtlich gut in seiner Arbeit. Gut darin, Mörder ausfindig zu machen. Er war hart und intelligent – sie konnte sich vorstellen, wie er Mann gegen Mann mit Monstern kämpfte. Sie mochte den Gedanken überhaupt nicht. „Welche Qualifikationen braucht man als Profiler?"

„Verhaltensanalyst", verbesserte er und warf ihr dann einen Blick zu. Vielleicht begriff er, dass sie eine Ablenkung von dem riesigen lauernden Schatten des Horrors brauchte, den die Villa repräsentierte. Es war dumm, angesichts eines Gebäudes nervös zu sein, wenn sie von jemand so Skrupellosem wie Andrej Dorokow und irgendeinem schattenhaften Spion gejagt wurde.

„Man braucht ein abgeschlossenes Studium und drei bis

zehn Jahre Erfahrung mit Gewaltverbrechen beim FBI. Aber es ist ein sehr begehrter Posten, also muss man selbst wenn man alle Anforderungen erfüllt einen Weg finden, sich irgendwie hervorzutun.“

„So wie ein Navy SEAL zu sein vielleicht?“

„Es hat nicht geschadet.“ Er grinste sie erneut an.

Eine kleine Regung der Lust erinnerte sie an das Gefühl seiner Lippen auf ihren. Sie würde weitaus lieber an ihr Begehren für Matt denken als an Serienmörder. Seinem Werdegang nach zu schließen war er wahrscheinlich Mitte dreißig.

„Die wichtigste Fähigkeit ist es, sich nicht in die Dunkelheit der Tatorte hineinziehen zu lassen, und inmitten des Grauens Hinweise entdecken zu können – meine Zeit beim Militär hat mich an das Grauen gewöhnt.“ Stille senkte sich einen Moment lang herab. „Man benötigt auch ein ausgezeichnetes Gedächtnis.“

„Ich habe ein gutes Gedächtnis.“ Scarlett wünschte sich manchmal, sie hätte es nicht, dann würden die Kränkungen der Vergangenheit vielleicht nicht so schmerzen. „Aber ich könnte mit dem Thema nicht zurechtkommen.“ Sie schluckte gegen ihren plötzlich trockenen Mund. „Es ist zu…“

„Yep.“ Matt nickte langsam. „Das ist es.“

Sie waren fast beim Haus. Ein großer, eleganter Stechpalmenkranz schmückte die Eingangstür. Irgendwie ließ der Hinweis auf Weihnachten es nicht festlicher wirken. Sie spannte die Schultern an. Sie würde es schaffen. Es war nur ein Haus, nicht die *Lubjanka*.

Alex Parker kam aus der Eingangstür und bedeutete ihnen, an die Seite des Hauses zu fahren. Er trug Jeans und ein graues, langärmeliges T-Shirt. Sie fuhren in eine Garage mit

Platz für fünf Autos, hielten neben einem Bentley, einem Geländewagen, einem Audi und einem Mercedes.

Meine Güte.

Matt stieg aus und schlug die Tür zu. Sie beeilte sich, ihm zu folgen, wickelte ihre Decke wie einen extralangen Kilt um ihre Taille. Parker zog angesichts ihrer Kleidung eine Augenbraue hoch, nickte dann, um ihnen zu bedeuten, ihm zu folgen. Auch ohne seine verstörende Geschichte war das Haus so fern von ihrem sozialen Umfeld, dass die ganze Erfahrung sich unwirklich anfühlte. Sie fühlte sich wie in einem Film. Ein gepflegtes Grundstück, schlafend und kalt, umgeben von einem dichten, dunklen Wald. Sie schauderte, als sie sich erinnerte, was in diesen Wäldern geschehen war.

Durch den Windfang kamen sie in eine große, hellerleuchtete Küche, wo Mallory Rooney Champagner in Gläser mit Orangensaft goss. Scarlett blieb unsicher in der Nähe der Kücheninsel stehen. Das letzte Mal, dass sie Rooney gesehen hatte war, als Scarlett im FBI-Hauptquartier befragt worden war, nachdem sie in das Büro des russischen Botschafters eingebrochen war.

Was hielt sie davon, dass Richard Stones Tochter in ihrem Elternhaus auftauchte? Insbesondere während des ersten Weihnachtsfestes seit der Aufklärung der Entführung ihrer Schwester?

„Matt, Dr. Stone." Rooney nickte fest. „Ich bringe die hier meinen Eltern im Salon und bin gleich zurück." Sie ging mit dem Tablett davon.

Parker deutete auf den Ofen. „Da ist Suppe und Brot, wenn Sie hungrig sind. Die Haushälterin ist bei einem Weihnachtssingen, wird aber später zurück sein. Ich habe Mals Eltern gesagt, dass es sich hier um eine zeitkritische

Angelegenheit handelt, und es am besten ist, wenn sie so wenig wie möglich darüber wissen. Vertrauen Sie mir. Sie werden sich nicht einmischen."

„Ein Bundesrichter und eine ehemalige Senatorin, die sich um ihren eigenen Kram kümmern? Was haben Sie in die Suppe getan?"

Alex grinste. „Ich habe ein paar Asse im Ärmel."

„Danke." Scarlett lächelte. Dann schwand das Lächeln. „Aber angesichts dessen, was Maidstone passiert ist, sollten wir vielleicht besser nicht hierbleiben."

Matt legte seine Hände auf ihre Schultern, und sie entspannte ein wenig.

Alex' Augen nahmen die Verbindung zur Kenntnis. Er drehte sich weg und holte Suppenteller aus dem Schrank, servierte Essen, auch wenn Scarlett nicht sicher war, dass sie essen können würde.

„Momentan glauben die Russen und die Bundesbehörden, dass Sie tot sind. Noch sucht niemand nach Ihnen. Das wird sich ändern, sobald die Polizisten diesen Fingerabdruck aus Maidstones Haus durch das System schicken. Ich habe einen Alarm im System eingerichtet, also wissen wir, ab wann wir anfangen müssen, uns Sorgen zu machen. Es wird nicht lange dauern."

„I-ich möchte Ihnen keine Umstände verursachen", stotterte sie.

„Sie ist angesichts dessen, was hier passiert ist, total verängstigt", verpetzte Matt sie.

„Ich habe das Sicherheitssystem hier komplett erneuern lassen." Parker hielt ihrem Blick stand und erkannte, was wirklich hinter ihrer Unsicherheit steckte – Feigheit. „Sie können sich ein paar Stunden lang entspannen. Sie sind hier sicher. Ich würde Mallory nicht hierbleiben lassen, wenn Gefahr bestünde."

Die FBI-Agentin kam mit hochgezogenen Brauen zurück ins Zimmer. „Du würdest mich nicht *lassen*?"

Parker fluchte lautlos.

„Erwischt", sagte Matt amüsiert.

Parker zog eine Grimasse. „Wie wär's mit ‚Würde alles in meiner Macht Stehende tun, um dazu beizutragen, dass du in Sicherheit bist'?"

„Besser." Rooney lehnte sich vor und küsste seine Wange. „Aber du musst daran arbeiten, nicht zu vergessen, dass ich zwar schwanger, aber auch eine Bundesagentin bin, die auf sich selbst aufpassen kann. Ich habe Arbeit zu erledigen und brauche dich nicht, um mich zu beschützen."

Parker schaffte es mit Mühe, herunterzuschlucken, was auch immer er hatte sagen wollen.

Rooney reichte Scarlett ein Paar Yogahosen.

Überrascht und dankbar nahm sie sie entgegen. „Danke. Übrigens Glückwunsch zur Schwangerschaft. Ich wusste nichts davon."

Rooney lächelte. „Es ist nicht allgemein bekannt, weil es noch sehr früh ist. Aber es könnte helfen, zu verstehen, warum Alex so überbehütend ist. Die Hosen sind bei mir dreiviertellang, Sie sollten also nicht darin ertrinken."

Scarlett ging in den Windfang und schlüpfte unter der Decke in die Hosen. Als sie fertig war, faltete sie die Decke ordentlich und legte sie auf den Hocker neben der Hintertür, damit sie sie nicht vergaßen, wenn sie gingen.

Als sie zurückkam, hatte Matt sich einen Teller Suppe genommen und zu essen begonnen. Anscheinend verdarb diesem Mann nichts den Appetit.

„Lebt Maidstone noch?", fragte er zwischen zwei Löffeln.

Parker nickte. „Er ist auf der Intensivstation, aber es sieht nicht gut aus. Frazer hat Bewachung für den Kerl organisieren können."

„Woher wissen Sie, dass die Bewacher vertrauenswürdig sind?", fragte Scarlett und zog dann eine Grimasse. Diese Leute arbeiteten auch alle für das FBI.

Alex Parker grinste. „Er konnte einige Leute meiner Firma gegen sehr günstige Bezahlung engagieren. Vertrauen Sie mir, sie werden Maidstone beschützen."

„Aber *warum* sollte ich Ihnen vertrauen?", fragte sie ernst. „Niemand hat mir je zugehört. Woher soll ich wissen, dass Sie mich nicht nur ruhigstellen, bis ich verhaftet bin, oder Dorokow auftaucht, um sich seine Belohnung abzuholen?" Sie trat von einem Fuß auf den anderen, halb in Versuchung, wegzulaufen, ohne zu wissen, wo sie hingehen könnte. War sie albern? Wurde sie in trügerische Sicherheit eingehüllt? Matt traute diesen Leuten, aber sie kannte sie überhaupt nicht. Sie kannte allerdings auch Matt nicht wirklich – er hatte sie schon einmal verhaftet, sie hatte keinen Zweifel, dass er es erneut tun würde, wenn es ihm befohlen würde.

Aber sie vertraute ihm, so naiv und dumm das auch sein mochte.

Alex' graue Augen waren plötzlich durchdringend, und sie fühlte sich, als ob sie eine andere Seite dieses augenscheinlich so unbekümmerten Kerls sah. „Sie sollten uns auch nicht vertrauen. Nicht ohne weitere Informationen. Aber seien Sie sich einer Sache bewusst – wenn ich Sie an die Russen oder irgendeine andere unbekannte Partei verraten würde, dann würde ich es nicht hier tun. Ich würde Mallory nicht in Gefahr bringen – trotz Waffen und allem." Er bedachte das Starren seiner Verlobten mit einem humorlosen Lächeln. „Aber sehen Sie es so: Wenn Sie sich hinsichtlich der Unschuld Ihres Vaters irren, dann tun wir nichts weiter, als Sie zu beschützen, während Dorokow ein wenig runterkommt – kein Schaden, nichts passiert. Wenn Sie aber Recht haben, was Ihren Vater betrifft, dann haben das FBI und die CIA Scheiße gebaut, und es besteht die Möglichkeit, dass ein russischer Agent weiterhin im amerikanischen System aktiv ist." Seine Lippen verzogen sich leicht. „Eine meiner Spezialitäten ist Cybersicherheit, was bedeutet, dass er wahrscheinlich alles umgeht, was ich von innen heraus mache. Das lässt mich schlecht aussehen."

„*Jetzt* machst du dir Sorgen um deinen Ruf?", schnaubte Rooney, während sie ein Stück frisches Brot kaute.

„Nun, meine zukünftige Frau scheint ihren Job zu mögen, und ich möchte sicherstellen, dass sie für die guten Jungs arbeitet." Parker grinste Rooney an, was ihn von gutaussehend zu hinreißend attraktiv werden ließ. Das Leuchten auf dem Gesicht der anderen Frau zeigte, dass sie genau wusste, wie bildschön ihr Mann war.

„Also angenommen, dass ich recht habe", *weil das der Fall ist.* „Sie erstellen also Profile. Nach welchen Eigenschaften suchen Sie bei einem Spion?", fragte Scarlett.

Matt und Rooney sahen einander an. Matt nickte Rooney zu.

„Die meisten zeigen antisoziales Verhalten – man denke an den klassischen Soziopathen, für den nur die eigenen Bedürfnisse zählen, ohne Verständnis für richtig und falsch." Rooney schien voller Enthusiasmus für ihr Thema. „Viele zeigen Züge von Narzissmus und Größenwahn, mit einem übersteigerten Anspruchsdenken, entschiedenem Fehlen von Empathie. Wenn sie nicht bekommen, was ihnen ihrer Meinung nach zusteht, beschuldigen sie andere Leute und können kleinlich, nachtragend und rachsüchtig sein."

Matt übernahm. „Impulsiv, unreif. Emotional instabile Arschlöcher, die keine Beziehung eingehen können. Sie können nicht bei einem Berufsweg bleiben, haben oft Affären und können wagemutig bis hin zum Wahnsinn sein, weil sie denken, dass sie allen anderen überlegen sind."

„Nichts davon klingt wie mein Dad", unterbrach Scarlett. „Er war stets in der Strafverfolgung tätig, war in Vietnam und erhielt eine Tapferkeitsmedaille. Er und meine Mom waren seit der High School ein Paar."

„Profile können auch falsch liegen." In Rooneys Augen lag Mitleid. „Aber Sie haben recht. Richard Stone passt nicht zum typischen Profil eines Spions."

„Und ich stimme den psychologischen Eigenschaften eines Spions mit einem Vorbehalt zu", fügte Matt hinzu. „Wenn jemand wegen eines Fehltritts erpresst wird, könnte er aus anderen Gründen für die Russen spionieren."

Rooney nickte zustimmend. „Das Motiv ist alles. Können wir eigentlich davon ausgehen, dass Dorokow ein Spionageleiter war?"

„Ich habe seinen Hintergrund noch weiter überprüft, aber ehrlich gesagt ist die Information lückenhaft", gab Parker zu. „Dorokow wurde laut den Russen fälschlich als Spion bezichtigt und ist jetzt blitzsauber. Sogar seine KGB-Wurzeln wurden gesäubert. Den Dokumenten nach ist er ein Berufsdiplomat einfacher russischer Herkunft. In Wirklichkeit hält er schon seit zwanzig Jahren mit den Führern im Kreml Händchen – er und der Präsident haben beide zur gleichen Zeit in Deutschland gedient und sind anscheinend seitdem Freunde."

Mächtige Freunde also. Mächtig genug, um dem Mann die Sicherheit zu geben, eigenständig vorzugehen? Der Gedanke, dass Dorokow die Erlaubnis seiner Regierung hatte, sie zu töten, ließ jeden Nerv in ihrem Körper unbehaglich kribbeln.

„Gibt es Neuigkeiten über die anderen Ermittlungen?", fragte Matt zwischen zwei Bissen. Er bemerkte, dass sie nicht aß und schob einen Suppenteller und ein Stück Brot in ihre Richtung. „Iss."

Sie glaube nicht, dass sie es konnte, aber als die Suppe ihre Zunge berührte, stellte sie fest, dass sie ausgehungert war.

„Die Bombenexplosion auf Ihrem Boot ist jetzt eine Bundesermittlung, an der zu viele Stellen beteiligt sind, um sie aufzuzählen. Alle Mitglieder der Special Forces wurden angewiesen, ihre persönlichen Sicherheitsmaßnamen zu verstärken."

„Ich sollte nicht so viel Zeit oder Ressourcen verschwenden." Matts Kiefer spannte sich an.

„Sie haben uns einen Vorteil gegeben, den wir nutzen müssen", meinte Rooney. Die Agentin richtete ihren klaren Blick auf Scarlett. „Haben Sie schon daran gedacht, einfach komplett unterzutauchen?"

Sie fühlte, wie ihre Augen hervortraten. „I-ich kann nicht. Ich habe meine Arbeit, einen wissenschaftlichen Ruf..."

„Was dir gar nichts hilft, wenn du stirbst", entgegnete Matt.

Sie verschränkte ihre Arme. „Wenn du also dein Dasein als Bundesagent aufgeben müsstest ... wäre das gar kein Problem für dich?"

Er zog eine Braue hoch. „Ich hätte die Risiken bedacht, bevor ich das Gesetz in meine eigenen Hände genommen hätte."

Rooney hatte ihn erfolgreich daran erinnert, dass diese ganze Situation Scarletts Schuld war. *Klasse.*

„Du weißt, warum ich es getan habe. Niemand wollte mir zuhören. Mein Plan war, Dorokow anzurufen und dann zu hören, was er sagt, wenn er danach das Telefon auflegt. Das war alles. Keine Staatsgeheimnisse. Kein wesentliches Eindringen in die Privatsphäre." Die drei Agenten tauschten Blicke aus. „Ich musste sehen, ob ich an irgendwelche Informationen herankommen konnte, die die Unschuld meines Dads beweisen würden, bevor..." Sie verstummte, wollte nicht an den anderen Kampf denken, den ihr Vater ausfocht – einen persönlicheren, während Zellen überall in seinem Körper metastasierten. Sie schloss den Mund. Nichts, was sie sagte, konnte ändern, was sie getan hatte. „Ich habe einen Fehler gemacht. Es tut mir leid."

„Wenn es Sie tröstet – ich hätte das Gleiche getan. Nur wäre ich nicht erwischt worden", antwortete Parker.

Scarlett verdrehte die Augen. „Ich werd's mir für das nächste Mal merken."

Er grinste sie an. „Ihr Übertragungsgerät sieht interessant aus. Wie funktioniert es?"

„Es versorgt sich selbst mit Strom, indem es parasitär alle verfügbaren elektromagnetischen Wellen aufnimmt – offensichtlich keine einzigartige Funktion. Die Ausgangsfrequenz ahmt die nächstliegende Quelle innerhalb des Zimmers nach – meistens ein Handy oder Laptop. Es springt auf das Mobil- oder WLAN-Netzwerk auf, um Daten zu übertragen, wann jemand innerhalb des Bereichs online ist oder einen Anruf macht." Sie verschränkte die Arme. „Aber anstelle von Silikon habe ich für den Bau der Chips Galliumarsenid verwendet."

Parkers Augen verengten sich nachdenklich. „Was eine hundertmal schnellere Switching-Logik hat."

„Genau." Scarlett nickte. „Die Geschwindigkeit, mit der der Chip arbeitet, macht ihn für eine elektronische Erfassung fast unsichtbar."

„Ich hasse es, eure Streberparty zu unterbrechen, aber Scarlett kann Ihnen ihre Schaltpläne ein anderes Mal zeigen", sagte Matt kühl. „Die Tatsache, dass Maidstone nicht tot ist, wird der Person, die versuchte, ihn umzubringen, gewaltige Kopfschmerzen verursachen."

„Das können wir für unsere Zwecke nutzen", murmelte Rooney.

„Wie meinen Sie das?", fragte Matt.

„Ich bezweifle, dass der Mörder damit rechnete, dass Maidstone lebend gefunden werden würde, noch dazu von Ihnen und Scarlett. Wenn sie es herausfinden, werden sie sich fragen, ob Maidstone Ihnen etwas erzählt hat."

„Wir könnten ihn mit falschen Informationen hervorlocken." Matts Blick wurde nachdenklich.

„Also brauchen wir einen Plan, den wir umsetzen können, sobald sie den Fingerabdruck identifizieren."

„Sie könnten mich als Köder benutzen." Scarlett strich eine Haarsträhne hinter ihr Ohr. Im Augenblick würde sie für eine Haarbürste töten.

Matt schüttelte den Kopf. „Auf gar keinen Fall."

Rooney neigte den Kopf auf eine Seite. „Ich wäre dafür, aber das Problem ist, dass wir nicht wissen, ob der Spion oder die Russen darauf reinfallen würden. Wenn es die Russen sind, haben wir wieder das Problem eines erheblichen internationalen Zwischenfalls und keine Spur hinsichtlich ‚Marlons' wahrer Identität."

„Wie finden wir also heraus, wer der richtige Spion ist?", fragte Scarlett.

„Wir werden Maidstones Bankkonten nach Hinweisen untersuchen, ob er Bestechungsgelder bekam." Parker holte zwei Bier aus dem Kühlschrank und reichte Matt eines. Er hielt eines in ihre Richtung hoch, aber sie schüttelte den Kopf.

„Jemand hat diese Chiffreliste im Schreibtisch meines Vaters versteckt. Jemand – wahrscheinlich dieselbe Person – muss Maidstone überzeugt haben, die Diagramme des Lügendetektortests zu vertauschen und die Ergebnisse zu fälschen."

„Wer war für den Fall zuständig? Wer durchsuchte nach seiner Verhaftung das Haus? Sollten diese Leute nicht unsere Hauptverdächtigen sein?", fragte Rooney.

„Ridley Branson war im Ermittlerteam – ich erinnere mich, dass er in unserem Haus war und beängstigend grimmig aussah", erklärte Scarlett.

Alle Mienen im Raum verhärteten sich bei der Erwähnung des obersten Spionageabwehrbeamten des FBI. Wenn er korrupt war, wie würde sich das auf die Moral auswirken?

„Ich besorge so schnell wie möglich die Namen der Leute, die die Hausdurchsuchung durchgeführt haben, aber wir können die Verdächtigen nicht darauf eingrenzen." Parker starrte sie an, bis sie wegsehen wollte. „Einige der weitergegebenen Informationen unterlagen hohen Geheimhaltungsstufen, aber nicht alles davon bezog sich auf die Spionageabwehr. Und der echte Spion hätte in das Haus einbrechen und Beweise hineinschmuggeln können, bevor sie Ihrem Vater das angehängt haben. So schwer ist das nicht. Es hätte ehrlich gesagt jeder vom FBI-Hauptquartier oder einer der umliegenden Außenstellen sein können. Nicht zu vergessen, die CIA."

„Die CIA?" flüsterte Scarlett.

Parker nahm einen Schluck aus seiner Bierflasche, wischte sich vor dem Antworten den Mund ab. „Aldrich Ames war von der CIA. Sie arbeiten bei Spionagefällen eng mit dem FBI zusammen. Jemand dort würde den Stand der Ermittlungen und alle Verdächtigen kennen."

Es war überwältigend.

„Also können wir zu diesem Zeitpunkt niemanden ausschließen", stimmte Matt zu. „Der einzige uns vorliegende Hinweis, der nie Teil der früheren Ermittlung war, ist Stones Verdacht gegen Dorokow. Sein Name wird nie in den Akten erwähnt – warum nicht?"

„Jemand hat ihn aus der offiziellen Ermittlung rausgehalten", warf Rooney ein.

„Was erneut auf jemanden hinweist, der eng mit dem Fall zu tun hatte." Matt runzelte die Stirn. „Dorokow muss beteiligt gewesen sein, denn sobald Scarlett versuchte, sein Büro zu verwanzen, gab es mehrere Anschläge auf ihr Leben und – was noch verräterischer ist – den Anschlag auf Maidstone."

„Wurde er je verdächtig, ein Spionageanführer zu sein?", fragte Rooney.

Parker zuckte mit den Schultern. „Nicht in einem der verfügbaren elektronischen Dokumente, die ich finden kann. Aber der Kerl ist viel zu schnell viel zu weit aufgestiegen, um irgendetwas anderes zu sein als ein führendes Mitglied des SWR. Sein Ruf ist auf dem Papier blitzsauber – die Russen sind ausgezeichnet darin, die Geschichte umzuschreiben, um sie ihren Zwecken dienlich zu machen."

Dorokow hatte ihre Freundin entführt. „Hat er Angel verletzt, wissen Sie das? Haben Sie mit ihr gesprochen."

Eine ganze Weile sprach niemand. Rooney schritt ein.

„Nein. Aber ich bin sicher, es war keine angenehme Erfahrung."

Eine heiße Welle überlief ihre Wirbelsäule und Arme, gefolgt von einer kalten. „Wann kann ich mit ihr reden?"

„Sobald die Gefahr vorüber ist", antwortete Matt entschlossen.

Was auch immer Angel passiert war, war komplett Scarletts Schuld, und dieses Wissen schien durch den Raum zu hallen. Niemand begegnete ihrem Blick. Sie würde sich nie dafür vergeben, ihre Freundin in diese Sache verwickelt zu haben.

„Also ist unser bester Hinweis auf Marlons Identität gerade an lebenserhaltende Maschinen angeschlossen?", fragte Scarlett und fühlte sich furchtbar dabei.

„Es gibt viele Hinweise, wir müssen sie nur finden." Parker öffnete seinen Laptop und begann, etwas einzutippen. „Ich habe einige Computerprogramme eingerichtet, die Signale von Handys untersuchen, die mit Regierungsbehörden zusammenhängen, sowie die Navigationssysteme von FBI-Autos, die vielleicht heute an Signalmasten in Maidstones Umgebung vorbeikamen. Wenn sich etwas findet, haben wir einen Startvorteil dabei, es herauszufinden. Bis jetzt gab es noch nichts."

„Angesichts der vorgeschriebenen Lügendetektortests und Hintergrundüberprüfungen muss diese Person das System schon seit Jahren hinters Licht führen." Rooney betrachtete über Parkers Schulter hinweg den Bildschirm.

„Das ist einfacher zu bewerkstelligen, wenn man einen der obersten Lügendetektortechniker in der Tasche hat." Matt klang stinksauer.

Scarlett konnte nicht länger schweigen. Sie schob ihren

Suppenteller von sich, während sie über die Unterhaltung nachdachte, die sie führten. „Sie sagen also tatsächlich, dass Sie glauben, dass meinem Dad was angehängt worden sein könnte?" Alle drei sahen sie an, aber ihr Blick blieb bei Matt. „Sie glauben mir wirklich?"

Seine Augen verwandelten sich von kühlem Haselnussbraun zu warmem Grün.

„Ich glaube dir wirklich, Scarlett", antwortete er sanft.

„Wirklich, wirklich?"

Seine Lippen zuckten, und sie erinnerte sich an den Augenblick, in dem sie ihn zum ersten Mal gesehen hatte. Belustigung funkelte in seinen Augen, aber sein Mund versuchte, das zu verbergen. Er nickte.

Sie schlang ihre Arme um seinen Hals und hielt ihn so fest, dass er wahrscheinlich nicht atmen konnte. Es war ihr gleich, dass die anderen zusahen. Sie ließ nicht los. „Danke. Danke, danke, danke."

Er legte seine Arme fest um ihre Taille und zog sie näher. Sie atmete seine Wärme und Stärke ein. Er sprach über ihren Kopf hinweg mit den anderen. „Aber es zu beweisen, ohne umgebracht zu werden, wird verdammt schwer."

ALS MATTS ARME sich zum dritten Mal an diesem Tag um Scarlett schlossen, wusste er, dass er aufgeschmissen war. Er hatte eine Mutter, die in allem auf ihn angewiesen war, und eine Karriere, die wichtig war. Aber irgendwie hatte Scarlett seine Wachsamkeit überlistet und ihn da hineingezogen. Nicht nur, weil er an dem Fall mitarbeitete, sondern weil es ihm wichtig war, wie es ihr erging. Es war ihm wichtig, dass sie die

Wahrheit über ihren Vater herausfanden, und das nicht nur, weil es sein Job war. Sie war ihm wichtig. Ende. Punkt.

Scheiße.

Sobald sie herausfand, dass er ihr mehrfach ins Gesicht gelogen hatte, was Angel LeMays Rettung betraf, würde sie ausflippen. Es würde kein lautes Ausflippen sein. Es würde stilles Entziehen sein, und er war sich nicht sicher, dass es ihm gelingen würde, ihr Vertrauen dann erneut zu gewinnen. Er hatte Befehle befolgt – *Klar, das wird sicher noch gelten, nachdem du sie geküsst hast.* Wenn jemand innerhalb seiner Organisation die nationale Sicherheit unterwanderte, dann war er verdammt sicher, dass er sein Bestes tun würde, denjenigen zu stoppen – auch wenn es erforderte, andere zu hintergehen. Leider würde Scarlett es nicht so sehen.

Sie entzog sich seinen Armen, was in Ordnung war. Er war schon viel zu involviert, und jetzt wussten Rooney und Parker es auch.

„Sie beide sollten ein wenig schlafen", schlug Parker vor.

Rooney stupste ihn mit dem Ellbogen an. „Leider müssen *wir* ein wenig Zeit mit meinen Eltern verbringen, ob wir wollen oder nicht." Sie verzog ihre Lippen. „Dad verkauft das Haus im nächsten Jahr, und es soll unser letztes Beisammensein als ‚Familie' sein. Ein endgültiger Abschied von meiner Schwester."

„Ihr Verlust tut mir sehr leid – und auch, dass wir so in Ihr Haus eingedrungen sind." Scarlett klang leise und traurig und allein. *Verdammt.*

Rooneys Lächeln hatte eine scharfe Nuance. „Oh, keine Sorge. Ich habe mich von meiner Schwester bereits verabschiedet, als wir sie gefunden haben." Ein Hauch der Verletzlichkeit glitt über ihr Gesicht und war gleich wieder verschwunden. Parker legte seinen Arm um ihre Schultern.

„Wir haben jedenfalls über zwanzig Zimmer in diesem Haus. Es ist nicht so, als ob wir keinen Platz hätten. Aber ich muss mich ihnen für ein paar Stunden widmen. Und Alex auch."

Alex zog eine Grimasse. „Und ich dachte schon, ich hätte hier die perfekte Entschuldigung, diesem ganzen Weihnachtskram zu entgehen."

„In dem Fall kennst du meine Eltern schlecht."

„Ich muss duschen, dann fangen wir an, die Namen durchzugehen", bot Matt an. „Sehen wir, wer noch lebt. Grenzen wir die Liste ein wenig ein, während Ihre Programme Daten verarbeiten."

Parker nickte, und sie folgten ihm eine Dienstbotentreppe hinauf und den Westflügel entlang. Er schaltete auf dem Weg die Lichter an, und Matt fühlte, wie Scarlett sich neben ihm entspannte, als die wunderschön gestalteten Flure keine Blutspritzer oder grauenerregenden Horrorvisionen enthüllten.

Parker öffnete eine Tür und machte eine Geste, dass sie vorangehen sollten. „Es ist eine Zwei-Zimmer-Suite mit eigenem Badezimmer. Die Fenster sind sicher, und die Außentür hat Schlösser." Bei diesem Satz sah er Scarlett an, offensichtlich versuchte er, sie zu beruhigen. Sie biss sich auf die Lippe und nickte. Sie sah aus, als ob ein starker Windstoß sie hochheben und wegfegen könnte. Zeit, dass sie sich ausruhte.

Ein Laptop stand auf dem Schreibtisch.

„Das WLAN-Passwort des Hauses steht auf dem Notizblock dort. Ebenso Frazers FBI-Passwörter, damit nichts, das von diesem Ort kommt, zu verdächtig wirkt."

„Wie haben Sie Frazers Passwörter bekommen?", fragte

Matt.

Parker zuckte mit den Schultern. „Das ist mein Beruf. Ich bin gespannt, wie lange es dauert, bis er es merkt."

„Er wird Sie umbringen."

„Ich gebe ihm Anschauungsunterricht in Cybersicherheit."

„Haben Sie meines auch gehackt?", fragte Matt ihn.

„Ich habe Ihr Passwort nicht, aber ich bin durch eine Hintertür ins System gelangt und habe Ihre privaten E-Mails gelesen", gab er zu.

Matt schüttelte den Kopf. „Warum machen wir uns überhaupt die Mühe?"

„Ich habe die Firma kontaktiert und auf die Gefahr von unbefugten Zugriffen hingewiesen. Ich habe ihnen sogar einen Patch geschickt, den sie benutzen können, um die Sicherheitslücke zu stopfen, wenn sie möchten."

„Sie hätten denen dafür eine Menge Geld abverlangen können", bemerkte Matt.

„Ich habe Geld." Sein Lächeln war scharf. „Wenn die das nächste Mal ein Problem haben, werde ich der Erste sein, den sie anrufen."

Matt ließ sich nicht täuschen. „Ich wette um einen Zwanziger, dass Sie mein Passwort nicht erraten können, bevor wir diese Sache aufklären."

„Die Wette nehme ich an, aber ich sollte darauf hinweisen, dass ich nicht ‚rate'. Lassen Sie sich nicht hinreißen, Ihre Emails abzurufen oder Ihre Profile auf den sozialen Netzwerken jetzt zu besuchen." Das ging an Scarlett. „Das Fenster zur Lösung dieser Sache schließt sich."

Scarlett lachte verblüfft. „Aber ich wollte meinen Facebook-Status zu ‚Bin immer noch auf der Flucht vor den

Russen, die versuchen, mich zu töten' aktualisieren. Hashtag ‚gejagtfühlen', Hashtag ‚FroheWeihnachten'.“

„Nur haben Sie gar kein Facebook.“

Scarletts Brauen hoben sich in offensichtlicher Überraschung.

„Könnte schlimmer sein“, sagte Parker leise.

„Ernsthaft?“

„Sie können hier immerhin Zeit mit einem bildschönen Kerl verbringen“, Parkers Lippen zuckten. „Und mit Special Agent Lazlo.“

„Witzig.“ Matt hielt dem Kerl die Tür auf und machte eine ruckartige Kopfbewegung, aber wenigstens lächelte Scarlett wieder. Alex Parkers Augen waren ernst, als sie beim Hinausgehen auf seine trafen.

Er begriff es. Sie mussten reden. Allein. Er musste auch mit Frazer reden, aber nicht vor Scarlett. Matt nickte dem Mann fast unmerklich zu. Er würde Scarlett davon überzeugen, etwas zu schlafen und dann zu ihm gehen.

RAMINSKI WUSSTE NICHT, warum sie das Mädchen immer noch festhielten, aber ihm war klar, dass er keine Fragen stellen durfte. Er hatte den Boss bei der Botschaftsweihnachtsfeier zurückgelassen, die leicht noch einige Stunden andauern würde. Er betrat den Raum und betrachtete die Gestalt, die im Schneidersitz auf der Matratze saß. Getrocknetes Blut verschmierte ihr Gesicht. Ihre Wange war rot und geschwollen. Aber sie war immer noch vollständig bekleidet und wich nicht ängstlich aus. Das bedeutete hoffentlich, dass niemand sie während seiner Abwesenheit vergewaltigt hatte. Er hatte absichtlich nur einen Wächter vor Ort gelassen, wollte keinem Duo die Möglichkeit geben, sie abwechselnd zu vergewaltigen, falls ihnen danach wäre.

Sie trug immer noch die Augenbinde, aber er hatte sich eine Nylonmaske übergezogen, nur für den Fall, dass sie etwas Dummes tun und versuchen würde, sein Gesicht zu sehen. Sie war definitiv entschlossen genug. Es war besser für alle Beteiligten, wenn sie ihn nicht identifizieren konnte.

„Ich habe ein Geschenk für dich. Mach deinen Mund auf", flüsterte er mit leiser, harscher Stimme. Sie musste mittlerweile hungrig sein.

Ihre Lippen verzogen sich angewidert. Er griff sanft eine Handvoll Haare und zog ihren Kopf zurück. „Ich bin nicht hier, um dir weh zu tun, Angel."

Er lächelte fast über die sture Haltung ihres Kiefers. Dann legte er seinen Daumen auf ihr Kinn und übte nur ein wenig mehr Druck aus, damit sie ihren Mund für ihn öffnete. „So."

Er drückte eine Traube hinein und sah zu, wie sich ihr Verhalten von angewidert zu überrascht änderte. Er fütterte sie mit einer weiteren, und sie schluckte sie gierig.

„Warum tun Sie mir das an?" Ihre heisere Stimme kratzte wie spitze, lackierte Nägel über seinen Körper. Sie öffnete ihren Mund nun bereitwillig, wie ein kleiner Vogel. Sein Griff in ihren Haaren änderte sich, bis seine Hand um ihren Hinterkopf lag und die Schmerzen an ihrer Kopfhaut mit seinen langen Fingern linderte. Die Schmerzen, die Mihail mit seinen Schlägen hervorgerufen hatte, zeigten sich in ihren steifen Bewegungen. In ihrem scharfen Stöhnen, als sie nach einer ihrer Rippen griff.

Er steckte ihr eine weitere Traube in ihren Mund, aber diesmal blieben seine Finger dort. Er fuhr ihre Unterlippe entlang, biss dann eine Traube halb durch und rieb die halbe, Flüssigkeit absondernde Frucht wie Gloss über ihre Lippen. Sie leckte den Saft ab. Er konnte sehen, dass ihr Atem ein wenig unregelmäßig war, machte sich aber nicht vor, dass es an etwas anderem als an ihrer Angst lag.

„Meine Eltern werden sich Sorgen um mich machen."

„Ja", gab er zu.

„Es ist fast Weihnachten."

„Ja", sagte er erneut.

„Wie lange werde ich hier sein?"

Er strich eine blonde Strähne hinter ihr Ohr. Sie wich nicht zurück.

„Sie haben gesagt, ich könnte nach Hause gehen, wenn ich Ihnen die Wahrheit sage. Verlangen Sie ein Lösegeld? Daddy wird zahlen."

Er sagte nichts, fütterte sie nur mit einer weiteren Traube. Sie kaute und schluckte, und er stellte fest, dass er von ihren Lippen fasziniert war, die voll und von einem natürlichen, tiefen Rot waren.

„Mein Vater *wird* zahlen, Sie müssen mich nicht bedrohen oder verletzen." Angst ließ ihre Stimme zittern, überdeckte fast die Ruhe. Vielleicht spürte sie, dass seine Aufmerksamkeit zu ihrem Körper gewandert war.

Er schnalzte mit der Zunge. „Ich habe nur Versprechungen dazu gemacht, was passiert, wenn du mich anlügst."

„Ihre Versprechungen klangen für mich wie Drohungen."

„Dann hast du nicht zugehört."

„Warum bin ich dann noch nicht zu Hause?", fuhr sie ihn an. Ihre Stimme brach, aber sie erholte sich rasch. „Werden Sie mich umbringen?"

Er schwieg. Er hatte viele zweifelhafte Dinge für sein Land

getan. Sie zu töten war in diesem doppelzüngigen Katz-und-Maus-Spiel immer noch eine Möglichkeit.

„Wenn Sie es tun … versprechen Sie mir etwas?"

„Du willst noch weitere Versprechen?"

Sie ignorierte seinen neckenden Ton. „Machen Sie es schmerzlos. Ich kann nicht gut mit Schmerzen umgehen."

Er zuckte zurück, fütterte sie aber mit einer weiteren Traube. Er wusste nicht, wen er mehr quälte. Sich oder sie.

„Ich werde dir nicht wehtun", versprach er.

„Ich nehme an, ich muss Ihnen das einfach glauben. Nicht wahr?" Sie lächelte. Mit ihrer Augenbinde und den gefesselten Händen sah sie aus, wie eine erotische Geliebte, aber das war nur seine Fantasie, die jetzt übernahm. Fantasien, in denen sie nicht unter Drogen gesetzt aus ihrem eigenen Haus entführt, geschlagen und gefangen gehalten worden war.

Er war ein Narr, sie besser als einen streunenden Hund zu behandeln. Gefühle für sie zu entwickeln, könnte alles ruinieren. Sie hatte ihn wie einen Lachs an der Angel eingeholt – und er hatte sich noch nicht einmal gewehrt. Das Telefon in seiner Tasche vibrierte. Er stand auf und bewegte sich weg von ihr.

Die Textnachricht ließ ihn auf das Display starren und sich fragen, was zur Hölle er jetzt tun sollte.

Raminski mochte das hier nicht. Er mochte es überhaupt nicht. Dorokow hatte ihm befohlen, Angel zu ihm zu bringen. Vielleicht würde sie freigelassen, aber sein Gefühl sagte ihm, dass das nicht der Fall sein würde.

Er wusste, was der Mann ihr antun würde. Aber es gab nichts, was er dagegen tun konnte, ohne dass sie beide umgebracht werden würden. Er hob den schwarzen Sack hoch und stülpte ihn über ihren Kopf. „Es wäre am besten, wenn du dich nicht wehrst."

Trotz ihrer gefesselten Arme begann sie, zu treten und zu kämpfen. Er schaffte es, ihre strampelnden Beine zu fesseln, aber erst, nachdem sie ihn gegen den Kiefer getreten hatte. Die Sterne waren seine Belohnung dafür, dass er ein herzloser Feigling war.

Endlich, als sie bewegungsunfähig und schweißüberströmt war, hob er sie hoch. „Tu alles, was man dir sagt, und du wirst diesen Tag vielleicht überleben."

Sie begann, zu weinen. Gewaltige, verzehrende Schluchzer. Er konnte es nicht ertragen. Er setzte sie einen Moment ab. Auch wenn sein Boss stinksauer sein würde, zog er eine Spritze aus seiner Tasche und rammte sie in ihren Hintern. Er wartete dreißig Sekunden, bis sie zusammensackte und hob sie dann wieder hoch.

Scarlett Stone war tot. Warum wollte Dorokow die hier? Die Antwort drückte sich mit weichen Kurven und schlanken Gliedmaßen gegen seinen Körper. Er sprach ein kleines Gebet und brachte sie hinaus zu seinem Auto. Er wünschte ihr, dass sie das, was auch immer als nächstes kam, überlebte.

KAPITEL FÜNFZEHN

S IE HATTE IHM das Versprechen abgerungen, sie nicht allein zu lassen.

Das Geräusch der Dusche, die angestellt wurde, und der Gedanke an Scarlett, die im Nebenzimmer nackt war, ließen Matt vor innerer Hitze brennen. Die Vorstellung, mit ihr zu schlafen, hatte ihn seit dem Augenblick ihrer ersten Begegnung in Versuchung geführt. Die Tatsache, dass sie einander erst eine lächerlich kurze Zeit kannten, schien irrelevant. Es ging um Leben und Tod, das hatte die normalen Beziehungs- und Verabredungsregeln außer Kraft gesetzt. Vielleicht hatte es die Anziehung verstärkt, aber er fühlte sich mittlerweile gefühlsmäßig verdammt involviert.

Ja, er hatte Arbeit zu erledigen, aber das war unmöglich, wenn er an nichts anderes denken konnte als an die nasse und nackte Frau im Nebenzimmer.

Vielleicht war er derjenige, der ein rasches Nickerchen brauchte – nur war Schlaf nicht das, wonach er sich sehnte, wenn er sich in den nächsten zehn Minuten in eine horizontale Lage brachte.

Das Leben war kurz. Nichts war sicher.

Er dachte an seine Mutter, komatös in ihrem Krankenhausbett liegend. Sie hatte ihm beigebracht, nach dem zu streben, was er wollte. Menschen starben. Er hatte einige seiner besten Freunde an den Krieg verloren. Jed Brennan war erst vor einigen Wochen angeschossen worden und fast gestorben.

Jed hatte die Grenze mit Vivi Vincent überschritten und war trotzdem ein verdammt guter FBI-Agent.

Es gab nicht einmal ein wirkliches moralisches Dilemma. Scarlett wurde nicht von der Polizei gesucht, sie war keine Zeugin, sie war nicht ihr Vater. Und selbst wenn das ein wirkliches Thema war, der Fall gegen Richard Stone sah zunehmend verdächtig aus.

Was also war das Problem?

Er wusste genau, was das Problem war. Wenn er mit Scarlett Stone schlief, würde er süchtig werden. Er war schon auf halbem Weg, und sie hatten sich nur geküsst. Sex würde ihn in die Knie zwingen, genau wie Frazer ihn gewarnt hatte.

Was zur Hölle war so falsch daran, vor einer heißen, nassen, nackten Frau zu knien?

Seiner Meinung nach nichts.

War es nicht Weihnachten? War es nicht die Zeit der Wunder? Denn er war ziemlich sicher, dass Sex mit Scarlett in das Land der Wunder gehörte

Er begann, auf das Badezimmer zuzugehen, bewegte sich zu schnell, um seine Meinung zu ändern. Er zog sein T-Shirt aus und ließ es auf den Boden fallen, streifte die Schuhe ab und öffnete die Tür der Dusche.

Scarlett schrie auf, also legte er seine Hand auf ihren Mund, bevor Rooney und Parker die Tür aufbrachen, um zu sehen, was zur Hölle vor sich ging. Wobei sie ohnehin gemerkt hatten, dass er ganz tief drinsteckte.

Er hielt seine Augen auf ihre gerichtet, die groß und erschrocken waren, bis sie begriff, dass er es war, nicht irgendein Serienmörder, der vorhatte, sie zu seinem nächsten Opfer zu machen. Ihr Haar sah fast schwarz aus, klebte an ihrem Kopf. Er musste sie fragen, ob das hier in Ordnung war, aber die Worte wollten nicht herauskommen. Dass sie sich von ihm angezogen fühlte, bedeutete nicht, dass sie Sex wollte. Er wusste, dass sie nicht so erfahren war, wollte sie nicht völlig verängstigen oder davon ausgehen, dass sie all die Dinge tun wollte, die er tun wollte.

Sie stieß mit ihrer Zungenspitze gegen seine Handfläche und beantwortete seine stumme Frage.

Er fuhr zusammen. „Bist du sicher?" Er nahm seine Hand weg und strich mit einem Daumen über ihre Unterlippe. „Wirklich sicher?"

„Ja." Sie versuchte nicht, sich zu bedecken, und er erlaubte sich einen Blick. Kleine Brüste, schmale Hüften, lange Beine, mit denen er schon so qualvoll vertraut war. Alles an ihr war klein, aber perfekt geformt. Zerbrechlich. Zart. Schlank. Stark.

Etwas wand sich in ihm. Vielleicht lag es an dem Vertrauen, das sie in ihn hatte. Vielleicht war es auch etwas anderes.

„Hast du schon mal in der Dusche rumgemacht?" Seine Hand sank auf den Knopf seiner Jeans und ihre Augen folgten der Bewegung mit einem unsicheren Blick, der ihn innehalten ließ.

Sie schüttelte ihren Kopf.

„Möchtest du es ausprobieren?"

Ein Grinsen erhellte ihr Gesicht.

Er schüttelte die Jeans ab und stieg in die Dusche.

Der heiße Wasserstrahl lief über ihre Schultern. Er wollte dem Wasser mit seiner Zunge folgen. Wollte sie berühren, schmecken. Er legte seine Arme um sie und küsste sie, versuchte, sich allmählich hineinzufinden. Aber sein Körper wollte nicht langsam vorgehen. Er wollte rauben und nehmen. *Mach langsamer, Arschloch.* Er zitterte vor Anstrengung, genau das zu tun.

Scarlett war nicht zurückhaltend oder schüchtern – eine Überraschung, aber eine gute. Sie fühlte sich in seinen Armen warm und weich an und sehr, sehr weiblich. Sie öffnete ihren Mund und erwiderte seinen Kuss, legte ihre Arme um seinen Hals und presste ihre Brüste an seinen Brustkorb. Er griff ihre Hüften und zog sie fester an sich, seine Erregung deutlich spürbar.

Matt küsste sie erneut, die Hitze umhüllte sie beide, baute sich in ihm auf, obwohl er versuchte, sie zu kontrollieren. Er wollte nicht zu schnell für sie sein. Wollte nicht ein weiteres Arschloch sein, das sie enttäuschte.

Ein wenig zurückweichend sah er, wie das Wasser von den Spitzen ihrer kleinen rosa Brustwarzen tropfte. Er senkte seinen Mund, um einen Tropfen aufzufangen, leckte sich zurück hinauf zu ihrem Mund.

„Du schmeckst gut." Er war hungrig nach ihr. Ausgehungert. Sie roch nicht mehr nach Zitronen. Jetzt waren es Erdbeeren.

„Du bist gut im Probieren." Ihre Lippen knabberten sich seinen Hals hinauf, um ihn unter dem Ohr zu liebkosten. „Du riechst unglaublich."

Er legte seine Lippen über ihre und vertiefte den Kuss. Ihre Zunge folgte seiner, ließ den Kuss innerhalb eines Herzschlags von spielerisch zu vulkanisch werden. Ihre Hände erforschten einander, streichelten und liebkosten, folgten Konturen, die er unter ihren Kleidern nur erraten hatte. Er griff nach der Seife und fuhr damit über ihr Schlüsselbein, hinunter zu ihrem Nabel, dann wieder hoch über ihre Brüste und das dunkle Rosa ihrer Brustwarzen.

„Du bist schön", murmelte er.

Ihre Augen zeigten ihm, dass sie ihm nur halb glaubte, also beschloss er, es ihr zu zeigen. Er legte die Hand um ihre Brust, liebkoste ihre Brustwarze zwischen Daumen und Zeigefinger. Ihre Lippen teilten sich für ein Stöhnen, als er das Gleiche mit der anderen Brust tat. Ihre Augen waren halb geschlossen, ihr Atem flach und schnell.

Er drehte sie in seinen Armen, seine andere Hand glitt abwärts, während er den Puls schmeckte, der an der Seite ihres Halses pochte. Er verrieb die Seife in langsamen Kreisen, während er sich weiter nach unten bewegte, zwischen ihre Oberschenkel fasste und ihre Beine auseinander drängte. Sie öffnete sich, zuerst zögerlich, was ihn daran erinnerte, dass dies neu für sie war. Behutsam vorgehen. Langsam vorgehen. Gegen ihren unteren Rücken gedrückt war er so steif, dass es schmerzte. Aber es würde ihn nicht umbringen, zu warten.

Es würde ihn auch nicht umbringen, aufzuhören.

Sie konnte keinen Zweifel daran haben, wie vollständig heiß er war, und er wollte nicht, dass sie ausflippte und etwas bereute, das zwischen ihnen geschah. Er wollte, dass dies etwas war, das sie immer und immer wieder taten, wenn die Gefahr vorbei war.

Was sie wahrscheinlich ausflippen lassen würde, wenn sie es wüsste. Zu neu, zu intensiv, zu unsicher.

Er schob die Seife zwischen ihre Beine, über ihre glatten Falten, drückte fester gegen ihre Klitoris, bevor er zu ihrer Brust zurückkehrte. Er knabberte an der Haut ihrer Ohren, ihres Halses, spürte, wie die Hitze in Wellen von ihr abstrahlte.

Als er die Bewegung wiederholte, stöhnte sie, und ihr Kopf

fiel zurück gegen seine Schulter. Sie öffnete ihre Beine weiter; allein das Gefühl ihrer satinartigen, weichen Haut machte ihn schwindlig.

Die Seife rutschte ihm aus der Hand, aber er brauchte sie nicht mehr. Er bewegte eine Hand zurück über ihre Brustwarzen. Ihre Hüften stießen gegen seine, als er zwei Finger tief in sie hineinschob; sie ging auf die Zehenspitzen und drückte ihre Hände gegen die Wand.

„Oh, Gott, das fühlt sich gut an."

Wem sagte sie das! Er drehte sie um und ging auf seine Knie, genau wie er es erträumt hatte, seit Frazer das Bild in seinem Kopf erweckt hatte. Obwohl das eher nicht die Wirkung hatte, auf die sein Vorgesetzter abgezielt hatte.

Er legte seinen Mund auf sie, und ihre Knie wurden weich. Mit jeder Hand umfasste er einen ihrer Oberschenkel und hielt sie somit aufrecht, während er sie mit Lippen, Zunge und Zähnen liebte. Ihr Körper spannte sich an, die Muskeln zitterten, nur Augenblicke bevor sie aufschrie. Er wartete, bis sie sich erholt hatte, bevor er sich seinen Weg ihren Körper hinauf küsste.

Sie strich mit ihren Händen über seine Schulter, dann seine Vorderseite hinunter, bis sie ihn steif gegen ihren Bauch fand. Sie legte ihre Finger um sein hartes Fleisch und bewegte ihre Hände über ihn, bis er dachte, dass seine eigenen Knie nachgeben würden.

„Sag mir, was ich tun soll", verlangte sie, küsste seinen Mundwinkel.

„Du machst das schon ganz gut."

„Ich möchte dich in mir."

So sehr er sie hier in der Dusche nehmen wollte, so sehr es ihn körperlich schmerzte, nicht tief hineinzugleiten, er konnte es nicht.

„Matt… oh, verdammt." Sie lehnte ihre Stirn gegen seinen Brustkorb, als ob sie in Tränen ausbrechen würde.

Was zum Teufel? Bereute sie es? Hatte sie ihre Meinung geändert?

„Wir haben kein Kondom."

Er hob sie hoch und drehte das Wasser ab. Dann stieg er aus der Dusche, eine Dampfwolke hinter sich herziehend. „Ich habe Kondome in meiner Geldbörse."

„Mehr als eins?" Sie strich sich Wasser aus dem Gesicht. „Ich weiß nicht, ob ich entsetzt oder dankbar sein soll."

„Fragst du mich, ob ich eine männliche Schlampe bin?"

Ihre Wangen liefen rosa an. Er versuchte, sich seine Belustigung nicht anmerken zu lassen, denn es kam nie sehr gut an, über eine nackte Frau zu lachen. Er trug sie ins Schlafzimmer und setzte sie ab.

„Es geht mich nichts an." Sie sah weg.

„Du bist nackt und ich bin nackt. Es geht dich absolut etwas an." Sie begann zu zittern, also schnappte er sich ein Handtuch vom Halter direkt hinter der Badezimmertür und legte es um ihre Schultern, zog sie näher heran, Zentimeter um Zentimeter. „Als ich beim Militär war, wurde ich häufig angemacht. Manchmal habe ich die Möglichkeit genutzt, manchmal nicht. Aber ein Freund von mir geriet in eine Lage, in der er eine Frau heiratete, die er kaum kannte, da sie nach einem eigentlichen One-Night-Stand schwanger wurde. Es war eine beschissene Situation, besonders für das Kind." Matt würde die Fehler seines Freundes oder seines Vaters nicht wiederholen. Wenn es je geschah, würde er der gottverdammt beste, involvierteste Vater sein, der er sein konnte – und der verdammt beste Ehemann, den eine Frau sich nur wünschen konnte. Die Tatsache, dass er diese Gedanken hatte, bevor er und Scarlett miteinander schliefen, entging ihm nicht. Er stand nicht kurz davor, ihr unsterbliche Liebe zu schwören, aber er hatte in dem Moment, in dem er sie gesehen hatte, gewusst, dass sie eine Frau war, die er mit der Zeit lieben *könnte.*

Er griff nach ihrer Hand. Diese Unterhaltung ging um so viel mehr als sicheren Sex, aber vielleicht musste es gesagt werden. Wenn es irgendjemanden gab, der brutale Ehrlichkeit verdiente, dann wohl Scarlett. „Als ich jünger war, hatte ich mit vielen Frauen etwas, aber ich war schon seit einer Weile nicht mehr mit einer zusammen – über ein Jahr jetzt." Die Atmosphäre drückte sich schwer auf sie beide. „Ich wollte schon lange niemanden mehr."

Ihre Augen funkelten, und ihr Blick heizte sich auf. Er gab ihr Zeit, das Gesagte zu verdauen. Zeit, ihre Meinung zu ändern.

Er drehte sich weg, fand seine Hose, warf seine Geldbörse auf den Nachttisch.

Als er sich zurückdrehte, lief ein Schatten über ihre Augen. „Ich war nie sehr gut beim Sex."

Es amüsierte ihn, dass sie so tun wollte, als ob das, was hier geschah, nur Sex war. Er hob ihr Kinn an. „Du bist schön, Scarlett. Und du bist heiß. Die Tatsache, dass andere Kerle nicht wissen, wie man mit einer Frau schläft, ist nicht deine Schuld."

Sie lachte, genau wie er es wollte. „Die Feministin in mir möchte dieser Aussage widersprechen, aber ich bin zu neugierig, ob es gerechtfertigt ist, dass du dir die Mühe machst." Ihre Augen richteten sich auf seine, und ihre Lippen formten ein kleines Lächeln. „Aber ich möchte nicht, dass meine Unsicherheit das hier ruiniert." Er konnte die Nervosität in ihren Augen sehen, im angespannten Ballen ihrer Hände zu Fäusten.

„Scarlett, was ich dir hier sage ist, dass du es nicht ruinieren *kannst*. Es ist bereits spektakulär." Er knabberte an ihrer Unterlippe, dann etwas fester, zwang sie, an die körperlichen Eindrücke zu denken, nicht an alte Komplexe. „Warum kümmere ich mich nicht um die Details, und du konzentrierst dich darauf, dich gut zu fühlen?"

Seine Hände strichen ihre Hüften hinunter und blieben dort. Seine Lippen liebkosten ihre – lange, süße Küsse, die sie aus sich selbst heraus und zurück in den Augenblick zogen. Sie legte ihre Hände auf seine Schultern und stand auf Zehenspitzen, um ihn zu erreichen, nahm den Kuss tiefer in sich auf, erhitzte sein Blut, während ihr eigener Hunger wuchs. Seine Hände glitten über ihren Hintern, ihre Haut war unfassbar weich. Wusste sie, wie gut sie sich anfühlte?

Er hob sie hoch und legte sie auf das Bett, nahm sich Zeit, obwohl sein Herz so heftig gegen seine Rippen hämmerte, dass es sich anfühlte, als ob es gleich explodieren würde. Es ging nicht darum, dass er zum Schuss kam. Es ging darum, dass er es nicht versaute. Er folgte ihr hinab, sie lagen beide auf der Seite, sahen einander an. Er zeichnete die zarte Linie ihres Schlüsselbeins mit dem Finger nach und glitt langsam ihren Arm hinab, ihre Hüften hinab. Er gab sich große Mühe, das hier nicht zu übereilen.

Ihr Körper war perfekt. Kleine aufrechte Brüste, ein sanft gewölbter Bauch, schmale, feingliedrige Füße. Der Anblick der dunklen Locken zwischen ihren Beinen machte ihn so steif, dass es wehtat, also ließ er seinen Blick wieder hinaufwandern.

Wenn überhaupt, dann war sie zu dünn, was zu ihrem

überaktiven Gehirn und den ausgesprochen stressigen Ereignissen der letzten Tage passte. Er wollte die Entdeckung jedes Teils von ihr genießen, aber er hatte fast Angst, sie zu berühren und zu riskieren, dass er es versaute.

Ihre Hände strichen über seine Brust, seine Schultern und seine Arme hinab, bis ihre Finger sich mit seinen verschränkten. Er hob ihre Finger an seine Lippen und küsste sie. „Bist du dir hierüber sicher?"

„Hast du deine Meinung geändert?" Traurigkeit lag in ihren Augen, fast Resignation. Irgendein Arschloch hatte sie wirklich übel behandelt.

„Ich möchte dich so sehr, dass ich Angst habe, mich zu blamieren, sobald ich in dir bin."

Ihr Blick heizte sich auf. Sie drückte gegen seine Schulter, sodass er auf dem Rücken lag. Jetzt war sie diejenige, die erkundete. Heiße Hände strichen über jeden Zentimeter seines Körpers. Sie küsste seine Brust, ging dann hinab zu seinem Nabel. Seine Erektion pochte schmerzhaft. Sie berührte ihn, und er zuckte in ihrer Hand.

Unfähig, es zu ertragen, zog er sie hoch und umfing ihre Lippen mit seinen. Er berührte sie erneut, aber es war nicht mehr spielerisch. Seine Hände wurden gierig, verzweifelt. Sie sanken zwischen diese dunklen Locken, um sicherzustellen, dass sie für ihn bereit war. Sein Blut heizte sich auf, bis es seine Venen verbrannte. Er griff das Kondom und rollte es über. Sie öffnete ihre Beine für ihn, und er hätte schwören können, dass sein Kopf gleich explodieren würde. Er schob sich zwischen ihre Schenkel, in ihre Hitze, konnte das Gefühl nicht verleugnen, dass nichts sich jemals so gut angefühlt hatte. Er schob sich langsam in sie. Ihr Griff an seinem Rücken wurde fester, Fingernägel gruben sich in seine Haut. Schweiß brach auf seiner Stirn aus, und er hielt einen Moment inne.

Sie strich mit ihren Händen durch sein Haar und flüsterte: „Es ist okay."

Er hielt ihren Blick, als er tiefer hineinglitt. Sie stöhnte, sah nicht weg. Das Geräusch strich wie eine erotische Liebkosung durch seine Knochen. Er bewegte sich tiefer, schob ihre Schenkel weiter auseinander bis er ganz in ihr war. Es fühlte sich so gut an, dass er nicht mehr reden konnte. Nicht mehr denken konnte.

Stattdessen bewegte er sich. Kleine, kontrollierte Stöße. Er wollte es besser als nur gut für sie machen, sie aber nicht erschrecken, indem er alles tat, was er mit ihr in einer Nacht machen wollte.

Vielleicht haben wir nur eine Nacht ... vielleicht haben wir nur eine Stunde.

Der Gedanke ließ ihn ein wenig tiefer, ein wenig härter stoßen. Sie neigte ihr Becken und schlang ihre Beine um seine Hüften. Guter Gott, er konnte nicht langsam weitermachen, und er konnte nicht sanft weitermachen. Er stieß in sie, dankbar dafür, dass sie seinen Mangel an Technik und Finesse zu genießen schien.

Sie schloss ihre Augen und warf den Kopf zurück, schrie genussvoll auf. Ihre inneren Muskeln drückten ihn und der Höhepunkt, der durch seinen Körper schoss, verwandelte sein Gehirn in einen weißglühenden Blitz der Lust. Schweratmend stützt er sich auf seinen Ellbogen ab und wartete, bis sein Gehirn zurück zur Erde fand.

Als er seine Augen öffnete, stellte er fest, dass sie mit einem sehr weiblichen Lächeln auf den Lippen zu ihm aufsah.

„Danke."

Er schnaufte fast. „Wofür?"

„Meine erste gute sexuelle Erfahrung.“

Er strich ihr Haar aus ihrem Gesicht. „Du weißt, dass es so sein sollte, richtig?“

„Deshalb danke ich dir.“ Eine Seite ihres Mundes zuckte hoch.

„Hey, es war eine Gemeinschaftsleistung. Und das nächste Mal wird es noch besser.“

Ihre Pupillen weiteten sich angesichts der Schlussfolgerung, dass sie dies noch einmal tun würden. Wenn es nach ihm ginge, würden sie es tun. Verdammt. Oft.

Er küsste sie ein letztes Mal und drehte sich auf den Rücken. Er wollte sie nicht allein lassen, wusste aber, dass er es tun musste. „Schlaf ein wenig. Ich werde an dieser Liste arbeiten und dich in ein paar Stunden wecken.“

Er stieg aus dem Bett und ging ins Badezimmer. Dort entledigte er sich des Kondoms. Er griff in der Dunkelheit nach seiner Kleidung und verließ das Zimmer, schloss die Tür leise hinter sich. Nach ihrem gleichmäßigen leisen Atmen nach zu urteilen, schlief Scarlett schon tief.

In einem Augenblick postkoitaler Klarheit begriff Matt, dass er Mist gebaut hatte. Gerade war alles kompliziert geworden. Nicht weil sie Sex gehabt hatten, auch wenn seine FBI-Kollegen es missbilligen würden. Sondern weil er ihr nicht die Wahrheit über Angel gesagt hatte. Angesichts der Tiefe ihrer Loyalitäten hatte Matt das Gefühl, dass es nicht die Art des Hintergehens war, die Scarlett leicht verzeihen würde. Er hatte Mist gebaut. Gewaltig.

Aber er konnte es hinbiegen. Solange sie alle diese Situation überlebten, konnte er es hinbiegen. Nur war das alles andere als sicher, wenn man bedachte, dass das LeMay-Mädchen schon seit vollen vierundzwanzig Stunden vermisst wurde, ohne ein einziges Wort von den Entführern. Und sie mussten einen Spion finden, dem es gelungen war, sich mehr als fünfzehn Jahre verborgen zu halten. Das war eine gesamte FBI-Karriere. Matt wollte nicht darüber nachdenken, wie viele Leben und Einsätze wegen dieser Person in Gefahr gewesen waren. Er wollte nicht darüber nachdenken, von jemandem Befehle zu erhalten, der vielleicht schon das Messer in der Hand hielt, mit dem er ihn in den Rücken stechen würde. Was er wollte, war, den Hintern des Kerls an die Wand zu nageln und dann Dartpfeile auf ihn zu werfen. Was er wollte, war, Scarlett in Sicherheit zu bringen, damit sie alle zu ihrem Leben zurückkehren konnten – Lebenswege, die sich vielleicht eines Tages verbinden würden. Plötzlich fühlte er sich wie dieser kleine Junge am Weihnachtsabend, der betete, dass sein Vater nach Hause kommen würde. Es schien, als ob er sogar nach all diesen Jahren, all den Enttäuschungen, die das Leben ihm vor die Füße geworfen hatte, noch an Wunder glaubte. Gott steh ihm bei.

Ein Klopfen an der Tür ließ ihn nach der Waffe in seinem Gürtel greifen.

Parker rief: „Bin nur ich." Er kam ins Zimmer, die Augen nahmen jedes Detail auf. „Scarlett schläft?"

Matt nickte und fragte sich, ob der Typ schon durch einen Blick in sein Gesicht feststellen konnte, dass er umwerfenden Sex gehabt hatte. Wahrscheinlich.

„Schlechte Neuigkeiten. Richard Stone wurde heute Morgen im Gefängnis während seiner letzten Chemotherapie-Behandlung angegriffen."

Scheiße.

„Maidstone starb auf dem OP-Tisch. Die Polizei hat den Fingerabdruck auf dem Telefon identifiziert. Die örtliche

Polizei hat eine Fahndung eingeleitet. Sie sind jetzt offiziell ein Verdächtiger in einer Mordermittlung."

ANDREJ DOROKOW GING durch das obere Stockwerk seiner Residenz und betrat den letzten Raum auf der rechten Seite. Seine Frau packte mit ihrer Assistentin Weihnachtsgeschenke ein und würde ihn nicht vermissen, wenn er eine Stunde oder etwas länger wegblieb. Die Wut, die sich über die letzten vierundzwanzig Stunden aufgebaut hatte, war kurz davor, durch seine Haut zu brechen.

Raminski stand neben dem Bett. Eine bewusstlose Frau lag auf der Decke.

„Ich wollte sie wach", fuhr Dorokow ihn an.

„Sie hat sich widersetzt." Raminski zuckte mit den Schultern. „Ich wollte nicht, dass sie mir mitten im Straßenverkehr die Rücklichter raustritt. Wahrscheinlich habe ich die Dosis falsch eingeschätzt. Entschuldigung, Exzellenz."

Obwohl seine Miene zerknirscht war, lag etwas in der Stimme des Mannes, das darauf hindeutete, dass er das hier missbilligte.

Dorokow verengte seine Augen. Es gab mehr als genug Wut für alle. „Ziehen Sie sie aus." Sein Lächeln war bösartig. Die LeMays und die Stones hatten mehr Scheiße aufgewirbelt als ein Moskauer Abwasserkanal. Eine kleine Rache war eine gute Erinnerung, warum sie ihm nicht in die Quere kommen sollten. Im Rachenehmen war er besonders bewandert.

Er löste seine Krawatte und schenkte sich und seinem Assistenten einen großen Whisky ein. Als Raminski die Kleidung der Frau entfernt hatte, trat er einen Moment zurück, die Lippen verkniffen. Hässliche Blutergüsse sprenkelten ihre Haut wie Farbspray. Mischka ging seine Arbeit immer voller Enthusiasmus an.

Raminski hatte das Höschen des Mädchens an seinem Platz gelassen. Andrej schob einen Finger durch die Seide und zog es ihre Beine hinunter. Er sah seinen Protegé an und lächelte wissend. „Da. Alles erledigt."

Er gab dem Mann seinen Drink. Er hatte nicht das leiseste Interesse an dem, was er tun musste. „Möchten Sie zuerst? Ich habe gesehen, wie Sie sie beim Weihnachtsempfang angesehen haben, mein Freund."

„Sie ist eine schöne Frau, Exzellenz, und ich beuge mich Ihren Wünschen in allem. Aber…" Der Kiefer des Mannes spannte sich an, und seine Augen funkelten. „Ich ziehe meine Frauen willig vor."

„Hier geht's nicht um Sex, Sergio. Das begreifen Sie doch sicher?" Dorokow lachte, aber nicht amüsiert. „Es geht um Macht und Kontrolle und Bestrafung."

Raminskis Lippen wurden schmal.

Dorokow zog die Brauen hoch. „Sie stimmen mir nicht zu?"

„Wenn Sie eine wehrlose Frau vergewaltigen müssen, um Ihre ‚Macht' zu beweisen, dann…" Raminski stand mit gebeugtem Kopf. „Es tut mir leid. Nicht alles muss durch Angst geschehen."

Glaubte der junge Mann das wirklich? Er hatte große Hoffnungen auf Raminski gesetzt, aber anscheinend war er weich.

Dorokow schenkte sich noch einen Drink ein und kippte ihn hinunter. Das wütende Feuer floss aus ihm heraus, und er fühlte sich müde. Sehr müde. „Gehen Sie raus."

Raminski zögerte lange genug, um die Frau auf dem Bett anzusehen.

„Raus!" Dorokow schloss die Tür hinter dem Mann ab und schenkte sich einen weiteren Drink ein. Die Wahrheit war, dass er keine Lust hatte, diese Frau zu vögeln. Nicht, wenn er eine Frau hatte, die willens und fähig war, mit ihm zu schlafen, als ob sie es wirklich wollte. Das war ein Wunder. Keines, das er verspielen wollte.

Aber er konnte es sich auch nicht leisten, auszusehen, als ob er weich geworden war. Er machte sich nichts vor. Er hatte gewollt, dass Raminski sie vergewaltigte, damit er es nicht tun musste. Die Tat anzusehen würde ihm Rache genug an denen sein, die ihm in die Quere gekommen waren und hätte ein Band zwischen den beiden Männern geknüpft, das über Jahre hinweg hätte halten können.

Dorokow setzte sich auf das Bett, wünschte sich, er wäre gelenkiger, nicht so alt und fett und faul. Sogar der Anblick des nackten Körpers der Frau hatte keine Wirkung auf ihn. Sie war zu jung. Zu *bewusstlos*. Es war kein Widerstand in ihr. Kein Spaß. Das Bett quietschte, als er sich bewegte. Es brachte ihn auf eine Idee. Die einzige Person, die wusste, was in diesem Zimmer passierte, würde er sein. Er begann, sich leicht auf und ab zu bewegen, falls Raminski lauschte. Stieß zwischen einigen Schlucken Whisky mehrere Grunzer und Stöhner aus.

Der Kopf des Mädchens hüpfte apathisch zur Seite, ihre Titten wackelten, die zarten Brustwarzen wie elegante Himbeeren obenauf.

Sie hatte einen schönen Körper, aber es wäre, als ob man eine Puppe vögeln würde. Er wippte stärker, wünschte sich, dass er sie begehrte. Hatte Raminski sie bewusstlos gemacht, weil er gewusst hatte, dass es ihm den Spaß verderben würde?

Hatte er es getan, um das Mädchen zu beschützen und es so einzurichten, dass sie sich an nichts erinnerte?

Es war wenig Trost, große Lücken in der Erinnerung zu haben. Dieser Gedanke brachte ihn dazu, sein Handy hervorzuholen und sie aus allen Winkeln zu fotografieren.

Er kroch zurück auf das Bett und legte sich auf ihren Körper, quetschte ihre Hüften mit seinem Gewicht. Sie lag immer noch wie tot da. Er griff sich die Flasche vom Tischchen, warf den Kopf zurück und schluckte durstig. Dann kippte er den Rest der Flüssigkeit über den Körper des Mädchens und warf die leere Flasche mit einem wütenden Schrei an die Wand.

Das Glas zersplitterte, die darauffolgende Stille war schwer und widerlich. Er kletterte vom Bett, die Federn ächzten unter seinem Gewicht. Er stieß ihre Knie weiter auseinander und rieb etwas von dem Alkohol zwischen ihre Beine, sodass sie überall glänzte. Es sah aus und roch, als ob er sie mit der Flasche in der Hand gevögelt hätte.

Er wischte sich seine Hände an den Laken ab, machte dann weitere Fotografien. Er nahm seine Krawatte in eine Hand, schloss die Tür auf und fand einen finster blickenden Raminski vor, der dort stand und hastig in sein Handy sprach.

„Sind Sie sicher?", fragte Raminski gerade, während seine Augen über Andrejs Schultern wanderten, um Angel LeMay immer noch nackt daliegen zu sehen. Der wütende Funke war rasch verborgen. Er klappte das Telefon energisch zusammen. „Der FBI-Agent und das Mädchen. Sie leben beide. Soll ich sie mir schnappen?"

Wut zwang seine Zähne zusammen. Er schaffte es, hervorzustoßen: „Ich ziehe diesmal einen Spezialisten hinzu." Er warf einen Blick über seine Schulter. „Bringen Sie

sie zurück ins Lagerhaus. Ich bin mit der kleinen Schlampe noch nicht fertig. Und Raminski…" Er ließ seine Stimme leise und bedrohlich klingen. „Verweigern Sie noch einmal einen Befehl und ich schicke Sie in einem Leichensack nach Hause, *vy ponimayete meniya?*"

KAPITEL SECHZEHN

„**S**CARLETT, WACH AUF.“

Das Bett neigte sich zur Seite, und sie wachte abrupt auf. Matt saß dort, sah sie an, Besorgnis verdunkelte seine Augen. Bereute er, was sie getan hatten, oder war etwas anderes passiert?

„Was ist?“ Ihre Stimme klang kratzig. Sie sah auf die Uhr. Es war nicht einmal Mitternacht. „Bin ich nicht gerade erst eingeschlafen?“

„Ja, tut mir leid.“

Sie war mit einem Gefühl der Sättigung und Befriedigung eingeschlafen. Jetzt legte sich die Last ihrer Situation auf ihre Brust, zerquetschte ihre Lungen, und jeglicher zuvor empfundene Friede verschwand. Die Erinnerung, dass es dort draußen böse Menschen gab, die aktiv versuchten, jeden zu töten, der ihnen in die Quere kam, machte sie mit einem Schlag hellwach. Sie konnte nicht fassen, dass sie sich der Wunschvorstellung hingegeben hatte, dass sie in Sicherheit waren. „Was ist?“

„Du musst dich anziehen.“ Matts Gesichtsausdruck zeigte, dass etwas Furchtbares passiert war.

Sie warf die Decke zurück, ihre Nacktheit war ihr egal. Sie zog die Yogahosen an, die Mallory Rooney ihr geliehen hatte, und wünschte, sie könnte einige ihrer Sachen holen. Ihr war bis jetzt nicht bewusst gewesen, wie behaglich es war, in ihre eigenen abgetragenen Jeans zu schlüpfen. Sie streifte ihren BH über, ihr T-Shirt und ihren Sweater. Matt ging in das andere Zimmer. Es wäre wahrscheinlich am besten, wenn sie sich vor seinen Kollegen nicht wie eine liebeskranke Idiotin verhielt. Nicht, dass sie das war - liebeskrank. Sie konnte sich nicht erlauben, sich in ihn zu verlieben, nicht bis dieses ganze Chaos geklärt, und ihr Vater entlastet war. Sex war erlaubt - gut als sportliche Betätigung, erstklassig zum Stressabbau -, aber es sich momentan weiterentwickeln zu lassen, wäre ein schwerer Fehler.

Massive Fehleinschätzungen sind doch gar nicht meine Art.

Sie schüttelte über sich selbst den Kopf. Wem machte sie etwas vor? Sie hatte sich auf den ersten Blick in diesen Kerl verliebt. Wer tat sowas? Welcher Schwachkopf war durch einen Blick auf jemanden schon derart gefühlsmäßig involviert?

Anziehung war eine Wissenschaft - Menschen fanden symmetrische Gesichtszüge attraktiver als asymmetrische. Und sie konnte beschwören, dass jeder Zentimeter von Matts Gesicht und Körper in der Symmetrieabteilung herausragend waren - sie wurde schon heiß, wenn sie nur an ihn ohne Kleidung dachte. Vielleicht hatten Menschen einen innerlichen Bauplan für die ihnen entsprechende Person, von dem sie gar nichts wussten, bis diese ihnen voller Lust eins auf den Kopf gab.

Aber es gab so viel mehr an Matt als nur das Aussehen. Alles, was er seit ihrem Kennenlernen getan hatte, war heroisch und angemessen gewesen. Sie knirschte mit den Zähnen. Die rosa Brille verdeckte offensichtlich die Verhaftung und die Handschellen. Sie wollte sich nicht wieder zum Narren machen.

Scarlett versuchte, nicht darüber nachzudenken, welche Krise hereingebrochen war, ging auf die Toilette und putzte rasch ihre Zähne. Die einzige Sache, die Rooney ihr nicht zur Verfügung gestellt hatte, war eine Haarbürste, also fuhr sie mit ihren Fingern durch das verfilzte Durcheinander, entfernte die größten Knoten, gab dann auf und suchte Matt.

Parker und Rooney waren ebenfalls beide in dem kleinen Wohnzimmer. Rooney ging auf und ab, Parker lehnte beobachtend an der Wand. Scarletts Augen richteten sich auf Matt, aber sie konnte nicht erkennen, was er dachte. Ein wenig entnervend angesichts dessen, was sie eben gemeinsam getan hatten.

„Frazer war heute im Gefängnis, um Ihren Vater zu sehen." Rooney eröffnete das Gespräch.

Ihr Hals trocknete aus. „Wie geht es ihm?"

„Er lebt." Rooneys Bernsteinaugen wurden mitleidig. „Während seiner Chemotherapie-Behandlung stach ein Mitinsasse auf ihn ein. Er ist jetzt auf der Intensivstation, nachdem er einer Notfalloperation unterzogen wurde, um sein Leben zu retten. Ihre Mutter ist bei ihm."

Die Kälte des Schocks durchfuhr sie. Ihre Knie gaben nach, aber Matt griff nach ihr, bevor sie direkt auf ihr Gesicht fiel. Er zog sie hinüber zum Sofa und drückte ihren Kopf zwischen ihre Knie.

„Er ist aus dem OP auf die Intensivstation gekommen – und momentan stabil", fuhr Rooney fort. „Wir glauben, dass der Angriff mit Ihren gestrigen Aktivitäten in Zusammenhang..."

Wütend schubste Scarlett Matts Hand weg. „Wenn jeder vor vierzehn Jahren ordentlich seine Arbeit gemacht hätte,

hätte ich nicht versuchen müssen, Dorokows Büro zu verwanzen.“

„Ich habe Ihnen keinen Vorwurf gemacht, Scarlett. Mir tut alles Geschehene leid, aber ehrlich gesagt *bin* ich verärgert. Der Gedanke, dass jemand innerhalb des FBI damit davongekommen ist, den Russen Informationen weiterzugeben, die zum Tod von sechs US-Agenten führten, und es ihm auch noch gelang, es einem guten Menschen anzuhängen, macht mich rasend.“ Rooneys Gesicht war blass. Dunkle Schatten lagen unter ihren Augen, aber es zeigte sich kein Tadel in ihnen. Keine Verurteilung. Sie hätte sich ausruhen sollen. Sie hätte ihren Weihnachtsurlaub genießen sollen.

Die Tränen brannten, aber Scarlett blinzelte sie fort. „Es tut mir leid.“ Sie hätte nicht die wenigen Menschen auf der Welt anschnauzen sollen, die tatsächlich versuchten, ihr zu helfen. „Ich möchte zu ihm“, sagte sie rasch. „Ich muss meine Mutter sehen.“ Sie versuchte, aufzustehen, aber als sie schwankte, zog Matt sie wieder auf Sofa hinunter.

„Ihre Mom will nicht, dass Sie dort sind“, erklärte Rooney direkt.

Ein Gefühl kalter Ruhe überkam sie. „Ich muss für sie da sein. Was, wenn er ohne mich stirbt? Was, wenn er denkt, dass es mir egal ist?“

Matt zog sie an seine Brust und wiegte sie. Die Anwesenheit seiner Kollegen oder die Tatsache, dass sie wieder sein Hemd nassweinte, schienen ihn nicht zu stören.

„Es wird niemandem helfen, wenn Sie sich in Gefahr bringen“, erklärte Rooney.

„Was, wenn wir kurz davorstehen, diese Sache zu knacken? Seine Unschuld zu beweisen? Würde das deine Zeit nicht mehr wert sein als eine Krankenwache bei einem Mann, der vielleicht nie wieder aufwacht?“, fragte Matt. „Herr im Himmel, wenn irgendjemand das bestätigen kann, dann ich.“ Der Schmerz in seiner Stimme riss sie aus ihrer Selbstbezogenheit.

Andere Menschen durchlebten schreckliche Dinge. Sie musste sich in den Griff bekommen. Ihr Magen krampfte sich zusammen. „Ist sie in Ordnung? Meine Mom? Sie wird sich Sorgen machen.“

„Frazer hat ihr die Situation erklärt. Sie arbeitet mit ihm…“

„Meine Mutter hilft dem FBI?“ Alles in Scarletts Leben war zur *Twilight Zone* geworden. Vielleicht träumte sie das alles nur?

„Er kann sehr überzeugend sein.“ Rooney schien aus Erfahrung zu sprechen. Sie hielt ihr ein Stück Papier hin. „Sie haben eine Liste mit sechs Namen von Leuten dekodiert, von denen Ihr Vater vermutete, dass sie als der echte Spion in Frage kommen könnten.“

Scarlett nahm die Liste aus Rooneys Händen und ließ sich wieder auf das Sofa fallen. Ihre Hände zitterten so stark, dass Matt ihr das Papier wegnahm, ihre beiden Hände mit einer von seinen bedeckte und rasch ihre Finger drückte. Sie hatten die Handschellen weit hinter sich gelassen.

„White, MacGyver, Clarkson, Regan, Weber und Branson“, spulte Matt die Namen auf der Liste ab. „Scheiße.“

„Laut der Beweisprotokolle waren weder Weber noch Clarkson Teil des Teams, das das Haus der Stones durchsucht hat.“

„Richard Stone hatte eine Menge Zeit und einen verdammt starken Anreiz, bei der Erstellung der Liste gründlich zu sein“, bemerkte Rooney. „Wenn er sie für

Verdächtige hält, sollten sie auch Verdächtige sein.“

Alles, woran Scarlett wirklich denken konnte war, dass jemand versucht hatte, ihren Vater umzubringen, einen Mann, der bereits an Krebs starb.

„Regan. Ist das Jon Regan? Der Abteilungsleiter von TacOps?“, fragte Matt.

Rooney nickte. „Damals war er ein Junioragent, jetzt sind sie alle hochrangige FBI-Agenten. Alle sechs sind noch aktiv.“

„Regan ist derjenige, der mich dazu geholt hat, um das Video von Scarlett bei ihrem in der Botschaft veranstalteten Zinnober anzusehen.“ Matts Blick war auf die Liste konzentriert. „Warum würde der Kerl das tun, wenn er so ein riesiges Geheimnis zu verbergen hätte?“

„Hat *jeder* im gesamten FBI dieses Video gesehen?“ Scarlett fühlte sich taub.

Parker räusperte sich. Matt sah weg.

„Wenigstens haben Sie keine Liebestöter getragen.“ Rooney versuchte es mit Humor.

Scarlett lachte nicht.

Parker zuckte mit den Schultern. „Regan kontaktierte Sie, bevor sie Scarlett identifiziert hatten. Vielleicht hatte er da die Zusammenhänge noch nicht begriffen. Vielleicht hat er die Information von einer höheren Stelle erhalten, und es hätte ihn verdächtig aussehen lassen, wenn er nichts getan hätte. Vielleicht wollte er Ihnen in die Augen blicken und sehen, ob Sie ihm auf der Spur waren.“

„Ich glaube das nicht. Ich habe den Kerl immer gemocht.“ Matt strich sich mit der Hand durch sein kurzes Haar. „Wir müssen wissen, wer diese anfängliche Überwachung eingerichtet hat und warum.“

Parker nickte. „Frazer ist bereits an der Sache dran.“

Matt begann, auf und ab zu gehen.

Scarlett betrachtete ihn, wünschte sich, sie könnte das, was auch immer in ihr vorging, auflösen. Wenn ihr Vater starb, war nichts von all dem hier wirklich wichtig. Sie wollte ihn in Freiheit sehen. Sie wollte, dass er Gerechtigkeit fand. Und dass er lebte.

Matt deutete mit dem Finger auf sie, und sie fuhr hoch. „Dein ursprünglicher Plan. Dorokow verwanzen und dann sehen, was er sagen und wen er anrufen würde. Können wir zurückverfolgen, wen er angerufen hat?"

Parker schüttelte seinen Kopf. „Ich habe es versucht. Die Russen verschlüsseln die Daten, die ihre operativen Stellen verlassen. Hochgradige militärische Verschlüsselung, es würde Monate dauern, die zu knacken."

„Können Sie all die Orte lokalisieren, an denen die Russen Daten verschlüsseln?"

Parkers Augen weiteten sich, aber er nickte. „Es könnte einige Stunden dauern, aber ja. Gute Idee. Ich setze einen meiner Leute darauf an."

Scarlett verstand nicht, warum das relevant war.

Rooney unterbrach sie. „Was ist hier das Wichtigste?"

„Was meinen Sie?" Scarlett kam nicht mit, und sie war immerhin ein Superstreber. Kein Schlaf und das Entsetzen, dass jemand ihre ganze Familie auslöschen wollte, hatte wohl ihre Schaltungen durcheinandergebracht.

„Ich meine, wollen wir Dorokow oder wollen wir den echten Spion?"

„Was wollen wir?" Scarlett sah die andere Frau eine ganze Weile an. „*Wir* wollen den echten Spion. Wir wollen die Wahrheit."

Matt hörte auf, hin und her zu gehen.

„Also ruft Scarlett Dorokow an. Sagt ihm, dass Maidstone ihr vor seinem Tod etwas erzählt hat. Etwas Wichtiges. Arrangiert ein Treffen. Behauptet, sie wird es ihm sagen, wenn er sie leben lässt."

„Maidstone ist gestorben?" Eine Welle der Schuld und des Mitleids für den Mann durchlief Scarlett. Dann erinnerte sie sich daran, dass er seinen Anteil daran hatte, was ihrer Familie angetan worden war.

„Scarlett wird Dorokow *nicht* treffen." Matt schob den Kiefer vor und starrte auf Rooney hinunter.

„Sie muss nicht hingehen, nur sagen, dass sie es vorhat. Jemand mit seinem Ego und seinem Überlegenheitsgefühl wird definitiv auftauchen. Er wird wissen wollen, was Maidstone gesagt hat, und wem es schadet." Rooney zuckte mit den Schultern. „Ohne absolute Beweise für ein Verbrechen können wir ohnehin nicht an ihn ran, und das weiß er. Aber der Grund, aus dem wir das tun, ist nicht Dorokow. Wir wollen den Spion so verängstigen, dass er handelt. Wir werden ein Überwachungsteam brauchen – und Frazer wird Jon Regan um den persönlichen Gefallen bitten, dieses Überwachungsteam zur Verfügung zu stellen. Unsere Aufgabe ist es, zu überwachen, was unsere Verdächtigen – die Männer auf Richard Stones Liste – tun, wo sie hingehen und wen sie kontaktieren, nachdem Scarlett diesen Anruf tätigt. Zum Glück ist MacGyver in Alaska und White ist auf einem Einsatz im Ausland, was vier Leute übrig lässt."

„Clarkson, Regan, Weber und Branson. Sie haben das schon mit dem Boss besprochen?", fragte Matt.

Rooney nickte. „Er wird auf dem schnellsten Weg aus Colorado zurückzukommen. US Marshals bewachen Ihre Eltern, Scarlett. Er wollte bleiben, wusste aber, dass wir ihn hier brauchen.“

„Was ist mit dem Fahndungsaufruf gegen mich?“, fragte Matt.

„Frazer hat mit dem Polizeichef in Thornton gesprochen und es geschafft, dass die Fahndung zurückgezogen wurde. Aber Sie sollten sich auf alle Fälle weiter bedeckt halten, falls jemand es nicht erfahren hat“, sagte Rooney.

Matt verdrehte die Augen. „Klasse. Scheiße.“

Rooney schürzte die Lippen. „Wir brauchen Sie in D.C.“

Matts Blick wurde hart. „Also das ist alles? Das ist das gesamte Aufgebot, das wir für die Jagd nach dem gefährlichsten Spion in der Geschichte der Vereinigten Staaten aufbringen können? Wir sind noch nicht einmal Agenten im Außendienst.“

Rooney sah von Scarlett zu ihm, dann zu Parker und nickte. „Ja. Das sind die, von denen wir sicher wissen, dass wir ihnen trauen können. Und Frazer, falls er rechtzeitig ankommt. Letztlich ist der Plan, das Gerücht zu verbreiten, dass Scarlett weiß, wer der echte Spion ist und zu sehen, wer anbeißt.“

„Weihnachten ist also abgesagt?“ Parker hielt seine Miene neutral, aber Scarlett bemerkte ein Leuchten in seinen Augen.

———

MITTEN IN DER Nacht durch die Luft zu rasen, sorgte schon an sich für einen Adrenalinrausch. Blind zu fliegen war sowohl belebend als auch erschreckend. Der Lärm war unglaublich. Vibrationen durchliefen seine Knochen. Erinnerungen an alte Freunde und Missionen, über die er immer noch nicht reden konnte, sickerten durch sein Gehirn. Augenblicke der

Vergangenheit kollidierten mit der Gegenwart und seiner eventuellen Zukunft, wenn alles sich so entwickelte, wie er wollte.

Scarlett saß ihm in der nahezu kompletten Dunkelheit gegenüber, nur der schwache Umriss ihrer Silhouette sichtbar.

Er hatte bereits den Anfang ihrer Beziehung versaut, obwohl Scarlett an dem Fiasko beteiligt gewesen war. Er hätte nie mit ihr schlafen sollen, bis sie die Wahrheit über alles wusste, was gerade vor sich ging. Parker hatte recht – trotz all seiner verrückten Abenteuer der letzten Jahre war er ein Regelbefolger. Selbst jetzt hatte er den strikten Befehl, Scarlett nichts davon zu sagen, dass Angel noch immer vermisst wurde, und man befürchtete, dass sie tot war. Er plante, das zu ändern, sobald die Situation es erlaubte – wenn er sicher war, dass sie nicht ohne Rücksicht auf ihre eigene Sicherheit zur Rettung ihrer Freundin eilen würde.

Er hatte endlich etwas begriffen.

Scarletts Gefühle für Angel waren mit seinen für seine alten Teamkameraden identisch. Ihre entschiedene Loyalität war einer der Gründe, aus denen er sich in sie verliebt hatte. Überstürzt verliebt, wie bei einem Fallschirmsprung ohne Fallschirm. Ob er überlebte oder nicht, hing davon ab, ob Scarlett ihn auffangen würde. Seine Chancen standen fünfzig zu fünfzig, falls sie Angel lebend und unbeschadet fanden. Danach fielen sie rapide ab.

Der Pilot umkreiste eine kleine Landefläche auf einem Flugplatz zwanzig Meilen südlich von der Marinebasis in Quantico und brachte die Maschine ohne Holpern auf den Boden. Parker sprang zuerst hinaus und half Rooney die Stufen hinab. Matt wusste nicht, wie er sich fühlen würde, wenn seine schwangere Verlobte an einem solchen Einsatz beteiligt wäre – aber er wusste, dass Parker Rooney während dieses Teils der Operation nicht von der Seite weichen würde. Sie mussten ohnehin in Zweierteams arbeiten, um einander Rückendeckung zu geben. Es gab zu viele Leute, denen sie nicht trauten. Außerdem waren nur Rooney und er offizielle Beamte der Strafverfolgung, und diese Sache konnte ihnen um die Ohren fliegen, wenn sie nicht sehr vorsichtig waren.

Er löste seinen Sicherheitsgurt und griff dann Scarletts Arm, bevor sie ausstieg. Ihre Haare waren von einer schwarzen Wollmütze bedeckt, die Parker aus seiner Reisetasche genommen hatte. Ihre hübschen Augen konnten nicht verkleidet werden, obwohl sie wahrscheinlich als männlicher Teenager durchgehen würde, wenn man sie nicht nackt gesehen hatte.

Er war ein Glückspilz. Er grinste.

„Was?", schrie sie misstrauisch über das Knattern des Hubschraubers.

Er wusste nicht, was er vorgehabt hatte, aber in dem Moment strahlte sie ein solches Bedürfnis nach einem Freund, nicht nur einem Liebhaber aus, dass er sie an sich zog und sie küsste. Vielleicht war es unklug, vielleicht wurde er unachtsam, aber er konnte nicht anders.

Sie entzog sich. „Wofür war das?"

„Fröhliche Weihnachten, Scarlett."

Sie schluckte. Gefühle rasten wie Funken eines Feuerwerks durch ihre Augen. „Fröhliche Weihnachten, Matt." Dann küsste sie ihn. Rasch, heftig. Anschließend kletterte sie hinunter und er war im Nu neben ihr, führte sie von dem gefährlichen Heckrotor weg, drängte sie in einem gebückten Lauf auf das wartende Auto zu.

Frazer hatte dafür gesorgt, dass sein Dienstwagen, ein

großer schwarzer Lexus, am Flughafen abgestellt wurde. Matt setzte sich auf den Fahrersitz, während Parker kontrollierte, dass keine Sprengstoffe am Wagen angebracht waren.

Peilsender waren irrelevant. Der ganze Zweck der Übung war, dass sie den Bösewicht wissen lassen wollten, wo sie waren – oder ihn das zumindest denken zu lassen.

Die Temperatur war gefallen, die feuchte kalte Luft durch ein Tiefdruckgebiet ersetzt worden, welches Frost aus dem Norden brachte. Der Dezember hatte sich rechtzeitig zu Weihnachten entschlossen, zur Gefriertruhe zu werden. Tau gefror auf dem Gras, Eis funkelte an den Bäumen – es war hübsch, hellte die angespannte Atmosphäre aber nicht auf. Sie fuhren schweigend, das Auto kam mit den rutschigen Straßen gut zurecht. Unweit der FBI-Akademie reichte Parker Scarlett ihr Handy. Matt beobachtete sie im Rückspiegel.

Rooney machte das Innenlicht an. Scarlett breitete ihren sorgfältig vorbereiteten Text auf den Knien ihrer geliehenen Yogahose aus.

Sie wählte die Nummer, die laut Parkers Zusicherung Dorokows persönliche Handynummer war und stellte den Lautsprecher an.

„Wer ist da?" Die Stimme war mürrisch, mit starkem russischem Akzent.

Es war vier Uhr morgens am Weihnachtstag. Die meisten Leute wären verärgert, so früh geweckt zu werden.

„Mein Name ist Scarlett Stone. Ich glaube, Sie suchen nach mir." Der Plan war, Dorokow nicht zu Wort kommen lassen. „Ich sprach gestern mit jemandem, der mir eine Information gab, die Sie haben müssen." Ihre Stimme zitterte, aber sie fuhr entschlossen fort. Matt wollte seinen Arm um ihre Schulter legen, aber sie war mit Rooney auf dem Rücksitz.

„Ich weiß nicht, wovon Sie reden."

„Er sagte, dass Sie das sagen würden."

„Was wollen Sie?" Die Stimme war ungeduldig und wütend.

Sie gab ihm zu viel Manövrierspielraum. „Ich biete Ihnen diese Information in gutem Glauben als eine Entschuldigung für das an, was ich getan habe. Ich habe einen Fehler gemacht. Ich war dumm und töricht. Es tut mir *leid,* und ich möchte es wieder gut machen. Treffen Sie mich um sieben Uhr in der Nähe des Vietnam Memorials, und ich sage Ihnen alles."

„Sagen Sie es mir jetzt, am Telefon."

„Das kann ich nicht." Ihre Stimme brach. „In drei Stunden. Auf einer der Bänke am Weg."

„Nein."

Scheiße. Alle hielten den Atem an. Die Anspannung im Auto schnellte um fünftausend Prozent nach oben. Wenn er Angels Leben bedrohte oder andeutete, dass er die andere junge Frau noch in seiner Gewalt hatte, würde Scarlett die Wahrheit wissen, und alles war geplatzt.

„Auf den Treppen des Kapitols, gegenüber der Mall. Irgendwo, wo ich alles sehen kann, was vor sich geht. Ist Ihr FBI-Liebhaber noch bei Ihnen?"

Scarletts Blick flackerte über ihn. „Nicht mehr."

„Wenn ich ihn da sehe, ist das Treffen abgesagt, und ich werde den Vorfall auf offiziellem Wege melden."

Rooney bedeutete Scarlett mit Gesten und Signalen, das Gespräch zu beenden, aber sie klammerte sich wie hypnotisiert an das Telefon.

„Haben Sie keine Angst vor mir? Oder dem, was ich tun könnte?", fragte Dorokow.

Matt erstarrte.

„Ehrlich gesagt, ja, ich habe Angst." *Nicht das Monster füttern, Scarlett.* „Ich wünsche mir, dass Sie so bloßgestellt und ruiniert werden wie mein Vater damals. Ich wünschte, Sie wären tot. Aber ich bin nicht mächtig genug, um das allein hinzubekommen. Ich brauche mein Leben zurück." Sie beendete das Gespräch, und alle begannen wieder zu atmen.

DAS WISSEN, DASS Richard Stones Tochter und FBI Special Agent Matt Lazlo nicht nur die Zerstörung seines Bootes überlebt, sondern auch Ken Maidstone ausfindig gemacht und vor seinem Tod mit ihm gesprochen hatten, versetzte ihn so in Panik, dass er nicht sprechen konnte. *Verdammte Scheiße.* Er hatte gedacht, dass Maidstone tot gewesen war, bevor er gegangen war. Er war nicht geblieben, falls einer der Nachbarn den Schuss gehört hatte, welcher trotz des Schalldämpfers viel zu laut gewesen war.

Er und Maidstone waren zusammen auf der Akademie gewesen, und er hatte Maidstones Frau geholfen, aus einer Anzeige wegen Alkohol am Steuer herauszukommen. Er hatte seinen Freund überzeugt, Stones Lügendetektortest zu frisieren, um etwas zu haben, was er bei der Befragung nutzen konnte. Bis er eine Waffe auf seinen Kumpel richtete, hatte Maidstone tatsächlich geglaubt, dass Stone schuldig war. Die Beweise waren überwältigend gewesen – alle untergeschoben natürlich.

Als er gehört hatte, dass sie den früheren Lügendetektorprüfer lebend gefunden und dann den Fingerabdruck des vermissten Bundesagenten auf dem Telefon am Tatort entdeckt hatten, hatte er gedacht, dass seine Kollegen bereits auf dem Weg waren, um ihn zu verhaften. Stattdessen versuchten Höherrangige, herauszufinden, ob der ehemalige SEAL vom Pfad des Gesetzes abgewichen war.

Die gute Nachricht war, dass Lazlo oder das Stone-Mädchen, wenn sie seine Identität bereits gewusst hätten, diese in die Welt hinausgeschrien hätten und er nun Metallmanschetten mit passendem Armband tragen würde.

Also wussten sie es nicht. Noch nicht.

Er strich mit seiner Hand an der Innenseite seines Hemdkragens entlang. Die Tatsache, dass er allein lebte, bedeutete, dass er in den frühen Morgenstunden des Weihnachtstages verschwinden konnte, ohne dass jemand Fragen stellte. Seine ungewöhnlichen Arbeitsstunden waren auf der langen Liste der Beschwerden, die seine Exfrau dem Richter gegeben hatte, ein weiteres Vergehen gewesen. Sie hatte ihm durch eine Scheidung die Taschen geleert, nachdem sie entdeckt hatte, dass eine Stripperin aus einer Bar in D.C. ihm all die Freude geschenkt hatte, die sie ihm verwehrt hatte. Sie hatte ihn aus ihrem hübschen Haus mit den vier Schlafzimmern geworfen, und er hatte sich eine kleinere Unterkunft gesucht.

Wenn man bedachte, dass er ihr Nörgeln mehr als zwanzig Jahre ertragen hatte, verstand er nicht, warum der Richter ihn nicht besser hatte davonkommen lassen. Er war derjenige, der regelmäßig sein Leben für sein Land riskierte. Sie war nur eine Hausfrau und Mutter, die nicht kochen und ganz sicher nicht putzen konnte. Sie war eine Schmarotzerin, aber weil die Gesellschaft Männer wie ihn bestrafte, bekam sie, was sie wollte, und er bekam nur Mist.

Zum Glück hatte sie nicht von seinen Bankkonten auf den Kaimaninseln gewusst.

Er hatte seine neu gefundene Freiheit als alleinstehender Mann genossen, auf dem Weg in den Ruhestand, welcher nur noch drei lausige Jahre entfernt war. Richard Stones Tochter, diese dumme Schlampe, hatte ihn zu einer schnellen Planänderung gezwungen.

Die gute Nachricht war, dass er immer vorsichtig gewesen war. Und falsche Spuren gelegt hatte. Das Wasser getrübt hatte. Abgesehen von dem Geld auf den Kaimaninseln, das in einer Strohfirma steckte, gab es keine Beweise, die direkt auf ihn hindeuteten. Das hatte er sichergestellt.

Er betrachtete sich nicht als Spion. Er war dazu erpresst worden. Das waren sie beide.

Rückblickend auf die Zeit vor sechzehn Jahren hätten sie einfach die Strafe akzeptieren sollen. Stattdessen hatten sie der falschen Versprechung eines einmaligen Deals, verbunden mit der Möglichkeit, vermeintlich einfacher an Geld zu kommen, geglaubt. Es war lächerlich verführerisch gewesen. Sobald sie es getan hatten, gehörten sie dem Teufel. Ohne Gefängnis kam man da nicht raus.

Er hatte in kurzer Zeit eine Menge Geld verdient, konnte es aber nicht ausgeben. Es war zu riskant gewesen, irgendetwas anderes zu tun, als zu warten. Zu viel Druck bei der Jagd nach dem Kerl, der das FBI verriet und dazu beitrug, dass Leute getötet wurden. Das Geld hatte auf seinem Bankkonto gelegen, sich vermehrt, darauf gewartet, dass er seine Marke abgab und zu den sonnenbeschienenen Stränden aufbrach.

Er hatte zwei Jahre gebraucht, um sich aus den Fängen dieses Dreckskerls zu befreien, aber ironischerweise hatte Dorokow eine Idee gehabt, wie man die Bundesbehörden von seiner Spur abbringen konnte – Richard Stone beschuldigen, der ohnehin ständig seine Nase in den Fall steckte, obwohl er

Monate zuvor aus der Abteilung versetzt worden war. Dann hatte er für Erpressungsmaterial gegen Dorokow selbst gesorgt und den Spieß umgedreht, den Russen gezwungen, das Land zu verlassen.

Er hatte aus seinen Fehlern gelernt. Sie nie wieder begangen. Und sich für ein wenig Anerkennung den Hintern aufgerissen. Aber das FBI sah es nicht so. Sie erinnerten sich nicht an seine Jahre guter Arbeit, sie erinnerten sich nur an seinen einen, schrecklichen Fehler.

Er würde nicht ins Gefängnis gehen.

Nur zwei Leute auf der Welt wussten von seiner Beziehung zu Dorokow. Beide mussten sterben.

Schweiß lief über seine feuchte Haut, obwohl die Temperatur stark gefallen war. Er war seit Stunden im Büro, hatte ein Auge auf die Situation gehabt, aber er brauchte eine Pause. Die Straßen waren leer. Die Ruhe vor dem Sonnenaufgang. Er zündete eine Zigarette an und inhalierte tief, noch etwas, das er als Single ohne Schuldgefühle genießen konnte. Er zog sein Telefon hervor und betrachtete die Fotografie, die er früher am Tag gemacht hatte, von der alten Frau, die in ihrem Zimmer im Pflegeheim so friedlich schlief. Er hätte sie leicht töten können. Er hätte Lazlo damit einen Gefallen getan. Aber er hatte von einem Meister gelernt, dass ein Druckmittel das Wichtigste war, wenn man jemanden dazu bringen musste, das zu tun, was man wollte. Das Wissen, dass er es ungesehen in das Zimmer geschafft hatte, würde den ehemaligen SEAL dazu bringen, sich vor Angst in die Hosen zu machen, seine Loyalität angreifen und ihn hoffentlich aufhalten. Sonst müsste er den Kerl loswerden.

Während er auf den Bildschirm starrte, bereit, das Bild zu verschicken, begann das Prepaid-Handy zu summen. Er nahm den Anruf an, blieb aber stumm.

„Das Stone-Mädchen hat gerade Dorokow angerufen, um in drei Stunden ein Treffen zu verabreden."

„Wo?"

„Sie wollte das Vietnam War Memorial. Er hat ihr gesagt, sie soll auf die Stufen vom Kapitol kommen. Er hat mir nicht gesagt, warum sie sich treffen wollte. Nur, dass ich das Auto bereitstellen soll."

Sergio Raminski war eine Verbindung, die er durch falsche Versprechungen von Reichtümern aufgebaut hatte, nachdem Dorokow in die Staaten zurückgekehrt war. Wenn Dorokow herausfand, dass der junge Mann ihn hintergangen hatte, war Raminski tot. Und das wusste er.

Gedanken rasten durch sein Gehirn. Warum wollte das Stone-Mädchen Dorokow treffen? Maidstone musste ihr vor seinem Tod etwas verraten haben – aber was? Wenn es nur seine Identität wäre, wäre er mittlerweile verhaftet worden. Außer... sie nutzte das Wissen und die Gefahr der Enttarnung, um ihre Freundin zu befreien.

„Wo ist das andere Mädchen?"

„In meinem Kofferraum. Sie steht unter Drogen. Ich möchte überlaufen. Jetzt. Heute Morgen. Bevor Dorokow herausfindet, dass ich den Amerikanern Informationen weitergegeben habe."

Er blinzelte, als er mit plötzlicher Klarheit erkannte, wie er das alles hinbiegen konnte. Aber er musste schnell handeln. „Treffen Sie mich bei Fletcher's Cove. Ich arrangiere alles." Damit beendete er das Gespräch.

KAPITEL SIEBZEHN

B EI IHRER ARBEIT war Scarlett selbstbewusst und logisch. Mathematik und Physik logen nicht. Eigenschaften chemischer Elemente änderten sich nicht spontan. Sie waren eine Konstante, auf die man bauen konnte. Die Herausforderungen lagen in der Fähigkeit der Menschen, ihnen ihre Geheimnisse zu entlocken. Seltsamerweise schien Spionage ebenso zu funktionieren. Die Wahrheit war, was sie war. Aber diese Wahrheit herauszufinden, die Informationen korrekt zu interpretieren, war der Schlüssel zu ihren Geheimnissen.

Sie befühlte das selbstgebaute Übertragungsgerät, das sie immer noch in ihrer Jackentasche hatte.

Mit einem Cybersicherheitsexperten im Bunde zu sein, gab ihnen Zugriff auf Informationen, die jeden Verschwörungstheoretiker dazu bringen würden, sich in die Hosen zu machen. Parker hatte ihr und Matt einen zweiten Laptop mit einem Programm gegeben, das die Handys aller Zielpersonen überwachte – wie auch ihre eigenen. Zudem waren offizielle FBI-Autos und Privatautos mit GPS-Geräten ausgestattet, die auf die Verdächtigen auf ihrer Liste registriert waren.

Sie hatten auf dem Weg durch Quantico am „Büro" angehalten, wo Rooney und Matt kugelsichere Westen und Munition geholt hatten. Jetzt, auf dem Besucherparkplatz, stieß Matt eine Weste in ihre Richtung, also stieg sie aus dem Auto.

„Trag sie unter deinem Pullover", wies er sie an.

Sie zog ihren schwarzen Rollkragenpullover aus und legte die Weste über ihrem T-Shirt an. Er half mit den Gurten, stellte sicher, dass sie exakt saßen. Auch wenn es schön war, seine Hände auf sich zu spüren, die Weste war das Unbequemste, das sie abgesehen von Angels hochhackigen Schuhen je getragen hatte.

Der Gedanke an ihre Freundin versetzte ihr einen Stich. Sie hatten so viel zusammen durchlebt. Scarlett hoffte, dass Angel durch ihr Martyrium nicht traumatisiert war. Sie sah auf ihr Telefon, welches sie immer noch in der Hand hielt. Sie wollte sie anrufen, aber es war mitten in der Nacht, und Angel würde hoffentlich schlafen. Matt würde sie auf gar keinen Fall vom Plan abweichen lassen.

Sie kämpfte sich zurück in ihren Pullover, fühlte sich, als ob sie dreißig Pfund zugenommen hätte, zog dann ihre Jacke über.

„Nimm erst einmal den Akku aus deinem Telefon. Wir wollen uns nicht zu noch einfacheren Zielen machen, als wir es ohnehin schon sind." Matt betrachtete sie genau. Es war ein wenig peinlich, dass er ihre Gedanken so leicht lesen konnte. Sie entfernte den Akku und schob das Handy zurück in ihre Tasche.

Ein paar weitere Stunden würden bei einem Gespräch mit Angel keinen Unterschied machen, angesichts ihres Temperaments war es vielleicht sogar besser so.

„Oh, Scheiße." Parker sah auf den Rücksitz, wo er seinen Laptop abgestellt hatte, während er sich ausgerüstet hatte.

Das klang nicht gut.

„Ich bekam gerade Meldung. Vom Konto eines gewissen R. Branson wurde eine Überweisung auf Ken Maidstones Konto getätigt."

Scarlett fühlte sich, als ob man sie fest gegen die Brust geschlagen hätte. „Dieser selbstzufriedene Drecksack. Sitzt da in diesem Büro und sagt *mir*, ich solle ein braves Mädchen sein. Bastard."

„Noch ein Treffer. Gleiches Konto. Fünftausend US-Dollar wurden heute Morgen an eine Bank in Mexiko überwiesen. Frohe Weihnachten, Mrs. Marquez." Er prüfte das Patronenlager seiner Waffe und schob sie in ein Holster an seiner Seite. Dann tat er das Gleiche mit einer weiteren Waffe, die er an seiner Wade befestigte.

„Für den Anschlag auf Richard Stone?", fragte Matt.

Parker zuckte mit den Schultern und reichte Rooney ein Ersatzmagazin für ihren Revolver.

„Fünftausend Dollar?" Scarletts Inneres fühlte sich durcheinander an. „Mehr kostet es nicht, jemanden umzubringen?" Sie legte ihre Hand auf ihren Magen, um das unruhige Gefühl zu stoppen, das ihr Brechreiz verursachte. Keine Zeit für menschliche Schwäche. Sie spielte jetzt mit den großen Jungs, und die schienen gegen Schwäche unempfindlich zu sein. Sie hatten alle Waffen. Scarlett hatte eine Waffe noch nicht einmal berührt, geschweige denn abgefeuert. Ihr Dad hatte es ihr beibringen wollen. Irgendwie hoffte sie immer noch, dass er es eines Tages tun würde.

Parker zuckte mit den Schultern. „Leute haben schon für weniger getötet, besonders wenn es um einen Gesetzeshüter in einem Bundesgefängnis geht. Sie würden es bereitwillig kostenlos tun. Okay. Wir sind bereit zum Aufbruch." Rooney und Parker würden ihr FBI-Auto nehmen, welches sie hiergelassen hatten. „Wir überwachen Branson, da er unser Hauptverdächtiger ist und in D.C. wohnt. Seid ihr bereit, euch an Regans Fersen zu heften?"

Matt nickte und sah auf seine Uhr. „Wenn der Kerl ehrlich spielt, wird er direkt zum Center fahren, um sich mit Ausrüstung zu versehen, sobald Frazer den Anruf beendet hat."

Auch Scarlett sah auf ihre Uhr. Frazer würde den Kerl in fünfzehn Minuten anrufen.

„Das würde er wahrscheinlich ohnehin tun", meinte Parker. „Bleiben Sie ausschließlich über die Prepaid-Handys in Kontakt, die ich Ihnen vorhin gegeben habe, und vertrauen Sie niemandem." Er bedachte Scarlett mit einem traurigen Lächeln. Dann waren sie weg. Sie war allein mit Matt, und der Gedanke ließ ihr Herz ein wenig hüpfen.

Dummes Herz. Sie waren schließlich auf einer Mission.

„Bist du okay?", fragte er.

„Ja." Ihre Stimme war leise. Sie waren so nah dran, alles aufzuklären. *Bitte lass sie erfolgreich sein, und bitte lass Dad sowohl den Angriff wie auch den Krebs überleben.* Sie schloss ihre Augen und ballte ihre Hände zu Fäusten. Sie hatte gar nicht gemerkt, dass sie betete, bis eine große, warme Hand sich über ihre legte. Sie öffnete ihre Augen. „Danke, dass du da bist."

Eine Seite seines Mundes zuckte und ein intensives Licht leuchtete in seinen Augen auf. „Ich würde nirgendwo anders sein wollen." Sie öffnete ihren Mund, um zu widersprechen, aber er las ihre Gedanken. „Meine Mom würde wollen, dass ich dir helfe. Wenn sie es wüsste." Er räusperte sich und wandte den Blick ab.

Scarlett ging auf die Zehenspitzen und küsste seine Wange. Sie durchlebten beide Tragödien bezüglich ihrer Eltern – und brauchten beide ein Wunder.

„Zeit zu gehen." Matt schob sie von sich weg. Er war auf die Mission konzentriert, und Scarlett wollte ihn nicht ablenken. Sie machten sich auf den Weg nach Woodbridge, wo Regan wohnte.

Scarlett behielt ihre Augen auf den Punkten auf dem Bildschirm. „Weber ist in Bewegung." Er arbeitete an der Akademie. Ihr Herz hämmerte, dabei hatten sie noch gar nichts gemacht. Sie konnten nicht jedem folgen, dafür hatten sie nicht genug Leute und konnten nicht mehr Kollegen ins Vertrauen ziehen. Es war eher ein Teile-und-Herrsche-Ansatz, ein Eliminationsvorgang. Aber das funktionierte auch in der Wissenschaft. „Regan ebenfalls."

Matt nickte mit angespanntem Gesicht. Er war hoch konzentriert. „In welche Richtung bewegt sich Regan?"

Sie nannte ihm die Richtung, und sie folgten in sicherem Abstand. Zehn Minuten später hielt Regans Cherokee vor einem niedrigen, weit von der Straße entfernten Gebäude an. Matt fuhr vorbei und hielt ein Stück weiter die Straße hinunter an.

„Ist das eine FBI-Einrichtung?", fragte sie.

„Kann ich dir nicht sagen."

Sie lachte. „Geheim, was? Du kannst am Ende von all dem hier einfach meine Erinnerung mit einem MIB-Blitzdings auslöschen."

„Und die Erinnerung an unseren tollen Sex vernichten? Kommt nicht in Frage." Seine Augen brannten vor Intensität.

„Es war toller Sex, nicht wahr?" Sie sah ihn an und grinste. Der Gedanke, dass sie es irgendwann wieder tun würden, hing unausgesprochen zwischen ihnen.

„Verdammt richtig."

Das scharfe Klopfen von Metall auf Glas ließ sie einen Schrei unterdrücken.

Ein maskierter, komplett schwarz gekleideter Mann stand vor dem Fahrerfenster und zielte mit einer lebensgefährlich aussehenden Pistole direkt auf Matts Brust. Sie hatten einen Fehler begangen. Einen tödlichen.

ALS SOLDAT HATTE Sergio Raminski Menschen getötet. Er hatte Scarlett Stone ins Visier genommen und abgedrückt, mehr als bereit, ihr Leben zu beenden. Aber Angel LeMay wie ein Stück Fleisch ausgebreitet zu sehen, hatte seine Seele zerrissen. Er hatte gedacht, er würde damit klarkommen. Jemanden zu töten, sollte schlimmer sein als eine Vergewaltigung. Aber das war es nicht.

Er hatte nicht wirklich erwartet, dass Dorokow das Mädchen vergewaltigen würde. Aber er hatte nichts getan, um es zu verhindern.

Weil er dich töten würde.

Egal. Raminski würde dafür in der Hölle schmoren. Er hatte es getan. Er hatte eine Frau entführt, die nicht wusste, was vor sich ging, die einfach nur auf eine schöne Party hatte gehen, einen attraktiven Mann hatte kennenlernen wollen. Sie hätten miteinander schlafen können. Stattdessen war sie gefesselt, verprügelt, unter Drogen gesetzt und vergewaltigt worden. Alles weil ihre sogenannte Freundin etwas Belastendes über seinen Boss herausfinden wollte. Närrische Amateurin. Sie hatte mit ihrer ignoranten Handlung sorgfältig ausgearbeitete Pläne ruiniert.

Scarlett Stone sollte tot sein. *Sie* sollte leiden.

Sein FBI-Kontakt hatte ihn nur Tage nach seiner Ankunft in D.C. auf der Straße angesprochen. Hatte gesagt, er könne hinter den Glanz des gesäuberten Images sehen, das die Mächtigen für ihren neuen Botschafter geschaffen hatten. Dieser Fremde hatte begriffen, dass der Mann gnadenlos und brutal war. Es war, als ob er Sergios Gedanken gelesen hatte und genau wusste, wie sehnlich er der gefährlichen Tretmühle der russischen Politik und Diplomatie entkommen wollte. Er hatte dem Kerl einige einfache Informationen weitergegeben. Kleine Sachen. Geringfügige Sachen. Details zu Zeitplänen. Details zu Mitarbeitern. Nichts Relevantes. Dann hatte er einige Akten kopiert.

Damit hatte er die Grenze überschritten.

Sie hatten es beide gewusst.

Er sah das weiße Steinhaus am Kanal und bog in den Parkplatz von Fletcher's Cove ein. Es war still. Besonders in den frühen Stunden des Weihnachtsmorgens.

Ein unauffälliger burgunderfarbener Sedan parkte dort, und Raminski hielt in einem der offiziellen Cadillacs der Botschaft neben ihm an.

Das Fenster des Sedans wurde langsam heruntergelassen. „Irgendwelche Probleme?"

„*Nyet.*"

„Sie haben das Mädchen?"

Raminski nickte in Richtung Kofferraum. Sie war angezogen, hatte es warm und war dort sicherer als irgendwo sonst.

„Wo denkt er, dass Sie gerade sind?"

„Mit ihr zurück auf dem Weg ins Lagerhaus." Seine Miene

war ausdruckslos. Die Tatsache, dass er sie überhaupt zu Dorokow gebracht hatte, verursachte ihm Magenschmerzen.

„Haben Sie ein GPS an dem Fahrzeug?“

„Ich habe es abgestellt.“ Er zuckte mit den Schultern. „Ich möchte überlaufen. Jetzt. Heute Abend.“ Seine Finger umkrampften das Steuer. Der Gedanke, zurückzukehren … diese Frau zurück in ihre Zelle zu bringen, war widerlich. Er konnte es nicht tun.

„Sicher, sicher.“ Der Mann nickte. Der Dunst seines Atems schwebte aus dem Fenster. „Es gibt eine Alternative … Sie könnten Dorokow töten.“

„Was? Was meinen Sie?“

„Ich meine, ein Gewehr nehmen und ihm das Hirn rausblasen. Sie sind Scharfschütze. Sie wissen, wo er um sieben Uhr sein wird. Er ist zu selbstgefällig und arrogant, um nicht aufzutauchen. Vom East Building der National Art Gallery aus hat man direkte Sicht. Ich kann Sie auf dieses Dach bringen. Das FBI wird Sie in Ruhe lassen, und Sie können entkommen. Sie können voller Trauer in Ihre Botschaft zurückkehren und niemand wird Sie verdächtigen. Nach ein paar Wochen können Sie irgendein Mädchen kennenlernen. Sich verlieben. Ich garantiere Ihnen, dass ich Ihnen eine Green Card besorgen kann.“

Raminski starrte in die dunklen Spiegelungen auf dem Kanal. Es war verführerisch. Er würde nicht überlaufen müssen. Er würde nicht seine Identität ändern oder den Kontakt mit seinen Verwandten zu Hause aufgeben müssen. Natürlich würden sie erwarten, dass er für sie spionieren würde, aber er würde sicherstellen, ihnen nichts von Belang, oder nur Fehlinformationen zu geben. Er würde sich so nutzlos machen, dass es ihnen egal wäre, ob er spionierte oder nicht. Und der Gedanke, eine Kugel durch den Kopf des fetten Drecksacks zu jagen… „Warum tun Sie es nicht selbst?", fragte er misstrauisch.

„Ich bin kein guter Schütze, und wir dürfen nicht bei direkten Handlungen erwischt werden, wenn wir keinen Krieg riskieren wollen. Wir brauchen glaubhafte Bestreitbarkeit. Haben Sie Ihr Gewehr dabei?"

Raminski nickte. Er hatte sein Gewehr nach der Schießerei im Park in seinem Auto verstaut. Diplomatische Nummernschilder machten es den Amerikanern nahezu unmöglich, es zu durchsuchen.

„Was ist mit dem Mädchen?" Raminski nickte in Richtung des Kofferraums.

„Wir packen sie in mein Auto. Ich bringe sie sobald wie möglich zu ihren Eltern zurück."

Traurigkeit und Bedauern umhüllten ihn. „Sie wird noch einige Stunden lang schlafen." Sein Hals war plötzlich rau. Lebendig würde Dorokow immer für ihn und auch für Angel LeMay eine Bedrohung sein. Mit seinem Tod würde es vorbei sein. Er nickte und streckte seine Hand aus. „Abgemacht."

„SCHEIẞE." MATT KONNTE nicht glauben, dass er so einen Anfängerfehler gemacht hatte. Regan – es musste Regan sein – hatte entdeckt, dass er verfolgt wurde und sie erwischt. Er hob beide Hände und breitete sie über dem Steuer aus. „Abgelenkt durch tollen Sex."

Die dunkle Gestalt klopfte wieder ans Fenster und deutete auf Scarlett.

„Leg deine Hände dorthin, wo er sie sehen kann."

Langsam hob sie ihre Hände und legte sie auf das Armaturenbrett.

Er hatte in seiner Wachsamkeit nachgelassen. War übermütig geworden.

„Sind wir tot, Matt?"

Die Angst in ihrer Stimme ließ Nadeln durch sein Herz schießen.

„Hängt davon ab", murmelte er. „Tu nichts Unüberlegtes. Er wird zuerst schießen und nachher die Fragen stellen."

Der Mann öffnete die Fahrertür und trat dann zurück, außer Reichweite. Nach einigen angespannten Sekunden fluchte die Gestalt und schob die Strumpfmaske hoch. „Lazlo?" Es war Regan, und er sah angefressen aus. „Schön zu sehen, dass Sie nicht tot sind. Aber was zur Hölle fällt Ihnen ein, mich zu verfolgen und", seine Stimme sank zu leise bebendem Zorn ab, während er Scarlett betrachtete, „eine straffällig gewordene Person mitzubringen?"

„Ich bin keine straffällig…"

„Ich hab' das Video gesehen, Prinzessin, was angesichts der hohen Schuhe und des Spitzenhöschens für mich ein Weihnachtsgeschenk war, aber nichts daran ändert, dass Sie illegal auf technisch gesehen ausländischem Hoheitsgebiet herumgeschnüffelt haben."

„Wenn es ausländisches Hoheitsgebiet ist, warum haben Sie dann so ein Problem damit?", gab Scarlett zurück.

„Halt." Matt wusste nicht, ob dieser Mann der Verräter war, oder nicht. Seine Instinkte sagten ihm, dass er es nicht war, aber er würde Scarletts Überleben nicht dem Zufall überlassen.

Regan war vor vierzehn Jahren ein brandneuer Agent gewesen, bei seinem ersten Einsatz. Er entsprach sicherlich nicht dem Profil des klassischen Spions. Der Kerl war nicht narzisstisch, und er war ganz definitiv kein Versager. Er war vom Militär zum FBI gegangen und trotz seines bissigen Humors konnte jeder in Matts Umfeld ihn gut leiden. „Hat Frazer Sie gerade angerufen?"

„Woher zum Teufel wissen Sie das?" Regans Augen verengten sich.

„Er hat Ihnen gesagt, dass die Zielperson für die Überwachung Andrej Dorokow ist? Und dass Sie innerhalb der nächsten Stunde auf Ihrer Position sein müssen?"

Regans Augen sprangen zwischen ihnen hin und her. Er hielt den Mund, wie es ein guter Agent tun sollte, wenn er zu einem offenen Fall befragt wurde.

„Zeigen Sie mir Ihr Telefon, und ich kann diese Verwirrung sofort klären." Matt schob sich aus dem Auto, und Jon Regan trat einen Schritt zurück.

Regan holte sein Handy hervor, übergab es aber nicht.

„Gut. Rufen Sie Frazer an und fragen Sie ihn, was vor sich geht", drängte Matt. Regan sah hinunter – und das war die Ablenkung, die Matt brauchte. Er trat die Waffe aus der Hand des Mannes, warf ihn zu Boden und drückte sein Gesicht in den Asphalt. Dann griff er beide Handgelenke und hielt sie hinter seinem Rücken fest. „Greif dir das Telefon, Scarlett. Überprüf die Anrufliste."

Matt begann, die Taschen des Mannes nach einem weiteren Handy zu durchsuchen.

„Ich weiß nicht, was zur Hölle Sie denken, dass Sie da tun, Lazlo, aber ich werde Ihnen in den Arsch treten und Sie dafür melden. Und dann werde ich Ihnen erneut in den Arsch treten."

Matt spürte, wie Zorn die Muskeln im Körper des anderen

Mannes verhärtete. Ihm *würde* in den Arsch getreten werden, aber das war seine geringste Sorge.

Da war kein zweites Telefon. Kein Prepaid-Handy. Gute Nachrichten.

„Auf der Liste der ausgehenden Anrufe ist nichts, abgesehen von einem…" Sie ratterte eine Nummer herunter, von der Matt wusste, dass sie zu TacOps gehörte.

„Meine Jungs werden jeden Augenblick hier sein, Lazlo. Wollen Sie wirklich wegen einer heißen Braut, die Sie nie wiedersehen werden, wenn Sie in Ihrer Zelle sitzen, Ihre Karriere wegwerfen?"

„Ist er es?" Scarlett ignorierte Regans Tirade. Gut für sie.

Regans Aufmerksamkeit verlagerte sich, als er Scarletts Worte zu hören und gleichzeitig zu begreifen schien, dass sein Hohn keine Wirkung zeigte.

„Ich glaube nicht, aber wenn ich falsch liege, sind wir beide tot. Steig ins Auto. Fahrerseite. Und lass den Motor an. Wenn er mich angreift, verschwindest du von hier. Verstanden?" Sie zögerte, also wiederholte er lauter: „Verstanden?"

Sie nickte und eilte zum Lexus.

Regan spannte sich unter ihm an, als Matt ihn losließ und einen großen Schritt zurücktrat. Es war ein Vertrauensvorschuss. „Sprechen Sie mit Frazer. Tun Sie es schnell, damit Sie wissen, dass wir Ihnen keinen verrückten Scheiß erzählen. Denn glauben Sie mir, es klingt, als ob es von jemandem kommt, der LSD einwirft, während er einen Joint raucht."

Regan stand langsam auf und ging hinüber, um die Waffe aufzuheben, die Matt ihm aus der Hand getreten hatte. Matt versuchte nicht, ihn aufzuhalten. Kein Agent verlor gerne seine Waffe, also würde es Wiedergutmachung zu leisten geben. Das sagten ihm Regans Augen.

Matt wählte Frazers Nummer und warf das Telefon zurück zu Regan, der es mit einer Hand auffing.

Er hielt sich das Telefon ans Ohr. „Lazlo und das Stone-Mädchen sitzen vor meinem Büro, und wenn Sie mir nicht einen guten Grund dagegen nennen, werde ich ihn verprügeln und sie einsperren." Seine Augen weiteten sich und sein Kopf fuhr hoch. „Sie verarschen mich doch."

Er warf das Telefon zurück. Matt fing es auf, ließ die Waffe aber weder fallen noch sinken. Er hielt das Handy an sein Ohr. „Boss?"

„Das war nicht der Plan, Lazlo."

„Ich hab's versaut. Ist er sauber?"

„Ich glaube, ja."

Glaube war indirekte Kritik. Regan beobachtete ihn wachsam.

„Erzählen Sie ihm alles über den Fall, aber nichts über die Hinweise, denen wir nachgehen. Um ehrlich zu sein ist jeder, der so lange unentdeckt bleiben konnte, intelligent genug, alle richtigen Antworten zur jeweils richtigen Zeit zu erfinden. Lassen Sie ihn mit der Überwachung des Treffpunktes fortfahren. Ich möchte sehen, wie sich das entwickelt", sagte Frazer. „Bleiben Sie wachsam. Ich sehe Sie in D.C."

Matt starrte auf das Telefon, dann flog sein Kopf nach hinten, als Regan ihn mitten auf die Nase schlug. Blut spritzte. Scarlett schrie. Matt hatte nicht einmal gesehen, wie der Kerl sich bewegt hatte. *Heilige Scheiße.*

„Das ist dafür, dass Sie meine Kleidung dreckig gemacht haben." Regan schüttelte seine Faust aus, die wahrscheinlich genauso schmerzte wie Matts Gesicht. „Der Rest folgt, nachdem wir diese Riesenscheiße aufgeräumt haben, in die Sie sich eingemischt haben."

Matt spuckte auf den Asphalt, sagte aber nichts. Wenn Regan die direkte Konfrontation mit ihm wollte, war er mehr als willens und fähig dazu.

„Wir verschwenden Zeit“, warf Scarlett gereizt vom Fahrersitz her ein.

Jon Regans Lächeln war scharf. „Fahren Sie den Wagen einfach aufs Gelände, Süße.“ Er hob einen Finger. „Eine Frage. Heute schwarze oder rote Höschen?“

Scarlett zeigte ihm einen Vogel. Die Autotür wurde zugeworfen, während sie wegfuhr.

Matt und Regan begannen, auf das TacOps-Gebäude zuzugehen. „Ihr Vater könnte wirklich unschuldig sein?“

„Das ist definitiv eine Möglichkeit.“

Regan stieß den Atem aus und schüttelte den Kopf. Dann starrte er auf den Boden. „Gott. Ich hatte damals meine Zweifel. Aber ich war nur der dämliche Neuling und Stone hat gestanden. *Scheiße.*“

„Eine Sache“, sagte Matt leise. „Sie weiß nicht, dass das LeMay-Mädchen bisher noch nicht gefunden wurde.“

„Na klasse.“ Regans Augen schossen zu ihm.

Sie erreichten die Tore und Scarlett stand mit verschränkten Armen neben dem Lexus, offensichtlich unsicher, was sie als nächstes tun sollte.

„Sie ist ein resolutes, kleines Ding. Lassen Sie mich wissen, wann Sie mit ihr durch sind, vielleicht gebe ich ihr…“

Matt schlug ihm seitlich gegen den Kopf. Regan lachte, während er über die schmerzende Stelle rieb. „Klar, ich hab’ mir schon gedacht, dass die Sache so liegt. Wobei *liegen* das relevante Wort ist.“

Matt schüttelte den Kopf. Scarlett in die Höhle des Löwen zu bringen, war ein großer Fehler, aber er konnte es sich nicht leisten, sie aus seinem Blickfeld zu lassen, und jetzt musste er Regan genau im Auge behalten. Gut, dass sie keine Waffe bei sich hatte.

„Bleiben Sie hier, während ich den Handdetektor hole", stellte Regan klar.

Klar. *Nein.*

Matt folgte dem Kerl hinein, Scarlett ihm auf den Fersen. Sie griff hinten nach seinem T-Shirt, als ob sie Angst hatte, dass er einfach verschwand. Seine Weste rieb gegen seine Haut. Regan fuhr mit dem Handdetektor über ihre Körper. Scarlett grinste, als er ihnen durch ein zögerndes Nicken den Eintritt erlaubte.

Sie steckte ihre Hand in ihre Jackentasche und holte ein kleines, flaches Gerät heraus. „Sie müssten Ihre Technologie aktualisieren."

„Her damit", verlangte Regan. Er hielt es hoch und betrachtete es prüfend im Licht. Er sah an seiner Nase entlang auf sie herunter, während er den Handdetektor direkt über das Gerät gleiten ließ und dieser stumm blieb. „Das funktioniert wirklich?"

„Übertragungsradius von neunzig Metern. Springt auf jedes Handysignal auf und reist huckepack nach Hause. Es ist nicht aktiviert, deshalb haben Sie es nicht bemerken können."

Regan sah beeindruckt aus. „Sie wissen, dass ich jetzt eine Leibesvisitation bei Ihnen vornehmen muss, ja?"

Scarlett stolperte drei Schritte zurück und knallte bei ihrer Flucht gegen Matt.

Ein Grinsen blitzte in Regans Gesicht auf. Oh, er genoss seine Rache definitiv.

„Vertrauen Sie mir", sagte Matt. „Ich habe sie auf Wanzen überprüft."

„*Überall?*"

„Überall." Er legte seine Hand auf Scarletts Schulter und drückte sie.

Ihre Wangen wurden knallrot. Sie stellte sich aufrechter, rückte dabei von ihm ab, ganz züchtig und anständig. „Ich kann im Auto warten, wenn sich dann alle sicherer fühlen."

„Nein." Er und Regan sagten es gleichzeitig, wahrscheinlich aus unterschiedlichen Gründen.

Scarlett streckte ihre Hand nach der Wanze aus. „Ich lasse sie in meiner Jacke im Auto." Regan gab sie zögerlich zurück.

Matt hielt die Tür weit auf, während sie losrannte und die Jacke ins Auto brachte. Die Yogahosen saßen hauteng und überließen nichts der Fantasie.

Regan betrachtete, wie sie sich bewegte. „Hübscher Arsch."

„Ich werde Sie umbringen."

„Oh, das werden Sie sich noch wünschen." Der Mann grinste ohne Reue. Er reichte Matt ein Tuch, damit er sich das Blut vom Gesicht wischen konnte.

Scarlett kam zurück und sah sie beide wachsam an. „Was?"

„Nichts."

Regan führte sie gerade zu einem weiteren Zimmer an der Rückseite, als zwei weitere Männer durch die Tür kamen. „Was gibt's, Boss?" Beide Augenpaare wanderten zu Scarlett, und auch wenn es wegen ihrer Mütze und der Weste einen Augenblick dauerte, erweiterten sich alle vier Pupillen, als sie sie erkannten.

Sie schüttelte ihren Kopf.

„Wir brauchen umgehend Überwachung auf den Stufen des Kapitols", sagte Regan ihnen.

Matt sah auf seine Uhr. „Das Treffen ist für sieben Uhr angesetzt."

Alle begannen, zu nörgeln und sich zu beschweren. „Genug", sagte Regan entschieden. „Der weiße Van ist bereits beladen. Schnappt euch eure Waffen und Westen und dann los. Wir besprechen alles unterwegs. Komplette Funkverkehrsstille bei dieser Sache. Los jetzt."

„Wir folgen in Frazers Auto. Er trifft uns dort", erklärte Matt ihm.

Scarlett begann zu zittern, und der Blick, den Regan ihr zuwarf, war nicht unfreundlich. „Parken Sie hinter dem American Indian Museum auf der Maryland Street. Bleiben Sie außer Sichtweite des Kapitols."

„In Ordnung." Matt nickte und nahm Scarletts Hand, als sie hinausgingen. Sie mussten schnell sein, und er wollte die Standorte aller Beteiligten überprüfen. Dann feststellen, ob Rooney Branson schon im Blickfeld hatte. Und diese Sache beenden.

KAPITEL ACHTZEHN

RAMINSKI ZOG SEINE FBI-Baseballmütze tiefer, als er von einem Sicherheitsmann im East Building der NAG nach oben geführt wurde. Der Sicherheitsmann redete die ganze Zeit, hielt immer wieder an, um nach Luft zu schnappen und seine Hose hochzuziehen.

Raminski trug eine Sonnenbrille, einen hinten mit FBI beschrifteten Anorak, ein schwarzes Hemd und schwarze Stiefel. Er hielt seinen Mund fest geschlossen. Der Wärter führte ihn den ganzen Weg, genau wie der FBI-Agent es versprochen hatte. Die Stufen hinauf in einen Turm, in dem keine Kunstwerke zu sehen waren, dann schloss er eine Sicherheitstür zum Dach auf.

„Das ist es." Der Wachmann drehte sich um und sah ihn an. Aufregung ließ seine Augen aufleuchten, verblasste aber, als Raminski nicht antwortete. „Ich, äh, glaube, ich geh dann besser mal wieder auf meinen Posten", sagte der Mann nervös.

Raminski nickte ihm knapp zu und wartete, dass er ging. Dann trat er hinaus auf das modern aussehende Bauwerk, bestehend aus klaren Linien und spitzen Winkeln. Er war dankbar, dass es noch dunkel war und starrte zum etwa vierhundertfünfzig Meter entfernten Kapitol hinüber. Der Wind war schwach, etwa vier Knoten, aus nördlicher Richtung. Er legte sich flach auf den Beton und zielte. Es war ein schwerer Schuss. Nicht so sehr wegen der Entfernung, als wegen der schwingenden Äste der Bäume, die eine Kugel eventuell ablenken könnten. Er stellte sich wieder hin, änderte seine Position und fand einen besseren Winkel. Dann sah er auf seine Uhr und richtete sich auf eine Wartezeit ein.

DER VAN FÜR die Überwachung war bei ausgeschaltetem Motor kalt. Sie parkten günstig neben dem American Indian Museum, mit freiem Blick durch die Windschutzscheibe auf das Kapitol. Scarlett zitterte trotz ihrer Kleiderschichten und betrachtete den Bildschirm des Laptops auf ihrem Schoß. Sie hatte den Akku zurück in ihr Handy gesteckt, weil sie Dorokow im Glauben lassen wollten, dass sie wirklich auftauchen würde, und weil sie wussten, dass die Russen das Signal überwachten.

Sie waren dem Van gefolgt, der den Großteil der Strecke mit überhöhter Geschwindigkeit, Blaulicht und Sirene gefahren und kurz vor der 14th Street abgebogen war. In weniger als fünf Minuten hatte Jon Regans Team nahtlos Abhörvorrichtungen unter einigen der Bänke und Lampenmasten unten an den Treppen zum Kapitol angebracht. Parabolmikrofone waren dorthin ausgerichtet, ebenso wie Videokameras.

Die Szenerie selbst war absolut fesselnd. Tiefblauer Himmel und kaltweiße Strahler ließen die Kuppel des Kapitols leuchten. Ein Weihnachtsbaum schimmerte auf dem Gras vor den Stufen, alles im Reflexionsbecken wunderschön gespiegelt. Als ikonisches Sinnbild Amerikas war es ziemlich inspirierend.

Ein Obdachloser schlief unter einer Bank auf der südlichen Seite, aber abgesehen davon waren die Straßen leer. Die Mall war ruhig. In den meisten Häusern des Landes wachten die Kinder gerade auf, gespannt darauf, was der Weihnachtsmann ihnen gebracht hatte. Scarlett war elf gewesen, als sie das zum letzten Mal getan hatte. Sie war eine Spätentwicklerin gewesen, glücklich damit, an der Fantasie festzuhalten, bis ihre Welt mit atomarer Stärke zerstört und ihr der Vater genommen worden war.

Es war das Ende kindlicher Träume gewesen. Das Ende dummer Illusionen. Der Anfang der harten, kalten Realität.

Sogar jetzt würde ihr Dad vielleicht sterben. Der Spion wurde vielleicht nicht enttarnt, und Matt tat vielleicht nur wegen des Falles so, als ob ihm etwas an ihr lag.

Zehn vor sieben.

Jon Regan sah sie an. „Bereit?"

„Sie trifft Dorokow nicht wirklich." Matt stand auf.

„Was zur Hölle machen wir dann hier?" Regan klang sauer und verwirrt.

„Zusehen. Warten. Es ist ein Köder."

Regans Augen verengten sich. Sein Mund spannte sich an.

Scarletts Prepaid-Handy summte beharrlich in ihrer Tasche.

Es war Rooney. „Branson hat sich nicht bewegt, aber im Schlafzimmerfenster ging gerade ein Licht an. Sein Auto ist hier, und sein Telefon ist hier." Aber er war es vielleicht nicht. Das wussten sie beide. „Clarkson ist in seinem Büro in der Washingtoner Außenstelle und Weber befindet sich in Quantico."

„Hat denn niemand beim FBI ein Leben außerhalb der Arbeit?", fragte Scarlett. Ihr Vater hatte eines gehabt. Bis man es ihm genommen hatte.

„Anscheinend nicht", antwortete Rooney kläglich. „Parker ist los, um zu sehen, ob er bestätigen kann, dass Branson im Haus ist, hoffentlich ohne dass auf ihn geschossen oder er verhaftet wird." Sie beendete das Gespräch.

Matts Handy vibrierte in seiner Tasche. Scarlett beobachtete ihn. Seine Augen vergrößerten sich, als er das Display betrachtete, dann fluchte er und wählte eine andere Nummer auf seinem anderen Telefon. Er öffnete die Hintertür des Überwachungs-Vans und ging in die eisige Kälte hinaus. Ruhelos schritt er auf und ab, außer Sichtweite des Kapitols. Geduld war nicht seine Stärke. Er sprach leise, aber dringlich in sein Handy. Scarlett folgte ihm hinaus, sehnte sich nach frischer Luft.

Er deckte den Hörer ab und sprach mit ihr und Jon Regan, der ihnen hinausgefolgt war. „Ich habe gerade per E-Mail ein Foto meiner Mutter bekommen, mit der Aufforderung, mich aus der Sache herauszuhalten."

Oh, Gott. Sie hätte nie damit gerechnet, dass sie sich sogar gegen eine im Koma liegende Frau richten würden, um zu bekommen, was sie wollten. „Geht es ihr gut?"

„Ich lasse die Leute im Pflegeheim gerade nachsehen. Dann werde ich Sicherheitspersonal darauf ansetzen." Seine Knöchel waren weiß. Er hob das Handy wieder an sein Ohr und ging weiter auf und ab. Jeder Muskel war angespannt. Sie wusste, dass er am liebsten hinübergerast wäre und seine Mutter beschützt hätte. Nur wegen ihr blieb Matt hier.

Zum tausendsten Mal wünschte sie sich, sie hätte das alles anders angefangen, niemand anderen mit hineingezogen. Aber nach all den Jahren hatten Dorokow und der Spion beide ihre Spuren so gut verwischt, dass sie allein niemals die Wahrheit herausgefunden hätte. Es würde immer jemand verletzt werden, aber es wäre Scarlett lieber, wenn sie es gewesen wäre, anstatt eines unbeteiligten Dritten.

Ihr Handy klingelte erneut. Sie nahm an, dass es Rooney mit einer Aktualisierung war. Als sie das vibrierende Handy aus ihrer Tasche holte, stellte sie fest, dass es ihr persönliches Telefon war, nicht das Prepaid-Handy. Sie erkannte die Nummer nicht. Matt achtete nicht auf sie, er versuchte, dafür zu sorgen, dass seine Mutter in Sicherheit war. Ein Bild wurde heruntergeladen. Aus irgendeinem Grund erwartete sie das gleiche Bild, das Matt gerade erhalten hatte. Stattdessen erschien ein verschwommenes Bild einer jungen Frau, die zusammengerollt in einem Kofferraum lag. Trotz der Augenbinde war blondes Haar zu erkennen. Sie zoomte heran, unter ihrer kugelsicheren Weste raste ihr Herz. Es war Angel. *Herr im Himmel.* Scarlett sah auf die Zeitung, die als eine Art Lebenszeichen neben Angels Kopf platziert war. Sie konnte das Datum nicht lesen, aber die Fotografie der Explosion im Hafen von Quantico konnte sie verdammt gut erkennen.

Sie runzelte die Stirn. Das war nicht möglich. Angel war in der Nacht nach der Party freigelassen worden, vor der Explosion. War sie erneut entführt worden? *Nein.* Auf gar keinen Fall hätte das FBI zugelassen, dass die Tochter eines Kongressabgeordneten zweimal entführt worden wäre. Sie erstarrte und blickte auf Matts Hinterkopf. Der Schock raste durch ihren Körper. Er hatte gelogen. Natürlich hatte er gelogen. Er hatte ihr gesagt, was sie hatte hören wollen, damit sie kooperierte. *Oh, mein Gott.*

Ihr war kalt. Sie fühlte sich von allem losgelöst. Sie verstand, warum er sie angelogen hatte. Warum sie alle sie angelogen hatten. Sie war kein Teammitglied. Sie war eine

Außenseiterin. Sie begriff es jetzt, war sogar daran gewöhnt. Aber der Betrug fühlte sich wie ein scharfes Messer in ihrem Rücken an.

Matt fing ihren Blick auf. Sie lächelte, verbarg die Galle, die ihren Hals hinaufgestiegen war, wartete, bis er sich umgedreht hatte, um wieder auf und ab zu gehen. Sobald er das getan hatte, schlüpfte sie leise um den Van, auf den Weg, der zum Kapitol führte. Dann begann sie zu rennen, da der Mann, der ihre beste Freundin gefangen hielt, in nur wenigen Minuten dorthin kommen würde. Und wenn sie ihn auf Knien anflehte, würde er Angel vielleicht gehen lassen.

GOTTVERDAMMTE SCHEIßE. MATT konnte nicht glauben, dass er das nicht hatte kommen sehen. Drohungen und Manipulation waren in Fällen dieser Art Standard, und er ließ sich nicht so leicht einschüchtern. Aber wenn seiner Mutter etwas passierte, würde er sich das nie verzeihen. Sein Herz hämmerte. Das Timing war verrückt. Dorokow würde jeden Moment eintreffen. Er bezweifelte, dass es ein Zufall war.

Endlich erreichte die diensthabende Schwester das Zimmer seiner Mutter. Er konnte sie schwer atmen hören, als ob sie gerannt war. „Sie ist hier. Es geht ihr gut. *Halleluja.*" Sie schickte ihm ein Foto seiner ungestört in ihrem Bett schlafenden Mutter. *Gott sei Dank.*

„Ich möchte trotzdem, dass Sie die Polizei rufen. Ich habe ein ungenehmigtes Foto von ihr mit einer sehr ernsthaften Drohung gegen ihr Leben erhalten." Er drehte sich um. Scarlett war nicht da. Er nahm an, dass sie im Van war. „Es wurde im Pflegeheim gemacht." Er ging hinüber zum Van und fand sich Regan gegenüber, der einen seltsamen Gesichtsausdruck hatte. Er sah an dem Mann vorbei. Keine Scarlett. *Was zum Teufel?* Dann sah er, wie sie den Weg zum Kapitol hochrannte. *Oh, Scheiße.* Er klappte das Telefon zu und begann zu rennen, fand sich aber sofort auf den Boden geworfen, die Arme hoch hinter seinem Rücken festgehalten.

„Benutzen Sie Ihren Kopf, Sie Idiot. Wenn Dorokow Sie sieht, wird er abhauen, und das alles war umsonst." Regans Griff ließ seine Arme entsetzlich schmerzen, während er ihm ins Ohr fauchte. Dann begriff Matt, dass es daran lag, dass er sich immer noch gegen den Mann zur Wehr setzte. Er zwang sich dazu, locker zu lassen. „Lassen Sie sie mit ihm reden. Wir haben Augen und Ohren auf beide gerichtet. Fünf FBI-Agenten befinden sich im Umkreis von dreihundert Metern. Sie ist eine kluge Frau. Sie wird nichts Dummes tun."

Matt bedachte ihn mit einem *Wollen-Sie-mich-verarschen-*Blick.

„Benutzen Sie Ihren Kopf, Lazlo. Frazer wollte, dass genau *das* passiert, und das wissen Sie. Der ausgekochte Drecksack ist wahrscheinlich derjenige, der sie mit dem Anruf dorthin gelockt hat."

„Ich will wissen, wer den Anruf gemacht hat." Matt holte tief Luft. Nicht so einfach, wenn man von hundert Kilo Muskeln plattgedrückt wurde. „Und gehen Sie verdammt noch mal von mir runter."

„Versprechen Sie, in den Van zu steigen und sich zu benehmen?"

„Ja, Sir." Matt war innerlich zum Morden zumute, das richtete sich allerdings nicht gegen Regan. Er musste mit Parker reden, musste alles über den Anruf erfahren, der Scarlett hatte wegrennen lassen. Wenn es Frazer war, dann würde er den Kerl dafür zusammenschlagen, dass er ihn manipuliert hatte, Vorgesetzter oder nicht.

Er musste auch überprüfen, wo alle Beteiligten sich befanden. Der Plan war unverändert. Scarlett sollte in relativer Sicherheit sein, da Dorokow sich angesichts des Ortes angemessen benehmen musste. Er wäre auch ohne FBI-Überwachung aus zwanzig verschiedenen Winkeln per Kamera zu sehen, und wusste das sicher.

Regan ließ Matt aufstehen. Nachdem dieser den eisigen Tau von seiner Hose gewischt hatte, bedeutete Regan ihm, vor ihm in den Van zu steigen. Auf den Überwachungsbildschirmen sah Matt Scarlett den Weg hinaufeilen. Er würde ihr den Hintern versohlen, wenn er sie in die Finger bekam, sofern er nicht zuerst an seiner Angst erstickte.

Er wählte Parkers Nummer, überprüfte gleichzeitig auf dem Laptopbildschirm die Positionen ihrer Verdächtigen und beobachtete Scarlett.

Niemand hatte sich bewegt. Warum zum Teufel fühlte er sich, als ob gleich die Hölle losbrechen würde? Hektisch suchte er nach Antworten. Dann fuhr eine große schwarze Limousine mit den weiß-blau-rot gestreiften Standarten der Russischen Föderation die Pennsylvania Avenue hoch.

Parker ging endlich an sein verdammtes Telefon. „Branson ist mit seiner Frau in der Küche und füllt den Truthahn – das ist kein Euphemismus."

„Scarlett wurde gerade auf ihrem Handy angerufen. Wer war das?"

Matt hörte, wie Parker auf einigen Tasten tippte. „Kam von einem Prepaid-Handy. Ein Bild wurde aus D.C. geschickt und … ach, Scheiße. Wir sind aufgeflogen. Es ist ein Foto von Angel im Kofferraum eines Autos mit der heutigen

Tageszeitung.“

Herrgott.

„Dorokow ist hier“, sagte Matt.

„Branson hat das Bild nicht persönlich geschickt. Ich habe ihn genau zu dem Zeitpunkt beobachtet. Aber wir sind davon ausgegangen, dass die Russen Angel LeMay hatten. Sollen wir ihn uns schnappen oder zu euch kommen?“

„Auch, wenn die Beweise auf ihn hindeuten, ich habe bei Branson nicht das Gefühl, dass er es ist.“

„Ja. Das sagen mir meine Instinkte auch.“

Die anderen Telefone waren nicht aus ihren Büros bewegt worden. Matt gefiel das nicht. Es gefiel ihm überhaupt nicht. „Bleiben Sie an ihm dran. Ziehen wir das durch.“

Matt beendete das Gespräch und hielt die Luft an, als ein Fahrer die Limousinentür öffnete. Die stämmige Figur Andrej Dorokows wuchtete sich aus dem Rücksitz. Der Botschafter sah sich in der frühmorgendlichen Ruhe um.

„Denken Sie dran.“ Regan schlug ihm gegen die Brust. „In erster Linie ist er der Repräsentant Russlands auf amerikanischem Boden. Zetteln Sie keinen diplomatischen Zwischenfall an, der uns alle unsere Jobs kostet und den dritten Weltkrieg auslöst. Haben Sie das in Ihrem verdammten Schädel begriffen?“

Matt nickte, aber jeder Schritt, den der Hurensohn auf Scarlett zumachte, war ein Schritt zu viel.

SCARLETT SCHLOTTERTE AM ganzen Leib, als sie am Fuß der Kapitoltreppe stand und Andrej Dorokow auf sich zukommen sah. Sein Gesicht war abgespannt, die Augen blutunterlaufen, das Haar schmutzig blond und fettig. Dichte Stoppeln bedeckten seine Wangen und seinen Kiefer. Er war auf raue Art gutaussehend und strahlte etwas Ungestümes aus, das ihren Körper erzittern ließ. Dieser Mann hielt ihre Freundin in einem Kofferraum fest – vielleicht sogar im Kofferraum jenes Autos, mit dem er gekommen war. Der Gedanke verursachte ihr Brechreiz. Was hatte er ihr angetan?

Er nickte in Richtung einer Bank. „Kommen Sie. Setzen Sie sich." Er bedeutete ihr, voranzugehen. Die einzige Person in der Nähe war der Obdachlose, der am entfernten Ende der Treppe unter einer dünnen Decke lag. Er hatte lange verfilzte Rastalocken, die oben aus der Decke hervorlugten und hatte sich noch keinen Zentimeter bewegt. Vielleicht war er tot. Wahrscheinlicher war, dass es sich um einen von Dorokows Leibwächtern handelte, früh dort platziert, um den Mann zu beschützen.

Ha! Als ob sie eine Bedrohung wäre. Scarlett setzte sich, sorgte dafür, dass der Großteil der Bank zwischen ihnen lag und räusperte sich. „Ich möchte mich dafür entschuldigen, was ich an jenem Abend versucht habe zu tun."

„Was Sie *versucht haben* zu tun?" Seine Stimme war ein Grollen, und sie roch Alkohol in seinem Atem. Er hatte definitiv getrunken.

Verdammt – was sollte sie dazu sagen? Sie konnte kaum sagen: *Oh, nein, es war das FBI, das Sie tatsächlich verwanzt hat, nicht ich.* Trotz allem war sie eine Patriotin. Sie wollte ihr Land ebenso wenig verraten, wie ihr Vater es hatte tun wollen. „Was ich *getan habe.* Erfolglos." Sehr erfolglos.

Er schnaubte lachend. „Ihr Amerikaner." Dorokow schüttelte seinen Kopf. „Gibt es einen Grund, warum ich diesen Vorfall nicht zur Anzeige bringen sollte? Wir nehmen

Spionage nicht auf die leichte Schulter." Sein Blick war durchtrieben, er betrachtete sie prüfend.

Sie presste ihre Lippen aufeinander und stieß dann hervor: „Ich möchte, dass meine Freundin freigelassen wird. Unverletzt."

Seine Augen verengten sich. Er sah aus, wie eine Schlange, die jeden Moment zustoßen würde. Scarlett achtete darauf, keine plötzlichen Bewegungen zu machen.

Sie fuhr hastig fort. „Bevor Mr. Maidstone starb, sagte er mir, dass es Fotografien gäbe."

Dorokows Kinn ging hoch, die Augen voll glühendem Zorn.

Sie hatte geblufft, aber offenbar ins Schwarze getroffen. Ihr Herz hämmerte in ihrer Brust. Ihre Finger umklammerten einander zur Beruhigung.

„Ich will diese Fotografien." Er stand auf, und sie versuchte, nicht vor ihm zu kauern.

Scarlett hatte entsetzliche Angst, aber sie konnte sich nicht leisten, es zu zeigen. „Ich möchte meine Freundin zurück. Geben Sie sie frei und ich sage Ihnen, wo die Fotografien sind."

Seine Hand schoss vor und krallte sich um ihren Hals. „Sagen Sie es mir jetzt."

Sie merkte, dass viele Dinge gleichzeitig passierten. Schmerz zog von ihren Ohren ihren Hals hinunter in ihre Lungen, während sein eiserner Griff immer fester wurde. Das Geräusch rennender Schritte hinter ihr, der Blick auf zwei Männer, die aus der russischen Limousine stiegen, auf sie zu rannten und in ihre Jacken griffen.

Dann schien Dorokow wieder zu Sinnen zu kommen und lockerte seinen Griff, verwandelte ihn in eine Liebkosung, obwohl ihr Hals höllisch schmerzte. „Besorgen Sie mir die Fotos, und ich finde das Mädchen für Sie." Er trat mit wie zur Kapitulation erhobenen Händen zurück und alle hielten in ihren Bewegungen inne. Und dann, als der erste Schimmer der Morgenröte am östlichen Rand des Horizonts erschien, explodierte Dorokows Kopf.

———————

GRIMMIGE GENUGTUUNG DURCHRAUSCHTE Raminski, als die Kugel das Ziel traf. Er hätte auch das Mädchen erledigt, nur war dafür keine Zeit. Er musste schnell hier raus und rannte die Treppen hinunter und durch die Galerie des Zwischenstockwerks. Den gleichen Weg hinaus, den er hereingekommen war.

Der Anblick des neben dem Empfangstisch liegenden Sicherheitsmannes ließ ihn schliddernd zum Stehen kommen. *Was…?*

Die erste Kugel erwischte ihn im oberen Bein und ließ wie eine Rakete seine Knochen splittern. Er fiel hart, sein Gewehr rutschte über den Boden.

Das Blut pumpte hektisch aus der Wunde. Er zog sich in Richtung des Gewehrs, wusste, dass er es nicht erreichen würde, bevor die nächste Kugel traf. Diesmal war es das andere Bein, die Schmerzen ebenso qualvoll. Er rollte sich auf seinen Rücken, keuchend, damit er das Gesicht seines Mörders sehen konnte.

Der Amerikaner. Der FBI-Agent.

Seine Hände versuchten, die Blutung zu stoppen. „Warum?", fragte er. „Habe ich nicht alles getan, was Sie verlangt haben?"

„DAS HABEN SIE, Sergio. Es tut mir aufrichtig leid." Er betätigte erneut den Abzug – diesmal war es ein Kopfschuss.

Der FBI-Agent legte die Waffe, die den Sicherheitsmann getötet hatte, neben den toten Russen und platzierte die Waffe des Sicherheitsmannes in Raminskis Handfläche. Er trug unter einem dünnen Paar Wollhandschuhe zusätzlich Latexhandschuhe, bewegte sich vorsichtig, stellte sicher, dass er kein Blut an sich hatte. Die Bundesbehörden würden bald erscheinen und feststellen, dass der Nachtwächter den Scharfschützen, der Botschafter Dorokow umgebracht hatte, bei dessen Fluchtversuch erwischt und in einer Schießerei gestorben war.

Schrecklich traurig. Sehr mutig. Der Kerl verdiente einen Orden.

Raminski würde als unzufriedener Mitarbeiter betrachtet werden – vielleicht würden Gerüchte herumgehen, dass die Russen selbst Dorokow umgebracht hatten, es aber so aussehen lassen wollten, als ob die Amerikaner es waren, nur um ihren Plan von einem übereifrigen Sicherheitsmann vereitelt zu sehen.

Die Bedrohung eines Krieges wäre abgewendet, und er würde den darauffolgenden Sturm dazu nutzen, zu verschwinden. Noch eine Sache war zu erledigen, er hatte den Köder für die Falle schon ausgelegt.

Es mochte nicht das perfekte Verbrechen sein, aber es war verdammt gut. Er schlüpfte hinaus in die Schatten und den anbrechenden Morgen.

SOBALD DOROKOW NACH Scarlett gegriffen hatte, war Matt losgerannt. Ihm war die Mission egal, der Spion, alles; es ging nur darum, Scarlett von diesem fetten, hässlichen Hurensohn loszubekommen, damit er ihr nicht wehtun konnte – und nach Möglichkeit dem Arschloch eine Abreibung dafür zu verpassen, dass er sie angerührt hatte. Scheiß auf diplomatische Immunität.

Er war mit dem Befolgen von Befehlen durch.

Matt sprang über Hecken und schwang sich über kleine Mauern, begriff, dass er nie auf Regan oder Frazer hätte hören sollen. Es war ein dummer Plan, und sie waren im Vergleich zum gestrigen Morgen kein Stück näher daran, herauszufinden, wer der Verräter war. Scarletts ursprüngliche Idee war vernünftiger gewesen – und die war ebenfalls schon verdammt schlecht gewesen.

Seine Füße trommelten auf dem Boden und er war sich bewusst, dass Jon Regan ihm dicht folgte. Dann sah er Dorokows Leibwächter aus dem Auto steigen und den Obdachlosen unter der Bank, unter der er geschlafen hatte, hervorrollen und mit einer Waffe in der Hand aufspringen. Matt gab alles. Er würde nicht zulassen, dass die Russen sich Scarlett schnappten. Auf gar keinen Fall.

Seine Arme pumpten, die Lungen brannten, aber er war immer noch fünfzehn Meter entfernt, als ein Gewehrschuss ertönte. Er rannte noch schneller. Blut spritzte in einem weiten Bogen, und Dorokow fiel um.

„Runter!", schrie er, die Worte hallten von den ehrwürdigen Steinen über ihm wider. Der obdachlose Kerl griff Scarlett und schubste sie auf den Boden, hinter eine niedrige Steinmauer. Matt erkannte seinen Vorgesetzten und suchte schweratmend neben ihnen Deckung. John Regan tauchte daneben ab. Sie lagen alle keuchend da, rangen nach Atem. Dorokows Körper zuckte grauenvoll auf dem Bürgersteig. Frazer war an seinem Handy, rief Notfallteams vom lokalen Revier zum Tatort, würde hoffentlich Verstärkung bekommen, die den Schützen fand und sie alle nicht gleich direkt verhaftete.

Frazer rannte geduckt und mit gezückter FBI-Marke auf die Russen zu und deutete gleichzeitig zur Nordseite der Mall, von wo der Schuss hergekommen war. Er bedeutete ihnen, sich gebückt zu halten.

Die russischen Leibwächter sahen auf ihren gefallenen Landsmann, dem offensichtlich niemand mehr helfen konnte, und kletterten wieder in das Fahrzeug zurück, was wahrscheinlich momentan der sicherste Ort für sie war.

„Bist du okay?", fragte Matt Scarlett. Er drehte sie zu sich. Sie nickte, schien aber nicht reden zu können. Sie hatte Blut auf der Wange. Er wischte es mit seinem Daumen weg, aber ihre Augen waren groß, ihre Pupillen erweitert. Total weggetreten. Als er die Fingerabdrücke auf ihrem Hals sah, verspürte er eine innerliche Genugtuung, dass das Arschloch tot war. Die Erkenntnis, dass sie ebenso einfach hätte getötet werden können wie Dorokow, verursachte ihm Übelkeit.

Er griff Jon Regan beim Kragen. „Wer hat diese ursprüngliche Überwachung angeordnet?"

Regan zeigte die Zähne. „Ich darf gar nicht hier sein, Lazlo. Wenn ich vor Gericht aussagen muss, ist meine Karriere bei TacOps vorbei."

Matt blieb dran. Das hier war größer als ihre jeweiligen Karrieren. „Sagen Sie mir, wer es angeordnet hat. War es Branson?"

Regan schüttelte den Kopf. „Es unterliegt der verdammten

Geheimhaltung." Dann schwenkte sein Blick zu der bewegungslosen Gestalt auf dem Beton. „Scheiiiiiße." Er schien zu begreifen, wie gewaltig diese Sache schiefgelaufen war. „Der Antrag kam vom WFO." Also vom Washington Field Office, der Außenstelle. „Guy Clarkson reichte den Antrag auf das Anzapfen von Dorokows Telefon und die Videoüberwachung ein."

„Sollte so etwas normalerweise nicht von der Spionageabwehr kommen?"

„Sicher, aber nicht immer. Außerdem haben Clarkson und Branson sich immer gut verstanden. Branson schickt ständig Anträge über Clarkson. Sachen, zu denen es keine belastenden Unterlagen geben soll."

Könnte Branson dann Clarkson zur Tarnung benutzt haben, oder umgekehrt?

„Er ist es auf keinen Fall …" Plötzlich klang Regan nicht mehr so überzeugt. Sirenen heulten in der ganzen Stadt los. „Ich war nie hier." Er kehrte zum Überwachungs-Van zurück, und Matt ließ ihn gehen. Sie hatte nichts zu verlieren, wenn sie diese Untersuchung jetzt offiziell machten. Der Spion wusste bereits, dass sie nach ihm suchten. Er würde sich zum Abtauchen bereit machen, wenn er nicht schon lange weg war.

Frazer kam zurück.

„Wir brauchen jemanden, der zur Außenstelle fährt, um mit Clarkson zu reden", sagte Matt. „Regan hat mir gerade gesagt, wer die Überwachung Dorokows befohlen hat. Er hat mir auch gesagt, dass Clarkson Branson öfter ‚Gefallen' tut. Sie sind beide weiterhin absolut verdächtig."

Frazer nickte. „Ich muss hierbleiben." Er sah angefressen aus.

Matt zog Scarlett in seine Arme und hielt sie einfach für

einige Augenblicke, geschützt von massivem Beton, während sie unter den Nachwirkungen des Attentats zitterte.

„Könnten sie auf mich geschossen haben?", fragte sie.

„Das könnte sein."

„Eine Weste hätte nicht viel gegen das da geholfen…" Sie nickte in Richtung von Dorokows Leiche und begann zu weinen. Gehirnmasse sickerte auf den Bürgersteig.

Er zog sie näher, während ihn ein Schauder überlief. „Zeit, aufzubrechen."

Frazer war wieder am Handy. „Der Schuss kam von der National Art Gallery. Die Polizei wurde losgeschickt. Wir müssen Scarlett zurück zum Überwachungs-Van und in Sicherheit bringen."

Matt nickte. Es lag viel offenes Schussfeld zwischen ihnen und ihrem Ziel, aber der Schütze war wahrscheinlich schon lange weg, sofern das hier keine Selbstmordmission war. Er achtete darauf, die ganze Zeit zwischen Scarlett und der Richtung, aus der der Schuss gekommen war, zu sein. Frazer hielt sich auf ihrer anderen Seite.

„Sie hätten mir Ihren Plan mitteilen können", sagte Matt ärgerlich zu seinem Boss.

„Ich hatte keine Zeit."

„Tolle Rastalocken", murmelte er.

Die Mundwinkel seines Chefs hoben sich. „Nachdem wegen der Feiertage jeder Kostümverleih in Nordamerika geschlossen ist, war es das Beste, das ich auftreiben konnte." Er kratzte seinen Kopf. „Ich glaube, das Ding hat Flöhe."

Sie erreichten den weißen Van. Regan und sein Team waren drinnen und suchten die Monitore nach einem potenziellen Scharfschützen ab. Matt fing eine Decke, die Regan ihm zuwarf, legte sie dann Scarlett um, während er sie auf die Stufe des Vans setzte.

„Es ist noch nicht vorbei, oder?" Ihre Augen waren vor Müdigkeit gerötet, aber ihr Gehirn arbeitete wieder. „Du hast mich wegen Angel angelogen."

Er starrte sie an, hielt diesem endlosen braunen Blick stand. Und nickte. Ihr Blick schweifte von ihm ab, und er spürte, wie sich sein Magen leicht verkrampfte. „Ich musste dich davon abhalten, zu diesem Typen gehen zu wollen. Die Spezialisten mussten sich darum kümmern."

„Du hast mich wie eine Verdächtige behandelt."

„Ich habe dich wie eine Zivilistin behandelt."

„Du hast mich wie eine Kriminelle behandelt." Sie spuckte ihm diese Worte ins Gesicht.

„Das stimmt nicht." Seine Stimme wurde laut, und plötzlich schrie er. „Ich gehe nicht mit Verdächtigen ins Bett, und ich verliebe mich nicht in Kriminelle." *Scheiße.* Er sah sich um und stellte fest, dass alle ihre Tätigkeiten unterbrochen hatten, um sich die Show anzusehen. Er fuhr sich mit der Hand durchs Haar, überrascht, dass er durch den Stress, diese Frau in seinem Leben zu haben, noch nicht glatzköpfig war. Sie kannten sich seit sechsunddreißig Stunden, und er war willens, alles für sie aufzugeben.

Sie antwortete nicht auf seine unpassende Erklärung. Vielleicht glaubte sie ihm nicht, oder vielleicht war es ihr egal. Sie stand definitiv unter Schock. Angesichts dessen, was gerade geschehen war, überraschte ihn das nicht. Er verhielt sich wie ein Idiot.

„Wie werden wir Angel finden? Was, wenn sie tot ist?"

Schuld war eine schreckliche Sache. Er legte seine Hände auf beide Seiten ihres Kopfs und sah ihr in die Augen, wollte sie dazu bringen, ihm zu glauben. „Wir werden sie finden. Das verspreche ich."

Regan steckte seinen Kopf aus der Tür. „Wir suchen nach ihr. Einige Leute sitzen an den Metadaten sowohl des Bildes der Mutter, das an Agent Lazlo geschickt wurde, wie auch des Bildes von Angel LeMay, das Ihnen geschickt wurde. Beide kamen vom gleichen Telefon."

Streifenwagen begannen, die Mall zu füllen. Es war immer noch schemenhaft und dunkel. Nur ein Aufglimmen des Weihnachtsmorgens kroch in Richtung Himmel. Frazer zog seine Perücke ab und warf sie auf den Boden, bevor er mit dem ersten Notfallteam sprach.

Ein Auto kam die Maryland Street entlang. Ein silberner Mercedes. Angel LeMays Mutter stieg aus, ihre Augen glitten hektisch über die Menge, bis sie Scarlett entdeckten.

Die ältere Frau begann, zu ihnen zu rennen. Matt bereitete sich auf Ärger vor, aber die Frau breitete nur ihre Arme aus, und Scarlett warf sich bereitwillig hinein. Bereitwilliger, als sie seinen Trost akzeptiert hatte.

Weil du sie angelogen hast, du Idiot, und ihr dann deine Liebeserklärung wie eine Beleidigung entgegengeschrien hast.

Mrs. LeMay streichelte Scarletts Haar, sah dabei aber Matt an. „Haben Sie sie schon gefunden?" Ihre Stimme brach.

„Nein, Ma'am. Noch nicht."

Sie blinzelte ihre Tränen fort. „Ich kann meinen Ehemann nicht finden. Er verließ das Haus vor einer Stunde, sagte, er würde nach Angel suchen, da niemand sonst etwas zu tun schien." Sie schluckte hörbar. „Zwei FBI-Agenten sitzen nutzlos in meinem Haus, während sie draußen die Straßen absuchen sollten." Sie schien ihre Wut zurückzudrängen. „Ich nehme Scarlett mit mir nach Hause."

Frazer rief zu ihm herüber. „Die Polizei hat den

Scharfschützen drüben beim NAG gefunden. Von einem Wachmann erschossen. Los."

Matt wollte Scarlett nicht allein lassen, aber er hatte einen Job zu erledigen. Die heutigen Ereignisse würden stundenlange Einsatznachbesprechungen und Berichte, sowie gewaltige Nachwirkungen mit sich bringen, die bewältigt werden mussten.

Scarlett sah ihn an, die Augen groß und flehend. Auch sie würde zahlreiche Befragungen vor sich haben, aber sie konnte sich kaum noch auf den Beinen halten. Sie sollte bei den LeMays und mit den dortigen FBI-Agenten sicher genug sein.

Matt nickte. Er wollte sie berühren. Sie küssen. „Schlaf ein paar Stunden. Du wirst mit Ermittlern reden müssen." Er wollte ihr sagen, dass es ihm leidtat und dass er sie liebte, aber er hatte es schon in die Welt herausgeschrien. *Scheiße.* Vielleicht interessierte es sie gar nicht. Vielleicht würde sie ihm nie verzeihen.

Mrs. LeMay behielt ihren Arm um Scarlett, als sie sie zurück zum Auto führte. Sie drückte die Decke um Scarletts Knie fest, eilte dann zur Fahrerseite, schlüpfte hinein und fuhr rasch davon.

Der Anblick der sich entfernenden Scarlett grub einen Krater in Matts Brust. Er drehte sich weg und ging zurück zum Van, um sich Parkers Laptop zu schnappen. Dann folgte er Frazer im Laufschritt über die Mall. Es war an der Zeit, den wahren Spion zu finden und dem Dreckskerl das Handwerk zu legen. Richard Stones Unschuld zu beweisen war vielleicht sein einziger Weg in Scarletts Herz. Und es war sicher der einzige Weg, dem Mann Gerechtigkeit zu verschaffen. Er hoffte nur, dass es noch nicht zu spät war.

SCARLETT WAR NOCH nie in ihrem ganzen Leben so kalt gewesen. Es fühlte sich an, als ob ihre Knochen in flüssigen Stickstoff getaucht worden wären.

„Das mit Angel tut mir l-l-l-eid, Mrs. Le May." Ihre Zähne klapperten. „Das FBI sagte mir, dass sie freigelassen worden wäre. Ich wollte sie nie darin verw-w-wickeln."

Die Lippen von Angels Mutter wurden schmal, aber sie nickte. „Das weiß ich. Du hast nur versucht, deinem Vater zu helfen." Sie stellte die Heizung höher. Sie fuhren einen großen Bogen um die Library of Congress zurück auf die Pennsylvania Avenue, dann auf der 6th Street nach Norden.

Scarlett kuschelte sich tiefer in ihre Decke. Die letzte Nachricht über ihren Vater hatte gelautet, dass er stabil war. Sie hoffte, dass er immer noch in Ordnung war. Vielleicht logen sie auch darüber? Nein. Sie verstand, warum Matt ihr gesagt hatte, dass Angel frei wäre. Sie wäre zu Dorokow gegangen und wahrscheinlich umgebracht worden. Er hatte ihr Leben zu oft gerettet, um an ihm zu zweifeln. Er hatte recht gehabt, sie aufzuhalten. Recht gehabt, zu lügen.

Seine Lügen hatten ironischerweise dazu beigetragen, dass damit begonnen worden war, ihren Vater zu entlasten und ihr Vertrauen in das System wiederherzustellen.

Sie hatte noch nicht wieder volles Vertrauen, aber wenigstens glaubten nun einige Leute im FBI an ihren Vater und wollten die Wahrheit aufdecken. Sie hörte auf zu zittern, die Heizung zeigte endlich Wirkung.

Der Ausdruck auf Matts Gesicht… Sie blinzelte, als sie begriff, dass er ihr gesagt hatte, dass er sie liebte. Ihr Hals wurde eng, als die Gefühle aufwallten. Matt Lazlo liebte sie.

Sie. Die Tochter Richard Stones. Es schien zu gut, um wahr zu sein. Und doch, trotz allem, glaubte sie ihm. Sie liebte ihn ebenfalls. Es ergab keinen Sinn, basierte eher auf Instinkt als auf Logik, aber Instinkte gab es schon seit Urzeiten, also wer war sie, diese zu bezweifeln?

Sie setzte sich etwas aufrechter. Sie hatte es ihm nicht gesagt. Sie war tatsächlich zu traumatisiert gewesen, um seine Worte überhaupt aufzunehmen. Was, wenn er dachte, dass sie kein Interesse hatte? Was, wenn er dachte, dass sie ihn nur benutzt hatte, um den Fall ihres Vaters wieder aufzurollen?

Sie holte ihr Handy hervor.

„Was tust du?", fragte Mrs. LeMay.

„Matt anrufen. Agent Lazlo."

Mrs. LeMay holte ihr eigenes Handy heraus und schrieb während des Fahrens eine Textmitteilung. Sie ließ das Handy auf ihrem Schoß liegen.

„Lazlo." Matt nahm das Gespräch sofort an.

„Scarlett hier."

„Bist du okay?" Seine Stimme war wachsam.

„Ja. Ich meine, nicht vollständig." Sie schluckte fest. „Man sieht nicht jeden Tag, wie einem Mann der Kopf weggeschossen wird." Die Worte brachten ihr das Bild deutlich vor Augen, und sie presste ihre Hand vor ihren Mund. „Aber ich bin okay."

„Gut. Wir haben den Schützen gefunden. Erinnerst du dich an den anderen Kerl auf der Party?"

Raminski? „Wirklich?" Was bedeutete das?

„Ich kann jetzt nicht mehr sagen."

„Nein, natürlich nicht." Die Tatsache, dass er ihr überhaupt etwas gesagt hatte, zeigte, dass er ihr vertraute. Sie war eine Närrin gewesen. „Ich wollte mich für das Geschehene entschuldigen. Ich hätte auf dich hören sollen. Dir vertrauen sollen." Aber ein wenig Ärger über seinen Betrug blieb. „Du hättest mir aber auch trauen müssen. Du hättest über etwas so Wichtiges nicht lügen sollen." Sie schluckte. „Besonders nicht, nachdem wir..."

Es gab eine lange Pause. „Hör zu, Scarlett, wenn das hier vorbei ist, müssen wir beide miteinander reden. Verlass bitte nicht das Haus der LeMays." Er klang knapp und angespannt. Bedauerte er seine frühere Liebeserklärung?

Sie öffnete ihren Mund, um ihm zu sagen, was sie fühlte, verlor aber den Mut. Vielleicht war jetzt nicht der richtige Zeitpunkt. „Finde den wahren Spion, Matt. Für meinen Vater."

„Das habe ich vor." Er beendete den Anruf.

Hatte sie das auch versaut? Hatte sie das Beste, das ihr seit Jahren passiert war, ruiniert, indem sie sich impulsiv verhalten und Matt nicht zugetraut hatte, seinen Job richtig zu machen?

Mrs. LeMay bog rechts in die New York Avenue ein.

„Fahren Sie nicht falsch?", gab Scarlett ihr freundlich zu bedenken.

Mrs. LeMay blinzelte, als sie sie ansah. „Ich möchte zum Friedhof. Adams Mutter ist dort beerdigt, und wir gehen normalerweise jedes Jahr Heiligabend dorthin. Ich dachte, er könnte vielleicht dorthin gegangen..." Ihre Stimme verlor sich.

„Wo ist Sarah?", fragte Scarlett.

„Wir haben es ihr noch nicht gesagt. Das FBI schien sich so sicher, dass sie Angel wieder zurückholen könnten, und es ist nicht so, als ob sie irgendwie helfen könnte." Sie biss sich auf die Lippen, offensichtlich hinsichtlich ihrer Entscheidung zwiegespalten. „Sie würde darauf bestehen, zurückzukommen, aber sie ist in Utah wahrscheinlich sicherer."

Scarlett ballte ihre Fäuste. Sie im Unwissen lassen, um sie zu beschützen – genau, wie Matt es bei ihr getan hatte. Das war alles ihre Schuld. „Es tut mir sehr leid, Mrs. LeMay."

Valeries braune Augen hielten ihren Blick einen Moment lang, bevor sie wegsah. „Du hättest nie versuchen sollen, ihn zu verwanzen."

Scarlett zuckte zusammen. Sie würde mit dieser Frau nicht streiten. Nicht, während ihre Tochter vermisst wurde.

Es war kein Verkehr auf der Straße. Die ganze Stadt schien wie ausgestorben. Schon zehn Minuten nachdem sie die Mall verlassen hatten, fuhren sie durch die Steinpfeiler, die den Eingang zum Mt. Olivet Friedhof markierten. Auch wenn die Morgendämmerung am Horizont bereits begonnen hatte, war es noch dunkel und unheimlich. „Sie glauben wirklich, dass er hergekommen ist? Im Dunkeln?"

„Er ist verzweifelt, Scarlett." Mrs. LeMay wandte sich nördlich zum Mausoleum. „Ich mache mir Sorgen, dass er etwas Dummes tun wird."

Oh, Gott. Der Gedanke, dass Angels Dad sich etwas antun könnte, ließ Scarlett jedes noch verbleibende Selbstmitleid abschütteln. Sie warf die Decke zurück und ließ ihre Blicke über den riesigen Friedhof schweifen, suchte hektisch nach dem Kongressabgeordneten LeMay. Endlich sah sie die massige Form eines Autos rechts vor ihnen. „Ist er das?"

Mrs. LeMay kniff die Augen zusammen und sah nach vorne. „Ich glaube, ja."

Scarletts Augen traten hervor, als die Frau eine Pistole hervorzog und direkt auf sie richtete.

KAPITEL NEUNZEHN

MATT STARRTE AUF die Leiche Sergio Raminskis hinunter. Der Kerl hatte im Kunstmuseum eine blutige Sauerei angerichtet. Der arme alte Wachmann hatte wahrscheinlich nie eine Chance gehabt. Aber etwas an der Szenerie störte ihn.

In einem Winkel seines Gehirns störte ihn irgendetwas. Zu viele Fakten, die gefunden und geklärt werden mussten. Zu viele offene Fragen.

Matt starrte auf das einschüssige ArmaLite AR-50 Scharfschützengewehr mit Kammerverschluss. Funktionell, zweckmäßig, nichts zu Aufwändiges, aber in den richtigen Händen erledigte es den Job. Auf dem Boden lag eine Pistole, eine Glock. Was störte ihn an der Szenerie? „Das Gewehr hat einen Handgriff für Linkshänder."

Frazers Augen flogen zum Gewehr, dann zur Pistole. Die Pistole hatte einen Griff für Rechtshänder.

„Möglicherweise war er beidhändig."

Matt nickte. Gute Strafverfolgungsbeamte übten immer mit beiden Händen, aber sie neigten zu einer präferierten Hand und blieben dabei. Sein Blick wanderte zurück zum Wachmann.

Es klopfte an den Eingangstüren. Ein uniformierter Beamter sah zu ihnen herüber. Frazer nickte, und Rooney und

Parker kamen herein, umgingen sorgfältig die Blutspritzer.

Widerwillen zeigte sich auf ihren beiden Gesichtern. „Branson hat sich nicht gerührt, und es sieht nicht aus, als ob er weggehen würde. Parker hat es sogar geschafft, in Bransons Privatcomputer zu gelangen. Es gab keinen Nachweis der Banküberweisungen, von denen wir vorhin gesprochen haben.“

„Er hätte es von einem Internetcafé aus machen können“, schlug Matt vor.

„Wenn man davon absieht, dass ein Kerl in seiner Position kaum allein pissen, geschweige denn in ein Internetcafé gehen kann. Wir haben die WFO angerufen.“ Parker sah aus, als ob er Neuigkeiten hätte. „Eine FBI-Agentin namens Rosemary Fatima hat den Anruf entgegengenommen. Sagte, sie wäre allein im Büro. Ich bat sie, Clarksons Büro zu überprüfen und sie sagte, es wäre leer. Sein Handy war allerdings dort, direkt auf dem Schreibtisch.“

Sie hatten sein Handy überwacht, weil sie davon ausgegangen waren, dass er es bei sich trug. Ein Fehler.

„Clarkson sieht mehr und mehr wie der Schuldige aus. Ich muss Branson informieren“, sagte Frazer.

„Warum nicht direkt zum Leiter der Spionageabwehr gehen?“, fragte Rooney.

„Weil Branson uns vielleicht sagen kann, was wir nutzen können, um Clarkson zu finden, insbesondere, wenn er herausfindet, dass der Kerl es all die Jahre so eingerichtet hat, dass Branson für ihn den Kopf hinhalten müsste“, antwortete Frazer.

„Genau wie er Stone alles angehängt hat“, ergänzte Matt.

Parker nickte. „Der Ersatz-Ersatzplan.“ Dann deutete er auf den toten Russen. „Fingiert.“

„Woher wissen Sie das?", fragte Frazer.

So schnell?

„Patronenhülsen." Parker deutete auf den Boden. „Sie sind alle auf der anderen Seite des Raumes. Keine hinter diesem Typen. Sie haben wahrscheinlich gesehen, dass unser Mann hier Linkshänder ist?" Er deutete auf Raminski.

Matt nickte, erleichtert, dass er wenigstens das gemerkt hatte. „Gute Augen. Woher wussten Sie es so schnell?"

Parkers Miene verschloss sich, und Matt wollte den Grund nicht wissen.

„Wo ist Scarlett?", fragte Rooney.

„Angels Mutter kam zur Mall und nahm sie mit sich nach… Hause." Er zögerte, hielt dann inne, als ihm etwas Seltsames auffiel. „Woher zur Hölle wusste sie, dass wir dort sein würden? Mit Scarlett?" Er sah Frazer an, wusste aber plötzlich, dass sie einen gewaltigen Fehler gemacht hatten. Schnell rief er Scarletts Handy an, während Frazer die Nummer der FBI-Agenten im Haus der LeMays eintippte.

Scarlett nahm nicht ab. *Scheiße. Fuck.*

„Adam LeMay ist da? Sind Sie sicher?", fragte Frazer und fing Matts Blick auf. Sie hatte ihnen gesagt, dass ihr Ehemann das Haus verlassen hatte, um nach Angel zu suchen. „Fragen Sie ihn, wo seine Frau seiner Meinung nach hingegangen ist. Er weiß es nicht? Gut. Geben Sie mir ihr Kennzeichen und den Autotyp durch. Danke." Er rief die örtliche Polizei an. „Ich brauche eine Fahndung nach einer Valerie LeMay, sie fährt einen silberfarbenen Mercedes." Er ratterte das Kennzeichen herunter.

„Ihr Telefon ist aus." Parker versuchte, einhändig auf seinem Laptop zu schreiben. „Scheiße. Das ist mir entgangen. Eine Valerie Jones arbeitete mal als Sekretärin beim FBI-

Hauptquartier – sie hat für die Arbeit ihren Mädchennamen behalten. Sie kündigte ungefähr ein Jahr vor Stones Verhaftung. Ich wette, so sind die LeMays und die Stones Freunde geworden. Familien mit Kindern im gleichen Alter, die Zeit miteinander verbringen?"

„Sie hätte am Tag von Stones Verhaftung die Fotografie aus dem Haus nehmen können." Frazer sah angefressen aus. „Sie hätte die Chiffren und die belastenden Informationen, die von den anderen Agenten gefunden wurden, dort platzieren können."

„Sie kann den Anschlag auf Maidstone nicht durchgeführt oder diese Fotografie von Lazlos Mutter gemacht haben, da das FBI den Großteil des Tages bei ihr war. Also hatte sie einen Komplizen – wahrscheinlich Clarkson", vermutete Rooney.

„Egal, *wie* sie darin verwickelt ist, sie *ist* darin verwickelt." Matt sprach mit plötzlicher Klarheit. „Wir müssen sie finden." Weil sie gerade mit der Frau weggefahren war, die er liebte. „Scarletts Handy funktioniert nicht."

Parker nickte. „Kein Signal. Entweder deaktiviert oder blockiert."

„Scarlett hatte eine zweite Wanze in ihrer Jackentasche. Können Sie die lokalisieren?"

Parker zog eine Grimasse. „Ich kann es versuchen, aber wir wissen die Übertragungsfrequenz nicht – sie sagte, es spring auf ein Handysignal auf? Und wenn sie einen Störsender benutzen, werden wir sie ohnehin nicht finden. Nicht, bis sie den abschalten."

Matt dachte hektisch nach. „Können Sie die Stellen in der Stadt sehen, an denen Signale blockiert werden?"

Parkers Augen leuchteten auf. „Ja. Sollte einfach zu

erkennen sein, je nach Radius des Störsenders, aber es könnte ein wenig dauern." Er begann wieder zu tippen.

Sie hatten keine Zeit.

Rooney war an ihrem Handy. „Die Polizei hat hinsichtlich des Kennzeichens einen Treffer durch eine Verkehrskamera. Die New York Avenue in Richtung Norden. Los."

„Keine Sirenen. Lassen Sie Parker fahren", befahl Frazer.

Matt begann zu argumentieren, dass Parker gerade seine Wunder am Computer bewirkte, aber sein Vorgesetzter war unnachgiebig. „Vertrauen Sie mir. Es wird schneller gehen."

„MRS. LEMAY?" DIE gesamte Feuchtigkeit in Scarletts Mund war ausgetrocknet. „Warum haben Sie eine Waffe?"

Die ältere Frau hielt das Auto an, stellte das Licht ab und richtete die Waffe direkt auf ihre Brust. „Gib mir dein Handy."

„Ich verstehe nicht."

„Du musst nichts verstehen, Liebes. Du musst es nur *tun*", fauchte sie.

Scarlett griff in ihre Tasche, berührte das Übertragungsgerät. Ihr Herz hämmerte wie verrückt, als sie eine Gestalt neben dem Auto sah. Ein Mann. Dunkle Kleidung. Wollmütze. Sie holte ihr Handy hervor.

„Nimm den Akku raus." Mrs. LeMay wedelte mit der Waffe in ihre Richtung, und Scarletts Puls setzte einige Schläge lang aus. Vor ihnen waren Gebäude. Ein Mausoleum und einige Lagerschuppen, im grauen Licht schwer zu erkennen. Das Geräusch eines gelegentlichen Autos deutete darauf hin, dass sie nicht allzu weit von der Schnellstraße entfernt waren.

Sie trug immer noch die kugelsichere Weste unter ihrer

Jacke und ihrem Pullover. Ihre größte Chance könnte es sein, diese Information geheim zu halten. Sie nahm den Akku heraus und legte ihn auf das Armaturenbrett.

„Und jetzt das andere.“

Scarlett drehte sich zu Valerie, ihr Kiefer klappte auf.

„Ich weiß, dass du noch ein Prepaid-Handy hast. Hol es vorsichtig heraus und nimm auch dessen Akku heraus. Ich werde dir nichts tun. Der Mann da hat Angel.“ Scarletts Augen schossen herum, als die Gestalt den Kofferraum öffnete. „Er möchte dich gegen Angel austauschen, weil er sich Sorgen macht, was du alles herausgefunden hast.“

Grauen schnürte ihr Inneres zusammen. Sie hatte Dorokow gesagt, dass Maidstone ihr vor seinem Tod etwas verraten hatte. Hatte jemand diesem Mann diese Information weitergegeben? Hatte Raminski seinen russischen Chef hintergangen, bevor er ihn erschossen hatte?

War dies der Mann, der ihren Vater vor all diesen Jahren hereingelegt hatte? War sie endlich kurz davor, die Wahrheit herauszufinden? Das war nicht ganz die Art, von Auflösung, die sie erwartet hatte.

Scarlett legte auch ihr Prepaid-Handy auf das Armaturen-brett, drückte aber den Schalter am Übertragungsgerät, um es zu aktivieren. Dann sah sie den Störsender, den Valerie aus ihrer Tasche holte und neben die Handys auf das Armaturenbrett legte. *Mist.* Ihre Wanze würde aufnehmen, aber nichts senden, bis sie ein Handysignal gefunden hatte. Dann würde die digitale Audiodatei direkt in ihr E-Mail-Konto gehen. Die Wahrheit würde irgendwann herauskom-men, aber bis der Störsender deaktiviert war, würde niemand herausfinden, wo sie war. Mrs. LeMay zog die Schlüssel aus der Zündung und stieg aus dem Auto. Sie ging hinten um das

Auto herum, bevor sie näherkam und Scarletts Tür öffnete. Scarlett saß dort, dachte hektisch nach, aber ihr fiel nichts ein. Dann war es zu spät. Valerie machte eine Geste mit der Waffe, um ihr zu bedeuten, dass sie aussteigen sollte. Scarlett tat es, die kalte, beißende Luft sorgte wenigstens dafür, dass sie sich wacher fühlte.

„Geh auf ihn zu. Das ist ein direkter Austausch. Du gegen Angel. Du sagtest selbst, dass es alles deine Schuld ist. Ich möchte nur meine Tochter zurück. Sie hat nichts getan."

Scarlett nickte und atmete flach. „Ich möchte sie auch zurück." Aber sie wollte nicht sterben, und dies schien nicht wie eine Situation, in der ein Entführer seine Gefangenen einfach gehen lassen würde. „Was lässt Sie darauf vertrauen, dass er sein Wort hält?"

„Oh, er wird tun, was ich ihm sage." Die Frau klang selbstsicher. Zu selbstsicher.

Scarlett drehte sich, um ihr ins Gesicht zu sehen, wurde aber abgelenkt, als eine blonde Gestalt aus dem Kofferraum des Autos kletterte. Die Gestalt schwankte.

„Angel, Schätzchen. Bist du okay?", rief Mrs. LeMay.

„Mom?"

Scarlett unterdrückte einen Schrei der Erleichterung darüber, dass ihre Freundin noch lebte. Dann stieß Valerie sie mit der Waffe nach vorne. Angel lebte, aber Scarlett bezweifelte, dass das noch lange der Fall sein würde. Der Mann würde keine Zeugen wollen.

Wenn sie daran dachte, dass sie davor zurückgescheut war, Matt zu sagen, was sie wirklich empfand. Wie lächerlich optimistisch von ihr, zu denken, dass sie eine zweite Chance bekommen würde.

Scarlett musste sie am Reden halten. Sie wollte diese

zweite Chance. Sie wollte eine Zukunft mit ihm. Matt würde sie finden. Er und Parker und Rooney und Frazer. Sie waren intelligent und brillant und würden sie finden. Sie hoffte einfach, dass es nicht zu spät sein würde.

„Lass sie gehen, Guy." *Guy? Clarkson?* „Ich habe Scarlett mitgebracht. Um Gottes willen, lass mein kleines Mädchen gehen."

„Ich habe dir gesagt, dass ich sie dir zurückbringe." Der Mann entfernte die Augenbinde über Angels Stirn. Sogar im schwachen Licht konnte Scarlett einen Schnitt auf Angels Wange sehen, und ihre Augen waren offensichtlich durch Schläge fast zugeschwollen. Angels Arme waren hinter ihrem Rücken gefesselt und sie stolperte, als ob sie sich nicht richtig aufrecht halten konnte. Der Mann griff sie von hinten, und sie schrie vor Schmerzen auf.

„Oh. Gott! Mein Baby. Was haben sie dir angetan?", schluchzte Valerie.

„Ich glaube, sie hat eine gebrochene Rippe. Die Wirkung der Drogen lässt nach. Sie wird wieder in Ordnung kommen."

„Danke. Ich kann dir nicht genug danken." Valerie weinte.

„Schick das Mädchen zu mir", befahl Guy. „Das ist alles, was ich will."

„Du zuerst." Valerie griff nach Scarletts Arm und grub ihre Nägel hinein. *Au.*

Der Mann lächelte traurig. Er war unscheinbar, unauffällig – jemand, der leicht übersehen wurde. „Nach all den Jahren traust du mir nicht? Nach all den Nachmittagen, die wir nackt zusammen verbracht haben? All den Versprechen, die du mir gemacht hast?"

„Mom?", fragte Angel unsicher.

„Sei ruhig, Guy", fuhr Valerie ihn an.

„Du warst schon immer dominant, Valerie. Im Bett stand ich darauf. Die restliche Zeit hatte ich nicht so viel dafür übrig." Seine Stimme wurde härter.

In Scarletts Kopf rasteten einige Dinge ein. „Sie beide hatten eine Affäre?"

„Was zum Teufel, Mom?"

„Wow – kein Wunder, dass jeder dich für so klug hält, Scarlett Stone." Guys Stimme war purer Hohn. „Dein Daddy hat immer dein Loblied gesungen, als ob du das einzige Kind warst, das je das Alphabet gelernt hat. Ich habe gehört, es geht ihm nicht so gut…"

Zorn schoss in Scarlett hoch, aber sie hielt ihn zurück.

„Hör auf zu reden, Guy. Du wirst noch alles ruinieren." Valerie kam näher. Versuchte, zu ihrer Tochter zu gelangen.

„Nein, Valerie." Seine Stimme wurde lauter. „Du wirst mir nicht sagen, was ich zu tun habe. Nicht mehr. Ich habe dir geglaubt. Ich habe dich *geliebt*. Du hast gesagt, du würdest ihn verlassen, aber das hast du nie getan."

„Oh, mein Gott, Mom. Wie konntest du Dad das antun?", fragte Angel.

Das war ein Alptraum.

Valeries Griff an ihrem Arm wurde noch schmerzhafter, aber Scarlett hatte begriffen. „Dorokow hat herausgefunden, dass Sie eine Affäre hatten, nicht wahr? Er hat Sie erpresst, für ihn zu spionieren. Sie sind Marlon, Sie beide."

Clarkson grinste höhnisch. „Er sagte, es wäre eine einmalige Sache und hat uns dann auch dabei fotografiert. Hatte uns bei den Eiern."

„Sie haben Raminski davon überzeugt, ihn zu erschießen." Scarlett wusste nicht wie, aber sie wusste, dass es stimmte.

„Dorokow verdiente den Tod."

„Halt den Mund, Guy!"

Er hob die Pistole an Angels Kopf, und Scarlett hörte, wie Mrs. LeMays Atem stockte. Diese zwei Menschen hatten so viele Leben zerstört, einfach nur, weil sie ihre Affäre nicht hatten zugeben wollen.

Scarlett dachte nicht daran, zu schweigen. Sie musste Zeit gewinnen. Irgendeine Möglichkeit zur Flucht finden. Sie betrachtete die düsteren Grabsteine, der Nebel waberte am Boden entlang. Es war dunkel genug, dass es ihnen vielleicht gelingen würde, wegzurennen und sich zu verstecken. Vielleicht. „Und Sie beide haben es meinem Vater angehängt. Sie haben meine Familie zerstört." Sie wandte sich halb an Valerie. „Und dann so getan, als ob Sie uns einen Gefallen tun, indem Sie überhaupt noch mit uns reden." Ihr war schlecht. Der Betrug überstieg alles, was sie sich je vorgestellt hatte. „Sie haben die Beweise in unserem Haus platziert." Plötzlich ergab alles einen Sinn.

„Du hast Scarletts Vater das angehängt? Er ist wirklich unschuldig?", fragte Angel flüsternd. „Oh, Scarlett, es tut mir so leid. All diese Jahre, und ich habe dir nie geglaubt."

Scarletts Herz schmerzte für ihre Freundin. Sie konnte sich nicht vorstellen, was das hier ihrer Familie antun würde. Gott wusste, dass ihre eigene Familie schon genug durchlitten hatte, aber ein Spionage-Sex-Skandal um die Frau eines Kongressabgeordneten und einen neu eingetretenen FBI-Agenten? Kombiniert mit der unrechtmäßigen Verurteilung eines unschuldigen Mannes und der Ermordung eines russischen Botschafters? Das würde die Berichterstattung von vor vierzehn Jahren wie ein Picknick aussehen lassen.

Falls die Wahrheit ans Licht kam.

Angels Miene enthielt eine Nuance Wahnsinn. „Das ist eigentlich alles meine Schuld. Ich hätte dich nie zwingen sollen, auf diese Party zu gehen, Scar." Sie begann zu lachen, aber das Geräusch war furchtbar, in vollem Bewusstsein, dass sie gleich sterben würde. „Nächstes Jahr bleiben wir zu Hause und sehen uns alte Filme an, das verspreche ich. Ist noch Weihnachten?"

Scarlett nickte. „Du bist die beste Freundin, die ein Mädchen je haben könnte, weißt du das?"

Guy Clarkson lachte grob. „Ohne eure Freundschaft wäre dein lieber alter Vater nie ins Gefängnis gekommen."

„Vielleicht – vielleicht aber auch nicht. Sie und Valerie sind diejenigen, die ihm alles angehängt haben." Sie konnte die Abscheu nicht aus ihrer Stimme halten.

Valerie LeMay schubste sie nach vorne. „Schick Angel zu mir. Jetzt. Nimm die hier und tu, was du tun musst."

Angel stolperte vorwärts, als Clarkson sie schubste. „Du meinst, er soll sie umbringen, nicht wahr, Mom?"

„Halt den Mund, Angelina."

„Warum? Weil du meine Mutter bist?" Angel spuckte auf die Füße ihrer Mutter. „Du widerst mich an." Angel machte einen Schritt auf sie zu, und Scarlett schlang die Arme um ihre Freundin, stellte sicher, dass Angel die steife Weste spürte, die sie unter ihren Kleidern trug.

Über Angels Kopf sah sie auf den Mann, Guy Clarkson. Seine Augen funkelten und lösten sich nicht von Valerie.

Ein Geräusch in der Dunkelheit ließ ihn sich rasch umblicken.

War das die Kavallerie?

Schnell denken. „Ich habe gelogen", sagte Scarlett rasch,

„als ich sagte, dass Maidstone mir etwas erzählt habe. Das FBI hat es als Köder genutzt, um zu sehen, wie die von ihnen überwachten Leute darauf reagieren würden. Sie werden jede Minute hier sein." Sie drückte Angel ein wenig zur Seite, umarmte sie erneut und flüsterte ihr ins Ohr: „Wir müssen abhauen."

Clarksons Mund wurde schmal. „Sie werden es nie mit mir in Verbindung bringen können."

„Sie haben Branson die ganze Nacht beobachtet. Sie wissen, dass er es nicht ist."

Er hob die Waffe, zielte nicht auf sie, sondern auf Angels Mutter, die Frau, die ihn letztlich hintergangen hatte – die einzige noch lebende Person, die den ganzen Umfang seiner Verbrechen kannte. Valerie war der wahre Grund, aus dem er sie alle hergebracht hatte.

Angels Mutter schien das im gleichen Moment zu begreifen. Ihre Hand zitterte, als sie die Waffe auf Guy richtete. Sie starrten einander in die Augen. „Bitte", sagte sie. Und dann drückte sie ab.

PARKER FUHR WIE ein Bankräuber auf der Flucht. Rooney saß auf dem Rücksitz, angeschnallt, einen Laptop auf den Knien, während sie und Matt sich Satellitenbilder ansahen. Scarlett war seit fünfundzwanzig Minuten fort und wahrscheinlich in Todesgefahr. Und es war seine Schuld. Er war blind gewesen, wegen irgendeiner antiquierten Ansicht darüber, dass… dass amerikanische Hausfrauen keine Spionage begingen, oder nicht gefährlich waren? Wie dumm konnte er sein?

Hatte er Scarlett für immer verloren? Selbst wenn er sie

lebend fand, würde sie ihm vergeben, dass er sie hinsichtlich ihrer besten Freundin belogen hatte? Momentan konnte er nur daran denken, sie in Sicherheit zu bringen. Alles andere musste warten.

Er hatte Rooneys Telefon an seinem Ohr, während die Verkehrspolizei ihm Informationen gab.

„Die Kamera hatte sie bis zur Fenwick Street North." An welcher sie gerade vorbeifuhren. „Aber sie ist nicht an der Bladensburgh Road vorbeigekommen." Er wiederholte, was der Polizist am Telefon ihm sagte.

„Große Kreuzung voraus", erklärte Parker, ohne langsamer zu werden. „Links oder rechts?"

Matt starrte auf eine Karte der Umgebung. Industriegrundstücke und Wohnhäuser. Er zoomte auf einen großen grünen Fleck. Zwei große Kreuze waren dort sichtbar. Was zur Hölle war das?

„Links oder rechts?", forderte Parker eine Antwort.

„Links", befahl Frazer.

Matt starrte weiter. Es war ein Friedhof. „Rechts."

Parker bog nach rechts ab. Sie fuhren scharf um die Ecke, und Matt diente als Polster für Rooney, während sie durch den Schwung an ihn gepresst wurde. Sie fuhren zu schnell, um direkt wieder rechts abzubiegen und kamen auf der Montana Avenue heraus. „Mount Olivet Friedhof auf der rechten Seite."

Der Disponent der Verkehrspolizei gab ihm weitere Negativsichtungen der Verkehrskameras durch. Plötzlich war die Leitung tot. „Scheiße. Ich hab' keinen Empfang mehr."

Parker fuhr so schnell an den Straßenrand, dass Matt dachte, er würde ein Schleudertrauma bekommen. „Dann sind sie hier." Parker deutete auf das Eisengitter, das den Friedhof umgab.

„Wie können Sie da so sicher sein?", fragte Matt. Dann sah er es. Ein riesiger Sendemast in fünfzehn Metern Entfernung, der tadellosen Empfang hätte bieten müssen, es aber nicht tat. „Bingo." Sie stiegen aus dem Auto, und er schwang sich sofort über das Gitter. Rooney war sauer, dass sie Hilfe brauchte, um über den hohen Metallzaun zu gelangen.

„Alle tragen Westen, ja?" Sie nickten alle, ihre Waffen waren gezogen. Frazer wies Parker und Rooney durch Gesten an, sich nördlich hinter das Gebäude zu bewegen, sich von einer Seite anzuschleichen, während sie von der anderen kamen.

SCARLETT WARTETE NICHT, um zu sehen, ob Valerie Clarkson getroffen hatte. Sie schubste Angel vor sich. „Lauf!" Ein weiterer Schuss ertönte hinter ihr. Und dann noch einer. Scarlett riskierte einen Blick und sah, dass Valerie auf dem Boden lag, die Hände über ihrem Kopf ausgestreckt.

„Mom?" Angel versuchte, sich umzudrehen.

Scarlett griff ihren Arm und zog sie weiter. „Lauf, verdammt."

Sie hörten Schritte hinter sich und wussten, dass Clarkson ihnen folgte. Sie hatten fast die Seite des nächstliegenden Lagerschuppens erreicht, als ein vierter Schuss ertönte. Die Stoßwirkung der Kugel erwischte sie knapp unter ihrem linken Schulterblatt, fest genug, um sie auf die Knie zu werfen. Angel hielt an und wirbelte herum, aber dann trat eine dunkle Gestalt – Matt – hinter der Mauer hervor. Ein weiterer Mann warf sich auf ihre Freundin, während eine Kugel über ihren Kopf flog und in die Mauer einschlug. Matt zielte und feuerte zwei Schüsse ab.

Die folgende Stille schien alle Geräusche aufzusaugen. Scarlett konnte nichts außer dem in ihrer Brust rasselnden Atem hören, während sie auf das eisige Gras sank.

Arme drehten sie um. „Scarlett? Bist du okay?"

Matt. Er hatte sie gefunden.

Hände suchten weiterhin ihren Körper ab, eisige Kälte kroch hinein, als er ihren Pullover aufriss und jeden Zentimeter Haut betrachtete. „Ich bin okay." Sie versuchte, seine Hände festzuhalten. „Ich bin nicht verletzt. Nur außer Atem." Verdammte Hölle, es *tat weh*.

„Es tut mir so verdammt leid, dass ich zugelassen habe, dass sie dich in die Finger bekamen." Matt schloss seine Augen. „Als ich dich fallen sah…" Seine Stimme brach. „Ich dachte, ich hätte dich verloren."

Sie berührte seine Wange und lächelte. „Du hast mich *gefunden*."

Seine Arme umschlossen sie. „Ich hätte dich gar nicht erst gehen lassen sollen."

„Ich liebe dich." Es klang, als ob sie es eine Million Mal gesagt hätte, anstatt zum ersten Mal. „Ich hätte es dir vorher schon am Telefon sagen sollen, aber ich hatte Angst, dass du es nicht ernst meintest, oder dass du deine Meinung geändert hast."

Matt küsste sie. Kein höflicher, flüchtiger Kuss auf die Lippen, sondern ein zehenaufrollender, lippenversengender, trag-mich-zum-Himmel-Schmatzer. Ihr Herz klopfte sofort schneller, ihr Blut heizte sich auf. Sie schlang ihre Arme um ihn und wollte ihn nie wieder loslassen.

Dann zerschmetterte Angels verzweifelter Ruf „Mom!" ihr Glück und ihre Erleichterung. Sie klammerte sich an Matt, während sie hörte, wie ihre Freundin ihre Trauer herausschrie. Und obwohl Scarlett froh war, dass sie endlich die wahren Verräter gefunden hatten, fühlte sie auch Schmerz. All diese Jahre, in denen sie Trost von der Person bekommen hatte, die dafür verantwortlich gewesen war, ihren Vater ins Gefängnis zu bringen. Sie fühlte sich so dumm. So benutzt. Matt half ihr aus dem feuchten Gras hoch und legte seinen Arm um sie.

Ihre Schritte knirschten, als sie zu der Stelle hinübergingen, an der Guy Clarkson lag. Tot. Matt reichte seine Waffe an Frazer, der sie mit einem Nicken entgegennahm. Scarlett wusste, dass jeder, der in eine solche Schießerei involviert war, alle möglichen Befragungen durchstehen musste, aber es bestand wenig Zweifel, dass es gerechtfertigt gewesen war.

Angel war über den Körper ihrer Mutter gebeugt, hielt ihre Hand. Jemand hatte ihre Fesseln gelöst. „Mom", schluchzte sie. „Stirb nicht. Bitte, stirb nicht."

Parker begegnete Scarletts Blick und schüttelte den Kopf.

Nachdem Angel einige Minuten geweint hatte, legte Rooney sanft ihre Arme um sie und führte sie weg. Scarlett wollte zu ihrer Freundin gehen, aber Matt ließ sie nicht. „Nicht bis ihr beide offizielle Aussagen gemacht habt." Sie befanden sich an einem Tatort. Alles musste so unberührt wie möglich bleiben.

Es war vorbei.

Es war endlich vorbei.

Helles rosa Sonnenlicht legte sich in Streifen über den Horizont.

Scarlett wandte sich zu Matt. „Ich muss zu Mom und Dad. Ich muss sie sehen. Ich muss ihnen die Wahrheit über das alles berichten." Tränen brannten in ihren Augen. Sie wollte auch hier bei Matt bleiben, sicherstellen, dass er in Sicherheit war und nicht in Schwierigkeiten geriet, weil er ihr geholfen hatte.

Seine Augen glänzten, während seine Hand ihr Haar zurückstrich. Er küsste sie, und sie ging auf die Zehenspitzen, um ihm entgegenzukommen. Dann trat er zurück und drückte seine Stirn an ihre. „Du musst gehen. Aber ich muss bleiben. Zunächst jedenfalls."

Sie griff nach seiner Hand. „Versprichst du mir, dass es zwischen uns nicht vorbei ist? Versprichst du mir, dass es nicht eine dieser durch Adrenalin verursachten Affären ist, die gleichzeitig mit der Gefahr vorbei sind?"

Er küsste sie erneut. „Ich habe mich in dich verliebt, als ich dachte, du wärest die Tochter eines Politikers. Ich habe mich erneut in dich verliebt, als ich dachte, du wärest die Tochter eines Spions. Ich glaube nicht, dass ich ein Problem damit habe, in eine superintelligente Wissenschaftlerin verliebt zu bleiben. Vertrau mir."

Sie vertraute ihm. Das hatte sie fast von Beginn an. „Ich schulde dir immer noch ein Boot." Die Emotionen machten das Reden schwer. „Kommst du, um meinen Vater kennenzulernen? Sobald du kannst?"

Matt warf einen Blick auf seinen Vorgesetzten. „Ich wäre begeistert und würde mich geehrt fühlen, deinen Vater kennenzulernen, Scarlett."

Frazer nickte. In der Entfernung erklangen die Sirenen. „Ich schicke Rooney und Parker mit Ihnen nach Colorado, Scarlett. Ein Jet erwartet Sie in dreißig Minuten am Andrews Militärflugplatz."

„Gut", sagte Matt fest.

„Rooney kann unterwegs Ihre Aussage aufnehmen."

Scarlett wusste, dass sie sich toll fühlen sollte. Sie lebte und hatte alles erreicht, was sie sich vorgenommen hatte. Hatte bewiesen, dass ihr Vater nicht der Spion war, als der er verurteilt worden war. Sie begann, sich von Matt und Angel abzuwenden, aber jeder Schritt verstärkte die Traurigkeit in ihr. Sie hielt an. Parker drehte sich um und sah sie erwartungsvoll an. „Eigentlich", sagte sie zu ihm, „sollten Sie und Rooney wie geplant nach West Virginia zurückkehren. Ich werde auf Matt warten. Wir fliegen zusammen nach Colorado."

Matts Augen sahen verdächtig feucht aus, als sie sich umdrehte.

Sie rannte los, warf ihre Arme um seinen Hals und hielt ihn ganz fest. Sie hatte schon ein ganzes Leben lang gewartet. Sie würde noch einige Stunden mehr warten können.

Parker sah auf sein Handy, stieg dann in Mrs. LeMays Mercedes, um den Störsender auszuschalten, und schob dabei den Hemdärmel über seine Hand, wahrscheinlich, um keine Fingerabdrücke zu verwischen. Einen Augenblick später war Frazer am Telefon und sprach – wenn man von seiner Haltung ausgehen konnte – mit jemand von hohem Rang.

„Gib mir dein Telefon", drängte sie Matt.

Er reichte es ihr. Sie wählte eine Nummer und schloss ihre Augen, als Susan Stone sich meldete.

„Hi, Mom? Ist Dad okay?" Sie lehnte sich ein wenig an Matt, während ihre Mutter ihr mitteilte, dass ihr Vater aufgewacht war und sogar ein paar Worte gesagt hatte. „Wir haben es geschafft, Mom. Wir haben den wahren Spion gefunden." Sie fing Frazers Blick auf. „Ich glaube, Dad wird rehabilitiert werden."

Frazer nickte.

„Wir werden sicherstellen, dass er die bestmögliche Behandlung bekommt", sagte Matt in ihr Haar.

Scarlett sprach einige Minuten, verabschiedete sich dann und beendete das Gespräch. „Ich denke nicht, dass sie mir wirklich glaubt."

Frazer drückte ihren Arm. „Sie wird es glauben, wenn der Generalstaatsanwalt heute Nachmittag auftaucht, mit einer tiefempfundenen Entschuldigung und einem präsidialen Straferlass im Gepäck."

Scarlett nickte. „Gut. Danke. Wir müssen die Befragungen so schnell wie möglich hinter uns bringen. Matt muss seine Mutter sehen, bevor wir beide heute Abend nach Colorado aufbrechen." Sie sah Frazer in die blauen Augen. „Es muss heute Abend sein. Bitte, das FBI kann mit uns kommen und uns unterwegs befragen." Ihre Hand schob sich in ihre Tasche und strich über das Übertragungsgerät. Sie hielt es Frazer hin. „Das habe ich fast vergessen... Hoffentlich hat es Clarksons und Valeries Geständnisse aufgenommen. Sie hatten eine Affäre. Als Dorokow es herausfand, hat er sie erpresst, und sie gezwungen, für ihn zu arbeiten." Sie schauderte, und Matts Arme schlangen sich fest um sie. Frazer nahm die Wanze und warf sie Parker zu.

„Da Valeries Störsender jetzt ausgeschaltet ist, sollte die Audiodatei auf das Handysignal aufgesprungen sein und an mein E-Mail-Konto geschickt worden sein. Zumindest theoretisch."

Die Polizeiwagen rasten mit Sirengeheul die Wege des ruhigen Friedhofs entlang. Sie spannte sich an, als sie mit den Händen auf den Waffen ausstiegen. Frazer, Rooney und Matt hatten ihre goldfarbenen Marken in der Hand und versuchten, die beiden Leichen zu erklären.

Scarlett konnte nicht fassen, welch schwere Traurigkeit sich von ihrer Brust gehoben hatte.

Matt sah zu ihr hinüber und lächelte. Sogar inmitten der düsteren Traurigkeit, die sie umgab, wusste sie mit plötzlicher Sicherheit, dass alles klappen würde. Sie hatte um ein Wunder gebeten und zwei erhalten.

„Wie teuer sind Segelboote?", fragte sie Parker, der herübergekommen war und sich neben sie gestellt hatte, während die Polizisten versuchten, die Zuständigkeit zu klären.

„So eins wie Lazlos? Um die zehntausend."

Oh, je. Zum Glück hatte sie einige Ersparnisse.

Parker sah dorthin, wo Rooney Angel tröstete. „Sagen Sie Lazlo, dass er mir einen Zwanziger schuldet. Ich habe sein Passwort geknackt."

Scarlett stieß ein Lachen aus. „Wirklich? Inmitten all dieser Dinge, die passiert sind, haben Sie sich die Zeit genommen, sein Passwort zu hacken?"

„TOEDWY – alles Großbuchstaben." Sein Grinsen ließ sein Gesicht aufleben.

„TOEDWY? Verstehe ich nicht." Scarletts Zähne klapperten.

„The Only Easy Day Was Yesterday – Der einzige einfache Tag war gestern. SEAL-Motto." Parker zwinkerte ihr zu, ging dann weg, während eine Gruppe FBI-Agenten eintraf, Ridley Branson unter ihnen. Er stellte sich vor sie, und Matt war plötzlich wie durch ein Wunder wieder an ihrer Seite.

Der Chief der Spionageabwehr ließ den Kopf hängen. „Ich weiß nicht, was ich sagen soll, Dr. Stone. Ich schäme mich für mein persönliches und mehrfaches Versagen abgrundtief."

„Sagen Sie das nicht mir." Der ganze Ärger, der sie die letzten vierzehn Jahre angetrieben hatte, erwischte sie wieder kalt. „Gehen Sie zu meinem Vater. Sagen Sie es ihm, jetzt sofort. Heute. Bitten Sie *ihn* um Vergebung. Nicht mich."

Branson nickte und wandte sich ab. Gefühle, die sie unter Kontrolle geglaubt hatte, sprudelten wieder in ihr hoch.

Matt nahm ihre Hand und drückte ihre Finger. „Habe ich dir schon ohne Anschreien gesagt, dass ich dich liebe?"

Sie zwinkerte die ganzen dummen Tränen weg, die herabströmen wollten. Sie würde es ihnen nicht erlauben. „Weißt du, ich könnte mich daran gewöhnen, dass du das sagst."

„Das ist auch besser so." Sie sahen einander in die Augen. „Das ist es, Scarlett. Das ganze Klischee der Liebe auf den ersten Blick? Das sind wir. Ein lebender Beweis dafür." Das Gold in seinen haselnussfarbenen Augen leuchtete. „Es wird eine Weile dauern, bis wir herausgefunden haben, wie wir das alles zusammen hinbekommen, aber bezweifle das Gefühl nicht. Ich liebe dich. Das wird nie aufhören. *Nie.*"

„Ich weiß." Sie sah zu ihm hoch, berührte seine Wange. „Ich glaube, ich habe mein ganzes Leben auf dich gewartet."

„Versprich mir Eins." Seine Augen wanderten über ihr Gesicht. Bei einem Blick über seine Schulter sah sie einen Agenten, der offensichtlich darauf wartete, ihn zu einer Befragung oder Nachbesprechung, oder wie auch immer sie es nannten, mitzunehmen.

„Was?"

„Du nimmst das Gesetz nicht mehr in deine eigenen Hände."

„Das Versprechen kann ich leicht geben." Sie lachte. „Du musst mir aber auch etwas versprechen." Sie ging auf die Zehenspitzen und flüsterte in sein Ohr: „Es hat etwas mit Sex in der Dusche bei jeder möglichen Gelegenheit in den nächsten zwanzig Jahren zu tun."

„Nur zwanzig?“ Er löste sich.

„Ich wollte dich nicht durch eine zu lange Verpflichtung verängstigen.“

Sein Blick wurde schmal. „Okay. Wir besprechen es dann in zwanzig Jahren erneut.“

Der FBI-Agent kam näher.

Matts Blick wurde ernst. „Weißt du, du solltest zu deinem Dad fliegen. Ich verspreche, ich komme so bald wie möglich nach.“ Er warf einen Blick über seine Schulter. „Das könnte eine Weile dauern.“

Scarlett nickte. „Ich möchte dich bei mir haben.“

„Ich bin bei dir, Scarlett.“ Er berührte sein Herz und wurde weggeführt.

Sie fand sich an eine andere männliche Brust gezogen, die Trost spendete.

„Kommen Sie.“ Alex Parker nahm ihre Hand und führte sie durch die Streifenwagen und uniformierten Beamten. „Es ist fast vorbei. Und dann beginnen die guten Dinge.“

EPILOG

Ein Monat später.

SCARLETT STAND IM Wohnzimmer ihres Elternhauses und wartete auf die Ankunft des Autos. Sie hatte das Haus wortwörtlich von oben bis unten geputzt. Leute standen draußen auf der Straße, Unmengen an Presseleuten hatten sich ebenfalls eingefunden.

„Entspann dich." Matt zog sie für einen Kuss in seine Arme. Sie genoss den Geschmack, die Wärme, die feste Bestärkung des Mannes. Er war alles, was sie sich beim ersten Blick vorgestellt hatte, und noch mehr.

Seine Mutter lag immer noch im Koma, was das Einzige war, das sich in den letzten Wochen nicht geändert hatte. Es war herzzerreißend, aber Scarlett versuchte, ihm so weit wie möglich beizustehen, wenn er sie besuchte. Es war alles, was sie tun konnte. Der Kongressabgeordnete LeMay war zurückgetreten. Scarlett hatte Angel besucht, und sie hatten stundenlang über alles Geschehene gesprochen. Angel war nicht die gleiche Person wie vor der Entführung, aber Scarlett gab sich nicht mehr die ganze Schuld – Dorokow hatte sie entführt, um Kontrolle über Valerie zu bekommen. Angel bekam professionelle Hilfe. Scarlett würde da sein, wenn sie sie brauchte.

Die Bundesbehörden versuchten immer noch, alles aufzuklären.

Es schien unzweifelhaft, dass Raminski derjenige war, der Dorokow erschossen hatte. Er hatte damit verhindert, dass ein erheblicher Zwischenfall zum offenen Krieg führte. Was die restliche Ermittlung betraf, war sich niemand von ihnen wirklich sicher, was vor sich ging. Sie waren alle davon ausgeschlossen worden; hatten sich einerseits Vorwürfe anhören müssen, weil sie dem Protokoll nicht gefolgt waren, hatten andererseits Applaus für die Lösung des Falles bekommen. Frazer hatte ihnen gesagt, dass es um Bürokratie gegen Politik ginge, und die Politik sich einmal zu ihren Gunsten auswirke.

Sie war seit zwei Wochen wieder bei der Arbeit, während ihr Vater sich weiterhin erholte und Behandlungen in einem der besten Krankenhäuser des Landes erhalten hatte. Heute würde er endlich nach Hause kommen.

„Ich habe etwas für dich." Matt hielt ihr ein Schmucketui hin – zu groß für einen Ring, obwohl ihr Herz bei dem Gedanken daran schneller geschlagen hatte. Sie schalt sich selbst.

Matt war drei ganze Tage vom FBI befragt worden. Sogar Frazers Einfluss hatte nicht bewirken können, dass die Mühlen schneller mahlten. Sie hatten ihr erstes gemeinsames Weihnachtsfest verpasst.

„Was ist es?" Sie grinste und nahm es entgegen. Sie hatte auch ein Geschenk für ihn, aber es würde nicht in ein Etui passen.

Er hatte ihren Vater kennengelernt, und sie schienen einander zu mögen. Es war nun einfacher, da ihr Vater einen öffentlichen präsidialen Straferlass erhalten hatte und seine Verurteilung aufgehoben worden war, wozu Matt beigetragen hatte.

Sie öffnete das Etui. Darin lag ein Schlüssel an einer

Silberkette. Sie runzelte die Stirn. „Wofür ist das? Hast du mir einen Ferrari gekauft?"

„Er ist für mein Haus."

„Aber du hast kein Haus."

„Jetzt schon, oder eher, *wir* haben eines. In Arlington, falls du, du weißt schon… mit mir zusammenziehen möchtest?"

Seine Sicherheit schwand, als er ihre Miene sah. „Oh, Mist. Ich war zu schnell. Oder zu langsam, ich…"

Sie griff nach seinen Händen. „Nein. Nein! Ich habe nur…" Sie biss sich auf die Lippe. „Ich habe mit Alex' Hilfe ein Boot für dich gefunden. Es wurde gestern an den Yachthafen geliefert."

Er grinste. „Du wolltest mit mir auf einem Boot leben?"

Sie nickte zögerlich. „Falls du das möchtest."

„Natürlich würde mir das gefallen, aber vertrau mir, ein Haus wird einfacher sein." Er drückte seine Lippen auf ihre, und als sie schließlich Luft holten, hatte sie vergessen, dass vor der Tür tausend Leute waren. „Ich kann dir das Segeln beibringen." Sein Grinsen wurde verschmitzt. „Ich kann dir alles Mögliche beibringen."

Sie zitterte vor Vorfreude. Dann hörte sie das Geräusch eines auf die Einfahrt fahrenden Autos. Matt hörte es auch und trat einen Schritt zurück.

Scarlett griff seine Hand und öffnete die Tür. Eine Autokolonne, die des Präsidenten würdig gewesen wäre, erstreckte sich die Auffahrt und die Straße entlang. FBI-Agenten hielten die Presse und die Menschenmenge zurück, während alle versuchten, einen Blick auf den Mann zu erhaschen, der das Opfer eines schrecklichen Justizirrtums gewesen war. Ridley Branson selbst öffnete die Tür für ihren Vater, der aus der Limousine stieg. Ihr Dad war blass, sah aber viel besser aus als in der Woche zuvor im Krankenhaus. Er hatte zugenommen und konnte sich bewegen, ohne vor Schmerzen zusammenzuzucken. Scarlett konnte es fast nicht glauben. Ihre Mutter ging um das Auto herum und nahm den Arm ihres Ehemannes. Scarlett bemerkte, dass sie und ihr Dad jeweils ihr Kinn vor Stolz hocherhoben hatten. Sie ignorierte die sie blendenden Kameras, rannte die Treppen hinunter und umarmte ihren Vater fest, achtete jedoch darauf, ihn in ihrem Überschwang nicht umzuwerfen. Matt kam ebenfalls heraus, und sie traten beiseite, um Richard Stone zurück in das Haus gehen zu sehen, das er vierzehn Jahre zuvor in dem Glauben verlassen hatte, nur einen weiteren normalen Arbeitstag vor sich zu haben.

„Willkommen Zuhause, Agent Stone", sagte Ridley Branson, laut genug, dass die Menge es hören konnte.

Ihr Vater nickte, Scarletts Meinung nach gnädig, und begann, ohne Hilfe die Treppen hinaufzugehen. Gefühle stiegen in ihrem Hals auf, bis sie nicht mehr sprechen konnte. Matt rieb mit seiner Hand über ihren Rücken. „Atme. Du hast es geschafft, Scarlett. Du hast ihn rehabilitiert."

Sie lächelte und küsste ihn vor der ganzen Welt. „*Wir* haben es geschafft. Wir haben ihn rehabilitiert. Zusammen."

Vielen Dank für die Lektüre von Kaltes Morgenlicht. Ich hoffe, die Geschichte von Scarlett und Matt hat Ihnen gefallen.
Haben Sie das erste Buch in der Kalte Gerechtigkeit Serie gelesen, Ein kalter, dunkler Ort? Wenn nicht, dann fahren Sie mit dem ersten Kapitel fort…

LINDSEY KEEBLE SANG den Song aus dem Radio mit und gab vor, keine Angst vor der Dunkelheit zu haben. Es war ein Uhr nachts und sie hasste diesen einsamen Streckenabschnitt des Highways zwischen Greenville und Boden. Der Regen drohte, in Schnee überzugehen. Die Windböen waren so stark, dass die plötzlichen Bewegungen der großen Bäume neben ihr auf dem Hügelkamm sie nervös in Richtung der mittleren Spur ausweichen ließ. Das Heck ihres Wagens kam leicht ins Schlingern, also verlangsamte sie das Tempo. Keinesfalls wollte sie ihr wertvolles kleines Auto ruinieren.

Sie arbeitete jeden Abend in einer Tankstelle in Boden. Es war ein ruhiger Job, sodass sie sich für gewöhnlich zwischen den Kunden mit ihrem Studium beschäftigen konnte.

An diesem Abend hatten offenbar alle beschlossen, ihre Vorräte aufzustocken, um sich auf einen verfrühten Wintereinbruch vorzubereiten. Man hätte glauben können, dass sie noch nie zuvor Schnee gesehen hätten.

Ihr Herz schlug schneller, als sie rote Lichter in ihrem Rückspiegel aufblitzen sah. Verdammt!

Sie war doch gar nicht zu schnell gefahren – einen Strafzettel konnte sie sich nicht leisten und Alkohol trank sie nicht. Sie blinkte und stoppte den Wagen auf dem Standstreifen. Lindsey lebte verantwortungsbewusst, denn sie wollte einmal ein besseres Leben haben als sie es in ihrer ländlichen Heimatstadt hatte. Schließlich war sei keine Hinterwäldlerin. Sie wollte auf Reisen gehen und die Welt entdecken – Paris, Griechenland, vielleicht sogar die Pyramiden. Durch die vom Eisregen bedeckte Rückscheibe beobachtete sie, wie ein schwarzer Geländewagen direkt hinter ihr zum Stehen kam.

Eine große Gestalt kam auf ihren Wagen zu. Eine goldene

Polizeimarke wurde gegen das Fenster getippt. Kalte Luft strömte in das Innere ihres Wagens, als sie das Fenster herunterkurbelte und sich ihre Jacke sogleich gegen den eisigen Regen enger um die Schultern zog.

„Führerschein und Fahrzeugschein", knurrte eine tiefe Stimme mit der Autorität, die Cops an sich hatten. Er trug einen dunklen Regenmantel über seiner schwarzen Uniform. Die Pistole an seiner Hüfte glänzte im Scheinwerferlicht seines Wagens. Sein Gesicht kam ihr nicht bekannt vor, allerdings konnte sie ihn kaum erkennen, da ihr der Eisregen in die Augen stach.

„Um was geht es denn?" Ihre Zähne klapperten, als sie die geforderten Dokumente aus dem Handschuhfach und aus ihrem Geldbeutel fischte und ihm reichte. Während sie wartete, legte sie ihre Hände wieder auf das harte Plastik des Lenkrades. „Ich bin nicht zu schnell gefahren."

„Es läuft eine Fahndung nach einem gestohlenen roten Neon, also muss ich Sie überprüfen."

„Aber dies hier ist mein Auto, und ich habe nichts falsch gemacht." Sie kannte ihre Rechte. „Sie haben keine Berechtigung, mich anzuhalten."

„Sie sind in Schlangenlinien gefahren." Die Stimme klang jetzt noch tiefer und irgendwie wütend. Sie zuckte zusammen. *Leg dich nie mit einem Cop an.* „Außerdem haben Sie ein kaputtes Rücklicht. Das ist Grund genug, Sie anzuhalten."

Lindseys Sorgen wurden langsam von ihrem Ärger verdrängt. Sie löste ihren Gurt und zog die Handbremse an. Ein Jahr zuvor war sie betrogen worden, als ein anderer Wagen auf einem Parkplatz mit ihrem zusammenstieß und der Fahrer gegenüber der Versicherung behauptet hatte, sie wäre schuld gewesen. „Als ich heute Nachmittag zur Arbeit gefahren bin, hat es aber noch funktioniert. Und in der Zwischenzeit ist ja nichts passiert." *Verdammte Scheiße.*

„Sehen Sie doch selbst nach." Der Cop trat einen Schritt zurück. Trotz seines harten Mundes und der noch härteren Augen, hatte er ein attraktives Gesicht. Vielleicht sollte sie ein bisschen mit ihm flirten, um sich den Strafzettel zu ersparen. Nicht, dass sie gut in so etwas war. Ihr Vater würde das Rücklicht reparieren, aber um den Strafzettel würde sie wohl nicht herumkommen. Das Geld, das sie heute verdient hatte, war sie also bereits wieder los.

Sie zog sich die Kapuze ihres Regenmantels über den Kopf und stieg aus. Die Scheinwerfer des Polizeiwagens blendeten sie, als sie ein paar Schritte auf ihn zuging. Sie schirmte ihre Augen mit ihrer Hand ab und legte die Stirn in Falten. „Ich sehe nichts, was kaputt…"

Plötzlich durchflutete Hitze ihren Rücken. Explosionsartig trat ein quälender Schmerz ein, der sie von ihren Ohrläppchen bis hinunter zu ihren Zehen erschütterte. Niemals zuvor hatte sie etwas Vergleichbares erlebt. Der heiße Schweiß auf ihrer Haut kämpfe mit dem Eisregen, als sie auf die Straße fiel. Brutale Hände schlangen sich um ihre Hüfte und hoben sie hoch. Sie konnte weder ihre Arme noch ihre Beine kontrollieren. Irgendetwas Unnachgiebiges bohrte sich in ihren Magen. Vollkommen verwirrt kämpfte sie gegen den Drang an, sich übergeben zu müssen.

Es dauerte einen Augenblick, bis sie sich einen Reim auf all das machen konnte.

Dieser Mann war kein Cop.

Die Auswirkungen des Elektroschockers sorgten dafür, dass sie nicht genug Kraft aufbringen konnte, um gezielt nach ihm zu treten. Sie versuchte, seine Knie zu treffen und ihm mit dem Ellenbogen in die Eier zu schlagen. Es half nichts, sie wurde auf die Rückbank des Geländewagens gewuchtet. Dann verpasste er ihr einen weiteren Stromstoß, bis sich ihre Innereien anfühlten als würden sie ihr jeden Moment hochkommen und ihre Blase sich entleerte.

Sie lag auf dem Bauch und die Welt um sie herum drehte sich. Ihr Gesicht wurde auf eine dreckige Gummimatte gedrückt, ihre Hände hinter ihrem Rücken festgehalten. Dann spürte sie Metall an einem Handgelenk und gleich darauf am anderen. Handschellen. *Oh, Gott.* Sie war gefesselt. Ein scharfer Schmerz meldete sich aus ihrer Brust. Wenn sie sich nicht schnell beruhigte, würde sie an einem Herzinfarkt sterben.

In der Dunkelheit wurde etwas abgerissen. Sie spürte, wie sie auf ihren Rücken gedreht wurde. Dann presste er ihr ein starkes Klebeband auf den Mund. Rücksichtslos wurden ein paar Haare mit eingeklebt. Es wieder abzunehmen, würde verdammt wehtun.

Irgendetwas sagte ihr, dass dies ihre geringste Sorge sein sollte.

Es gab keinen Grund für ihn, sie zu entführen, außer dass er ihr etwas antun wollte. Oder sie töten wollte.

Diese Erkenntnis blendete alles andere aus. Jede Bewegung. Jeden panischen Atemzug. Ihr Herz raste und Galle brannte in ihrer Kehle, als sie in diese kalten, mitleidslosen Augen starrte. Mit einem Grunzen schlug er die Wagentür zu und ließ sie in dieser entsetzlichen Dunkelheit zurück. Wie ein unheilvolles Trommeln schlug der Regen gegen die Karossiere des Autos. Sie hatte Angst im Dunkeln. Sie hatte Angst vor Monstern. Dazu kam die kalte Feuchtigkeit zwischen ihren Beinen, durch die sie sich zusätzlich gedemütigt fühlte. Wie hatte dies nur passieren können? In einer Minute war sie auf dem Weg nach Hause gewesen, in der nächsten…

Wo war ihr Handy?

Sie rollte sich auf der Rückbank herum und versuchte, es in ihren Taschen zu spüren. *Scheiße.* Es war immer noch in ihrer Handtasche auf dem Beifahrersitz ihres Wagens. Plötzlich ertönte ein krachendes Geräusch aus der Richtung der Bäume. Sie schloss die Augen gegen die in ihr aufsteigende Panik. Er hatte sich gerade ihres Autos entledigt. Ein Klumpen von der Größe eines Elefanten in ihrer Kehle drohte sie zu ersticken. Für dieses Auto hatte sie sich den Arsch abgearbeitet, aber all ihr Besitz und andere finanzielle Dinge waren vollkommen bedeutungslos, wenn sie diesen Albtraum nicht irgendwie überlebte. Dieser Mann würde ihr wehtun. Sie positionierte sich so, dass ihre Finger die Türschnalle berührten, aber die Tür öffnete sich nicht. Auch das Fenster zeigte keinerlei Reaktion, als sie mit ihren Füßen dagegentrat. *Wie kann er es nur wagen, mir so etwas anzutun?* Wie konnte er es wagen, sie zu behandeln als sei sie ein Nichts? Wütend wollte sie gegen diese Ungerechtigkeit ankämpfen, aber als der Geländewagen plötzlich losfuhr, war sie vor Angst wie paralysiert. Ihr ganzes Leben lang hatte sie dafür gekämpft, ihre Umstände zu verbessern. Für eine bessere Zukunft hatte sie gekämpft. Und dieser Mann, dieser Bastard, wollte alles zunichtemachen. Das war nicht fair. Es musste einen Ausweg geben. Es musste eine Möglichkeit geben, zu überleben.

Sie wollte nicht sterben. Und ganz sicher wollte sie nicht in der Dunkelheit und von der Hand eines Fremden sterben, dessen Augen kalt wie der Tod waren. Tränen schossen ihr in die Augen. Das war nicht fair. Ganz und gar nicht.

Ein kalter, dunkler Ort ist hier verfügbar.

www.toniandersonauthor.com/german

NÜTZLICHE ABKÜRZUNGEN FÜR TONIS BÜCHER

AG: Attorney General – Generalstaatsanwalt

ASAC: Assistant Special-Agent-in-Charge – Rang beim FBI, eine Stufe über dem Supervisory Special Agent (SSA)

ATF: Alcohol, Tobacco, and Firearms – US-Behörde für Alkohol, Tabak, Schusswaffen und Sprengstoffe

BAU: Behavioral Analysis Unit – Abteilung für Verhaltensanalyse

BOLO: Be on the Lookout – Fahndung

BUCAR: Bureau Car – FBI-Auto

CIRG: Critical Incident Response Group – Zentrale Krisen-Interventions-Abteilung des FBI

CMU: Crisis Management Unit – Unterstützt die CIRG

CN: Crisis Negotiator – Krisenverhandler

CNU: Crisis Negotiation Unit – Krisenverhandlungsabteilung

CODIS: Combined DNA Index System – Nationale DNA-Datenbank der USA

CP: Command Post – Befehlsstelle

DEA: Drug Enforcement Administration – US-Drogenbehörde

DOB: Date of Birth – Geburtsdatum

DOJ: Department of Justice – Justizministerium

EMT: Emergency Medical Technician – Rettungssanitäter

ERT: Evidence Response Team – FBI-Spurensicherungsteam

FOA: First-Office Assignment – Erster Büroeinsatz bei Strafverfolgungsbehörden

FBI: Federal Bureau of Investigation – Zentrale Sicherheitsbehörde der USA

FO: Field Office – Außenstelle des FBI

IC: Incident Commander – Einsatzleiter

HRT: Hostage Rescue Team – Geiselrettungsgruppe, FBI-Spezialeinheit

HT: Hostage-Taker – Geiselnehmer

LAPD: Los Angeles Police Department – Polizei der Stadt Los Angeles

LEO: Law Enforcement Officer – Strafverfolgungsbeamter

ME: Medical Examiner – Gerichtsmediziner

MO: Modus Operandi

NAT: New Agent Trainee – Neuer Agent in Ausbildung

NCAVC: National Center for Analysis of Violent Crime – Nationales Zentrum für die Analyse von Gewaltverbrechen

NCIC: National Crime Information Center – zentrale Datenbank der USA zur Sammlung von Informationen in Zusammenhang mit der Kriminalitätsbekämpfung

NYFO: New York Field Office – FBI-Außenstelle New York

OC: Organized Crime – Organisiertes Verbrechen

OCU: Organized Crime Unit – Abteilung zur Bekämpfung von organisiertem Verbrechen

OPR: Office of Professional Responsibility – Büro zur Untersuchung von Fehlverhalten von beim Justizministerium beschäftigten Juristen

POTUS: President of the United States – Präsident der USA

RA: Resident Agency – Kleine Außenstelle des FBI

SA: Special Agent – FBI-Agent

SAC: Special Agent-in-Charge – Leiter eines FBI-Büros oder Region

SAS: Special Air Squadron (British Special Forces unit) – Spezialeinheit der britischen Armee

SIOC: Strategic Information & Operations – Weltweite Kommando- und Kommunikationsabteilung des FBI

SSA: Supervisory Special Agent – FBI-Teamleiter

SWAT: Special Weapons and Tactics – Besonders ausgebildete taktische Spezialeinheit

TC: Tactical Commander – Befehlshaber einer taktischen Spezialeinheit

TOD: Time of Death – Todeszeitpunkt

UNSUB: Unknown Subject – Unbekanntes Subjekt (im Sinne von unbekannter Täter)

ViCAP: Violent Criminal Apprehension Program – Programm zur Aufdeckung von Gewaltverbrechen

WFO: Washington Field Office – FBI-Außenstelle Washington

DANKSAGUNG

Wie immer geht der größte Dank an meine unglaubliche Kritikpartnerin Kathy Altman, die mir bei der Gestaltung der Originalgeschichte geholfen hat.

Großer Dank geht an JRT Editing und Ally Robertson, die mir geholfen haben, meine englische Geschichte zum Glänzen zu bringen.

Ein großes Dankeschön an meine deutschen Freunde für ihre frühe Hilfe! Julie Steffen, Frauke Fehrmann und Dirk Weihrauch.

Ich möchte auch Martin Wick und Stef Mills für ihre harte Arbeit an der deutschen Übersetzung und dem Korrekturlesen danken, und Antje Seebohm für das tolle Beta-Lesen und das Feedback.

Ich möchte auch meiner wunderbaren Assistentin Jill Glass und der Autorin historischer Romane, Darcy Burke, dafür danken, dass sie mich mit so liebevollem Verständnis durch den Übersetzungsprozess geführt haben.

ÜBER DIE AUTORIN

Toni Anderson ist eine Autorin, deren Bücher sich auf den Bestsellerlisten der New York Times und USA Today finden, eine RITA®-Finalistin, ein Wissenschaftsnerd, eine professionelle Touristin, Hundeliebhaberin, Gärtnerin und Mutter. Sie stammt aus einer kleinen Stadt in England, studierte dann Marinebiologie an der University of Liverpool (B.Sc.) und der University of St. Andrews (Ph.D.) in der Absicht, nie weit vom Ozean entfernt zu sein. Nun, dieses Vorhaben schlug fehl und sie wohnt nun in der kanadischen Prärie mit ihrem Ehemann, einem Biologieprofessor, zwei Kindern, einem aus dem Tierheim stammenden Hund und einem entspannten Leopardengecko. Ihre größten Leistungen sind es, die Tokioter U-Bahn gemeistert, Ben Lomond erklommen, am Great Barrier Reef geschnorchelt und vierzehn Winter in Winnipeg überlebt zu haben. Sie liebt es, zu Recherchezwecken zu reisen und hatte das Glück, 2016 das Strategic Information and Operations Center im FBI-Hauptquartier in Washington D.C. besuchen zu können. Zudem gelang es ihr, bei einem Verfolgungstraining an der Writer's Police Academy in Wisconsin ein anderes Auto von der Straße zu drängen. Vorsicht, Welt!

Tragen Sie sich für Toni Andersons englischen Newsletter ein:
www.toniandersonauthor.com/newsletter-signup

Liken Sie Toni Anderson auf Facebook:
facebook.com/toniannanderson

Sehen Sie sich Toni Andersons aktuelle Titelliste an:
www.toniandersonauthor.com/books-2

Folgen Sie Toni Anderson auf Instagram:
instagram.com/toni_anderson_author/